La fruta del borrachero

Ingrid Rojas Contreras

LA FRUTA *del* BORRACHERO

Ingrid Rojas Contreras nació en Bogotá. Fue galardonada con el premio literario Mary Tanenbaum para no ficción en el 2014, y becaria en el San Francisco Writers' Grotto en 2015. Sus textos han sido publicados en *Los Angeles Review of Books*, *Guernica* y *Electric Literature*, entre otros. Rojas Contreras ha recibido apoyo y reconocimiento del Programa de Residencia de Artistas Djerassi, la Asociación Nacional de Artes y Culturas Latinas, la Fundación Vilcek y la Comisión de Artes de San Francisco. Es miembro de la Fundación Macondo de Sandra Cisneros y actualmente vive en San Francisco, donde bloguea sobre libros para KQED, la estación afiliada de NPR, y enseña ficción en la Universidad de San Francisco.

LA FRUTA

del

BORRACHERO

Ingrid Rojas Contreras

Traducción de Guillermo Arreola

Vintage Español
Una división de Penguin Random House LLC
Nueva York

PRIMERA EDICIÓN VINTAGE ESPAÑOL, OCTUBRE 2018

Información de catalogación de publicaciones disponible en la Biblioteca del Congreso de los Estados Unidos.

Vintage Español en tapa blanda ISBN: 978-0-525-56401-0
eBook ISBN: 978-0-525-56403-4

www.vintageespanol.com

Impreso en los Estados Unidos de América
10 9 8 7 6 5 4 3 2 1

Para ti, Mami.

Índice

La fruta del borrachero

I.

La fotografía

Posa sentada y encorvada en una silla de plástico delante de una pared de ladrillo. Se ve sumisa con el pelo partido por la mitad. Casi no se le distinguen los labios, aunque por el modo en que muestra los dientes se puede decir que está sonriendo. Al principio, la sonrisa parece forzada pero cuanto más la observo más resulta descuidada e irresponsable. Entre los brazos trae un bulto con un boquete por donde se asoma la cara del recién nacido, rojiza y arrugada como la de un anciano. Sé que es un varón por el listón azul cosido a la orilla de la cobijita; enseguida miro atentamente al hombre detrás de Petrona. Es deslumbrante y tiene el cabello afro, y pone el peso de su maldita mano sobre el hombro de ella. *Sé lo que hizo*, y se me revuelve el estómago, pero ¿quién soy yo para decir a quién debía Petrona permitir aparecer en un retrato familiar como este?

Al reverso de la foto hay una fecha de cuando fue impresa. Y porque cuando hago la cuenta regresiva de nueve meses, concuerda exactamente con el mes en que mi familia y yo escapamos de Colombia y llegamos a Los Ángeles, volteo la fotografía para mirar a detalle al bebé, para registrar cada arruga y cada protuberancia alrededor del oscuro orificio de su boca vacía, para precisar si está llorando o se está riendo, pues sé con exactitud dónde y cuándo fue concebido y así es cómo pierdo la noción del tiempo, pensando en que fue culpa mía que con solo quince años de edad a la niña Petrona se le llenara el vientre de huesos, y cuando Mamá regresa del trabajo no me busca pelea (aunque ve la fotografía, el sobre, la carta de Petrona dirigidos a mí), no, Mamá se sienta a mi lado como si se quitara un gran peso de encima, y juntas nos quedamos calladas y apenadas en nuestro mugriento pórtico frente a la Vía Corona en el Este de Los Ángeles, mirando fijamente esa maldita fotografía.

～

Llegamos de refugiados a Estados Unidos. *Deben estar felices ahora que están a salvo*, decía la gente. Nos dijeron que debíamos esforzarnos por adaptarnos. Mientras más rápido pudiéramos transformarnos en unos de tantos, mejor. Pero ¿cómo elegir? Estados Unidos era la tierra que nos había salvado; Colombia la tierra que nos vio nacer.

Había principios matemáticos para convertirse en un estadounidense: se requería conocer cien hechos históricos (*¿Cuál fue uno de los motivos de la guerra civil? ¿Quién era el presidente durante la segunda guerra mundial?*) y tenías que haber vivido cinco años ininterrumpidos en Estados Unidos. Memorizamos los hechos, nos quedamos en suelo norteamericano. Pero cuando yo alzaba los pies y mi cabeza reposaba en la almohada, me preguntaba: cuando mis pies estaban en el aire, ¿de qué país era yo?

Cuando solicitamos la ciudadanía, limé los puntos débiles de mi acento. Era una manera palpable en la que yo había cambiado. No supimos nada durante un año. Adelgazamos. Entendimos lo poco que valíamos, lo insignificante que era nuestra petición en el mundo. Nos quedamos sin dinero tras pagar el costo de nuestra solicitud, y no teníamos a dónde ir. Fue entonces que recibimos la orden de comparecencia, la verificación final de antecedentes, el interrogatorio, la aprobación.

Durante la ceremonia proyectaron un video atiborrado de imágenes de águilas y de artillería, y todos hicimos un juramento. Cantamos nuestro nuevo himno nacional y una vez que terminamos se nos dijo que ya éramos estadounidenses. El nuevo grupo de estadounidenses lo celebraba, pero en el patio a cielo abierto yo recliné la cabeza. Contemplé las palmeras meciéndose, a sabiendas de que era aquí donde yo tenía que imaginar el futuro, y lo brillante que éste podría ser, pero lo único en lo que podía pensar era en Petrona, en que yo tenía quince años, la misma edad que ella tenía cuando la vi por última vez.

Encontré su domicilio en la agenda de Mamá, aunque no era un domicilio específico, solo un montón de direcciones que Petrona le había dictado cuando vivíamos en Bogotá: *Petrona Sánchez en la invasión, entre las calles séptima y 48. Kilómetro 56, la casa pasando el árbol de lilas.* En nuestro apartamento, me encerré en el baño y abrí la ducha, y escribí la carta mientras el baño se empañaba con el vapor. No sabía por dónde empezar, así que hice como había aprendido a hacerlo en la secundaria.

Encabezado (*3 de febrero de 2000, Chula Santiago, Los Ángeles, Estados Unidos*), un saludo respetuoso (*Querida Petrona*), un contenido con vocabulario sencillo y preciso (*Petrona, ¿cómo estás? ¿Cómo está tu familia?*), cada párrafo con sangría (*Mi familia está bien. / Estoy leyendo* Don Quijote. / *Los Ángeles es bonita pero no tan bonita como Bogotá*). Lo que seguía era la frase final, pero en su lugar escribí cómo fue huir de Colombia, cómo tomamos un avión, de Bogotá a Miami, después a Houston y finalmente a Los Ángeles, de cómo recé para que los oficiales de migración no nos detuvieran y no nos mandaran de vuelta, de cómo no dejé de pensar en todo lo que habíamos perdido. Cuando llegamos a Los Ángeles hacía un sol imposible y todo olía a sal del mar. *El olor de la sal me quemaba la nariz cuando respiraba.* Escribí párrafo tras párrafo acerca de la sal, como si estuviera loca (*Nos lavamos las manos con sal contra la mala suerte. / Lo único que Mamá compraba cuando temía gastar dinero era sal. / Leí en una revista que la sal envasada contiene huesos molidos de animal, y dejó de darme asco cuando supe que el mar también estaba lleno de ellos. La arena de la playa también contenía huesos*). Al final, todo lo que dije sobre la sal era como un código secreto. *He llegado al punto*, escribí, *en que ni siquiera puedo oler la sal*. Esta fue mi última frase, no porque quisiera, sino porque ya no tenía nada más que decir.

Nunca le pregunté lo único que quería saber: *Petrona, cuando nos marchamos, ¿a dónde te fuiste tú?*

Cuando llegó la respuesta de Petrona, traté de encontrar mensajes ocultos debajo de la información que ella me ofrecía voluntariamente: lo agradable del clima, el camino recién pavimentado hacia su casa en la invasión, las lechugas y los repollos de temporada.

Al final no importaba que su carta fuera tan común y corriente pues todas las respuestas que yo ansiaba ya estaban impresas en esa fotografía que ella dobló por la mitad y metió entre los pliegues de su carta antes de ensalivar el sobre y cerrarlo, antes de entregarlo al cartero, antes de que la carta viajara como lo hice yo, de Bogotá a Miami, a Houston, a Los Ángeles, antes de que llegara y trajera con ella todo este desastre a la puerta de nuestra casa.

2

La niña Petrona

La niña Petrona llegó a nuestra casa cuando yo tenía siete años y mi hermana Cassandra, nueve. Petrona tenía trece años y había cursado solo hasta tercero de primaria. Apareció con su maleta estropeada a la puerta de nuestra casa de tres pisos en un vestido amarillo que le llegaba hasta los talones. Tenía el cabello corto y andaba con la boca abierta.

El jardín se abrió entre nosotras como un abismo. Cassandra y yo miramos fijamente a la niña Petrona por detrás de las dos columnas de la izquierda de la casa que se elevaban desde la terraza y sostenían el alero del segundo piso. El segundo piso sobresalía como una parte dientona. Era una casa típica de Bogotá, construida para que se asemejara a las antiguas casas coloniales, blanca con ventanas amplias y herrería negra y un techo de adobe con tejas rojo azuladas y en forma de medias-lunas. Formaba parte de una hilera de casas idénticas unidas una a otra por las paredes laterales. Yo no entendí entonces por qué la niña Petrona veía la casa del modo en que lo hacía, pero Cassandra y yo la miramos a ella boquiabiertas con el mismo tipo de asombro. La niña Petrona vivía en una invasión. Había invasiones en cualquier colina alta de la ciudad, tierra del gobierno tomada por los desplazados y los pobres. Mamá también había crecido en una invasión, pero no en Bogotá.

Desde detrás de la columna Cassandra preguntó:

—¿Viste cómo está vestida, Chula? Tienen un corte de pelo de *niño* —y abrió los ojos como platos detrás de sus lentes. Los lentes de Cassandra ocupaban gran parte de su cara. Tenían armazón color rosa, eran demasiado grandes y le amplificaban los poros de las mejillas. Mamá saludó a Petrona haciéndole señas con la mano desde la puerta de entrada de la casa. Avanzó hacia el jardín, taconeando en los escalones de piedra, el cabello golpeteándole la espalda.

La niña Petrona contempló a Mamá a medida que esta se iba acercando.

Mamá tenía una belleza natural. Eso decía la gente. Hombres desconocidos la detenían en la calle para halagarla por la impresionante amplitud de sus cejas o el magnetismo de sus profundos ojos cafés. A Mamá no le gustaba sacrificarse por su belleza, pero todas las mañanas se levantaba para aplicarse un grueso delineador negro en los ojos, y cada mes iba al salón de belleza para que le hicieran un *pedicure*, argumentando todo el tiempo que valía la pena, porque sus ojos eran la fuente de su poderío y sus pequeños pies la prueba de su inocencia.

La noche antes de que la niña Petrona llegara, Mamá formó tres montoncitos con sus cartas del tarot encima de la mesa del desayunador y preguntó: "¿Es confiable la niña Petrona?". Hizo la pregunta de diferentes maneras, imprimiéndole una diversidad de tonos hasta que sintió que había hecho la pregunta del modo más claro; después sacó la primera carta del montoncito de en medio, la volteó y la puso delante de ella. Era la de El Loco. Su mano se detuvo en el aire al contemplar la carta que había volteado al revés. La carta representaba a un hombre blanco sonriente y a medio paso, mirando pensativo al cielo;

en una mano llevaba una rosa blanca y encima del hombro, un hatillo dorado. Vestía mallas, botas y un aprincesado traje con volantes. A sus pies saltaba un perro blanco. El hombre no se daba cuenta, pero estaba a punto de caer por un precipicio.

Mamá recogió el montón de cartas, y barajándolas dijo:

—Bueno, ya estamos advertidas.

—¿Le decimos a Papá? —le pregunté. Papá trabajaba en un distante campo petrolero, en Sincelejo, y yo nunca sabía con certeza cuándo tenía él previsto visitarnos. Mamá decía que Papá tenía que trabajar lejos porque no había empleos en Bogotá, pero todo lo que yo sabía era que a veces le decíamos las cosas a Papá y a veces no.

Mamá se rio.

—Da lo mismo. *Cualquier* muchacha que uno contrate en esta ciudad va a tener vínculos con ladrones. Nada más ve a Dolores, la de la cuadra de abajo, *su* empleada era parte de una pandilla y le robaron la casa, imagínate: ni le dejaron microondas. —Mamá vio la preocupación en mi cara. Su delineador le escurrió espesamente por el rabillo de los ojos, que se le arrugaron cuando sonrió. Me picó las costillas con un dedo—. No seas tan seria. Deja de preocuparte.

En el antejardín, Cassandra dijo desde detrás de la columna:

—Esta niña Petrona no va a durar ni un mes. Mírala, tiene el espíritu de un mosquito.

Parpadeé y vi que era cierto. La niña Petrona retrocedió cuando Mamá abrió la reja.

Mamá siempre tuvo mala suerte con las empleadas. A la última, Julieta, la despidió porque cuando Mamá en mala hora entró a la cocina, vio que de la boca de la niña colgaba un hilillo de saliva y cuando ésta levantó la vista la saliva salpicó adentro de la taza de café de Mamá. Cuando Mamá le pidió una explicación, la niña Julieta dijo: "A lo mejor la señora está viendo visiones". Un minuto más tarde, Mamá aventaba las pertenencias de Julieta a la calle y jalando a la muchacha por el cuello de la blusa le dijo: "No vuelvas, Julieta, no te molestes en regresar", empujándola hacia fuera y cerrando la puerta de golpe.

Mamá contrataba niñas dependiendo de la urgencia de su situación. Buscaba a jóvenes empleadas de otras casas y les daba nuestro número telefónico en caso de que conocieran a alguien que necesitara trabajo. Mamá conocía historias tristes de familias abatidas por la enfermedad, el embarazo, desplazadas por la guerra, y aunque solo podíamos ofrecerles cinco mil pesos al día, lo suficiente para unas verduras y arroz en el mercado, muchas chicas se mostraban interesadas en conseguir el trabajo. Yo creo que Mamá contrataba a muchachas que le recordaran a sí misma en su juventud, pero nunca resultaron ser como ella quería.

Una de las muchachas casi se roba a Cassandra cuando era bebé.

Mamá no sabía su nombre, solo que era estéril; tal como nos lo contó Mamá, la joven era *infértil como la arena de una playa durante una sequía*. Mucha de la gente a la que conocíamos la habían secuestrado de forma rutinaria: a manos de los guerrilleros, o retenida por azar y luego devuelta, o la habían desaparecido. La forma en que casi secuestran a Cassandra tuvo un punto divertido en lo que era una historia demasiado común. En el álbum familiar había una fotografía de la chica estéril en cuestión. Veía hacia afuera desde el protector de plástico de la foto. Tenía el cabello encrespado y le faltaba un diente frontal. Mamá decía que aún tenía la foto de esa muchacha en nuestro álbum porque era parte de nuestra historia familiar. Incluso las fotos de Papá como joven comunista estaban ahí para que cualquiera las viera. En ellas Papá vestía pantalones acampanados y gafas oscuras. Salía con los dientes apretados y el puño en alto. Se veía sofisticado, pero Mamá decía que no nos engañáramos, porque en realidad Papá andaba tan perdido como Adán de la Biblia en el Día de la Madre.

El nuestro era un reino de mujeres, con Mamá a la cabeza, tratando continuamente de encontrar una cuarta mujer como nosotras, o como *ella*, una versión más joven de Mamá, humilde y desesperada por salir de la pobreza, para quien Mamá pudiera corregir las injusticias que ella misma había sufrido.

En la verja, Mamá extendió su mano firmemente hacia la niña Petrona. La niña Petrona era lenta así que Mamá le atenazó la mano entre las suyas y se la movió de arriba hacia abajo con rigidez. El brazo de la niña Petrona onduló en el aire, suelto y libre como una ola. "¿Cómo estás?", preguntó Mamá. Petrona apenas asintió y clavó la mirada en el piso. Cassandra tenía razón. Esta niña no duraría un mes. Mamá puso su brazo alrededor de ella y la encaminó hacia el jardín, pero en lugar de ir por los escalones de piedra hacia la puerta principal, giraron hacia la izquierda. Juntas caminaron hacia las flores al final del jardín. Se detuvieron frente al árbol más cercano a la verja y entonces Mamá lo señaló y susurró.

Lo llamábamos El borrachero. Papá se refería a él por su nombre científico: *Brugmansia arbórea alba*, pero nadie entendía de qué hablaba. Era un árbol alto de ramas enrolladas, enormes flores blancas y frutos café oscuro. Todo el árbol, incluso las hojas, estaba lleno de veneno. Una de sus mitades se inclinaba sobre nuestro jardín y la otra daba hacia la acera, soltando una esencia enmielada como un perfume caro y seductor.

Mamá tocó una sedosa flor suelta mientras le susurraba a la joven Petrona, quien veía a la flor oscilar en su tallo. Supuse que Mamá la estaba advirtiendo sobre el árbol, como lo había hecho conmigo: no cortes sus flores, no te sientes debajo de su sombra, no te quedes cerca de él mucho tiempo, y lo más importante: que los vecinos no se enteren que le tenemos miedo.

El borrachero ponía nerviosos a nuestros vecinos.

Quién sabe por qué Mamá decidió sembrar ese árbol en el jardín. Quizá lo haya hecho por ese rasgo áspero y antipático que tenía, o quizá porque siempre decía que no se puede confiar en nadie.

En el antejardín Mamá levantó del suelo una flor blanca, le dobló el tallo y la aventó por encima de la verja. La niña Petrona siguió el vuelo de la flor y sus ojos se quedaron suspendidos hasta que la vio caer en la acera del vecindario con su sombra de las dos de la tarde. Enseguida la niña Petrona se miró las manos de las que colgaba su maleta.

Luego de plantar el borrachero, Mamá se rio como una bruja y se mordisqueó un lado de su dedo índice.

—¡La sorpresa que se llevarán todos los vecinos entremetidos cuando se paren a espiar!

Mamá dijo que nada les ocurriría a nuestros vecinos, a menos que se expusieran por mucho tiempo al perfume del borrachero, que bajaría hasta ellos y los marearía un poco, les haría sentir que su cabeza se inflaba como un globo, y tras un largo rato iban a querer acostarse en la acera para tomar una siesta. Nada demasiado grave.

Una vez una niña de siete años se comió una flor.

—Supuestamente —dijo Mamá—. ¿Pero saben qué les dije? Les dije que debían vigilar más cerca a su muchachita, ¿no? Eviten que meta su sucia nariz en mi patio.

Durante años los vecinos habían pedido a la Junta Vecinal que cortara el árbol de Mamá. Después de todo, era el árbol cuyas flores y frutos se utilizaban en la burundanga y en la droga para dormir y violar. Al parecer, el árbol tenía la capacidad excepcional de apoderarse de la voluntad de la gente. Cassandra decía que la idea de los zombis venía de la burundanga. La burundanga era una bebida autóctona hecha con las semillas del borrachero. Alguna vez se la habían administrado a los sirvientes y a las esposas de los caciques de las tribus chibchas, con el propósito de enterrarlos vivos junto al Cacique Muerto. La burundanga volvía torpes y obedientes a los sirvientes y a las esposas, quienes se sentaban a esperar en una esquina de la tumba voluntariamente, mientras la tribu sellaba la salida y los dejaban con comida y agua, que hubiera sido un pecado tocar (ya que su consumo estaba reservado para el Gran Cacique en el más allá). Mucha gente la usaba en Bogotá: los delincuentes, las prostitutas, los violadores. La mayoría de las víctimas reportadas como drogadas con burundanga se despertaban sin recordar que habían colaborado en el saqueo de sus apartamentos y de sus cuentas bancarias, que habían abierto sus billeteras y entregado todo, pero eso era justo lo que habían hecho.

No obstante, Mamá se presentó ante la Junta Vecinal con un montón de documentos de investigaciones, con un horticultor y un abogado, y como la fruta del borrachero era algo en que los expertos tenían poco interés, y porque el pequeño monto de investigaciones no acordaban en definir a las semillas como venenosas o ni siquiera como una droga, la Junta decidió que no se cortara.

Hubo muchos intentos de dañar nuestro borrachero. De mes en mes nos despertábamos para ver afuera de nuestras ventanas que las ramas que colgaban hacia la verja y que daban a la acera habían sido cortadas una vez más y dejadas en el pasto alrededor del tronco como brazos descuartizados. A pesar de todo el borrachero florecía, persistentemente, con sus provocativas flores blancas pendiendo como campanas y su intoxicante fragancia dispersada cada tarde en el aire.

Mamá se había convencido de que detrás de los atentados estaba la Soltera. Le decíamos así porque tenía cuarenta años y seguía soltera y aún vivía con su anciana madre. La Soltera vivía a un costado de nuestra casa y siempre la veía en su jardín deambulando en círculos, con los párpados coloreados en un intenso color púrpura y envuelta en un olor de café viejo y de cigarrillo mentolado. Muchas veces pegué mi oreja a la pared contigua a la de la Soltera para saber qué hacía durante el día, pero lo que casi siempre oía eran discusiones y el ruido de la televisión que habían dejado prendida. Mamá decía que la Soltera era el único tipo de mujer con suficiente tiempo libre como para ir a atacar un árbol ajeno. Así que en represalia, cuando Mamá barría nuestro patio de baldosas rojas, escobaba la basura a los lados de los grandes maceteros de cerámica y los pinos, *hacia* el patio de la Soltera.

En el fondo del jardín, Cassandra dijo:

—Rápido, Chula, antes de que te vean.

Cassandra arrastró los pies y deslizó las manos en dirección de las manecillas del reloj alrededor de la columna para seguir escondida mientras Mamá y la niña Petrona se acercaban a los escalones de piedra hacia la puerta de entrada. Yo hice lo mismo, pero mantuve la cabeza de lado para mirar. Mamá tenía su brazo alrededor de la niña Petrona y Petrona veía al suelo.

—Estas son mis hijas —dijo Mamá cuando se acercaron al patio de baldosas rojas.

La niña Petrona hizo una reverencia, juntando sus largas sandalias y abriendo sus rodillas a cada lado, estirando su falda como si fuera una carpa. Era raro ver a una chica seis años mayor que yo hacer una reverencia. Cassandra y yo nos quedamos escondidas tras las columnas, la miramos y no dijimos nada. Ella nos lanzó una mirada, sus ojos de un color café luminoso casi amarillo. Luego se aclaró la garganta, el vestido amarillo hasta los tobillos, su gastada maleta en la mano.

—Son tímidas —dijo Mamá—. Ya se acostumbrarán.

Caminaron juntas hacia el interior de la casa, la voz de Mamá se iba desvaneciendo lentamente, como un tren que va de salida, diciendo: "Por aquí, ven y te muestro tu cuarto".

Cassandra y yo siempre nos sentíamos extrañas cuando una nueva niña llegaba a la casa, así que nos quedamos en la habitación de Mamá y vimos telenovelas mexicanas de cabo a rabo y después *Singin' in the Rain* con subtítulos en el canal en inglés.

La película fue interrumpida dos veces en el lapso de una hora por un avance noticioso. Estábamos acostumbradas, pero aún así nos quejamos. Me estiré la cara con los dedos y bajé la cabeza mientras el locutor comentaba el misterioso montón de acrónimos que parecían estar siempre al alcance de la mano —FARC, ELN, DAS, AUC, ONU, INL—. Hablaba sobre las cosas que los acrónimos se hacían entre sí, pero a veces mencionaba un nombre. Un nombre simple. Nombre, apellido. Pablo Escobar. En aquel confuso montón de acrónimos, el simple nombre era como un pez saliendo del agua, algo a lo que yo podía agarrarme y recordar.

Más tarde, nuestra película empezó de nuevo. Volvieron las canciones, los impermeables amarillos, las sonrosadas caras blancas. Estados Unidos parecía un lugar limpio y placentero. La lluvia pulía la calle chapoteada y los policías eran caballerosos y tenían principios. Era impactante verlo. Mamá siempre se deshacía de las multas, coqueteando, suplicando y deslizándole a los policías billetes de veinte mil pesos. A la policía colombiana se le corrompía fácilmente. Al igual que a los oficiales en las notarías y en la corte a quienes Mamá siempre pagaba para que se le abriera paso en las filas y que a sus diligencias se les diera un lugar preferencial. Cassandra mantuvo la nariz frente a la televisión y habló como Lina Lamont, la hermosa actriz rubia condenada por su horrible voz nasal. Decía: "Y no pueyo sopoltalo", y nos reímos. Lo dijo una y otra vez hasta que quedamos temblando de risa y caímos rendidas.

3.

Mosquita muerta

En nuestra casa Petrona recibió sus primeras lecciones de cómo lavar, planchar y remendar, tallar los pisos, cocinar, tender las camas, regar las plantas, sacudir el polvo y esponjar las almohadas. No parecía de trece años, aunque Mamá dijo que esos tenía. Su cara era cenicienta y los ojos de vieja amargada, usaba el cabello corto como el de un muchacho, y se ponía un delantal blanco con bordes de encaje como los de un mantel fino. Siempre andaba con las mejillas ruborizadas y los nudillos enrojecidos.

Se iba todos los días a las seis de la tarde, a pesar de que había un cuarto al fondo de la casa, pasando el patio interior, que era todo suyo. Allí, cuando regresábamos del colegio, Cassandra y yo encontrábamos a Petrona sentada en la cama escuchando la radio. La veíamos claramente a través de la ventana abierta de su cuarto. Se sentaba sin moverse con las manos juntas sobre el pecho; por la rendija de debajo de la puerta salían las voces amortiguadas de unos hombres cantando con acompañamiento de guitarras.

Cassandra y yo pegábamos las narices a su ventana. Veíamos a Petrona moverse, pero casi siempre se quedaba sentada muy quieta como una muñeca andrajosa arrojada contra la pared.

Yo me preguntaba lo que pensaría Petrona cuando cerraba los ojos. Me imaginaba que algo duro crecía en su interior y que si la dejábamos sola se convertiría en piedra. A veces estaba segura de que empezaba a ocurrirle porque la luz comenzaba a ponerse grisácea en sus mejillas y su pecho no se movía cuando respiraba. Petrona me parecía una de esas tersas estatuas de yeso que se exhibían en los jardines privados y en las plazas públicas por todo Bogotá. Mamá decía que eran santos, pero Papá decía que era gente común y corriente que había hecho algo bueno y extraordinario.

En nuestra casa Petrona andaba envuelta en una nube de silencio, fuera a donde fuera. No hacía ruido al caminar. De forma premeditada levantaba un pie tras el otro sobre la alfombra, inaudible como un gato. El único sonido que anunciaba su presencia era el chapoteo del agua jabonosa, que ella cargaba en un balde de color verde brillante hasta el segundo piso, agarrando la colgadera con ambas manos, avanzando a paso de elefante.

Podía escuchar sus jadeos cuando llevaba y traía cosas por la casa. Cargaba charolas con comida, trapeadores, bolsas de ropa, cajas con juguetes, limpiadores, desinfectantes. Cuando oí por primera vez el runrún de sus quejidos, dejé a medias mi tarea sobre la cama y me paré junto a la puerta del cuarto que compartía con Cassandra, la cual se abría a la izquierda en dirección de las escaleras. Cuando la miré, Petrona alzó la vista hacia mí y apenas sonrió. Enseguida, carraspeó y se fue por el pasillo hacia la habitación de Mamá.

Siempre imaginé el silencio en la garganta de Petrona como pelajes colgando de sus cuerdas vocales, y cuando carraspeaba, me imaginaba que los pelajes se sacudían un poco, luego se asentaban, suaves como pelos encima de una fruta.

El silencio de Petrona ponía nerviosa a Mamá.

Mamá invertía toda su energía para hacer hablar a Petrona y compartía muchas historias acerca de nuestra familia en el noreste, de su infancia, de su abuela indígena, de todas las veces que se le apareció un fantasma, pero Petrona nunca contaba historias suyas, solo recalcaba las de Mamá con un "Sí, Señora Alma", "No, señora Alma", y movía la cabeza cuando quería expresar sorpresa o incredulidad.

A Cassandra y a mí nos intrigaba el silencio de Petrona. Andábamos cerca para ver si por fin había dicho algo. Llegamos a la conclusión de que era como un gato callejero cuando un extraño le ofrecía un plato de leche. Convertimos en un tema de investigación contar las sílabas que Petrona utilizaba al hablar. Presionábamos las yemas de los dedos contra los pulgares y pronunciábamos sus sílabas en nuestra cabeza. Las contábamos obsesivamente y poco a poco nos dábamos cuenta de que nunca utilizaba más de dieciséis sílabas. Nos dio por pensar que quizá Petrona era poeta o quizá estaba embrujada.

No le dije a Cassandra que bajo cierta luz Petrona me parecía una estatua, que cuando estaba quieta y callada los pliegues de su delantal parecían transformarse en los drapeados de piedra de los santos en la iglesia. Yo sabía que a Cassandra mi idea le parecería ridícula y se reiría de mí toda la vida. En privado, yo inventaba nombres de santos para Petrona. *Petrona, Nuestra Señora de las Invasiones. Petrona, Santa de Nuestra Niñez Secreta.*

⌒✕

De noche, cuando Petrona no estaba, buscábamos alguna pista de ella en su cuarto. Había revistas de modas apiladas cerca de la cama y un labial rojo en posición vertical en el alféizar. Su cuarto olía a jabón para lavar ropa. En la pared blanca del baño había dibujado, con tinta negra, corazoncitos a un lado del dispensador del papel sanitario. Los corazones negros flotaban en un diseño humoso hasta desaparecer tras la pintura de una colmena, que Mamá había colgado antes de que Petrona llegara. Yo creía que los corazones negros eran prueba de que Petrona era poeta, pero Cassandra decía que las revistas y el lápiz labial no eran el tipo de cosas que una poeta guardaría. Ninguno de los objetos parecían pertenecer tampoco a una santa.

En casa, Mamá vigilaba a Petrona de cerca. Sus ojos la rondaban como dos brillantes lunas, profundas con mirada de muerte. Cassandra y yo nos sentábamos en el suelo con los libros de la tarea sobre una mesa de centro. De vez en cuando echábamos un vistazo por encima de ellos y por encima del sofá de la sala veíamos a Mamá fumar sus cigarrillos en la mesa del comedor, siguiendo a Petrona con la mirada.

Aquello significaba que andaba buscando pruebas incriminatorias. Sucedió igual que cuando Papá regresó de vacaciones y ella creyó que la engañaba. "Su cosa olía a pescado, no es normal", decía mientras Cassandra y yo la mirábamos impactadas. Mientras Papá desayunaba, leía el periódico, jugaba al solitario, Mamá lo seguía con la mirada y decía por lo bajito "sucio", hasta que un día dejó de hacerlo por completo, y me pregunté cómo había hecho Papá para convencer a Mamá que lo dejara en paz.

En la sala, yo trataba de mantener la vista en mi libro de matemáticas, pero al mirar los números no podía comprenderlos, y al verlos solo recordaba los ojos de Mamá, los sentía, oscurecidos con aire a muerte, rondando a Petrona. Petrona también los sentía y por eso tropezaba con las cosas y derribaba los hermosos jarrones con el mango de su plumero.

Mamá se acariciaba el pico de viuda. Daba una calada a su cigarrillo y decía:

—Petrona, ¿cómo está tu madre?

El humo blanco de su cigarrillo se elevaba en una espiral

sinuosa hacia el techo, donde se expandía en círculos. Un poco del humo seguía saliendo de la boca de Mamá. Petrona volvía la vista a Mamá. Se la veía pasmada, luego aliviada.

—Bien, señora, gracias —decía, imprimiendo un mayor volumen a las "s" en sus palabras, enterrando todo bajo su silbido. Se escabullía hacia la puerta de vaivén y respiraba profundamente antes de meterse en la cocina.

Si las cartas del tarot habían dicho que Petrona era como el Loco al revés y Mamá no confiaba en ella, yo no entendía por qué Mamá no la echaba. En cambio, Petrona se volvería la niña cuyo nombre burbujeaba por debajo de nuestras horas.

Viendo mi libro de matemáticas en la sala, pensaba en que probablemente las cualidades de santa de Petrona eran lo que calmaba la desconfianza de Mamá.

Mamá apagaba su cigarrillo.

—Dios sabrá cómo sobrevive en las invasiones.

—Shh, Mamá. —Cassandra volteaba a ver la quieta puerta de vaivén—. Te va a oír.

Mamá manoteaba el aire.

—Hmph. ¿Ella? Ella no es nada más que una mosquita muerta.

❦

Como había crecido en una invasión Mamá se enorgullecía de ser abiertamente combativa, de modo que la gente que aparentaba ser débil la repugnaba. Por eso es que llamaba *mosquita muerta* a cualquier persona que no fuera violenta, alguien cuya estrategia de vida era hacerse la muerta y actuar como cadáver insignificante. Entre las mosquitas muertas estaban nuestros profesores, nuestros vecinos, los locutores de televisión y el presidente.

Mamá le gritaba al televisor: "¡Virgilio Barco piensa que

engaña a este país con su cara de mosquita muerta, pero yo sé que no es más que una serpiente! ¿A quién cree que está engañando? ¿Que no tiene nexos con Pablo Escobar? Esta que ven aquí no nació ayer".

Cuando Papá estaba en casa, también le gritaba al televisor, pero él decía: "¿Somos ratones o somos hombres, no me joda?".

Yo quería gritarle al televisor como Mamá y Papá, pero tenía que aprender a hacerlo correctamente. Deducía que ser un ratón era mejor que ser una mosquita muerta, y ser una serpiente era mejor que ser hombre, porque a las moscas que se hacían pasar por muertas podrían aplastarlas, los ratones eran asustadizos, y a los hombres se les perseguía; pero todo el mundo evitaba siempre a las víboras.

⌒

Mamá había intensificado sus gritos frente al televisor a causa de un hombre llamado Luis Carlos Galán. Galán se había postulado para presidente y Mamá era una fanática empedernida. Dijo que al fin había llegado el futuro de Colombia y que lo había hecho con el más hermoso paquete posible. *¿Sí o no, princesas?* Estábamos viendo los debates presidenciales en la habitación de Mamá.

Petrona se sentó en el suelo. No parecía tener una opinión, lo cual estaba bien porque yo tampoco la tenía. Le dije a Mamá que Galán no parecía ser diferente de cualquier otro hombre que aparecía en la televisión y Mamá hizo como que escupía en el aire, diciendo: "¿Ves? Esto es lo que pienso de lo que acabas de decir". Con su dedo pulgar presionó un botón del control remoto hasta que la voz de Galán retumbó en la habitación, luego alzó la suya más que el volumen de la televisión, preguntando si yo estaba ciega, si no podía ver cómo todos los políticos eran estatuas de sal comparados con Galán.

Mamá estaba haciendo una referencia a la Biblia, hasta donde pude entender. Cassandra y yo asistíamos a un pequeño colegio católico al que un sacerdote visitaba una vez al año y nos contaba historias elementales, pero nuestro conocimiento de la Biblia era superficial cuando mucho. Yo sabía que hubo una mujer que huyó de su pueblo en llamas y que al volver la vista atrás Dios la había pulverizado convirtiéndola en una montañita de sal, pero no sabía por qué había sido castigada, y no entendí esa historia qué tenía que ver con los políticos. De todos modos, no importaba. Mamá siempre salía con sus metáforas raras. Una vez dijo: "La confianza es agua en un vaso; si la derramas, se va para siempre", como si no supiera que había trapeadores o que existía el ciclo de la lluvia y la evaporación. Me gustaba más lo que decía Papá: que todos los presidentes de Colombia estaban salados, ninguno tenía suerte. Volteé a ver a Petrona y le sonreí, pero ella no me devolvió la sonrisa. Hice círculos con mi dedo índice en la sien y le apunté a Mamá. Petrona apretó los labios y desvió la mirada haciendo una mueca.

Papá se interesaba en la guerra como Mamá se interesaba en Galán. Cuando estaba en casa, Papá recortaba artículos acerca del conflicto armado, subía el volumen de la televisión cuando aparecían las noticias, y luego corría al teléfono para chismosear con sus amigos. "¿Ya supiste lo último?". Hablaba del escándalo político más reciente, y luego se explayaba en relatos de los años ochenta, que era su década favorita de la historia de Colombia.

Así fue como yo empecé a interesarme en la política. Algún día, yo quería ser como Papá. Papá era como una enciclopedia andante. Presumía de que podía nombrar al menos una tercera parte de los 128 grupos militares en Colombia: *Los Tiznados, Águila Negra, Antimás, Alfa 83, Los Grillos, Prolimpieza del Valle de Magdalena, Menudo, Rambo...* Decía también saber de los grupos que formaban parte de los escuadrones de la muerte, los narcoparamilitares (*Muerte a Revolucionarios, Muerte a los Secuestradores*), de las guerrillas habituales (*FARC, ELN*), pero su especialidad eran los paramilitares. Hice un gran esfuerzo para ser como Papá, pero no importaba cuánto empeño le pusiera, no lograba entender el más simple de los conceptos. ¿Cuál era la diferencia entre los guerrilleros y los paramilitares? ¿Qué era un comunista? ¿Por qué luchaba cada grupo?

Mamá no se avergonzó al admitir que no sabía nada de política.

—Véanme —gritó, parpadeando—, estoy aprendiendo. ¿Han visto cómo le queda a Galán su camisetita roja? Aprenderé todo los temas que quieran. —Cassandra movió la cabeza, luego Mamá dijo—: Galán es *todo* un espécimen, ¿no? —Cassandra le pidió que se callara porque no la dejaba oír el discurso de Galán, pero Mamá la ignoró y le suplicó al televisor—: Enséñame a interesarme, Galán, querido.

Galán se movía con brío en la pantalla, gritando a través de un manojo de micrófonos: *¡El único enemigo que reconozco es el que recurre al terror y a la violencia para callar, intimidar y asesinar a los protagonistas más importantes de nuestra historia!*

Mamá se reacomodó en su asiento.

—¿No les parece divino cuando dice *nuestra* historia?

Cassandra puso los ojos en blanco.

Las ventanas de la habitación de Mamá estaban cubiertas por completo con pósters rojo de medio tono de Galán. El aire mismo de su cuarto se teñía de rojo con la luz que salía de las caras de Galán en hilera: Galán mirando al cielo y paralizado a medio grito, su cabello hecho una tempestad. Petrona doblaba servilletas en triángulos. Su ceja derecha pareció flotar y se le hizo una arruga en la frente.

Llegué a la conclusión de que los debates presidenciales eran tediosos.

Me deslicé por debajo de un póster y apoyé la frente contra la ventana. Miré hacia abajo a la acera vacía y me puse a espiar a los vecinos. A la derecha, la Soltera sostenía una manguera por encima de sus flores marchitas. A la izquierda, unos niñitos vaciaban unos baldes con tierra sobre el suelo. Un viejo cruzaba la calle. Cuando me vio, se apoyó en su bastón y se detuvo. Hasta ahora pienso en lo simbólico que pudo haber sido ver a una niña de siete años asomándose hacia afuera desde debajo de una de las caras de Galán, gigantesca y exaltada, anunciando un futuro inalcanzable.

Más tarde, a solas en nuestra habitación, le conté a Cassandra lo de la ceja levantada de Petrona durante el discurso de Galán. Cassandra dijo que era un trozo de evidencia muy pequeña, pero probablemente apuntaba al hecho de que Petrona era *apolítica*. Así se le llamaba a la gente a la que no le caía bien Galán: eso fue lo que aprendimos del tutor de Cassandra, el profesor Tomás, que decía que si a uno no le simpatizaba Galán era porque era apolítico o estaba en coma. Cuando le contamos a Mamá, ella no puso en duda la teoría de Cassandra y nos explicó que Petrona era apolítica por sus antecedentes. Mamá bajó la voz y nos dijo que la niña que había recomendado a Petrona había dicho que Petrona era el sostén principal en su casa. "Imagínense, una niña de trece años el *sostén* de una casa". Mamá nos dijo que cuando se tenía ese tipo de responsabilidad, era difícil estar interesada en cosas abstractas como la política.

Cassandra asintió. Yo no supe si estar de acuerdo o no. Lo que yo sabía era que sentía lástima por Petrona, así que le dije a Cassandra que estaba entre nuestros intereses en común llevarse bien con Petrona, pues ella no solo controlaba los dulces, también tenía el poder de encubrirnos si hacíamos algo malo, y podía escupir en nuestras bebidas y en nuestra comida sin que lo supiéramos. Así que cuando Cassandra y yo fuimos a jugar al parque, llevamos a Petrona. Creímos que jugaría con nosotras, pero se sentó sola en los columpios, sin decir palabra. Cuando la invitamos a construir una montaña de arena, dijo que estaba reposando los pies, y cuando nos cansamos y nos acercamos a ella para conversar, nuestros esfuerzos fracasaron.

—¿Cuál es tu color favorito? —preguntó Cassandra.

—Azul.

El silencio después de su única palabra fue ensordecedor.

—El mío es el morado —dije yo—. ¿Cuál es tu programa de televisión favorito?

Este era el procedimiento universal para hacer amigos, pero Petrona se ruborizó, y se le llenaron los ojos de lágrimas, después se volvió fría como si estuviera enojada. Yo no sabía qué hacer, así que me fui corriendo a subirme a un árbol y Cassandra me siguió. De lejos, muy alto entre las ramas, observamos a Petrona. Petrona se restregaba la nariz con la manga de su suéter. Estornudó. Cassandra dijo:

—Quizá Petrona no tiene un televisor.

Me encogí de hombros.

Sabíamos lo que era sentirse diferente. Había niños que no jugaban con nosotras porque sus padres se lo tenían prohibido. Corría el rumor de que Mamá *se había vendido*. Una madre de familia dijo: "Las mujeres pobres no salen de la pobreza únicamente con su *inteligencia*", y cuando fuimos a contarle a Mamá se enojó tanto que llegó corriendo al parque gritando a todo pulmón que no había tenido oportunidad de vender *nada*, porque lo suyo estaba hecho de oro y los hombres caían a sus pies automáticamente, antes de que a ella se le puediera ocurrir levantar un dedo para cobrarles.

Cassandra sabía lo que significaba *venderse*, pero no me quería decir, y la tensión en su cara me hizo desistir de seguir preguntando. Por eso es que Cassandra y yo jugábamos solas. Nos perseguíamos la una a la otra en los columpios, jugábamos a los encantados, hacíamos castillos de arena en la arenera y los pisoteábamos. Ignorábamos a los niños que saltaban tomados de la mano y se sentaban en círculo cerrado, haciendo como si Cassandra y yo no estuviéramos presentes.

Petrona

En Boyacá, teníamos un lote con verduras y algunas vacas. Mis hermanos mayores mataban conejos y yo los asaba. Mami nos mandaba a la escuela lejos de los problemas, mantenía la finca en orden y la mesa llena de verduras recién cosechadas.

En los Cerros, en Bogotá, no teníamos lote ni había animales que cazar. Comprábamos la comida en el mercado. Yo hacía un fogón pequeño adentro de la casa. Mantenía a Mami cómoda en la única silla de plástico que teníamos y cuando la comida estaba lista, hervía hojas de eucalipto para ayudarla con su asma. Pero yo no servía para cuidar niños. Los más chiquitos se raspaban las rodillas estando bajo mi cuidado. Se descalabraban tirándose piedras. Tenían los ojos moreteados. Mami quería saber en qué andaba yo si los niños se desperdigaban cuando yo los cuidaba. Yo trataba de que estuvieran limpios. Colocaba una palangana con agua en un rincón y un trapo para pasarlo por sus mejillas, pero se me olvidaba mirarlos, a los pequeños, cuando volvían.

El día en que sangré y manché nuestro colchón, Mami dijo: *Ya eres mujer. Cásate o ponte a trabajar.* Yo no tenía pretendientes. En los Cerros sabía que las mujeres trabajaban limpiando casas. Mami decía que ya sabía limpiar y niñar, lo hacía desde que tenía cinco años, y que hacer la limpieza para una familia rica sería fácil. Me paraba en el camino principal de los Cerros a esperar a que las mujeres volvieran de sus empleos. Todas se veían acabadas y cansadas, a excepción de una. Gabriela era unos años mayor que yo, quizá tendría dieciocho. Era fuerte, cargaba grandes bolsas del mercado. Me le puse enfrente. Le pregunté si sabía de algún trabajo para una muchacha como yo. Me vio de la cabeza a los pies. *Una muchacha como tú...* Cuando sus ojos se detuvieron en los míos pareció como si hubiera tomado una decisión. Dijo que iría a visitarme, y me preguntó si vivía en la casita sostenida por el poste de electricidad.

Cuando Gabriela fue a visitarme, quise demostrarle que yo era competente, así que le ofrecí una gaseosa. Cuando entraron mis hermanitos, armé un alboroto por lo impresentables que estaban. Hice como si fuera mi costumbre arrastrarlos hasta la palangana con agua cuando llegaban. Les limpié los cachetes. Gabriela volteó a ver a Mami, *Petrona me dice que usted sufre de asma.* Yo no se lo había dicho, pero en los Cerros todo se sabía. Vivíamos tan cerca. Mandé a mis hermanitos a otra parte y nos sentamos en una piedra. Gabriela dijo que sabía de una familia en el barrio donde ella trabajaba que necesitaba ayuda. *Todo lo que Petrona tendría que hacer es cocinar y tender las camas.* Mami me dio su bendición, y en pocos días me preparé con mis mejores ropas para conocer a la Señora. Gabriela me llevó en bus. *Trata de no sorprenderte*, me dijo, *estas personas viven en casa grande de ciudad.* La última vez que yo había estado en la ciudad fue cuando llegamos mi familia y yo y tuvimos que pedir limosna en los semáforos. Gabriela dijo: *La mujer se llama Alma, pero para ti será la Señora Alma.* Me jaló de la manga. *¿Me estás poniendo atención?* Gabriela traía su cabello arreglado con un moño en la punta de la cabeza. Tenía las mejillas redondas y llenas de pecas. La miré a los ojos. Siguió diciendo: *No te preocupes, ya le conté todo de ti. Solo di que eres buena cuidando la casa pues ya lo haces con tu familia. Te contratarán de inmediato.*

Me puse muy nerviosa. El barrio de los Santiago era limpio, y todo estaba planificado, incluso los árboles. Hasta los hacían crecer en fila.

⌒

Mami dijo que tendría que entrenar a Aurorita para que pudiera hacer las tareas del hogar. Los niños eran mayores, pero Mami quería que se concentraran en la escuela. Decía que con que uno de ellos se hiciera médico o sacerdote, conseguiríamos nuestro pase de salida de la invasión. Todas las madres de la invasión decían lo mismo, pero yo no había visto que le funcionara a alguien.

Enseñé a Aurorita a cuidar de sus hermanos. También a tenerles limpia toda la ropa y a lavarla en una tina de plástico. Le enseñé a cortar con cuchillos las verduras y a preparar papaya verde para cuando sus hermanos tuvieran lombrices. *Así es como agarras la papaya para sacarle las semillas*, le dije, agarrando la papaya por en medio, colocando la cuchara para remover la pulpa de la fruta. Aurora me arrebató la cuchara y la hundió en la papaya.

A veces mi mente divagaba por lugares que yo quería olvidar. Como la fachada de nuestra casa en Boyacá después de que le prendieran fuego los paramilitares. Todas las paredes de la casa se desplomaron.

Ahora pica, decía yo. Aurorita presionaba sus nudillos contra la tabla de picar como le había enseñado. Balanceaba el cuchillo sobre las semillas negras y resbalosas. Las partía en pedacitos cada vez más pequeños. Cuando terminó, recogí las semillas en una servilleta, limpié el cuchillo en mis pantalones y lo devolví al vaso de plástico donde teníamos nuestros cubiertos.

Lo único que quedó en pie de nuestra casa fue la escalera. Hasta la madera de la barandilla se puso negra.

4

El lugar del purgatorio

Fue después del apagón mensual en la ciudad que el misterio de Petrona empezó a develarse. En nuestro vecindario los apagones eran como un carnaval. Cassandra y yo sacamos nuestras linternas de los cajones de las medias, llenamos bombas con agua y corrimos aullando por las calles. Alumbramos con nuestras linternas a los árboles, a las casas, a los demás, al cielo. Encontramos a niños sin linternas y les tiramos bombas y salimos corriendo. Nos escondimos de nuestras víctimas desprevenidas entre los adultos, que se congregaban en las aceras quejándose y bailando. Nos agachamos detrás de unos hombres que jugaban damas. Había farolas improvisadas en el suelo con bolsas de papel estraza llenas con tierra hasta la mitad y una vela encendida enterrada en cada una. Luego, canalizamos nuestra atención al oscuro parque para escuchar algún sonido que nos ayudara a localizar a los niños sin linternas. De repente, una mujer me puso la mano en el hombro y nos informó a Cassandra y a mí que fumar era de mal gusto y nos advirtió que no nos volviéramos como "aquellos jóvenes perdidos".

Tenía puesta una mano sobre un cochecito de bebé y apuntaba con su linterna a un grupo de adolescentes acurrucados en el parque que sostenían en sus bocas cigarrillos encendidos. Tenían puestos jeans y botas. Estuve a punto de decirle a la mujer que no se preocupara; que nosotras no seríamos así, cuando justo atrás de ellos, sentada en los columpios, delante de los adolescentes, vi a Petrona. Estaba agarrada a las cuerdas del columpio y se inclinaba hacia delante con un cigarrillo entre los labios, agachaba la cabeza hacia la mano ahuecada de una chica, donde resplandecía una llama anaranjada.

—¿Es...?

—Ah, ya entiendo —dijo Cassandra—. Petrona es adolescente.

—Ay, dios mío —bufé—. Tienes toda la razón —asentí con la cabeza—. ¿Cómo es que no nos dimos cuenta?

—Ven, Chula, acerquémonos.

Cassandra me jaló hacia ella, avanzamos de puntitas, y la madre nos gritó:

—¿Qué les he dicho? ¡No se acerquen! ¡Van a caer en el pecado!

Caminamos sin hacer ruido en la oscuridad del parque dejando que las puntas rojas de los cigarrillos nos guiaran. El cielo era de un azul grisáceo oscuro. Las puntas de los cigarrillos parecían brasas voladoras. De pronto, nos vimos sumergidas en un alboroto de niños que corrían en círculos alrededor de nosotras, apretando sus linternas y gritando gustosos. Prendí mi linterna y entonces descubrí la misma cara dos veces.

Cassandra y yo nos sorprendimos tanto que olvidamos a dónde íbamos. Giramos nuestras linternas hacia sus caras. Asombrándonos de sus narices idénticas, y de que entrecerraban igual los ojos. Se llamaban Isa y Lala y tenían el poder de leerse la mente la una a la otra pues de bebés habían compartido la placenta. Traían también sus linternas, y mientras hablábamos, todas las dirigimos al suelo. Las luces alumbraron un par de zapatos negros, un par de zapatos Converse. Los niños y su algarabía sonaban sonoramente alrededor de nosotras, pero escuché a Isa decir claramente:

—Es como si supiera lo que Lala está pensando antes de que lo piense.

—Pero solo podemos hacerlo al mirarnos a los ojos —dijo Lala. No había luna y aunque yo sabía de dónde surgían sus voces, no podía ver sus siluetas. Isa bajó la voz. Dijo que en el próximo apagón ella y su hermana irrumpirían en algunas casas para poner a prueba sus poderes—. Estamos haciendo una carrera como la de Houdini, ¿el mago? —dijo Lala.

—A excepción que —remarcó Isa—, en lugar de salir de una caja, vamos a colarnos en una casa y saldremos sin un rasguño y sin ser vistas. Se llama *Escapología*.

—Y aunque nos vieran, estará oscuro y nadie nos podrá identificar —aclaró Lala.

Cassandra dijo que entrar en una casa era un delito, pero yo argumenté que solo lo era si te llevabas algo. Isa dijo que yo tenía razón y Lala agregó que su intención era solo mirar.

—En fin —dijo Isa.

Prosiguió Lala:

—Nuestro plan en caso de que alguien nos descubra es prender nuestras linternas frente a sus ojos y cegarlos con la luz.

Cassandra señaló que mientras estuviera lo suficientemente oscuro como para que nadie pudiera verlas, Isa y Lala tampoco podrían verse a los ojos, así que no habría manera de que pudieran usar sus poderes telepáticos. Giré mis pies en el silencio largo e incómodo y luego volvió con un gran destello toda la electricidad.

Tuve que cerrar los ojos, pues todo estaba muy brillante. El pasto se veía azul. Las banquetas, blancas. Los adolescentes se tambalearon, una chica buscaba el hombro de alguien. Una mujer pestañeó y apretó la boca. Entonces vi a Petrona de pie a la distancia, sin tambalearse como todos, sino con la vista fija en nosotras. Parpadeé con rapidez, tratando de ver. Estaba quieta con su abrigo de lana que le llegaba debajo de las rodillas. Traía las piernas descubiertas. Se veía pequeña, pero su quietud entre tanta confusión la hacía verse afilada como una espada. Me pregunté si solo me la estaba imaginando.

Lala me agarró de un brazo.

—¿Ven a esa niña parada ahí?

Cassandra parpadeó y se restregó la cara.

—Almas Benditas del Purgatorio, sálvennos —dijo Isa—. Es un fantasma.

Cassandra se rio a carcajadas cuando vio quién era.

—¡Es la niña de nuestra casa! Y tú creíste que era un fantasma.

Isa se abrazó a su hermana.

—No es cierto.

Cassandra me jaló de la mano.

—Vámonos, Chula. Seguro quiere que la sigamos.

—Con cuidado —gritó Lala—. Podría ser un fantasma —y justo cuando Cassandra y yo comenzamos a caminar hacia Petrona, ella se dio la vuelta rumbo a nuestra casa. Cassandra y yo nos miramos, después a Petrona caminando por delante.

—¡Petrona, espéranos! —le gritó Cassandra, pero Petrona ni redujo el paso ni se volteó.

—Es súper rara —musité, acoplando mi brazo al de Cassandra—. ¿Con quién crees que estaba fumando?

—Tiene una amiga —dijo Cassandra.

Avanzamos el resto del camino en silencio, viendo a Petrona que arrastraba los pies entre los charcos de luz de las farolas.

Al día siguiente Isa dijo que si queríamos descartar la posibilidad de que Petrona fuera un fantasma, teníamos que consultar a las Almas Benditas del Purgatorio. Isa agarró una galleta salada y se la metió entera a la boca y Lala asintió con gran reverencia. Estábamos sentadas en la habitación de Isa y Lala. Era fin de semana y desde el día anterior Cassandra y yo habíamos pasado todo nuestro tiempo con ellas, pero no las habíamos invitado a casa por si acaso su mamá se diera cuenta de quién era nuestra madre y les prohibiera ser nuestras amigas. Agarré una galleta y la mordisqueé por las orillas. Lala nos preguntó si sabíamos quiénes eran las Almas Benditas del Purgatorio y entonces Isa explicó que eran personas que habían pecado un poco pero no lo suficiente como para irse al infierno. Se encontraban varadas en la tierra y tenían que arrastrar cadenas pesadas, pero si alguien rezaba por ellas (especialmente un niño) sus cadenas se volvían más ligeras. Era por eso que las Almas Benditas del Purgatorio ansiaban cumplir cualquier petición que se les hiciera. Isa dijo que nosotras debíamos negociar las condiciones para que nos dijeran qué o quién era Petrona, pero probablemente nos costaría cinco Padres nuestros, diez a lo mucho. El único problema era que teníamos que encontrarlas.

Isa dijo que sabía de un lugar en el vecindario donde se podía ver a las Almas Benditas del Purgatorio abriéndose camino desde el *Quién sabe dónde* hasta el *Solo Dios sabe*. Isa dijo que las Almas Benditas tenían la piel transparente y que uno solo podía verlas por un momento, lo cual significaba que mientras te quedabas allí observando, podías ver una Alma Bendita aparecerse en un paso y desaparecer al siguiente.

Caminamos por cada calle de nuestro vecindario buscando el lugar del Purgatorio. Las calles se alineaban en casas blancas idénticas y algunas se conectaban entre sí como un laberinto, mientras que otras conducían al parque, y otras más terminaban en puestos de vigilancia o portones. Los puestos de vigilancia eran de madera. Se encontraban a la mitad de la calle y tenían brazos mecánicos automáticos a los lados. Los brazos se abrían y cerraban como poderosas mandíbulas de cocodrilos. Eran largos y de acero, y rayados como bastoncillos de dulce. Nuestro vecindario estaba patrullado las veinticuatro horas por guardias uniformados que se sentaban adentro de los puestos de vigilancia de madera, con dos pistolas colgadas de sus cinturones. Cada vez que fuimos a la pequeña ventana, oímos boleros o música salsa, y vimos a los guardias dando vueltas con sus dos radios. "Alerta roja" oímos que dijo un guardia, y en un principio yo me emocioné porque quizá había un asesinato en curso pero luego vi que el guardia veía fijamente a una mujer de falda roja que salió a regar las plantas de su jardín.

Los guardias con quienes hablamos no sabían del lugar del Purgatorio. Me sorprendió que no se rieran de nosotras. Cassandra dijo que era porque Mamá los conocía a todos por su nombre y les había dado canastas de comida en Navidad y Año Nuevo, y que hubieran sido unos tontos si se hubieran burlado de nosotras.

El único guardia que a todas nos caía bien era Elisario, el del turno vespertino en nuestra calle. Elisario llevaba paletas en los bolsillos y nos contaba historias de balaceras en el vecindario.

Un lunes después de clases, le preguntamos a Elisario sobre el lugar del Purgatorio y nos respondió que debíamos olvidarnos de todo eso porque si dábamos con él las Almas Benditas nos perseguirían. Luego para distraernos, Elisario nos dio caramelos amargos y nos contó chistes. Miró hacia sus dos costados antes de levantarse la chaqueta café de su uniforme. Sostuvo el lado de la chaqueta abrochada a la altura de las costillas para que pudiéramos ver. Allí, cerca de su peludo ombligo, tenía una abultada cicatriz rosada con una cresta pálida. El año anterior le habían dado un tiro mientras defendía la casa de un vecino de los ladrones. Podía hacer que la cicatriz hiciera malabarismos al inflar el estomago. Elisario dijo que había robos todo el tiempo. Tenía la cara demacrada y una verruga encima del labio.

Estábamos a punto de rendirnos en nuestra búsqueda del lugar del Purgatorio cuando llegamos a una casona. Yo creía que todas las casas de nuestro vecindario eran iguales, pero ésta era como el equivalente de cuatro casas de tamaño normal. Nos paramos frente a ella, evaluándola, hasta que Cassandra dijo: "*Esa* es una mansión", y entonces la vimos bajo la luz de esta nueva definición.

La mansión era de cuatro pisos y tenía una torre puntiaguda a un costado. Era la única mansión que yo había visto fuera de las que aparecían por televisión. Se hallaba en el cruce de tres calles, rodeada por un jardín muy grande con pasto crecido. Había pinos viejos, lechos de rosas, y todo era muy silencioso y quieto.

A Isa le sorprendió que no la hubiéramos visto antes. Dijo que nadie estaba seguro de cuántas personas vivían ahí, pero la mamá de Isa y de Lala había visto una vez a una mujer. Era una mujer a la que nadie había escuchado hablar porque, la mamá de Isa y de Lala pensaba, era una nazi con acento alemán.

—¿Qué es una nazi? —pregunté.

—Las mismas personas que quemaban brujas en la hoguera, ¿cómo es que no sabes? —dijo Lala.

—Eso no es todo —dijo Isa y nos contó que su papá había dicho que podía asegurar, por buenas fuentes, que la mujer que vivía en la mansión no era nazi sino una bailarina exótica que, tras burlar a un capo de la droga e irse con su dinero, se hacía pasar por una alemana que ocultaba sus raíces nazis.

—De igual modo, la mujer es una oligarca —dijo Isa.

Cassandra dijo que ser una *oligarca* significaba tener *sangre azul*.

—¿De qué color es nuestra sangre? —pregunté, pero nadie respondió.

Nos paramos del otro lado de la calle para ver la mansión, cuando divisamos a Petrona calle abajo hablando con una joven a la que yo inmediatamente reconocí como la niña con la que había estado fumando durante el apagón. Ahora a la luz del día vi todo tipo de nuevos detalles en esta niña que antes no estuve en condiciones de distinguir en la oscuridad: el cabello tan sorprendentemente amarillo creciéndole con raíces cafés de su cuero cabelludo. Luego, sus cejas, parecía que se las había afeitado y que se las había pintado en el lugar equivocado. Tanto ella como Petrona traían puesto un vestido blanco que era como un cruce entre una bata de dormir y una bata de laboratorio, y al que nadie llamaba uniforme de sirvienta, pero eso era. Usaban el mismo labial color durazno, y se reían tontamente con la mirada gacha y puesta en un fajo de dinero con el que la amiga de Petrona se abanicaba.

Nos esperamos hasta estar cerca y luego Cassandra habló en voz alta:

—¿Qué están haciendo ustedes dos? —Petrona se puso pálida. Se limpió el labial con el dorso de la mano.

—¿Estas son tus niñas? —dijo la amiga de Petrona, sonriendo. Petrona asintió y su amiga caminó hacia nosotras, con una risita burlona—. Es dinero del juego del Monopolio, mira, alguien trató de pagar con él en el supermercado, ¿te imaginas?

—Parece dinero de verdad —dijo Lala.

—Es dinero del Monopolio —repitió la amiga de Petrona, acomodando los billetes, enrollándolos y metiéndoselos en su sujetador.

Isa ladeó la cabeza.

—Ustedes no estaban en la tienda: no traen bolsas de mercado.

—Es que fue tan gracioso, que nos fuimos de la tienda riéndonos, ¿no es cierto, Petrona? Petrona, tú en realidad tienes que cuidar a cuatro niñas.

—No, solo a dos —dijo Petrona. Cinco sílabas. Petrona nos vio a Cassandra y a mí, juntando los labios en una sonrisa, luego bajó la mirada.

La amiga de Petrona examinó su reloj.

—Bueno, me tengo que ir, Petrona. Ven conmigo para que te dé la cosa que quieres que te preste.

La amiga de Petrona se alejó y Petrona la alcanzó en un trote rápido. Luego dieron vuelta en la esquina, llevaban las manos en sus vientres como si fueran monjas que salieron a pasear. Mientras las veíamos marcharse, Isa dijo que Petrona definitivamente no era un fantasma. Cassandra dijo que estaba de acuerdo. No era un fantasma, no era poeta, pero ¿era una santa o estaba embrujada?

Petrona

Mami decía: *Que vida tan injusta, la patilimpia de la señora Alma, con abuela indígena, con la piel color de tierra, en esa casa tan grande con habitaciones decentes. Y nosotros, que tenemos sangre española, aquí en esta pocilga.* A Mami le gustaba recontar la historia de nuestro famoso antepasado. Él era de quien se hablaba en los libros de historia cuando decían que los españoles habían venido en un barco trayéndonos la civilización. No sabíamos su nombre, pero nuestros vínculos con él eran evidentes por nuestra piel blanca y nuestro fino cabello negro.

Cuando llegué de la casa de los Santiago mi familia me rodeó poniéndose en cuclillas. Querían saber el tipo de riqueza que tenían mis patrones. Mis hermanos querían saber lo que la familia comía. Les hablé de la casa. *Hay un gran rectángulo de césped en la parte de enfrente y colocaron piedras de modo que los tacones de la señora no se hundan en la yerba.*

Al segundo piso lo sostienen vigas muy altas, la casa es muy grande.

Tienen un cuarto en la parte más alta de la casa donde no duerme nadie, pero que llenan con el exceso de sus pertenencias.

No le conté a mi familia que tenía un dormitorio para mí sola y también un baño. Hubiera sido cruel porque el nuestro era un baño exterior y nuestra puerta de entrada una cortina.

En la casa de los Santiago había todas las puertas que se puedan imaginar, puertas en los dormitorios, para cerrar los baños, pero también había puertas sin propósito alguno. Había una puerta que se columpiaba que separaba la cocina de la sala. Había puertas dobles en la cocina y adentro una caldera que calentaba el agua. Todos podían tomar una ducha con agua caliente a la hora que se les diera la gana.

Les conté a mis amigos de los Cerros: *Mis patrones son ricos. Todos los días desayunan leche.*

En los Cerros, la cena, el almuerzo, el desayuno y la merienda de todo el mundo era pan con gaseosa. El pan tenía un sabor del que no te cansabas, porque la gaseosa podía ser Pepsi, Sprite o una de naranja llamada Fanta. Todas las variantes de gaseosas combinaban con el pan más duro, que podías cortar por la mitad, remojar el migajón en diferentes colores y hacerlo parecer un alimento diferente.

En los Cerros me reía sola al recordar una cosa u otra de la casa de los Santiago. Le conté a Mami que la más pequeña de la familia me había pedido que le enseñara a lavar. Mami se reía sin parar. *¡Una niña rica queriendo aprender a lavar!* Mami me animaba para que le contara esa anécdota a cada persona de los Cerros que se detenía a saludar frente a nuestra casita. Todos se reían en la parte en que Chula insistía en aprender, diciendo que algún día se marcharía a la universidad y no habría nadie que le lavara la ropa. *¡Pregúntale si quiere aprender a arar la tierra!*, bromeaba la gente de los Cerros. *¡Nadie en la universidad hará eso por ella!*

Chula me recordaba a Aurorita, aunque Aurora era un año mayor, y no podía haber dos niñas más diferentes. Pero las dos tenían la costumbre de quedarse mirando a la nada, soñadoras.

Róbales, hazlo por nosotros, me pedía mi hermanito. *Tráenos un poquito de lo que comen.* Pero yo tenía mi orgullo y le dije a Ramón, tan pequeño y chapeteado, que el día que volviera con carne iba a ser porque me la había ganado con el esfuerzo de mis propias manos. Trataba de inculcarle el orgullo por el trabajo, que aún recuerdo de Papi quien rehusaba las prebendas del gobierno, las prebendas de los paramilitares, las de los guerrilleros, y en las noches cuando nos daba hambre porque un grupo u otro se había robado nuestras cosechas, él nos decía que era mejor dormir con la conciencia tranquila que ser un parásito del estado o de los grupos militarizados, que eran solo una versión diferente del gobierno.

Con el sudor de mi frente te proveeré, le dije a Ramoncito, que era lo mismo que me había dicho Papi cuando llegué, llorando y quejándome porque el estómago se me retorcía de hambre, a preguntarle por qué no había aceptado la ayuda de uno de los grupos, todos parecidos entre ellos, con sus armas y pretextos para la violencia.

Pero no era igual. No pude mantener a mi familia junta como él lo había hecho. Una vez que regresé temprano del trabajo, vi a Ramoncito compartir una salchicha con uno de los encapuchados. Los guerrilleros se quedaban en la montaña pero de vez en cuando bajaban. Se cubrían los rostros con pañoletas, por eso los llamábamos encapuchados, pero la mayoría de las veces los reconocíamos por la voz y sabíamos quiénes eran. El encapuchado le había dado a Ramón una salchicha ensartada en un palillo, y vi la cara de Ramoncito mientras la salchicha se cocinaba en la fogata. El dulce aroma me llenó la nariz, y comprendí su debilidad, pero más tarde le dije que no lo volviera a hacer. Mi muchachito escupió en la tierra y me respondió que mi orgullo no le llenaba la barriga, que era mi culpa que sus hermanos menores anduvieran en los huesos, que yo me podía morir de hambre si quería, pero él iba a ser el hombre de la casa, y el poder ya no era mío.

5

El zapato de la niña muerta

Los jueves después de clases llamábamos por teléfono a Papá al campo petrolero en Sincelejo. Nos respondía a través de un chisporroteante radioteléfono y su voz se oía quebradiza y llena de estática.

—¿Cómo está mi favo... ta —decía.

—Bien, Papá.

—¿Y... colegio?

—Nos pusieron muchas tareas.

—¿Mucha qué...? —preguntaba, y luego solo se oía estática, como la que hace el selector de un radio antes de sintonizar una estación.

—Muchas tareas.

—¿Muchas qué...?

—Tareas —repetía yo. Trataba de pronunciar las vocales y las consonantes lo más claramente posible. Nunca pude tener verdaderas conversaciones con Papá cuando él se hallaba lejos porque el radioteléfono se tragaba todas nuestras palabras. Siempre me preguntaba del colegio y luego me pedía hablar con Cassandra.

—Ah. ¿Don... e está tu her...? —La estática eruptando en los bordes de su voz.

—Ya te la traigo —decía yo, pero no me movía—. Papá, ¿cuándo vas a venir?

Se quedaba en silencio por un momento.

—Pronto.

—¿*Qué* tan pronto?

—Muy... pronto, Chula, lo pro... to.

—Está bien. Te quiero, Papá.

—Te qui... también —decía.

~~~~~~~~~~

Los viernes veíamos la televisión. Me gustaban mucho los viernes porque eran los únicos días en que podía vigilar a Petrona de cerca. Los viernes teníamos clases solo por media jornada, así que Cassandra y yo llegábamos a mediodía a la casa. Más tarde, todas nos reuníamos en el cuarto de Mamá. Petrona se sentaba en el piso cerca de la cama, con el pretexto de que iba a doblar la ropa o enrollar las medias pero nunca hacía gran cosa y a Mamá no le importaba. Cassandra y yo nos acostábamos boca abajo en la cama y Mamá se sentaba debajo de las cobijas recargándose en la pared. Con frecuencia me olvidaba de ver el programa de televisión y me quedaba viendo la boca de Petrona.

Era rosada y delgada y se cerraba en una línea. Un bigotito le crecía debajo de la nariz. Yo miraba sus labios, pensando qué genial sería si se abrieran y de repente le salieran palabras. Me preguntaba qué diría Petrona. Quizá contaría historias de su infancia. A lo mejor le habían roto el corazón y eso la había dejado sin voz. Al verla, me convencía de que este era el motivo de su silencio. Los programas de televisión iban y venían mientras yo pensaba en Petrona, hasta que, cuando menos lo esperaba, sus labios se abrieron y de pronto brotaron las vocales de su risa. El sonido me hizo saltar y Cassandra volteó a verme con mirada confundida. Petrona se tambaleaba de risa.

Cuando Mamá cambiaba los canales casi siempre nos alteraba el tono gráfico tan explícito de los avances noticiosos. Yo podía reconstruir algunas noticias —masacres en la provincias, fosas comunes encontradas en las fincas, charlas de paz con los guerrilleros—, pero no entendía quiénes eran los responsables de qué y qué significaba cada cosa. El nombre que a menudo había escuchado estaba en boca de todos los locutores. Cuándo le pregunté a Mamá quién era Pablo Escobar, se incorporó.

—¿Pablo Escobar? Es el único responsable de cada mierda que pasa en este país.

Cassandra apretó los labios y yo levanté las cejas frente a Petrona y Petrona carraspeó.

Decidí conmemorar a los muertos de los que hablaban en los noticieros, caminando alrededor de la casa, abriendo y cerrando las puertas de las alacenas y de los armarios. Pero había tantas masacres y fosas comunes y personas desaparecidas y secuestradas, que luego de un rato perdí el interés.

La televisión nos iluminaba la cara con un color azul claro. La muerte era algo tan común.

A veces un detalle me hacía sentir algo otra vez. En una ocasión en un campo apareció una hilera de cadáveres cubiertos con sábanas blancas y solo el sexto cadáver tenía manchas rojas. En otra ocasión vi una fosa común, y la cámara se quedaba fija en los pies que salían: todos traían zapatos, excepto una persona, que tenía los pies descalzos.

Yo sabía que no había portón alrededor de las invasiones donde vivía Petrona, ni cerraduras metálicas en las puertas, ni rejas en las ventanas. Cuando le preguntaba a Petrona cómo era que ella y su familia permanecían a salvo, se reía. Me sentía avergonzada y entonces Petrona se encogía los hombros. Se quedaba pensando por un momento y decía:

—No tenemos nada que perder.

Nueve sílabas.

Pensé en todo lo que yo podría perder: a Cassandra, a Papá, a Mamá, a todas mis tías y mis tíos, a mi abuela María, a todos mis primos. Teníamos una casa, yo tenía amigos en el colegio, muchos zapatos bonitos y muchas pulseras de plástico, el pequeño televisor, mi caja de lápices de colores, la radio con grandes botones de plástico que estaba en la sala.

La guerra parecía muy lejana desde Bogotá, como niebla que bajaba de las montañas y de los bosques al campo y a la selva. La forma en que se nos acercaba era también como la niebla, sin que nos diéramos cuenta, hasta que envolvió todo a nuestro alrededor.

Un viernes reconocimos una calle.

Cassandra y yo nos quedamos asombradas y nos llevamos las manos al corazón. Los carros estaban completamente volteados, arrojando humo. Los edificios tenían mordiscos gigantescos de tiburón a los lados. Y la fuente, donde Cassandra, Mamá y yo tantas veces habíamos arrojado monedas y pedido deseos, estaba reducida a escombros, y el agua y los deseos de miles de personas corrían por la calle. El reportero entró a escena, con su micrófono de espuma negra en la mano. "Este es el lugar de nuestra tragedia más reciente. Un carro bomba explotó en Bogotá hace solo dos horas, dejando seis muertos y treinta heridos. Entre los muertos se encuentra una niña de siete años que esperaba en un carro cerca del que los oficiales creen era el carro bomba. Su padre, que había entrado a un edificio, sobrevivió", dijo el reportero, señalando detrás de él una estructura en obra negra a la que le faltaban las paredes de enfrente. "El padre estaba comprando entradas para el circo. Y aquí", apuntó entre los escombros en el suelo, "está la pierna de la niña". La cámara acercó su tembloroso lente a un montón de partes de carro quemadas y luego a un zapato rojo ennegrecido y una media blanca humeando con una pierna.

"Esta noche el murmullo de la gente que reza junto con el padre de la niña no cesa mientras los oficiales tratan de descubrir quién está detrás del ataque. El padre fue el último en verla viva. Los oficiales se esfuerzan en rescatar los demás restos, pero éste...", dijo el reportero, levantando su mano que sostenía algo pequeño y dorado entre sus dedos, "es el anillo de la niña". La cámara pasó a un plano general y el reportero metió el anillo en el bolsillo de su camisa. "Las autoridades creen que la guerrilla es la responsable de este carro bomba, pues al parecer tenía como objetivo un banco".

Cassandra y yo nos apartamos de la televisión y a gatas nos acercamos a Mamá. Yo no podía creer que acabáramos de ver el anillo de una niña *recién muerta*. Mamá estaba tranquila y nos recibió en sus brazos.

Yo dije:

—Mamá.

Cassandra dijo:

—Mataron a una niñita.

—No hay nada que hacer —dijo Mamá—. A quien le toca le toca. Nadie se escapa de la muerte.

Mamá nos peinó el cabello con sus dedos. Y estos desaparecían adentro de nuestro pelo. Volteé a ver la nariz de Mamá, sus cejas grandes que se empinaban y bajaban.

Petrona habló desde un rincón:

—¿Las niñas están asustadas, Señora?

Era más una afirmación que una pregunta. Conté, en automático, las sílabas de su frase, presionando las puntas de mis dedos con el pulgar. Doce. Miré a Petrona, sus piernas plegadas a un lado, su oscuro y corto cabello, sus brazos delgados soportando su peso, su cuerpo inclinándose hacia delante.

—Esas cosas asustan también a mi hermanita —dijo.

Quince. Traté de ver a Cassandra a los ojos, pero estaba ida. Mamá enroscó sus brazos en nuestras nucas. Siempre decía: *La vida que conocía era un tsunami de último minuto que podía arrastrar a padres, dinero, comida e hijos.* Nadie tenía el control de nada, así que era mejor que las cosas siguieran su curso. Petrona se acercó y se arrodilló junto a nosotras, a un lado de la cama.

—Niñas. —Se acercó y acarició a Cassandra en la espalda—. No se preocupen. Esa pequeña ni siquiera se enteró de que se estaba muriendo.

Traté de contar las sílabas, pero me perdí, entonces Cassandra se apoyó en un codo.

—¿No era un banco el objetivo? ¿Por qué matar a una niña? Era pequeña, era como de la edad de Chula, Mamá.

Mamá puso su mano en mi oído.

—A quien le toca le toca. Nadie se escapa de la muerte —y enseguida repitió la primera frase. Repitió las dos frases como si fuera un poema. Con las manos Petrona le daba vueltas al encaje de las sábanas. Luego las empuñó.

—Pero vieron —dije yo—, su pierna no estaba junto con el resto del cuerpo.

—No sintió nada —dijo Mamá, y repitió lo de que nadie se escapaba de la muerte.

Apoyé mi cabeza en el pecho de Mamá y me quedé viendo el blanco edredón. Seguí con la mirada sus lechosas costuras hasta el final de la cama, hacia la televisión, empotrada a su armario color crema entre los roperos de Papá y Mamá, que emitía coloridos anuncios comerciales: verde lima, púrpura y rojo.

Me imaginé a la niña muerta minutos antes, con vida y sentada en el asiento trasero del carro, su padre reclinándose, diciéndole en un susurro: "No tardaré más de un minuto". Abriendo la puerta del carro, el vaivén al cerrarla. Y luego...

Y luego la explosión. Deshaciendo cosas. Cada miembro separado proyectándose en diferentes direcciones, cada parte de ella saliendo disparada junto con partes del carro.

—¿Podemos ir a ver? —pregunté.

Mamá detuvo su mano en el interior de mi cabellera.

—¿Para qué?

Cassandra apartó su cabeza de la televisión, con esfuerzo, y siguió la mirada de Mamá hacia mí. Petrona abrió el puño y soltó la sábana y la sábana flotó y cayó encima de la cama como una montaña arrugada.

—Solo para ver —dije—. Quiero ver cómo es la calle.

—En un día como este, Chula, es mejor quedarse en casa, donde nadie pueda verte.

—Pero acabas de decir que a quien le toca le toca. Dijiste que no hay forma de escaparse de la muerte. Entonces ¿por qué no ir a ver? Si no nos toca, nada nos pasará, Mamá.

—No morirás si no te toca, pero recuerda: la curiosidad mató al gato. Podrías terminar paralítica. Eso es lo que pasa cuando buscas lo que no se te perdió, Chula. ¿Para qué ir en busca de problemas?

—Es cierto, niña —dijo Petrona—. Hazle caso a tu madre.

Dejé caer mi cabeza y pensé en la pierna de la niña muerta que traía puesto un zapato rojo. De todo el tiempo que tenía viendo las noticias y todas sus imágenes de muerte, esta era la peor. El zapato de la niña, de la talla de mi zapato, brillaba en mi mente. Pestañeé y lo vi, brillando de forma inquietante, debajo de mis párpados.

Yo *de verdad* quería saber cómo era estar muerta pero nadie me lo decía.

Al único muerto que había conocido era el tío Pieto. Una Navidad el tío Pieto estaba por ahí, roncando entre los dobleces de una hamaca; a la Navidad siguiente había muerto. En el funeral el cura dijo que el tío Pieto todavía vivía pero que no podíamos verlo. El tío Pieto había sido un borracho y vivía en Barrancabermeja, así que raramente lo veíamos. Mamá decía que cuando uno muere, revives en otro lugar, aunque tu cuerpo lo hayan sepultado. Te quedas bajo la tierra y los gusanos te comen la piel y los ojos, pero dejan el cabello, las uñas, los dientes y los huesos. Cuando íbamos en el carro al hotel donde nos quedamos aquella noche, Papá nos explicó lo contrario y dijo que nadie sabía realmente qué pasaba después de que uno muere. Dijo que era probable que uno solo dejara de existir.

—Dejas de pensar, de sentir, te borras de la tierra, y los demás siguen viviendo sin ti.

—¿Pero cómo? —pregunté.

—Mira, no importa, Chula. Si dejas de existir, no tienes la presencia mental para *saber* que has dejado de existir.

Mamá dijo:

—Deja de enseñarles a las niñas filosofía occidental, Antonio, las estás asustando.

Papá encogió los hombros.

—Si se van a enterar, que se enteren desde ya.

En el carro, Cassandra se mordió las uñas y se las limpió en la pechera de su vestido negro. Miré el regazo de mi propio vestido e imaginé cómo sería dejar de existir. Contuve la respiración y traté de no tener pensamientos. Miré la forma de mis piernas y más allá de ellas un enorme y evanescente vacío, donde yo no era pensante, no tenía aliento y no sentía. Por unos momentos, fui un rugido de la nada. Enseguida resollé y recobré el miedo, pensé precipitadamente acerca de la no existencia. *¡Qué horrible era morir!* Respiré profundamente y dejé salir el aire poco a poco. El corazón me latía con rapidez. La sangre se me agolpaba en los dedos. Traté de olvidarme de la muerte, pero seguí preguntándome, así que contuve el aliento y lo intenté de nuevo. Presté mucha atención en la nada para que me hiciera recordar, de modo que cuando me llegara el momento, en la fracción de segundo en que mi presencia mental desapareciera, yo podría reconocer lo que me estaba ocurriendo. Me adentraba en lo impensable y volvía a mi zozobra, y así estuve, hasta que llegó la noche y me dormí, aterrada, dando vueltas en la desconocida cama del hotel.

Lala aseguraba conocer a alguien que había encontrado el lugar del Purgatorio y que había visto a las Almas Benditas caminar. Si habían visto a las Almas Benditas significaba que Papá estaba equivocado y que Mamá tenía razón, y que uno renacía en otro lugar después de morir. Por supuesto, Lala podría estar mintiendo.

Mamá tenía razón en hacernos tener cuidado. Podíamos terminar paralíticas. Pudo haber ocurrido. Posiblemente podría haber ocurrido si no nos poníamos las pilas. Había tanto que perder. Había tanto que proteger en la vida.

Cuando Petrona se fue y llegó la noche corrimos las cortinas y cerramos las ventanas. Mamá se subió a un taburete y ató una cuerda alrededor de una planta de sábila sembrada en un terrón, luego puso un clavo en el techo. Cayó polvo blanco. "Si cuelgas una planta de sábila absorberá toda la mala energía que entra por la puerta. Cuando la sábila se cae de podrida es cuando sabes que está funcionando".

Yo no sabía que la mala energía podría entrar por la puerta tras de uno. Pensé en este tipo de inhumana persecución y me le quedé viendo a la planta de sábila, dando vueltas en su cuerda, girando sus puntiagudas orillas, animada por un viento fantasmal.

Cassandra y yo nos fuimos a dormir temprano. Mamá quemó un manojo de salvia en cada puerta. Anduvo por toda la casa arrastrando los pies y mascullando cosas por lo bajito. Sostenía las cadenas de su incensario y lo columpiaba justo encima de sus pies. Le daba vueltas y lo hacía al ritmo del susurro de sus rezos. Iba dejando ráfagas de un humo blanco y brumoso tras de ella que nos saturaba la boca con un sabor a lavanda. Me quedé despierta por un rato, viendo cómo el cremoso humo se dispersaba y empañaba todo, y pensé en Petrona, que no tenía nada que perder y a la que no le afectó la tragedia de la niña del zapato rojo como a mí y a Cassandra. Pensé en lo que había dicho —que la niña del zapato rojo ni siquiera se había enterado de que se estaba muriendo—, y cómo había querido tranquilizarnos, pero el solo hecho de recordarlo me llenaba de terror. Los rezos de Mamá me rodeaban y me fui a dormir.

Petrona

El caso es que encontraron el cuerpo de un muchacho entre los árboles detrás del parque. Los encapuchados dijeron que era un falso positivo, que la policía estaba eliminando a gente inocente nuestra, y yo sacudí a Ramoncito. *¿Ahora entiendes por qué te digo que te mantengas alejado?* Pero Ramoncito me quitó las manos y dijo que de nada le servía mi corazón de mujer.

Cuando Ramoncito desapareció, lloré detrás de las matas de nuestra casita.

En los Cerros había un viejo. Lo llamábamos abuelo Andrés, pero que yo sepa no era abuelo de nadie. El abuelo Andrés dijo que había visto a Ramoncito unírseles, que se encontraba en las montañas recibiendo entrenamiento de la guerrilla. El abuelo Andrés, con su blanca barba de varios días, dijo que nada le pasaría a Ramoncito. *Preocúpate después*, dijo. *Preocúpate cuando regrese.*

Desde que tengo memoria, nuestros muchachos se habían ido de los Cerros sin nada más que la camisa que traían sobre la espalda. Regresaban en jeeps, con chaquetas de cuero y finos zapatos Nike. Sabíamos que habían estado en las montañas, entrenándose. Luego llegaba el ejército colombiano y los acribillaba. O se iban y nunca volvían.

〜

Una vez un muchacho regresó cargando un pesado televisor. Yo todavía no trabajaba para los Santiago, y Ramoncito todavía me hacía caso. Vimos al muchacho subir por el camino, doblado por el peso de la nueva televisión que estaba envuelta con un lazo rojo y tenía moño y todo. Todos en los Cerros salimos a verlo. Lo seguimos hasta la casita de su abuela. La vieja salió y le aplaudió. *Mi nieto, ¿pero qué es esto? ¡Qué elegancia!* El chico colocó la televisión en el suelo polvoriento. *Es para usted, Abuela, en agradecimiento por todo lo que hizo para convertirme en el hombre que ahora soy.* El muchacho tendría apenas catorce años. *¿Cuántas baterías usa?*, dijo la abuela, y enseguida unos muchachos de entre la multitud silbaron. *¡La abuelita no tiene electricidad!* Tuve miedo por los chicos que silbaban. No se daban cuenta de quién se estaban burlando. La abuela fingió no oír y le dijo a su nieto. *Métela, mijito, me haces sentir orgullosa. Le tengo listo su espacio: en medio de la sala. Así cuando vengan las amistades verán lo que mi muchachito me trajo, se pondrán verdes de envidia. Gracias, mijito, gracias.*

A Ramoncito y a mí nos había dado risa. Pero más tarde Ramón me dijo *quiero volver a casa así algún día*, y le tuve que dar un coscorrón. *¿No te diste cuenta que ese niño es guerrillero?* Recé por Ramón, había muchas cosas que él no entendía.

〜

Cuando Ramón se fue, Leticia me consoló. Vivía en una casita hacia el norte cerca de la parte baja de los Cerros. Nos sentamos en una piedra plana que estaba cerca de la carretera. Al otro lado de las calles lodosas, la gente vivía en edificios. Leticia me masajeó la espalda. Yo lloré en un pañuelo. *Ramón es realmente un bobo, ¿qué, no sabe que hay otras formas de sobrevivir?* Leticia movía la cabeza, clavando la vista en el suelo. Luego se acercó más a mí y bajó la voz. *Ya sé que dijiste que no quieres hacer lo que yo hago, pero ¿y si tu familia tiene hambre? Dinero extra es dinero extra. Tal vez eso haría que Ramoncito regresara. Y de todos modos, ¿cuál es el problema? Nunca han atrapado a nadie.*

Pensé en lo que Leticia me había dicho el día que paseábamos juntas por el barrio, mostrándome el dinero que había recibido por pasar información. *Todo lo que hay que hacer es esperar en una esquina y pasarle un sobre a un motociclista, no tiene nada de raro, todas las muchachas lo hacemos.* Era difícil creer que fuera posible: el triple de lo que nos pagaban, solo por entregar un trozo de papel.

Volteé a ver a Leticia, que estaba tan cerca que pude olerle el aroma a mangos que le salía del cabello y el moho amargo de su aliento. Tenía las cejas delgadas, dibujadas de color rojizo. El cabello era oscuro cerca del cuero cabelludo y luego rubio. *Leticia, pero es que ya sabes que no soy el tipo de mujer que hace cosas ilegales.* Se reclinó hacia atrás para mirarme. *Perdón, pero yo tampoco soy de esas.*

Le agradecí por cuidarme, pero yo quería hacer las cosas como Papi las hubiera hecho, y Papi no habría estado parado a la mitad de la calle para entregar un sobre. Leticia se encogió de hombros. *Yo solo quiero ayudarte, Petrona.* Le di una palmada en la rodilla. *Gracias, Leticia, gracias.*

～

Mami dijo: *¿Qué te dije?, solo las mujeres sobreviven esto.* Me rogó que me encargara de los niños, pero sobre todo que cuidara a Aurora, la más pequeña. Mami resollaba porque ese día hacía frío, una ligera capa de polvo cubría sus mejillas, pero igual pude percibir decepción en su voz.

Mami tenía razón. Yo tenía que proteger a Aurora. Corrí al parque y encontré a Aurorita, sentada entre el pasto dibujando en un cuaderno. Quise darle una cachetada, cómo podía estar tarareando en el mismo lugar en donde el ejército le había disparado a aquel niño. La sangre había penetrado en la tierra, pero días antes, antes de que desapareciera, Ramoncito se había agachado ante la mancha, y había dicho que el niño era su amigo, el ejército colombiano lo había acribillado y arrastrado al fondo de los Cerros y lo había vestido con uniforme y plantado un arma en las manos, le tomaron fotografías para poder decir que era guerrillero. Dije: *¿El ejército por qué va a hacer eso, Ramón, no te das cuenta de que es una historia inventada por la guerrilla para ganarse nuevos reclutas?* Ramón insistió en que el ejército mataba a personas inocentes y las hacía pasar por guerrilleros para obtener aguinaldos y vacaciones. El ejército colombiano había matado a su amigo inocente, ¿qué mayor prueba quería yo? *Esos hijueputas.* Se mofó. *Supuestamente esos son los que nos defienden.*

Quise arrastrar de los cabellos a Aurorita, pero al acercarme la vi tan flaca, tan chiquita, que le eché mi suéter encima. *No te preocupes, Aurora.* Me la llevé al pecho. Ella intentó zafarse. *Petrona, ¿qué haces?* Pero luego vio que yo estaba llorando. *Petrona, ¿qué pasó?*

Te voy a sacar de este lugar. Vi la tierra seca, el muro de contención construido por el gobierno para la gente rica que vivía del otro lado, para separarlos de nosotros. La gente rica, que tenía tanto dinero que contrataban protección y pagaban por recibir auxilio. Cerré los ojos y olí el aroma del cabello de Aurora, y traté de olvidar cómo había perdido a Papi, y luego a un hermano, y a otro, y ahora a uno más. *Ayúdame, Dios mío, todos vamos a morir en este cerro, que puedo hacer yo para evitarlo.*

6.

Hola Padre, hola Madre

Hubo una avalancha de preparativos para la llegada de Papá. Se compró carne y se puso en el congelador; se mandó por café, se reabasteció el aguardiente de Papá, se lavaron a mano sus camisas y se las doblaron en su armario, se desempolvaron sus libreros, y Petrona recibió su entrenamiento.

Mamá y Petrona repasaban lo que se suponía que la muchacha debía decir y no decir.

—Entonces, Petrona, si el señor pregunta si algún hombre llama por teléfono a esta casa, ¿qué dirás?

—Diré que nunca contesto el teléfono, Señora.

—¿Y qué tal si él dice: "Bueno, y aquella vez cuando llamé y tú respondiste, Petrona?".¿Qué le respondes?

—Diré que fue una excepción, Señora.

—Bien. Petrona, y recuerda: tu hazme caso sólo a mi. La que manda en esta casa soy yo. El señor, él no sabe nada.

—Sí, Señora Alma.

A Cassandra y a mí nos emocionaba ver a papá. Desde la ventana del segundo piso estuvimos atentas del taxi de Emilio, sabiendo que era él quien llevaría a Papá a la casa. Emilio era su amigo desde el bachillerato. Tenía una nariz aguileña, cejas arqueadas y el aliento le olía a ajo y a romero. Mamá decía que Emilio y Papá habían sido comunistas, que Papá ya no lo era, pero creía que Emilio lo seguía siendo. Reconocíamos el taxi de Emilio desde lejos, porque tenía una banderita de Cuba que ondeaba en la antena del capó. Papá había hecho que Cassandra y yo memorizáramos todas las banderas del mundo. Señalaba cada bandera con un lapicero. Hacía un recuento de nuestros aciertos en pedazos de papel por separado, cada bandera valía un punto a excepción de la bandera cubana, que valía veinte. Pasaron quince minutos antes de que reconociéramos el taxi, pero cuando lo hicimos, bajamos corriendo hacia la entrada. En unos segundos Emilio se detendría, Papá abriría la puerta del taxi, caminaría hacia la verja, y yo lo vería.

Cuando Papá venía del trabajo, a veces se veía diferente. En una ocasión traía unas gafas delgadas y platinadas en lugar de sus gafas con armazón negro y toda su cara se le veía desbalanceada. En otra ocasión llegó sin bigote y no había nada que justificara sus gruesas y negras cejas. Se veía tan extraño, como si fuera el padre de alguien más.

Cuando el taxi se detuvo, salió Papá y Emilio arrancó despidiéndose con un amistoso bocinazo. Papá abrió el portón y se dirigió al interior de la casa. En el momento en que levantó la mirada, su cara se iluminó y sonrió alegremente y dijo en inglés: *"Oh, gad, wat a welcome!"*. Tenía la corbata desanudada y los botones superiores de su camisa desabrochados. Subió tambaleándose los escalones de piedra, su rostro tosco y flácido.

Cassandra dijo:

—Hueles a whisky.

Papá dijo que los aviones lo ponían nervioso y, acercando su rostro al de Cassandra, agregó:

—Eso es lo que estás oliendo realmente, Cassandra. Es el miedo.

Cassandra retrocedió y apareció Mamá en la puerta, rodeó a Papá por la cintura. Se puso de puntillas y le plantó un beso en la mejilla:

—Hola, Padre.

Papá le sonrió desde su altura y le devolvió el saludo:

—Hola, Madre.

Hola, Padre. Hola, Madre. Era una tradición que, según Papá, se remontaba a los abuelos de generaciones pasadas. Los esposos y las esposas se saludaban de la misma manera y el saludo había pasado de generación en generación como un vestigio familiar.

En la puerta, Cassandra y yo jalamos a Papá de las mangas y saltamos a su alrededor, mientras él subía las escaleras, se desplazaba por el pasillo y entraba en su habitación, preguntándole:

—¿Qué nos trajiste, Papá?, ¿qué nos trajiste?

Por un momento me pregunté en dónde se escondía Petrona. Pero en la habitación, Papá sonrió y abrió su maleta.

—Muy bien, niñas, a ver si los encuentran. —Se acostó en la cama y dejó reposar la cabeza en el cabecero.

Dentro de su maleta, había coloridos broches para nuestro cabello escondidos en sus calcetines enrollados. Metidos en las blancas mangas de sus camisas abotonadas había lápices de colores, calcomanías y borradores con olor a uvas. Olimos los borradores, los tallamos, y con ellas nos refregamos las mejillas. En el fondo de la maleta había dos libros de mapas, uno para Cassandra y otro para mí. Tenían montañas en relieve coloreadas y ríos veteados que subían por las colinas y se desbordaban en el papel.

Cuando volteamos a ver a Papá, estaba dormido. Nos quedamos viéndolo hasta que la cabeza le cayó de lado pero sus gafas se le balanceaban en la nariz.

—¿Está enfermo? —pregunté.

—Está borracho —dijo Mamá.

Mamá dijo que Papá no podía beber en el trabajo y que tenía muy poco autocontrol y era tan débil de carácter que no tenía la decencia para esperar y beber cuando estuviera en casa; tenía que ir y beber whisky en un avión.

Petrona se fue al terminar su jornada, viéndose liberada. Quizás le daba gusto no haber conocido a Papá, o quizá le aliviaba no haber tenido que mentir enfrente de Mamá. Quiero decir, que yo no sabía si Petrona mentiría. ¿*Había* hombres que llamaban a la casa cuando Cassandra y yo estábamos en el colegio? Yo sabía que Mamá tenía muchos amigos.

Esa tarde y esa noche se hincharon con los ronquidos de Papá. Hasta en el cuarto que yo compartía con Cassandra podíamos oírlo. Cuando respiraba producía un sonido sibilante y asfixiante, y luego tras tres ronquidos consecutivos, ronquidos breves, llegaba el silencio. El sueño de Papá era un hábito fastidiosamente sobrellevado desde hacía años en su trabajo. Sus horas de sueño eran erráticas y dependían de los caprichos de la perforadora en el campo petrolero, así que había aprendido a rendirse al sueño completa y rápidamente. Cuando dormía era como si una muerte pequeña derrotara su cuerpo. Pero su mente permanecía alerta y cautelosa para no alejarse demasiado, por si acaso se requería que Papá divulgara sus conocimientos especializados en perforadoras, la trigonometría de sus ángulos, o el entorno de las placas de la tierra. Pero los ronquidos empeoraban cuando se quedaba dormido de borracho.

Cerca de la medianoche, Cassandra y yo nos paramos en la puerta cerrada de la habitación de Papá y Mamá:

—Mamá, no podemos dormir.

Mamá abrió la puerta y prendió la lámpara de la mesita de noche y las tres rodeamos a Papá, viéndolo roncar, tratando de ver cómo hacer para que se callara. Le movimos los hombros, le metimos almohadas debajo de la cabeza, lo volteamos, le cerramos la nariz, le levantamos los pies, le pusimos almohadas en la cara, le alzamos los brazos, le movimos las piernas al modo de tijeras, le tapamos la boca, hasta que al final Papá se incorporó como un rayo, viéndonos medio aterrado.

—¿Qué pasó? ¿Hay un incendio? ¿Algo ha ocurrido?

—No ha ocurrido nada. No podemos dormir.

—¿Duermo en el piso de abajo?

—No. Déjanos moverte. Vuélvete a dormir.

Entonces, de pronto, Papá cerró los ojos, se cayó sobre su almohada, y así fue como se volvió a dormir. Sus ronquidos empezaron de nuevo, como el estruendo de una máquina centenaria.

Por la mañana, Mamá nos hizo a Cassandra y a mí una gran olla de café. Mamá no nos vigilaba, así que Cassandra y yo nos bebimos tres tazas y luego brincamos y subimos corriendo las escaleras, luego las bajamos, luego las subimos. Papá estaba en la habitación de Mamá, arrancando los pósters de Galán que Mamá tenía en las ventanas. Mamá zapateaba.

—¿Y es que tu crees que yo estoy pintada en la pared, hijueputa? ¿Y si me voy? ¿Qué vas a hacer?

Mamá siempre amenazaba con irse. Cualquiera creería que Papá se daría cuenta de que se trataba de una estrategia, pero la verdad, nadie podía fingir como lo hacía Mamá. Todos lo hacíamos cuando jugábamos cartas. Cuando Cassandra fingía que tenía buena mano le colgaba su quijada, incluso con los labios cerrados. Papá arqueaba las cejas cuando tenía una buena tirada y cuando no la tenía, así que era difícil decir cuál era cuál, pero Mamá no hacía nada con su cara y de pronto se quedaba sin expresión. Uno no tenía idea de lo que pensaba. A mí no me iba bien en el juego porque no podía recordar las reglas y constantemente revelaba mi jugada con mis preguntas,

"¿Qué es lo que hace el as?", "¿necesito cinco de cuál de las mismas para hacer qué?" Papá decía que yo tenía suerte de principiante.

Cassandra y yo sabíamos, sin necesidad de escuchar toda la pelea, que en una hora Papá se disculparía, retractaría lo que había dicho y colocaría de nuevo los pósters de Mamá. Así que subíamos y bajábamos corriendo las escaleras, sin cuidado, libres, no había nada más normal que Papá y Mamá peleando.

Siempre que regresaba a casa, Papá alteraba nuestro reino de mujeres. Era un intimidador, por principio.

—Bueno, entonces díganme, ¿quién es el que gana dinero en esta casa? No tendrás el cabello corto por la sencilla razón de que yo soy quien paga el corte.

Papá tenía reglas extrañas sobre el cabello y sobre qué tan largo debería uno tenerlo.

Mamá decía que todo era parte de un sórdido sistema de creencias llamado *machismo*. Mamá decía que Papá era un *machista*. Por otra parte, Mamá, Cassandra y yo éramos *feministas*. Es decir, que si yo quería tener el pelo corto, Mamá me lo permitiría y a Cassandra le gustaría (no obstante, ninguna de nosotras, estaba segura si Petrona tenía el cabello corto por conveniencia o por rebeldía).

Como feministas, Mamá decía que teníamos que elegir nuestras batallas. "Con tu papá, solo libra las batallas realmente importantes, que son: profesión, amor, dinero y el derecho de salir al mundo sin obstáculos por parte de él. El cabello no es una batalla importante". Cassandra asintió intensamente. Sus manos estaban recogidas sobre el regazo de su falda escolar y su pierna derecha estaba cruzada sobre la izquierda.

Adicionalmente, Papá era un maestro de la manipulación. Un día, ganó un fajo de billetes de un dólar en una partida de billar. Cuando llegó a casa, abanicó los billetes en frente de nosotras, preguntando a quién queríamos más, a él o a Mamá. Yo no quería tener nada que ver con los dólares americanos. Me aseguré de arrebatarle un dólar a Papá y romperlo en dos cada vez que los ofrecía, porque *esa* era una batalla de dinero.

Papá gritó:

—¡Oye, para, ese es un dólar de verdad!

Hizo que me sentara en la silla del comedor y me miró por encima del hombro mientras yo alineaba el billete perfectamente. Luego emitió un gruñido de aprobación. Asegurándome que los pedazos se mantuvieran alineados, los pegaba con cinta. A veces tenía que volverlo a hacer hasta que Papá quedara satisfecho.

Después de que yo pegaba el billete, él lo volvía a romper, aunque había prometido no hacerlo. Decía que era una lección.

—¿Ves, Chula? Eso es lo que siento cuando rompes un dólar por el que he trabajado.

Papá decía que yo no entendía el valor del dinero, y por lo tanto, no entendía las consecuencias porque era una niña malcriada.

Cuando Papá abanicaba dólares frente a Cassandra, ella nunca le respondía si lo quería más a él o a Mamá, en lugar de eso tomaba el dólar y dejaba que él pensara lo que quisiera.

Cassandra me contó que su estrategia era la del engaño. Si nunca respondía pero tomaba el dólar, Papá pensaría que lo quería más a él, pero en realidad ella no había pronunciado una sola palabra. Cassandra decía que eran las normas de los políticos, haces como que respondes preguntas sin hacerlo realmente.

—Mira, Alma —decía Papá cuando Cassandra le arrebataba los dólares de las manos.

—Ve cómo los ojos se le iluminan a esta con el dinero. ¡Ven a ver, como estrellitas en una caricatura!

Mamá acudía y veía como Papá repetía todo el ejercicio, excepto la parte de a quién quería más Cassandra. Mamá veía a Cassandra a los ojos mientras mi hermana cogía los dólares, y después Mamá y Papá se carcajeaban y, entre jadeos, decían:

—¡Sí, se le ve! ¡Cómo le bailan los ojos con felicidad!

Mientras tanto, Cassanda se volvía cada vez más rica.

Petrona nos veía de reojo. No le caía bien Papá. Yo digo que era porque Petrona y Papá rara vez coincidían en el mismo cuarto. No culpo a Petrona por no ser afectuosa con Papá. A veces Papá se trastornaba y le daban ganas de ponerse la bata de baño a la luz del día. Significaba que andaría en su bata de baño el resto del día, con la nariz metida en las páginas de un libro, resurgiendo solo para hablar en un lenguaje que ninguna de nosotras podía hablar.

Más tarde, se acercaba hasta donde estaba Petrona arreglando las flores de un jarrón como si estuviera en una dimensión diferente. Papá ni siquiera me veía, y yo estaba ahí junto a Petrona arrancándole pétalos a una flor, diciéndole, "Te quiere, no te quiere, te ama, no te ama". Papá miraba hacia lo alto, y decía cosas extrañas, de las que recuerdo: plebiscito, plutocracia, Weltgeist. Yo no tenía ni idea lo que significaban ninguna de ellas, pero me gustaba Weltgeist. Sonaba importante y grande como Poseidón, el dios de los mares. Le dije a Petrona que Weltgeist significaba dios de las montañas y que era una mujer barbada que cabalgaba en una cabra mágica. Petrona parecía impresionada.

—¿Y qué hace la mujer barbona?

—Siembra las semillas de las flores y ayuda a que los amantes se encuentren.

Me esperé un momento y luego pregunté:

—Petrona, ¿tienes novio?

Petrona soltó una risita.

—No, pero a lo mejor algún día.

En casa, me tenía encantada la callada elegancia de Petrona. Me gustaba el modo en que pronunciaba las palabras. Me gustaba cómo se veía bajo la luz del sol en la sala de estar; el lazo blanco de su delantal moviéndose solo un poquito cuando tarareaba con su voz de contralto, cuando quitaba el polvo de los alféizares, y las motas se elevaban y bailaban en la luz.

En comparación, Mamá era alborotera y chillona. No había nada de sutil en la forma en que se movía o hablaba; era perezosa y quería que todo se lo hicieran.

También me gustaban los volubles estados anímicos de Petrona. Era como si fuera un planeta inestable. En segundos pasaba de estar serena, como si estuviera viendo las cosas desde las alturas, a que los músculos de su cuello le palpitaran por la tensión. Era lo que me atraía de ella. Sus titubeos me parecían misteriosos y seductores.

Practicaba para moverme como Petrona. Cuando acercaba mi dedo para prender o apagar la luz, lo hacía a velocidad moderada. Petrona se movía muy despacio, parecía una bailarina de ballet. Yo no entendía por qué yo era la única que realmente veía a Petrona, pero parecía un don.

⌒

Tras la larga semana de lucha por el poder y el territorio llegó un día en que Papá y Mamá hicieron la paz y salieron a divertirse. Le preguntaron a Petrona si podría quedarse a dormir para cuidarnos. Papá se puso corbata y Mamá parecía un pájaro enjoyado. De su chal le colgaban plumas negras y cuentas brillosas. Papá dijo que irían a un restaurante elegante y después a bailar a una fiesta.

Una vez que salieron, Cassandra tuvo la ilusión de que la habían dejado al mando, y le dijo a Petrona que nos llevara un plato con dos naranjas, cuatro latas de Pepsi, dos bolsas de nueces y muchos bollos de pan. Cassandra y yo nos preparamos, como lo hacíamos cada jueves en la noche, en caso de un bombardeo.

Cada jueves, desde el asunto del zapato de la niña muerta, volvíamos a empacar nuestras mochilas de emergencia y las dejábamos listas a un lado de la cama. Nuestras vidas podrían estar muy cerca de su final y era mejor estar preparadas. Cuando Petrona se dio cuenta de lo que hacíamos, dijo que no era una buena idea, que la comida se echaría a perder, y Cassandra le dijo que tenía razón, que precisamente por eso reabastecíamos nuestras mochilas cada semana pues la comida se llenaba de hongos y se ponía dura y empezaba a soltar malos olores. Le dimos a Petrona la comida descompuesta y enseguida nos pusimos de rodillas delante de nuestras camas para rellenar nuestras mochilas. Petrona se quedo mirando la bandeja amontonada con la comida podrida, y cuando finalmente se fue, Cassandra y yo nos sentamos dándonos la espalda y usando nuestras camas como mesas de trabajo.

Aquel jueves empaqué mi cepillo dental de repuesto, la pasta y el jabón, una naranja, pan y nueces, una muda de ropa y un diario para escribir cosas nostálgicas. Cassandra empacó sus rompecabezas, cuatro latas nuevas de Pepsi, una bolsa de pitillos (pues no le gustaba el contacto con cosas que eran "públicas") y una novela que tenía que leer para la escuela, *The Bell Jar*. Le pregunté si no sería mejor dejar el libro afuera para que de verdad lo pudiera leer, pero ella se dio la vuelta y me preguntó

si podía llevarle el cepillo de dientes, y que si las cosas empeoraban podría yo compartir mi comida con ella, y la pasta dental
y el jabón, porque como podía yo ver ya no tenía espacio en
su mochila. Ladeó su mochila y la abrió por completo. Estaba
llena y hasta arriba de cosas que sobresalían.

—Chula, acuérdate, soy la mayor. La mayor le dice a la
menor qué hacer.

El armazón de sus gafas con bordes color rosa se le deslizó
de la nariz.

A Cassandra siempre le costaba trabajo llegar a la perspectiva
correcta de las cosas.

—Lo haré porque te quiero, no porque me lo estés ordenando.

Le extendí mi mano. Cassandra giró y agarró su cepillo de
dientes, que estaba sobre su cama. Lo golpeteó en mi mano
y volvió a girar para acomodar sus pertenencias. Me quedé
viendo su cola de caballo, tenía la forma de una oscura lágrima
invertida.

—¡De nada! —dije. Ella no dijo nada y cerró y abrió la cre-
mallera de su bolsa.

Me vi la mano. El cepillo de Cassandra era rosa y tenía las
cerdas envueltas con una banda elástica. El mío era azul, y no
tenía protector porque me gustaba ir contra la corriente. Metí
el cepillo de Cassandra hasta el fondo de la bolsa, al nivel de
mi codo. Pensé en el zapato rojo de la niña muerta. La media
blanca llena de pierna. Se suponía que yo debía saber quién
era el responsable de su muerte, pero se me seguía olvidando.
Cassandra dijo:

—No sabes, Chula, fue Pablo Escobar. Lo dijeron como seis
veces en la televisión.

Recordaba algo vago sobre la guerrilla, pero quizá Pablo
Escobar y la guerrilla eran lo mismo. Sacudí la cabeza. Mi

mente siempre andaba en las nubes. El ruido que hacía el cierre de la mochila de Cassandra sonó terminantemente detrás
de mí.

—¿En qué crees que piensa Pablo Escobar? —pregunté.

—Dinero.

Tiró su mochila al aire tres veces, para calcular su peso, antes
de ponerla en el suelo y ella estirarse encima de la cama, bostezando. Entre nosotras había una larga línea de cinta adhesiva,
desde la pared izquierda hasta la mitad de nuestra mesita de
noche y la lámpara, bajaba por la alfombra café entre nuestras
camas, y subía por la pared de en medio entre nuestros armarios. Del lado de Cassandra había un escritorio con una radio-
casetera. De mi lado estaba la ventana de pared a pared que
daba a un terreno baldío cubierto de yerba y con dos vacas. Yo
había escogido ese lado de la cama para ver a las vacas.

Desde que pasó lo del carro bomba, me arrodillaba al pie
de mi cama al menos dos veces al día para abrir las cortinas de
encaje de par en par y mirar más allá del tejado de plástico que
protegía nuestro patio interior, más allá de la barda que tenía en
la parte superior vidrios rotos, hacia el terreno baldío. Miraba a
las vacas que practicaban el balanceo de sus colas y las oía emitir
su largo y solitario mugido para todos aquellos que quisieran
escucharlo.

A una vaca le puse Teresa y a la otra Antonio, por Papá.
No sabía de qué género eran o cómo distinguirlas, así que me
refería a ellas en plural como *las vacas. Hoy las vacas se acostaron
en esquinas contrarias del baldío como si fueran unas extrañas, a pesar
de que son las únicas vacas que se conocen en todo el mundo. ¿Por qué
hacen eso, Mamá?* Papá dijo que quizá mis vacas habían estado
leyendo a Sartre, pero yo no tenía ni idea de que hablaba.

Cuando no había alguien que pudiera verme, abría la ventana y le mugía a las vacas. Paraban las orejas y dejaban de

mover la cola, se quedaban quietas poniendo atención, escuchando, pero nunca me respondieron.

Yo jugaba a ser el guardia de seguridad y miraba más allá de las vacas a donde había una acera muy ancha, y después la calle con carros que pasaban velozmente. Miraba para discernir algún tipo de comportamiento sospechoso y hacer notas en mi diario. De cuando en cuando veía a peatones yendo apresurados por la acera, pero me hallaba a mucha distancia como para distinguir sus caras, para ver si eran peligrosos. Estaba segura de que caminar del lado de la carretera era suficientemente sospechoso y anotaba las palabras "peatón sospechoso", luego la hora, el día y el año. Los carros abandonados también eran sospechosos, pues podían contener bombas. Le avisaba a Mamá o a Papá cuando dejaban un carro abandonado, y a veces ellos llamaban a la policía.

Cassandra me preguntó:

—*Tú* qué crees ¿en qué piensa Pablo Escobar?

Suspiré, cerrando mi mochila y miré por la ventana antes de recostarme como Cassandra.

—Cosas monstruosas.

Cuando Mamá y Papá llegaron a casa, hicimos palomitas de maíz y nos acurrucamos en su enorme cama, a pesar de que era tarde, y vimos por televisión la historia de un robot que era al mismo tiempo policía. Coloqué mi cabeza del lado del pecho de Papá, viendo explosiones en la televisión mientras me quedaba dormida. El póster con el perfil de Galán se iluminaba con la luz de la farola de la calle. Galán levantaba su puño tres veces por la ventana.

Al día siguiente cuando me desperté Papá se había ido.

Petrona

En nuestra casita, construida con los deshechos de la ciudad, lloramos la partida de Ramoncito. La provocó la sangre de Aurora. Una mancha le bajó por la pierna. Mami me pidió que me calmara, Ramoncito volvería, pero yo lloraba por Aurora. Era una cuestión de tiempo el que Mami empezara a considerar a Aurora una carga, y Aurorita tendría que ir a trabajar. Mami y yo discutimos.

Aurorita hacía casi toda la limpieza en nuestro hogar. Mami andaba muy mal de su respiración. Aurora tan pequeña, y aún así Fernandito, Bernardo y Patricio, todos mayores que ella, se rehusaban a traer agua desde el pozo porque eso era un trabajo de mujer, aunque la pequeña tardara media hora en regresar arrastrando el agua.

Traer agua del pozo solía ser mi labor. Llenaba los baldes y los cargaba con un yugo de media luna hasta nuestro hogar. Lanzaba el agua con un fuerte bamboleo de mi torso, y el agua caía y se estampaba en el piso de tierra. Mantenía el polvo controlado, y Mami podía respirar.

Aurora no era fuerte. Dejaba los baldes a la entrada, los empujaba con el pie, y después en cuatro patas expandía el reguero de agua, golpeteando sus palmas contra el charco para que se absorbiera rápido.

Esa era la vida de Aurora: cuidar de otros.

Mi vida era limpiar y cocinar y más limpiar y más cocinar cuando llegaba a nuestra casita en los Cerros.

Mi vida era dar vueltas en el colchón que compartía con Mami y Aurorita, mis tres pequeñitos dormían como sardinas en el colchón de junto.

No servía para llevar una vida honesta como Papi. Planeé hacer el mercado para los Santiago cuando sabía que Leticia tenía la costumbre de ir también. La esperé en la esquina cerca de la casa donde ella trabajaba. La vi salir, pasarse los dedos por entre el cabello, y me acerqué a ella como si fuera una coincidencia que nos hubiéramos encontrado, y antes de que yo pudiera arrepentirme le dije que lo haría, entregaría los sobres, había cambiado de parecer. ¿Cuándo podría comenzar?

7

La fruta del borrachero

Isa y Lala dijeron que ahora sabíamos fuera de toda duda que Petrona había estado bajo un *hechizo de magia negra*. ¿De qué otro modo podríamos explicar el hecho de que lo que había roto el silencio de Petrona fuese algo violento como la pierna de la niña muerta calzando un zapato rojo? Solo la magia negra obraba de esa forma.

Aunque los demás habían dejado el asunto de Petrona en paz, yo aún tenía la sensación de que algo la inquietaba. En el último día de clases de aquel septiembre, Cassandra y yo corrimos a casa llenas de vida gracias a nuestra recién adquirida libertad. Cassandra fue a darse una ducha y yo fui a la cocina para ver en qué andaba Petrona. La encontré colocando cuidadosamente la escoba con las cerdas apuntando hacia arriba contra una esquina como si estuviera acomodando a un bebé en una cuna. Iba a tocar la escoba cuando Petrona me gritó que no lo hiciera, y cuando Mamá quiso saber por qué Petrona dijo que era para evitar que las brujas aterrizaran en el tejado de nuestra casa.

Yo le tenía miedo a las brujas. ¿Cómo protegerse de ellas? Podían hacerte sangrar de la nariz con solo mirarte fijamente. Oí en la radio a un hombre decir *Pablo Escobar es tan escurridizo, probablemente tiene la protección de una bruja.* Hallé a Mamá a la orilla de la cama pintándose las uñas de rosa.

—Mamá, ¿qué bruja protege a Pablo Escobar?

Se volteó a mirarme.

—¿Pablo Escobar? —Levantó la vista hacia el techo pensando por un momento—. Probablemente una bruja del Amazonas, de ahí son las brujas más poderosas. —Extendió su mano derecha y se pasó la última capa de barniz rosa y tarareó al empezar con la mano izquierda.

El cumpleaños de Cassandra y el mío llegaron y se fueron, y pasamos todas las vacaciones jugando con Isa y Lala. Cuando yo entraba y salía de la casa, y corría por la cocina pidiendo a gritos un bocadillo o agua fría, Petrona se sobresaltaba. Las cucharas soperas repiqueteaban en el suelo, se quebraban los platos. Yo mantenía en mi diario el control de las meriendas que Petrona comía en caso de que un día todo cobrara sentido: manzana con miel, patacones, semillas de girasol, pechuga de pollo.

Un día, las cuatro nos quedamos dormidas viendo la televisión. Mamá, Cassandra y yo yacíamos en ángulos en la cama, y Petrona sentada en el suelo, apoyando su cabeza en la orilla de la cama y a mis pies. Me desperté sobresaltada cuando Petrona se levantó. Fue hacia la puerta de la habitación. Vi el movimiento lento con que su mano alcanzó la perilla, el modo en que le dio vuelta tratando de que no chasqueara, la forma en que puso una mano contra la puerta y la abría con la otra lentamente para que no crujiera. Fue tan impresionante que me esperé hasta que bajó las escaleras, y luego a hurtadillas salí al pasillo. Me asomé por los barandales y la vi tirar de la puerta de entrada igual que había hecho con la puerta del cuarto de Mamá, y luego caminó hacia el antejardín.

Su comportamiento era tan sospechoso que corrí al cuarto de Mamá para ver desde debajo de los pósters de Galán. En el jardín, Petrona dejaba correr tierra entre los dedos. Se agachó, luego zigzageó, avanzando poco a poco hacia el portón. Me escondí cuando miró por encima del hombro. Conté hasta diez. Cuando volví a levantarme, Petrona se estaba hincando debajo del borrachero, sostenía una flor en la nariz y respiraba profundamente.

Se balanceaba. Busqué en mí alguna señal de alerta, pero no había ninguna. Miré a Petrona acercar su mano al portón para estabilizarse. Creí que entraría en la casa, pero en cambio se quedó de pie y arrancó una frutilla del árbol. Me dije a mí misma que debía moverme, o al menos decir algo, pero no lo hice. Observé cómo Petrona rompía la cáscara de la fruta y su mano se le llenó de semillas. Vi cuando Petrona se llevó una semilla a la boca y la masticó. La miré caer de rodillas.

—¡Mamá, Mamá! —me agaché por debajo del póster y brinqué a la cama—. ¡Mamá, despierta! ¡Petrona está poseída!

Mamá se incorporó.

—¿Qué?

—¡Petrona, Mamá! Está comiendo del árbol.

Mamá arrojó a un lado las sábanas y bajamos corriendo las escaleras al piso inferior y llegamos al jardín. Ahí encontramos a Petrona, rodando de un lado a otro, riéndose, recuperando el aliento, las flores del borrachero en el suelo alrededor de ella.

Mamá se puso de rodillas y agarró por la muñeca a Petrona. Petrona gruñó como un animal y yo retrocedí. Mamá se aferró rápidamente de las manos de Petrona y Petrona sacudió la cabeza y se rio largo rato como una loca. Segundos antes de que Mamá dijera palabra, mientras yo me agarraba al pasto, apartándome de Petrona, vi por primera vez, de manera objetiva, que en realidad ella tenía trece años de edad. Era delgada y sonrosada, y estaba atrapada en algún lugar entre mujer y niña, viva y llena de secretos.

—Petrona, cálmate —le ordenó Mamá, al instante Petrona sonrió y palpó el suelo y sus piernas se retorcieron. Volvió a ser la Petrona que yo conocía. Le acerqué mi mano y levantó la cara. El negro de sus pupilas era inmenso en el ámbar de sus ojos. No la toqué. Mamá le pasó el dorso de la mano por la frente. El contacto de la mano de Mamá pareció tranquilizarla y empezó a estremecerse como un cachorro.

—Esa nueva niña de ustedes no está bien —nos dijo la Soltera. Se inclinó sobre nuestra jardinera en el porche delantero, con un cigarrillo en la mano, y cerrándose la bata blanca de baño sobre el pecho—. Ya lo tenía merecido, esa muchacha.

—Vamos adentro —le dijo Mamá a Petrona. Petrona se incorporó. Cuando se puso de pie, me hizo una mueca horrible. Retrocedí—. Vamos, Petrona —dijo Mamá, y Petrona se puso bajo el brazo de Mamá y caminaron hacia el porche. Yo me quedé donde estaba, con miedo de seguirlas, con miedo de estar cerca de las flores del borrachero, que parecían tan delicadas y tan blancas en el césped—. Sigue caminando, Petrona —dijo Mamá, y vi que Petrona se había quedado inmóvil en el patio de los adoquines rojos, con la respiración entrecortada. Señaló y miró fijamente a la Soltera como si la Soltera fuera un espanto. Mamá dijo—: Ya casi llegamos, unos pasos más —y Petrona siguió apuntando con el dedo, pero dejó que la jalaran hacia el interior de la casa.

La Soltera se burló.

—¿Qué es lo que le pasa a esa muchacha? —Tiró la ceniza de su cigarrillo encima de nuestra jardinera y yo me fui corriendo a la casa.

Adentro, estaba Cassandra de pie en las escaleras.

—¿Qué pasó?

En su cama, Petrona respiró agitadamente, luego despacio.

Cassandra se puso de rodillas cerca de mí, y vimos a Petrona mientras se contraía o se moría, no sabíamos cuál. Puesto que la familia de Petrona no tenía teléfono, Mamá les llamó a la tienda de la esquina cerca de su casa y les dejó un mensaje con el tendero. Le pidió que avisara a la familia de Petrona que la muchacha se había enfermado con comida descompuesta, y que se quedaría en nuestra casa los siguientes días para que se recuperara. El tendero dijo que no había problema, que pasaría el mensaje; el hermano de Petrona iba todas las noches a recoger algunos refrescos para la familia. Después de llamar por teléfono, Mamá sacó una botella de su armario y vació su contenido en un vaso. Se lo dio a beber a Petrona y nos dijo que era una bebida especial que absorbería el veneno. El vaso estaba lleno de un líquido negro como la brea.

Petrona lo inclinó hacia atrás y se lo tragó, un escurrimiento negruzco le bajó por la quijada. Ella se retorció. Mamá dijo que Petrona estaba intoxicada. Le puso una toalla mojada en la frente. Petrona se incorporó después de un rato, diciendo que había perdido su plato de sopa entre las sábanas y me pidió que la ayudara a buscarlo. Mamá me hizo una señal de aprobación con la cabeza, así que hice como que buscaba junto con Petrona. Hurgamos entre las sábanas y yo me pregunté ¿quién en sus cinco sentidos olería una flor del borrachero y luego comería su fruto? Mamá dijo que no tardaría mucho, el líquido negro desintoxicaría a Petrona. Nos ordenó que fuéramos a nuestro cuarto. Petrona iba a estar muy enferma. Cassandra y yo medio obedecimos. Acampamos en la sala. Estuvimos calladas, tumbadas de lado en el sofá con nuestras cobijas encima oyendo vomitar a Petrona. Yo no pensaba en nada, estaba muda de preocupación, con una sensación pulsante por cada tirón y gemido y lloriqueo que salía de su cuarto.

Cuando se hizo de noche, todo se quedó en silencio. Mamá salió de la cocina. Se puso un abrigo y nos dijo que tenía que ir a la farmacia a comprar suero para Petrona. Regresó con una botella para darle de beber a Petrona y Cassandra y yo finalmente nos quedamos dormidas.

⤚⤙

Al día siguiente Petrona ya era normal, salvo que no recordaba nada del día anterior. Era como cuando Papá bebía demasiado y no se acordaba de las historias que había contado. Petrona nos escuchó intrigada cuando le informamos de la forma en que miraba a la Soltera, y que todo el tiempo estuvo de rodillas en la cama buscando su plato de sopa.

—¿Qué estaría viendo?— dijo, y Mamá manoteó en el aire.

—Lo importante es que dejes la estupidez a un lado y que hagas lo que te digo, Petrona. ¿No te dije que le mantengas la distancia a ese árbol?

Petrona parecía estar completamente recuperada, pero Mamá insistió en que se quedara en la cama y bebiera tanta agua como pudiera. Mamá no dijo nada de si Petrona podría jugar o no, así que Cassandra y yo le llevamos nuestra Barbies. Teníamos una caja llena. Nuestras Barbies tenían ojos azules y el cabello corto porque Cassandra se los había cortado, jurando que les crecería de nuevo. Les faltaban las piernas o los brazos porque Cassandra se los había arrancado. Cassandra tenía la costumbre de masticarles las extremidades cuando veía la televisión o cuando tomaba duchas largas o cuando hacía la tarea. Agarraba la cabeza de la Barbie por el cabello y hundía sus dientes en los dedos de hule, en los tobillos y en las muñecas, en las pantorrillas, en los muslos y en los antebrazos, hasta que con su saliva y los dientes les desprendía pedazos de vinilo. Le entretenía retenerlos en la boca, la blandura entre sus dientes, el sabor a chicle viejo, y después se los tragaba y comenzaba de nuevo con otro miembro.

Pensábamos que era una verdadera tragedia.

Al principio inventábamos complejas historias sobre cómo nuestras Barbies se habían vuelto parapléjicas. Pero después, nuestro juego favorito fue el de hacer como que eran veteranas y víctimas de la guerra. Y este es el juego al que invitamos a Petrona a jugar.

La Barbie de Cassandra, Veracruz, había perdido los brazos y las piernas al querer escapar de los guerrilleros. Había corrido un millón de millas durante mil días hasta que los pies se le desgastaron en el camino, y después había corrido con las manos, pero estas también se les habían desgastado. Mi Barbie, Lola, había sido jefa de la guerrilla en Putumayo, pero sus hombres se le revelaron y la habían descuartizado en una selva. Tenía un paliacate rojo alrededor de la frente y ojeras dibujadas debajo de los ojos.

Cuando vio nuestras Barbies, Petrona se cubrió la boca y soltó una risotada. Estaba sentada, se veía más pálida que de costumbre, pero se reía violentamente, inclinándose y golpeteándose una pierna. Se limpió una lágrima de un ojo y, suspirando, acercó la mano a la caja, donde se apilaban las Barbies. Sacó una que tenía puesto un vestido de color azul chillante. El vestido le quedaba ajustado a la Barbie y le llegaba por debajo de la separación de las piernas.

Petrona le acarició a la Barbie el cabello corto y luego le pasó los dedos índices por debajo del duro plástico de las axilas, dejándole colgado el torso con las piernas y los brazos mochos en dirección a ella como si se tratara de un bebé.

—La llamaré Bianca —dijo—. Y así nació.

—¿En serio, Petrona? —le dije—. ¿Sin brazos y sin piernas?

—Era una condición interesante.

—Sí, Niña, por supuesto, es común —dijo Petrona—. Su mamá fumaba y se emborrachaba durante el embarazo. Además se cayó de cabeza cuando era una bebé.

En la cama de Petrona donde la luz oscilaba entre el amarillo cálido y el gris hasta que tuvimos que prender la luz del techo, zangoloteábamos a nuestras Barbies mutiladas y les revolvíamos el cabello. Veracruz y Bianca se hicieron amigas cuando se sentaron juntas en una banca. Después de todo, ¿cuál era la probabilidad de conocer a otra mujer que era un torso como ella y que, como ella, tenía que desplazarse dando saltos mortales?

Bianca iba camino al supermercado cuando se topó con Lola. Bianca estaba tan emocionada de ver a otra como ellas, sin brazos y sin piernas, que se hizo amiga de Lola inmediatamente; pero Lola no quería amigos, quería más gente para su ejército guerrillero.

Bianca, la Barbie de Petrona, rebotaba sobre sus muslos aplastados y decía que ella ya tenía su ejército guerrillero. Lola quería empezar una guerra contra el ejército de Bianca, pero Bianca dijo que no era así como procedían los guerrilleros. Sus verdaderos enemigos eran los ricos.

—Ah —dije—. Como la Oligarca.

—¡Maten a los ricos! —dijo Lola.

Cassandra se nos unió y levantó el muñón del brazo de Veracruz. Veracruz cantaba:

—¡Maten a los ricos, maten a los ricos! —mientras Bianca cantaba—. *Agrupémonos todos, en la lucha final, y se alcen los pueblos por la Internacional.*

Cassandra apartó la vista de su Barbie.

—¿Qué fue eso?

—Solo una canción —dijo Petrona.

Mamá abrió la puerta de la habitación. Traía una bandeja con un gran tazón de sopa y jugo.

—Salgan —nos dijo a Cassandra y a mí—. Dejen a Petrona en paz, tiene que descansar.

Petrona me sonrió y puso a Bianca bocabajo en su cama y se sentó para recibir la bandeja de Mamá. Cassandra agarró nuestras Barbies y las arrojó a la caja junto con las demás. Recogió la caja y dijo:

—Espero que te sientas mejor.

—Que te sientas mejor —repetí yo y salimos de la habitación. Mamá le estaba preguntando algo a Petrona en voz baja y Cassandra dijo:

—La canción era rara.

—¿Por qué?

—Por nada.

Cuando íbamos rumbo a la cocina, noté que la escoba con las cerdas boca arriba no estaba en su rincón. Me pregunté si una bruja había aterrizado en el techo y había hecho a Petrona comer de las semillas del borrachero. Un escalofrío me recorrió la espalda. Miré a mi alrededor pero todo parecía estar en su lugar. Seguí después a Cassandra mientras subíamos las escaleras, mirando el volante blanco de sus calcetas, con mucho miedo como para decir algo.

Petrona

Ramoncito había estado en la costa trabajando como embalador en trenes cargueros. Traía dinero cuando volvió y Mami compraba jugo, nos lo servía a todos en un vaso y decía qué bendición, nuestra familia es todavía nuestra familia. Yo me enojé con el abuelo Andrés por decir que Ramoncito era guerrillero. Pero no podía seguir enojada porque Ramón ya estaba hecho todo un hombrecito: su pecho era ancho, su espalda fuerte y hasta la piel de sus nudillos se había tornado áspera. Yo imaginaba a Ramón en la costa. Lo imaginaba levantando cajas, llenando los vagones del tren, por fin un buen hijo para mi Mami. Canté en voz baja. Ramón trabajaba con la misma compañía ferroviaria pero ahora en Bogotá y supervisando envíos. Dejé de entregar sobres. Si Ramón seguía trabajando, de pronto algún día yo podría volver a la escuela. Podría tomar una clase o dos, y convertirme en secretaria.

Mami y Ramón hablaban por teléfono todos los días a las seis de la tarde. Mami iba a la tienda de la esquina. Subía y bajaba el cerro para estar allí cuando sonara el teléfono, a pesar de su asma. Mami hablaba con Ramón acerca del clima, luego del futuro: la casa que comprarían, la comida que habría en la nevera. Entonces Ramón decía: *Mami, la bendición*, y Mami lo bendecía. Mami se preocupaba de lo duro que era el trabajo de Ramón en la compañía; yo le dije mientras le sigan pagando.

Una tarde Ramón no llamó y Mami casi se vuelve loca. El dueño de la tienda de la esquina, el señor David, sintió tanta lástima por Mami que salió de la cama cuando finalmente llegó la llamada de Ramón a las tres de la mañana. Subió el cerro hasta nuestra casita y ayudó a Mami a bajar a la tienda. Cuando Mami levantó el teléfono, Ramón se escuchaba muerto de cansancio. *¿Estás bien, mijo?* Se le oyó tranquilo por un momento y Mami se relajó. *La bendición*, pidió él, y Mami se la dio, *Dios me lo bendiga, mijo*. Se quedaron callados y luego Ramón dijo que necesitaba descansar. Al día siguiente unos niños que andaban cazando pavos encontraron su cuerpo, tirado en los Cerros, como el otro cuerpo, salvo que la gente decía que en esta ocasión no había sido el ejército sino los paras, porque todos sabían que Ramón era guerrillero, que había estado empacando dinamita y explosivos y que el dinero que nos daba era de la guerrilla, que cuando llamaba para pedir la bendición era antes de ir a cumplir una misión y que nosotros éramos unos estúpidos por no habernos dado cuenta.

Tuvimos el ataúd por dos días en nuestro hogar. El ataúd era todo lo que pudimos comprar. Mami vistió a Ramón con una camiseta y unos jeans que ella misma había lavado. No era un hombrecito. Era un niño de doce años. Su piel era como de arcilla, sus cejas tiesas, su rostro como una máscara. Yo sabía dónde estaban los orificios de las balas, cómo le habían trepado por la espalda a nuestro Ramoncito. Tomé sus manos entre las mías, y juré que demostraría que había estado haciendo un trabajo honesto. Cuando me limpié las lágrimas advertí un olor a pólvora. Olí las manos de Ramoncito, caí de rodillas y lloré.

Mami me miró con odio. *Sus manos no huelen a nada, mentirosa, mentirosa, mentirosa.*

La gente de los Cerros sabía lo que había ocurrido, pero nadie se detuvo en nuestro hogar. Supuse que deseaban que ya todo pasara, pero no teníamos en dónde enterrar el ataúd así que lo depositamos delante de nuestra casa.

~

Llegó Leticia con un ramo de flores. Venían envueltas en plástico y supe que había gastado su dinero en ellas. Leticia se llevó un trapito a la nariz. El olor de Ramón impregnaba el aire. Había un hombre junto a Leticia. Conocía a mi hermano. La gente lo llamaba Gorrión. Él me miró. Leticia dijo algo pero no la escuché bien, porque tenía frente a mí los ojos de Gorrión, mirándome atentamente, sus pupilas cafés me absorbían, por lo que no podía mirar a otro lado, pero lo hice, para ver su mano acercándose a la mía. Era una mano suave y me dio una sacudida eléctrica cuando la toqué. Se pasó los dedos por su cabello afro, y luego volví a ver el brillo de sus ojos. Sentí que me miró de una forma que yo no sabía fuera posible y aplacó algo adentro de mí, y entonces abrí el ataúd para este hombre que tenía el poder de ver, porque yo quería que él viese lo que le estaba ocurriendo a Ramoncito.

Leticia se tambaleó, *Dios mío.* Se sostuvo en un árbol, pero Gorrión ni se movió, y yo se lo agradecí. En sus morenos pómulos reverberaba la luz del sol. Por su rostro, advertí que estaba triste, pero no sorprendido como la mayoría de la gente, que no esperaban que Ramón fuera a desinflarse como una pelota reventada. Gorrión me sonrió tristemente y yo le sonreí también con tristeza. Habló. Dijo que quería pagar el entierro de Ramón. *¿Cómo?*, le pregunté, aferrándome a su voz que parecía llegarme hasta debajo de los pies, pero lo que yo quería decir era: *No*. Sacó un sobre de su chaqueta de jean y me lo puso en las manos. Dijo que eran sus ahorros. Me quedé viendo el abultado sobre blanco sin poder entender tanta gentileza de parte de un extraño; luego el sobre cayó al suelo por un manotazo. Era Mami que había salido de nuestra casita. Leticia ya se había ido. Mami le aventó tierra y piedras a Gorrión, quien esquivó los ataques, luego recogió el sobre y se fue corriendo. Mami le gritó: bestia, animal, atrevido, desgraciado, cómo se atrevía a darnos su sucio dinero, ella sabía de dónde venía aquel dinero, desde luego, él era negro, negro como la tierra era él. Mami me gritó: *No quiero verte otra vez hablando con ese negro.*

∼≺

En la noche, salí a tirar el agua sucia del lavadero y Gorrión salió de entre las sombras. *Aléjate*, le susurré, pero él siguió caminando y me puso un inhalador en las manos. Me quedé viendo el objeto, boquiabierta. *¿De dónde sacaste esto?* Una ráfaga de viento cruzó los árboles. Gorrión se estiró para ver por encima de mi hombro. La cortina de la puerta de entrada de mi casa brillaba por la luz de una vela. *Ramón era mi amigo. Me pidió que te cuidara, y aquí estoy.*

Adentro de la casa se escuchaba un repiqueteo. Volví la vista hacia atrás, luego hacia Gorrión. Retrocedió entre las sombras. *¿Te puedo visitar en tu trabajo?*, musitó. *A lo mejor podemos tener más tiempo para hablar.* Avancé hacia su voz. Encontré su mano y entonces le besé la mejilla. Estaba demasiado oscuro como para ver su cara, pero se quedó cerca de mí por unos segundos antes de salir corriendo, haciendo crujir los árboles por donde pasaba. Su partida me dejó una especie de dolor dulce. No quise que Mami destruyera el inhalador, así que le dije que me lo habían dado los Santiago, que habían enviado sus condolencias. Mami frunció las cejas pero lo aceptó.

Al día siguiente vino el abuelo Andrés y dijo que podíamos poner a Ramón en la misma tumba junto a su esposa. Yo no sabía que el abuelo Andrés había tenido esposa, pero en los Cerros no hacemos muchas preguntas por si acaso termináramos sabiendo algo que supuestamente no deberíamos saber. Transportamos el ataúd en un burro hacia el cementerio. Ya habían cavado la fosa. El encargado nos ayudó a poner el ataúd encima del que ya estaba abajo. La lápida decía: *Diana Martínez, amada esposa*. Aquel fue el lugar de descanso de Ramón. Arrojamos puños de tierra a la fosa, los pequeños, Mami y yo, y mis ojos se llenaron de lágrimas. Miré a todos lados, queriendo sentir algo más. Eché un vistazo entre las matas, los árboles, entre las lápidas del cementerio, pero no había nada a qué aferrarme.

Me sentía ligera, aunque la Señora había dicho que pude haber muerto, al respirar tantas veces de la flor de aquel árbol en su jardín. Me coloqué una semilla en la lengua y la mordí a pesar de que me supo amarga. Debo haber hecho una mueca, o al menos así lo sentí. Las cosas se borronearon y se me aflojaron las rodillas. Después mi dolor se hizo pequeño. Mi vida se abrió enfrente de mí: limpia y clara.

Caí al suelo.

Fue como quedarme dormida.

8.

¡Galán! ¡Galán! ¡Galán!

Cuando reinició el ciclo escolar del último trimestre de aquel año, tuve una corazonada de que algo malo estaba a punto de ocurrir. El estómago se me crispó y revolvió. Me olía a sangre en la escuela. Creí que tenía una hemorragia nasal pero cuando fui al baño para revisarme no tenía nada en la nariz, solo la piel se me veía más pálida y las manos me temblaban. No pude identificar de dónde provenía el olor. Durante el recreo, Cassandra me sobó la espalda y me dijo que era solo que yo estaba emocionada por ver a Galán, pues Mamá nos iba a llevar a Soacha para verlo pronunciar un discurso. Posiblemente eran solo los nervios o quizás era porque no se lo habíamos mencionado a Papá puesto que él no nos hubiera permitido asistir. Cassandra me dio su gaseosa y me llevó a ver los caballos que cuidaban los guardias en la parte trasera de la escuela. Nos sentamos juntas en el pequeño establo debajo de los árboles de eucalipto, y de alguna manera ver a los caballos masticar el pasto me hizo sentir mejor y me olvidé de todo.

Cuando llegamos a casa Cassandra y yo nos dibujamos corazones gordos en los cachetes con el pintalabios de Mamá y luego trazamos con grandes letras sobre una cartulina blanca el nombre ¡GALÁN! Cassandra era muy buena en gramática así que yo me dediqué principalmente a rellenar las letras de nuestro cartel con color rojo, porque ese era el color del Partido Liberal. "So-a-cha", murmuré. "So-acha". *Acha* sonaba a hacha, pero *so* no sonaba a nada, ni tampoco *cha*.

Mamá abrochó su cinturón de seguridad y dejamos a Petrona en la terminal de autobuses y luego nos fuimos. Yo no podía creer que fuéramos a una manifestación política. En el carro, yo canturreaba todas las canciones que pasaban por la radio. El nuestro era el primer carro en una caravana de siete que conducía desde Bogotá cuando el sol se puso, todos obviamente hacían el recorrido para ver a Galán. Los carros ostentaban pósters, pancartas y calcomanías. Mamá rebotaba en su asiento y decía que era muy claro que ella era la mejor conductora.

—Soy el *Alfa*. Ay, ¡miren! —dijo, desacelerando—. Casi pierdo a un súbdito en plena curva.

El primer súbdito de Mamá, justo detrás de nosotras, era un viejo que traía un sombrero y un chaleco. Detrás de él, iba un carro lleno de chicas que sacaban los brazos por la ventanilla. Pude verlas en las curvas cuando el viejo se hacía lentamente a un lado. La chica en el asiento del copiloto hacía olas en el viento con su mano, mientras que las que iban en el asiento trasero dejaban que sus manos colgaran fuera de la ventana. Parecía que era lo que una debía hacer, pero Mamá no me permitió sacar la mano, aunque señalé a las chicas y le pregunté por qué ellas sí podían hacerlo.

Cuando llegamos a Soacha estaba oscureciendo. Íbamos con retraso y Mamá parqueó el carro muy apurada y nos jaloneó tan fuerte que no nos dejó sacar los pósters y yo casi me caigo. Mamá ni se dio cuenta. El pueblo era pequeño y solo tenía una calle principal. Ella no redujo su marcha hasta que llegamos a donde se encontraba la multitud. Gente en los balcones de segundos pisos colgaba de las barandillas y gritaban a la muchedumbre, pero otros se sentaban en los porches silenciosamente.

Yo no entendía por qué tanta prisa. La calle donde se iba a llevar a cabo la marcha estaba vacía e iluminada con la luz ámbar del alumbrado público. Las aceras estaban saturadas de gente. Sonaba una música salsa desde unas bocinas y yo estaba cercada por adultos malolientes que brincaban, bailaban y me aplastaban por todas partes. Los adultos coreaban y ondeaban pequeñas banderas rojas de plástico. Cuando oí los tambores, decidí que saltaría. Busqué y busqué, pero entre la barricada de adultos bailando y la calle, no encontré payasos, ni reinas de belleza, ni confeti, ni sombreros graciosos. No pude encontrar los tambores. Mamá se había olvidado por completo de nosotras. Saltaba en el aire, ondeando una banderita colombiana, carcajeándose.

—¡Ga-lán!, Ga-lán!

—¿Qué clase de desfile es éste?

Cassandra frunció las cejas y los rojos corazones de sus cachetes relucieron monótonamente.

—Es una manifestación política, ¿es que no sabes nada?

Cassandra veía la manifestación política a través de un pequeño túnel que se formaba entre el brazo levantado de un hombre y el sombrero de una mujer. Si nos parábamos en la base de una farola seríamos lo suficientemente altas para ver a través del túnel. Mamá se quedó cerca. Yo abrazé la farola justo debajo de los brazos de Cassandra. Era incómodo pero al menos había una vista constante de la calle. A través del pequeño túnel vi a un hombre coreando con la boca bien abierta, a una mujer con los párpados verdes, a otro hombre con una trompeta y a un chico correteando, soplando una gaita y sacudiendo una maraca.

—¡Ga-lán, Ga-lán! —Mamá nos zarandeó por la espalda—. ¡Ése es Galán!, Galán! ¡Chula! ¡Cassandra!

Vimos a través de nuestro túnel, que se abría y se cerraba cuando el hombre con la mano levantada brincoteaba y la mujer se quitó el sombrero y lo ondeó en el aire. Había un camión blanco destapado y enseguida, en su plataforma de carga, por unos segundos, apareció en nuestro pequeño túnel, en carne y hueso, Galán. Parecía que me miraba directamente a mí. Su cabello estaba ondulado hacia arriba como si lo trajera lleno de estática. Sonreía, llevaba un traje azul oscuro y una corbata roja, alzaba su mano y saludaba. Y así de rápido se fue. Lo seguían largas pancartas blancas que decían: GALÁN PRESIDENTE y hombres trajeados saltando. Ni siquiera tuvimos tiempo de pensar en lo que acabábamos de ver cuando todos se cerraron por detrás del carro destapado y a Cassandra y a mí nos arrolló la multitud.

—¡Chula! ¡Chula!

La muchedumbre me arrastró como una corriente de río.

—¡Auxilio! ¡Cassandra!

—Ey, Ey —gritó un hombre joven, viendo que me habían apartado.

Nadie escuchó y él se esforzaba por quedarse en su lugar pero aún así fuimos empujados hacia adelante.

—¡Cassandra! —grité. El hombre vio lo que yo quería hacer y dijo—: De acuerdo, sube, ¿lista?

Enseguida me levantó y ya estaba yo en el aire, parapetada entre las cabezas de la gente. Todo el mundo se confundió y me empujaron a un lado, encima de alguien más, hasta que caí arriba de una gran pancarta blanca y la arañé y la pateé hasta que quedé otra vez cerca de Cassandra. Me abrí paso entre la gente, hasta que llegué a sus brazos. Cassandra y Mamá seguían de pie y abrazadas a una farola. No pude saber si era la misma de antes. Cuando lo busqué, el joven se había ido. Mamá envolvió a Cassandra con sus brazos y le gritó que no la soltara, y nos metimos entre la multitud y dejamos que nos fuera moviendo. Así fue como encontramos salida hacia la parte trasera donde había espacio para estar de pie. Justo a tiempo también, porque lo que siguió fue que anunciaron que Galán pasaría a la tarima.

—¡Ahí está, Mamá! —Iba rumbo al frente de la tarima, los brazos levantados en señal de saludo a la multitud, mientras en el podio un hombre decía—: Aquí está, el hombre al que hemos estado esperando, el *señor* Luis Carlos Gal...

Enseguida unos tiros agujerearon el aire y yo misma me tiré volando hacia el suelo. Noté que había una grieta en el pavimento. Pude verla a pesar de la luz ámbar del alumbrado público. Yo gritaba, pero todo se ralentizó. Pensé *¿voy a morir?* Las palabras se deslizaban por encima de la ráfaga de los tiros, por encima de un centenar de personas gritando como en cámara lenta, y luego cuando golpeé el piso, todo ocurría aprisa de nuevo, y oí una voz muy clara que dijo: *¡Lo mataron! ¡Lo mataron! ¡Hijueputa, lo mataron!*

Ya no hubo más balazos, solo gente lamentándose y corriendo. Me abrí camino desde el suelo, lleno de botellas y banderas, llamando a Mamá. Empecé a correr pero me tropecé y mi mano quedó atrapada bajo la bota de alguien. Grité y entonces apareció Mamá, jalándome por el cuello del suéter, raspándome las piernas en el piso, y enseguida ya estaba en sus brazos junto con Cassandra, mi mano colgaba sin fuerzas y me ardía.

—Dios mío —repetía Mamá—, Dios mío, Dios mío, Dios mío.

Cassandra lloraba y la gente saltaba por encima de las bardas y corría por los callejones y se trepaba en los carros, luego Mamá nos empujó adentro de nuestro carro por la puerta del conductor y nos pusimos en marcha. Hombres y mujeres reptaban sobre el capó del carro tratando de huir. Mamá condujo entre la gente, pitando. Me tapé los oídos, pero cuando moví la mano me dolió terriblemente y Cassandra me abrazó.

—¡Muévanse! —gritó Mamá. Se subió a la acera, luego dimos vuelta a la esquina y no había nadie en la calle. Mamá estaba sin aliento, aceleraba para salir de Soacha. Cassandra y yo nos sentamos agarradas una a la otra.

Con el paso del tiempo, me di cuenta de que no podía ver las montañas, pero sabía que ahí estaban. Viajamos en absoluta oscuridad. No hablamos. El silencio de Mamá era imponente. A veces los destellos de los carros en marcha en la dirección opuesta relampagueaban en el nuestro y yo podía ver a Mamá y a Cassandra. A Mamá las sienes y el labio superior le brillaban de sudor y sus ojos estaban alertas y miraban a todos lados. Los corazones de pintalabios de Cassandra se destiñeron y ella tenía toda la cara ligeramente rojiza por habérselos restregado. Sentí que viajábamos en un vehículo invisible. Éramos almas subiendo de forma acelerada por una montaña que no podíamos ver, flotando en la oscuridad.

Quizá Galán había muerto. Quizá lo habían acribillado. Quizá había salido con vida. Quizá ahora su alma se hallaba en tránsito.

A lo lejos apareció un par de faros delanteros oscilando en el espacio oscuro, luego se movieron a la derecha y desaparecieron. Así fue cómo supe que viajábamos por el sinuoso camino de un despeñadero.

Después de un rato, Mamá se acordó de prender las luces del carro. Se veía menos imponente, así que le dije:

—Me duele la mano.

Cassandra dijo:

—Mamá, creo que Chula se torció el brazo.

Mamá dijo:

—Mierda. —Luego—: Cassandra, mantén quieta la mano de Chula.

Nos quedamos de nuevo en silencio. Los faros del carro de Mamá alumbraron las líneas amarillas fosforescentes de la carretera. Eran curveadas y parecía que la mano invisible de Dios las había trazado. Como si Dios estuviese aburrido y hubiera dibujado colinas y líneas con un rotulador fluorescente.

Mamá prendió la radio y fue cuando oímos que Galán había sido baleado pero que estaba en el hospital luchando por su vida. Esas fueron las palabras del locutor: *Galán se encuentra en un hospital luchando por su vida.*

Yo creía que iríamos al hospital por lo de mi mano, pero Mamá se detuvo a la entrada de nuestra casa. No apagó el carro y se quedó muy quieta. Luego se inclinó hacia adelante. Estaba llorando.

—Mamá, ¿estás bien?

Mamá no lloraba por nada. No supe qué hacer, pero Cassandra dijo:

—Todo está bien, Mamá, respira profundamente.

Mamá trataba de respirar, y las luces de los faros iluminaban de un modo inquietante el primer piso de nuestra casa. Esto era algo nuevo: Cassandra consolando a Mamá, como si Mamá fuera la niña, y no viceversa. No sé cuánto tiempo nos quedamos sentadas, pero de pronto salió Petrona.

Me impresionó verla, ¿no la habíamos dejado en la terminal de autobuses? En la puerta, Petrona se protegió la vista con la mano. Luego se abalanzó y me abrió la puerta del carro.

—¿Señora? ¿Niñas? ¿Qué pasó?

En ese momento el dolor me explotó en el brazo y latió como si fuera un corazón.

—¿Te duele, niña?

Me llevó adentro. La sala estaba iluminada. Petrona me pidió mover los dedos, pero yo no podía. Casi me muero cuando lo intenté. Todo era extraño con el dolor punzante de mi brazo, y oí de nuevo las descarnadas palabras del locutor: *luchando por su vida*. Petrona me levantó el jumper para revisarme las piernas. Tenía un moretón verde oscuro en la entrepierna, como si se estuviera pudriendo por dentro. Pude mover los dedos de los pies. *Luchando por su vida, pudriéndose por dentro.* Petrona volvió con rodajas de papa cruda y me las puso en el moretón luego me envolvió con plástico el muslo. Afuera, Cassandra le decía a Mamá que yo tenía que ir al hospital porque mi brazo no estaba desgarrado sino roto. Mamá entró apresurada a la sala, se arrodilló a mi lado.

Le grité a Petrona:

—¡No está roto! —pero ella decía que sí lo estaba. Mamá me dio una aspirina y agua. Estaba a punto de meternos otra vez al carro cuando Petrona le arrebató las llaves.

Nos quedamos pasmadas en silencio.

Los amuletos del llavero de Mamá —una piedra de amatista y una flor dorada— colgaban del puño de Petrona, que le sostuvo la mirada a Mamá.

—Señora, perdóneme, pero usted no está pensando correctamente.

Me quedé callada. Nadie en toda la historia se había atrevido a hacerle algo así a Mamá. Volteé a ver a Mamá para defender a Petrona: para decir que era joven, que hacía bien su trabajo, que podía jurar no volver a cuestionar a Mamá; pero cuando la encaré, vi que había juntado sus manos frente a Petrona como lo hacía con los santos adentro de las iglesias que ocasionalmente visitábamos; como si estuviera rezando, y hasta los ojos los tenía llorosos.

Petrona puso las llaves del carro sobre el mantel. Anunció

que iría con nosotros al hospital y se dio la vuelta para llamar a un taxi. Cuando la vi marcar el teléfono, me pregunté por qué Petrona estaba en nuestra casa. Bajé la vista y advertí que traía puestas las sandalias de Mamá.

En la sala de emergencias Mamá no me dejó sola ni un minuto. Petrona se quedó con Cassandra en la sala de espera. El médico dijo que mi brazo estaba luxado. Me pidió que no me moviera mientras me lo enrollaba con una venda húmeda. Sentí el brazo como si estuviera atrapado y latiendo adentro de una nube. *Luchando por su vida, pudriéndose por dentro.*

—¿Estás bien, Chula, mi cielo?

Dije que sí moviendo la cabeza. Después de un rato, Mamá dijo:

—Galán ha muerto.

Supe que Mamá decía la verdad aunque no lo sabríamos realmente hasta el día siguiente. *Luchando por su vida, pudriéndose por dentro.* Mamá me abrazó y pensé que cuando Galán había saludado desde la tarima, esos habían sido los últimos momentos de su vida. Había estado despidiéndose.

9.

Pañuelitos blancos

Los tiros eran aterradores. Pero lo terrible era que no sabías si estaban en camino hacia ti. El no saber era lo que los hacía escalofriantes. Oías un disparo y luego esperabas a ver en dónde iba a pegar. Pensé en cómo, en la tarima, Galán primero vio una multitud dándole la bienvenida, gritando su nombre, y luego lo contrario: cuando cayó agonizando al suelo, la gente huyéndole.

A cada rato pensaba decirle a Mamá que yo había olido sangre, pero me quedé callada. Mamá dijo que habían declarado Estado de Emergencia en el país. En la televisión decían que Pablo Escobar era *El cerebro*. Cassandra dijo que eso significaba que Pablo Escobar había mandado matar a Galán. Yo no entendía cómo era que alguien se despertaba y ordenaba un asesinato, así que me puse a estudiar la fotografía de Pablo Escobar que mostraron en la televisión: su sonrisa en blanco y negro, sus ojos un poco juntos, el cuello ancho de su camisa hawaiana almidonada. Su aspecto hacía pensar que se encontraba en la cabina fotográfica de una fiesta, pero en realidad se hallaba en una estación de policía sosteniendo una placa con números y el rótulo *Departamento Judicial de la Prisión de Medellín*. Me pregunté si Pablo Escobar mismo le había disparado a Galán. Los noticiarios trasmitían una grabación que Pablo Escobar había enviado a la radio, aunque no era él el que hablaba sino uno de sus hombres: "La lucha ahora es con sangre. Cada vez que extraditen a uno de nosotros, diez jueces caerán".

Cassandra tampoco sabía qué significaba extradición. Miré a mi brazo moribundo. El dolor era tenue, como un eco. Le dije a Cassandra que me sentía confundida y me respondió que era muy sencillo: Pablo Escobar era el Rey de las Drogas.

En la televisión, la policía colombiana, vestida con uniformes azules, confiscó granjas, armas, aviones, yates, ranchos y todo lo que había en la mansión de Escobar, aunque Pablo Escobar no estaba ahí.

Cassandra reclinó la espalda y cerró los ojos.

¿O sea que el gobierno ya sabía dónde estaba viviendo todo este tiempo? ¿Como puede existir un gobierno tan estúpido?

La mansión de Pablo Escobar era como un parque de diversiones. Había jirafas, elefantes, pavos reales, avestruces, antílopes, carros de lujo, grifos de oro. Los reporteros dijeron que era la mayor redada antinarco de la historia. Me removí en mi silla. Sabía lo suficiente como para entender que cuando la gente decía los paras, era una forma corta de decir los *paramilitares*, cuando la gente decía los narcos se referían a los *narcotraficantes*, y al decir narco, de quien realmente estaban hablando era de Pablo Escobar. Pablo Escobar era como el rey Midas de las palabras. Todo lo que tocaba, lo transformaba: narco seguido de un guión largo: narco-paramilitar, narco-guerra, narco-abogado, narco-congresista, narco-estado, narco-terrorismo, narco-dinero. Petrona apagó la televisión.

Me fui a mi cuarto para buscar el libro de mapas que Papá me había regalado. Me puse de rodillas en la cama y abrí el libro en el mapa de Colombia. Cerré los ojos y me concentré. *Donde quiera que pusiera el dedo sería el lugar donde se escondía Pablo*

Escobar. Descubrí que se escondía en Pasto, Buenaventura y en Valledupar. Pero seguí señalando ciudades cercanas a Bogotá: Suba, Chía, Anapoima, Usme, Zipaquirá.

Papá le gritaba a Mamá por el teléfono:

—¡Te prohíbo que vayas al funeral de Galán! ¡Alma! ¿Me escuchaste? ¡Ni se te ocurra sacar a las niñas del colegio!

Él era dulce con Cassandra y conmigo. Me susurraba al oído:

—¿Cómo está tu manita, mi muñequita?

Aunque Papá había llamado desde la compañía de teléfonos municipal, aún había una mala conexión y su voz me llegaba distorsionada. Un papá hablaba con frases completas, y el otro era débil y decía cosas raras y con eco: *mano, muñeca*.

—Está bien.

Papá se rio.

—Uy, qué soldadita tan linda.

—...*linda* —susurraba el segundo papá.

—Papá, ¿Galán sabía que iba a morir?

Papá resolló, pero el segundo papá se quedó callado.

—No sé, Chula. Creo que él sabía que existía esa posibilidad. —Había estática de la radio en la línea telefónica, y luego el segundo papá decía "posibilidad" y luego el primer papá decía—: Todos nos moriremos *algún día*.

Miré fijamente mi cabestrillo. Papá pidió hablar con Mamá de nuevo, pero ya no le gritó como la primera vez. Deben haber estado hablando de mí, porque Mamá le respondía como llegando a acuerdos, pero refunfuñando y me miraba de reojo. Cuando colgó el teléfono, Mamá acarició mi espalda y dijo que iba a ir al funeral y que llevaría a Cassandra, pero no a mí. Me dijo que era por mi brazo torcido y que no quería que empeorara, pero en mi cuarto Cassandra me dijo que era porque yo estaba traumada.

—No estoy traumada, ¡no estoy *traumada*! —Corrí hacia

Mamá—. Mamá, ¡yo estuve allí cuando le dispararon! ¡Le tengo que decir adiós!

—Decir adiós aquí o decir adiós allá da lo mismo, Chula.

—Si no importa ¿entonces para qué vas tú?

Mamá chasqueó la lengua.

—Chula.

—¿Para qué vas a ir, para qué vas, para qué vas?

~~~

Cassandra y Mamá se fueron a hurtadillas. Solo oí el motor del carro prenderse y luego alejarse. Le di patadas al armario hasta que acudió Petrona. Me llevó en brazos a la cocina y me puso en los ojos cubitos de hielo envueltos en una toalla. Le dije a Petrona que era una completa traición haberme dejado, y ella dijo "sí, lo fue", y sentí los ojos hinchados. Sentí el calor de mis lágrimas mezclándose con el frío del hielo y humedeciéndome la piel.

—Ya no llores más, niña. —Petrona retiró el hielo y me miró a los ojos—. Lo más importante es que estoy aquí. ¿Cierto?

Petrona tenía pecas grises en el ámbar de sus ojos. Me apretó fuerte y yo asentí. Me puse el hielo en la mejilla.

Me pregunté qué motivos tendrían Mamá y Cassandra para traicionarme. Quizá era por algo que dije. A Cassandra le había dicho: "¡Cara de murciélago!" "¡Cara de murciélago!". A Mamá le había dicho: "No, Mamá, tú no puedes jugar a las Barbies, no sabes *cómo*". A Cassandra le había dicho: "¿Viste que Mamá me peina mejor a mí?". A Mamá le había dicho: "Mamá, ni lo intentes. No puedes hacer el chocolate caliente como lo hace Petrona".

Empecé a sentirme mejor. Petrona estaba haciendo flan solo para mí. Quemaba azúcar en una olla, y hacía que se pusiera oscuro y espeso. El aire olía a vainilla. Petrona puso la mezcla en la nevera y entonces le pregunté si iba a ver el desfile del funeral conmigo en la televisión de Mamá. La luz amarilla que salía de la nevera le iluminó la cara hasta el momento en que se le ocurrió cerrarla. Apretó la mandíbula. No protestó cuando me aferré a su mano y la jalé escaleras arriba.

Nos sentamos juntas en la cama de Mamá. En la televisión, vi que la bandera cubría el ataúd y cruzaba la plaza principal de Bogotá. Tenía un arreglo floral encima. De cierta forma, era mejor ver el funeral desde la casa, pues era como si yo tuviera muchos ojos: algunos miraban desde arriba, otros en primer plano de la multitud, siempre siguiendo la acción en torno al ataúd. Empecé a creer que el ataúd era como un agujero negro y que la boca del agujero negro era Galán, y que en su garganta estaba el gran misterio: un corazón quieto, un cuerpo descomponiéndose. Me pregunté si Galán se convertiría en una Alma Bendita del Purgatorio. No parecía ser pecador, pero nunca se sabe. Era como el dicho: caras vemos, corazones no sabemos. Quizás ya se paseaba por algún lugar de nuestro barrio en la infinita procesión de las Almas Benditas.

En la pantalla, las calles se llenaron con gente que ondeaba cosas: pañuelos blancos, camisetas blancas, banderas colombianas, plástico rojo. La cara de Galán aparecía impresa en pósters, volantes, ropa. Su cara revoloteaba por todos lados. Su cara también estaba en la ventana de la habitación de Mamá.

Petrona no sabía quiénes eran los hombres que cargaban el ataúd, pero parecían importantes. Había soldados muy elegantes marchando a los costados. Lo hacían rígidamente. Sus sombreros tenían una punta dorada. La policía armada mantenía a la multitud en orden, pero le permitieron a la gente lanzar claveles rojos y blancos a la limusina negra que avanzaba detrás del ataúd. Las flores caían encima del techo y la capota del vehículo. Petrona dijo que probablemente era el lugar donde iba la familia de Galán: sentada mientras la gente pasaba dificultades. Le dije a Petrona que de pronto hubiera sido lindo para ellos caminar en lugar de estar en un carro, pero ellos acababan de perder a alguien.

—No me gustaría caminar si Mamá hubiera muerto.

—Pero tú tienes la opción, niña —dijo Petrona.

Buscaba en la televisión a Mamá y a Cassandra, pero había muchas caras. Había miles de personas colgándose de los árboles, de las farolas, por fuera de las ventanas, hirviendo entre el gentío, hombres llorando, mujeres coreando. "¿Quién *no* tiene la opción?" No podía despegar los ojos de la televisión. Todos en medio de la muchedumbre batían sus pañuelos blancos en el aire. Era un océano de ropa blanca en movimiento. La gente coreaba, "*¡Se vive, se siente, Galán está presente!*" y las manos enguantadas de blanco de los elegantes soldados se movían rígidamente de arriba a abajo al lado del ataúd.

Entonces sonó el timbre de la puerta.

—¡Yo voy! —Me levanté del suelo y corrí a toda prisa por el pasillo y bajé las escaleras. Había un hombre joven a la puerta. Tenía el cabello corto, afro, y los pómulos afilados. Las orejas y los ojos eran pequeños, pero sus labios eran gruesos y morenos.

—Hola —dijo—. ¿Está tu mami? —Al ver que no le respondía, sonrió y levantó las cejas—. Vengo a arreglar la alfombra. —Moví la cabeza a un lado y lo miré. Se le veían las rodillas por entre los agujeros de sus jeans. No era ningún señor de las alfombras. Me di cuenta. Era demasiado joven, no traía ninguna herramienta, ni siquiera un morral. No iba a dejarlo entrar, pero detrás de mí Petrona agarró el picaporte de la puerta y dijo que Mamá le había dicho que alguien pasaría a medir la alfombra. Contempló al tipo, frunciendo los labios para ocultar la sonrisa. Petrona le dio la bienvenida. No me quité de la puerta, pero él la empujó. Jalé el faldón de su camisa de franela haciéndolo retroceder, señalándole el tapete de bienvenida.

—¿No se va a limpiar las botas? Va a dañar la alfombra.

Expandió los orificios de su nariz. Se acomodó la mandíbula y se limpió las botas, siniestramente. Luego me dio una sonrisa burlona.

—¿Va a sentarse en la sala? —preguntó Petrona, pero el tipo no le respondió y entró en la casa haciéndose el importante. No supe qué parte de la alfombra iba a arreglar, pero una vez adentro, anduvo dando vueltas por la sala y el comedor y con sus diminutos ojos se puso a escudriñar todo —las lámparas, las pinturas, los muebles, los platitos expuestos en atriles— todo, salvo la alfombra. Se dirigió a la cocina, al patio interior, al cuarto de Petrona, y se dio la vuelta. Parecía impresionado pero de repente su tono cambió.

—Esta casa es tan incómoda como una lata de atún.

—Si se sentara —insistió Petrona, pero el hombre se detuvo, absorto, viendo las escaleras. Se acuclilló. Cuando vio que por encima de las escaleras alfombradas había un tapete, se rio.

—Una alfombra encima de otra alfombra. —Petrona sofocó su risa con la mano. El tipo se arrodilló en el tercer escalón y pasó su dedo por la pértiga dorada colocando el tapete en su lugar. Pasaba el dedo suavemente a lo largo de la pértiga, enseguida la levantó y la arrancó con fuerza. La sostuvo en su puño y nos la mostró, sonriendo. Se sentó en los escalones y sacó un cuchillo del bolsillo, e inclinándose empezó a raspar el metal. Después de un rato parecía satisfecho y se puso de pie para mostrarme—. Es basura, mire. —Raspó la pértiga con la navaja y vi cómo se le desprendía polvo dorado. Hizo una mueca burlona cuando colocó la pértiga chueca de vuelta en su lugar. Luego subió a saltos los escalones. Petrona y yo nos miramos y fuimos escalera arriba detrás de él. Estaba levantando una pintura que colgaba en el pasillo al final de las escaleras, fisgoneando por debajo como si esperara encontrar una caja fuerte. Yo me burlé y él hizo una reverencia y se pasó la mano por enfrente como si esta fuera su casa a la cual nos estaba invitando. Petrona frunció el ceño, carraspeó y pasó delante de él. Al hacerlo, él acercó su mano y la acarició por detrás distraídamente, como a veces hacía Papá con Mamá. Petrona ni siquiera se dio cuenta. Yo estaba tan confundida que me quedé quieta en mi lugar, pensando en lo que había visto: las rodillas por entre los agujeros de su pantalón, la pértiga, su mano acariciando a Petrona. Cuando levanté la vista escuché ruidos en el cuarto de Mamá y corrí para ver qué era. Vi que Petrona estaba extrañamente parada a medio camino por las escaleras del ático, y entré de un salto al cuarto de Mamá, donde el tipo de la alfombra estaba agachado y viendo debajo de la cama.

Crucé los brazos.

—¿Quién es usted *realmente*?

Su voz salió apagada.

—Ya le dije, niñita. Soy el señor de la alfombra.

—¿Y cómo supuestamente está usted midiendo la alfombra sin herramientas para medir?

—No *necesito* herramientas dada mi experiencia de toda una vida en medir.

—Entonces ¿por qué agarró por atrás a nuestra sirvienta si en realidad es el señor de la alfombra?

Se carcajeó en la oscuridad debajo de la cama de Mamá. Se levantó disparado.

—No toqué por detrás a su *sirvienta*. —Me hablaba muy cerca de la cara—: ¿Eh? ¿Me está amenazando? ¿Niñita?

Petrona entró corriendo en el cuarto, interponiéndose entre el tipo de la alfombra y yo, reteniéndolo con un brazo.

—¡No viste bien, niña! Estábamos caminando juntos normalmente. ¿Crees que dejaría que un extraño me tocara? —Volteó hacia el tipo, manoteando en el aire, soltando una risita—. ¿Se lo imagina? —El tipo se aplacó de inmediato y luego Petrona dijo—: Oye, creo que es hora de que te vayas. —Él se encogió de hombros y dijo que de todos modos ya había terminado de medir.

Sus ojos de caramelo oscuro se clavaron en mí.

Petrona me dijo que le iba a contar a Mamá del señor de la alfombra y que seguramente lo iban a despedir, así que yo debería olvidarme de todo. Asentí. Cuando llegaron Mamá y Cassandra, me rehusé a hablar con ellas. Cassandra quería contarme del desfile fúnebre, pero no quise saber. Me senté en la cama, enfurruñada, y abracé mi brazo vendado. Escuché a Mamá arrancar sus pósters de Galán.

❧

De noche, Mamá se arrodilló a la orilla de nuestras camas y nos dijo que nos prohibía salir del vecindario. Lo cual significaba que Cassandra y yo ya no podíamos pasar por el portón de Elisario y cruzar la calle para ir a las tiendas donde vendían caramelos y malteadas. Mamá dijo que nunca se sabe dónde habrá un carro bomba u hombres en motocicletas. Pablo Escobar utilizaba a los hombres en motocicleta para eliminar a sus blancos. Transeúntes mueren cada día. Mamá parecía triste pero yo estaba enfadada, y me negué a sentir lástima por ella.

—¿Por cuánto tiempo? —preguntó Cassandra. Su voz flotaba en la oscuridad. La luz de la luna caía sobre el extremo de su cama y vi sus pies moverse por debajo de las cobijas.

—Hasta que encuentren a ese maldito Escobar —dijo Mamá.

Me mordí los labios, incapaz de seguir enfadada después de todo.

—¿Le vamos a decir a Papá?

Planchó nuestras cobijas con las manos y se sentó con las piernas cruzadas en el suelo entre nuestras camas.

—Él va a venir. Hemos decidido que lo que ustedes necesitan son unas pequeñas vacaciones. ¿No les parece genial? ¡Vamos a visitar a la abuela y pasar ahí las vacaciones! —Mamá nos puso sus manos en el pecho— Supe que la abuela tiene conejitos.

—¿De qué hablas, Mamá —dijo Cassandra—. Acaba de empezar el último trimestre escolar.

Mamá se rio.

—Ya hablé con la directora. Nos dio permiso de faltar. Tendrán tarea que hacer cuando regresemos. Pero pueden ir.

—¿Y mis amigas, Mamá? Quieres que me vaya así nomás. ¡Me voy a perder todo!

—Madura, Cassandra. No todo eres tú. Somos una familia. Tenemos que cuidarnos unos a otros.

—Típico, cada vez que pasa algo corres adonde Abuela.

—¿Y Petrona? —pregunté—. ¿Ella qué va a hacer?

—Se va a ir a su casa, Chula. Tiene su propia familia, lo sabes. Ahora vete a dormir. Quiero que descanses.

Sentía los párpados pesados. Traté de imaginar a la familia de Petrona, pero lo único que pude imaginar fue una hilera de pequeñitos parados de frente a un padre y una madre, todos ellos con la cara de Petrona. Mamá había dicho que en la familia de Petrona eran doce, así que me imaginé a Petrona multiplicada en once. Me imaginé a once Petronas trapeando los pisos, once Petronas revolviendo una olla con una cuchara de madera, sin nada en la casa porque no había nada que pudieran perder.

El peso de la mano de Mamá en mi pecho me tranquilizaba. Sus verdes venas palpitaban bajo la luz de la luna. Cada vez me sentía más mareada y la cabeza más pesada. No quería estar muerta. Todo dependía de un poco de suerte. Las venas de Mamá y sus contornos se alzaban en el aire y flotaban como ramas verdes, y luego se convertían en las olas de un mar verde en el que navegaba una barca perdida, donde los tiburones amenazaban por todos lados y sus blancas panzas brillaban con la luz del sol. Se quedaban suspendidos en el aire, sus grises colas chorreando agua marina. Sus labios se curveaban de tristeza y se abrían para murmurar cosas incomprensibles.

Petrona

Estaba brava con Gorrión por su comportamiento en la casa de los Santiago, pero la cercanía de su cuerpo me dejaba sin aliento. *No me odies, cielito, a veces me pongo protector. Quería asegurarme de que te tratan bien.* No podía seguir enfadada. No le dije que en unos días sería mi cumpleaños, pero Gorrión me tomó la mano y se la llevó a los labios como si lo supiera. *Petrona, ¿cómo puedes soportar ser tan bonita?*

Me miré fijamente los tenis con los que subía por los Cerros con Gorrión. *Estos son los zapatos de la que debió haber salvado a Ramoncito pero no lo hizo.* Yo no era una buena persona y después de pensar en Ramón, pensé en Gorrión y en el modo tan suave en que le caían los párpados cuando cerraba los ojos. Párpados como la noche, el blanco de sus ojos como luz de luna. Veía claramente a Gorrión en la imaginación. No podía recordar cómo caían los párpados de Ramón en sus ojos.

Gorrión quería justicia. *¿Por qué crees que unos cuerpos valen más que otros?* Quería que yo viera todas las maneras en las que el mundo se aprovechaba de mí. Le gustaba recontar todas las cosas que tenían los Santiago y todas las cosas que a mí me faltaban. Yo lo escuchaba.

Evitamos el parque en la punta de los Cerros donde habían

encontrado a Ramoncito. Gorrión me llevó camino abajo y rodeamos por el norte y por donde había pocos árboles, y ahí nos sentamos en una piedra. Los pájaros cantaban y Gorrión me veía los labios. Gorrión tenía el poder de hacer que todo desapareciera. Saboreé el polvo de la arena en sus labios, sentí su musculosa mano en mi cintura. No existía nada más.

Aurorita me encubrió. Se sentó junto al pozo a unos pasos de mí. No oyó lo que hicimos. Gorrión me hizo temblar y yo regresé sintiendo la llena posibilidad de un futuro.

Después, Aurorita se puso a llorar por su hermano. Yo consolé a mi niña. Le dije lo que la señora Alma le decía a sus hijas. *A quien le toca, le toca*, aunque no era cierto, no para nosotros. Pude haber salvado a Ramón, si hubiera ganado más dinero, si hubiera estado en condiciones de comprar algo más que pan y gaseosa. Cargué el agua en el yugo y regresamos a nuestra casita. Me pregunté si sería una injusticia que Ramón hubiera muerto, y si lo era, a quién habría que culpar.

No se podían guardar secretos en los Cerros. Alguien le había dicho a Mami que yo había estado con Gorrión, y cuando entré a nuestra casa Mami me lanzó las ollas y los platos de plástico. *¿Cómo te atreves, Petrona? ¿Se te olvidó que tu hermano está muerto? ¡Está muerto! No quiero verte, lárgate, ni siquiera te puedo mirar.*

Rutas seguras

Al visitar a la abuela María tuvimos que recurrir a las indicaciones del periódico para viajar en carro. El titular decía: "Rutas seguras durante el puente vacacional" en letras negritas y mayúsculas, pero cuando Papá arrancó el mapa, todo lo que quedaba era una serie de medias letras ilegibles. Las letras se esparcían ornamentalmente por encima del apajarado mapa de Colombia. En el carro, Papá dijo que el motivo de las rutas de seguridad era Pablo Escobar y sus hombres, o como se llamaban ellos mismos: Los Extraditables. Yo no sabía que Pablo Escobar tuviera un grupo. Le pregunté a Papá si tocaban instrumentos pero me respondió que no era ese tipo de grupo: más bien, que escribían cartas a la prensa, dejaban misivas en la radio y estaban detrás de los carros bomba y los secuestros. Papá dijo que lo único que los Extraditables temían era ir a prisión en Estados Unidos, donde nadie hablaba su idioma y donde los dejarían morir como perros. Dijo que tenían un lema: *Preferimos una tumba en Colombia a un calabozo en Estados Unidos.*

Cassandra traía puesto un audífono, el otro lo tenía en la mano y de él salía un suave murmullo de música rock. Me dijo que Pablo Escobar era el presidente de los narcoparamilitares, como si yo no lo supiera.

—Sí, ¿pero sabías que él es un *barón?* —le pregunté.

—Sí, ¿pero *sabías* que es un asesino de jueces?

Yo no tuve respuesta y me vi forzada a quedarme callada mientras Cassandra asentía con sus cejas alzadas por mucho tiempo después de que había hablado.

La carretera para salir de Bogotá ascendía entre edificios con miradores y superficies jaspeadas, luego serpenteaba a través de los fríos páramos de Suba, donde la lluvia se encharcaba en los pastizales y reflejaba el cielo. Había vacas y caballos comiéndose los valles.

Papá dijo:

—En toda la historia de este país, no ha habido ni *un solo* periódico que haya impreso un mapa con rutas seguras. Ni uno solo.

Yo veía a Papá por el espejo retrovisor. Muy temprano aquella mañana, Papá le había dicho a Mamá que no estaba seguro si lo habían despedido del trabajo, por haberse marchado del campo petrolero tan de prisa, pero tenía días de vacaciones y buscaría un empleo temporal si era necesario. Ahora se veía más tranquilo. Se pasó los dedos por su fibroso y espeso bigote. Me sentí angustiada sin saber si Papá tenía trabajo; luego recordé a Petrona con las sandalias de Mamá puestas. Me recliné hacia adelante por entre los asientos de enfrente para preguntar si alguien lo había notado. Abrí la boca, pero entonces caí en cuenta que por mi culpa podían echar a Petrona. Todos me miraban. Entonces pregunté:

—¿No le compramos regalo de Navidad a Petrona?

Papá volteó a ver a Mamá.

—¡Ay, no, se nos olvidó! —dijo Mamá—. Comprémosle un perfume. Seguro que le gusta.

Me acomodé de nuevo pensando que había hecho bien en no compartir lo que había visto hacer a Petrona. Era posible que se hubiera puesto las sandalias de Mamá a último momento para salir al jardín y ver por qué el carro tenía prendidos los faros y por qué nadie entraba a la casa. ¿Pero por qué estaba Petrona en la casa?

Papá dijo:

—¿Qué va a hacer una muchacha como Petrona con un perfume?

Mamá entornó los ojos:

—Nunca entiendes nada, Antonio.

De todos modos, Petrona me había curado el brazo y se había quedado a mi lado mientras Mamá y Cassandra fueron al funeral de Galán. Contarle a mi familia lo de Petrona solo hubiera provocado que la juzgaran injustamente.

Entre todo, me gustaba la atención que conseguí por mi brazo torcido. Me gustaba cómo me hablaban: suavemente, como si pudiera quebrarme. Recibí mucha atención en el colegio también por lo que había pasado en Soacha. Yo tenía dos versiones. La primera que les conté a los maestros era vaga en detalles importantes y terminaba con lo que yo creía que ellos querían oír: "Y fue en *ese* momento, cuando me di cuenta de lo frágil que es realmente la vida". Era como las tonterías que los maestros señalaban de las historias que leíamos, y si se nos pedía escribir un reporte de lectura era la misma basura con la que, si la citabas, obtenías la mayor calificación.

La otra versión que conté era turbia e intensa, y la exponía enfatizando cada palabra: "Hasta el momento que empezó la balacera la banda no dejó de tocar merengue". Esta es la que le conté a mis compañeros, que me rodearon bajo los árboles en el patio. "No lo dijeron en las noticias pero Pablo Escobar estaba ahí, en carne y hueso. Vi su cara iluminada por los fogonazos de su propia pistola". Los de grados superiores se acercaron para escuchar. Unas niñas a las que ni conocía me trajeron caramelos, y otros compañeros se ofrecieron voluntariamente a tomar notas por mí pues yo no podía hacerlo porque traía el brazo enyesado. El último día antes de que Cassandra y yo nos fuéramos, la directora nos hizo pasar al frente en la asamblea general y nos entregó un diploma. *Valentía*, decía, y en la parte inferior estaba su ondulada firma en tinta azul. Todos cantamos el himno nacional, pero yo fui la que lo cantó más fuerte.

Ambas versiones de la historia que conté eran mentiras, probablemente porque la verdad era más difícil de contar. ¿Qué era la verdad? Algo horrible había ocurrido. Un hombre había sido asesinado.

Quizá no era tan difícil después de todo.

~

—Ahora que me acuerdo, sí *había* rutas seguras durante el tiempo de La Violencia —dijo Papá. Mamá se puso su negro sombrero de ala ancha sobre la cara y bajamos por donde está la gran montaña de Bogotá. Cuando el camino se allanó, el aire estaba tan caliente que apenas podíamos respirar. Le pedimos a Papá que prendiera el aire acondicionado, pero respondió que conducir con aire acondicionado costaba más dinero. Bajamos las ventanillas y el aire me golpeteó los oídos. Papá estaba nervioso.

Conducía volteando a ver el mapita del periódico, musitando direcciones para él mismo. Su labio inferior se le despegaba del bigote y se le veían los dientes inferiores manchados de café. Luego miraba a la carretera. El viento le sacudía el mapa entre los dedos.

Mamá despertó como si saliera de un sueño. Pasaba su mano por las orillas de su ancho sombrero y observaba a Papá. Después, reclinándose y poniendo sus pequeños pies con las uñas pintadas de rojo sobre el tablero, dijo:

—O te estacionas, Antonio, o mantienes los ojos en la carretera.

Papá aplastó el mapa en las manos de Mamá.

—No nos podemos estacionar, Alma, ¡usa la cabeza!

Pero Mamá no se contuvo. Abrió la guantera. Hurgó con los dedos en los compartimentos de las puertas, luego en las fundas detrás de los asientos delanteros. Papá gritaba. Mamá buscó por debajo de su asiento, cuando se incorporó, victoriosa, tenía un rollo de cinta adhesiva transparente en la mano. Pegó el mapa encima del volante, junto al parabrisas. Papá movió la cabeza y exhaló. Se relajó y prendió la radio y puso música mientras Mamá sacó el barniz rojo para las uñas, y viendo que todo estuviera bien, yo me recosté en el asiento y me quedé dormida, el viento caliente soplando sobre mi cara.

Durante los dos días del viaje, las esquinas del mapita se amarillearon y zumbaban con el viento. En las paradas del camino yo me sentaba en el asiento del conductor para estudiarlo. Estaba impreso en blanco y negro. Las zonas habitadas por la guerrilla estaban coloreadas en negro y sobre ellas habían hombres de diferentes tamaños cargando rifles en el pecho. Los hombres traían gafas de sol y boinas. Había dos hombres pequeños a la salida de Bogotá en medio del campo y otro de tamaño medio junto a Cúcuta. Los hombres más grandes abrazaban sus armas por la selva amazona y a lo largo de la línea costera del Océano Pacífico.

Recorrí con el dedo la pista por la ruta segura desde Bogotá a Cúcuta en el acotamiento superior del este, leí en voz alta los pueblos que había en el camino: *Chía, Tunja, Paipa, Málaga,*

Pamplona. La ruta era la autopista del Este. Alrededor, había unos caminitos señalizados con guiones. Los guiones advertían del peligro. Justo debajo del mapa, había una leyenda: NUNCA TOME UN CAMINO DESCONOCIDO. LA GUERRILLA PODRÍA EMBOSCAR SU CARRO. POR FAVOR, CUIDE A SU FAMILIA.

Cassandra se mordía las uñas. Dijo que podría burlar a los guerrilleros si alguna vez intentaban secuestrarla. Ella era, después de todo, la mejor de su clase. Movió la cabeza dándose importancia y se reacomodó en su asiento, con su cabello color chocolate cayéndole sobre los hombros.

—Mi profesor de historia dice que la mayoría de los guerrilleros no han cursado ni el cuarto grado de primaria, y *yo* estoy en quinto.

Hacía rechinar sus tenis blancos en el vinilo del asiento y entrecruzaba las piernas.

Abrí bien los ojos cuando me giré para ver por la ventanilla. Yo estaba en tercer grado.

Papá debió haber visto mi miedo porque dijo que si yo quería ser útil, podía vigilar la carretera por si había retenes, que eran con frecuencia frentes guerrilleros. Dije que sí con la cabeza, pensando que si los veía antes de que ellos nos vieran, podríamos escapar. Eché un vistazo a los precipitados y sinuosos caminos que se extendían hacia delante y estiraba el cuello en las curvas para ver más allá de lo que se ocultaba entre las palmeras y las rocas gigantes.

—Aunque si pasa algo —dijo Papá—, tu papá puede enfrentar a los guerrilleros. ¿O es que nunca les conté de cuando maté a una boa a mano limpia? ¿Chicas? Ustedes eran muy pequeñas como para que se acuerden.

Dijimos que sí nos acordábamos, pero aún así Papá contó la historia.

Mamá, Cassandra y yo estábamos a cinco pasos detrás de él

cuando vio a una víbora deslizándose por entre un matorral. La agarró por la cola, la sacó del matorral, y le estrelló la cabeza en contra de un árbol.

Según Mamá, era cierto que Papá había descubierto a la serpiente, pero había sido el guía de la caminata quien la había matado. Lo hizo disparándole con un rifle. Todo lo que Papá había hecho fue, una vez muerta, cortarle la cabeza a la boa con un machete. *Por si acaso*, había dicho.

Lo que nadie contó fue cómo Papá colgó el cuerpo de la víbora en la rama de un árbol e hizo que Cassandra y yo le diéramos un apretón al animal. Era la única parte de la historia que yo realmente recordaba: la estriada y dura piel de la boa, con estampados en círculos bronceados y diamantes café oscuro, tibia como una bolsa llena de una masa esponjada al pellizcarla, pero espeluznante cuando retirabas la mano y la piel regresaba a su lugar.

De noche, Diomedes Díaz cantaba repetidamente en la casetera. Diomedes Díaz acompañado de acordeón, piano, congas y un coro, cantando: "Mi primera cana", "El alma de un acordeón", "Mujeriego", "La vaca y el toro", "Tú eres la reina" y "La culpa fue tuya". Papá era el único en el carro al que le gustaba Diomedes Díaz. Dijo que necesitaba de la ayuda de un hombre aunque fuera por medio de la casetera, para poder lidiar con la serpiente que Mamá había resultado ser.

Desde la parte trasera del carro no dejé de buscar retenes, pero en nuestro camino desde nuestra pulcra y grisácea ciudad, a través de las montañas cubiertas de neblina, y hasta las orillas de los precipicios con ríos y lechos brumosos moviéndose de arriba a abajo entre yerbajos amarillos; hasta la casa de la Abuela en Cúcuta, en El Salado, nunca encontramos uno solo.

II

El Salado

La casa de la Abuela quedaba al final del camino de terracería como si fuera el portal entre dos mundos: a sus espaldas se elevaban las boscosas colinas; y por delante de la zigzagueante carretera de tierra, se alineaban casas de adobe y sórdidas tiendas de artículos para automóviles. La gente de El Salado se sentaba en sillas de plástico a todo lo largo de la carretera y miraban nuestro carro: libre de corrosión, radiante por la lluvia y el sol, con placas de la ciudad. Cuando llegamos a la casa de la Abuela, unos hombres que habían estado jugando al ajedrez en una esquina se quedaron de piedra. Cuando salimos del carro, los hombres se pusieron de pie. Papá los saludó haciéndoles señas con la mano y los hombres movieron sus pectorales en un saludo amenazante. Yo estaba bañada de sudor y mareada por el calor. Me quité los zapatos en la puerta de la casa de la Abuela. Mamá se agachó para ajustarse sus zapatos de tacones bajos y dijo:

—La invasión es cada vez más respetable, ¿no? ¡Algún día todo esto se convertirá en condominios!

Cassandra levantó las cejas como si quisiera decir algo mordaz pero se quedó callada. Probablemente tenía mucho calor y estaba cansada. Papá contemplaba a los hombres.

En realidad la invasión no había cambiado desde el año pasado que la habíamos visitado, pero quizá Mamá la veía así porque recordaba cuando El Salado era solo gente en chozas. El Salado no se llamaba así por la mala suerte; sino porque había una mina de sal muy cerca. Uno ni se enteraría que estaba ahí, pero Papá dijo que algunas calles se hundían por los túneles subterráneos que había.

La familia de Mamá fue la primera que se asentó en El Salado. Se habían visto forzados a abandonar sus tierras de cultivo en el norte a causa de los paramilitares. La Abuela odiaba a los paramilitares, que quemaban las buenas tierras sin motivo alguno. Y ella los había visto enterrar cuerpos bajo el hormigón de las carreteras para que nunca fueran encontrados. Mamá dijo que la Abuela había cargado sus burros llorando y que toda la familia se había encaminado hacia el sur hasta que encontraron tierra deshabitada. La Abuela y el Abuelo hicieron lo que sabían hacer: limpiaron un predio, plantaron semillas y construyeron una choza con cañas. Empezaron a criar pollos y a cazar para comer. No había correo postal, no había electricidad ni agua, pero Mamá decía que todo lo habían vivido como una aventura, como si fueran los únicos habitantes de la tierra. Luego llegó más gente. Algunas de las nuevas personas eran criminales, pero la mayoría eran familias desplazadas.

Para mí, El Salado tenía una belleza propia. La pintura desportillada, las casas de adobe, la tierra llena de horticultores. A mí no se me tenía permitido salir pero de todos modos no me interesaba hacerlo. La construcción junto a la casa de la Abuela era un burdel; había hombres de mirada lasciva a lo largo del camino de tierra, y Mamá dijo que existía el riesgo de que me confundieran con una prostituta. En una ocasión, un hombre trató de llevarse a Cassandra por detrás de unas matas, diciéndole que había un pajarito en el suelo. Pero Cassandra no nació boba así que le gritó a Papá y el hombre se largó corriendo.

Había un letrero pintado en el frente del burdel. Decía: COMIDA Y CENA en descoloridas letras cursivas, pero no había puerta de entrada; solo la puerta de un garaje enrollada. En una ocasión Cassandra y yo habíamos visto en la puerta del garaje a unas mujeres de cabellos rubios y tacones de aguja subiendo a galope a jeeps de color verde militar. *"Esas son prostitutas"*, susurró Cassandra. Era la víspera de Año Nuevo y Papá y los tíos estaban detonando fuegos artificiales y todo el mundo bailaba en la calle. Las mujeres subieron al jeep y se acomodaron en los brazos de misteriosos hombres y la Abuela, que estaba parada detrás de nosotras, dijo: "Mujeres dejadas a su suerte, eso es lo que son".

A la entrada de la casa de la Abuela, oí el chasquido de las cerraduras, y enseguida la puerta se abrió por dentro y ahí estaba ella temblando y sonriente.

—Mis niñitas —dijo, acogiéndonos entre sus brazos. La Abuela era bajita y robusta, frágil en apariencia, pero su cuerpo era musculoso y fuerte. Nos dio palmaditas en la cabeza, luego se acercó a Papá y a Mamá, extendiendo sus manos hacia ellos. Todo su cuerpo se estremecía. Cassandra me tocó el hombro y señaló con su cabeza la puerta abierta de la casa de la Abuela. Tratamos de no hacer ruido y dimos pasos hacia atrás. Papá rodeaba con un brazo a Mamá. Estaba enumerando con los dedos, diciendo "...la inseguridad, los impuestos y los cambios en el vecindario". Cuando Cassandra y yo llegamos dimos el último paso entrando a la casa de la Abuela, corrimos en círculos, gritamos y silbamos.

Mamá nos gritó:

—¡Cassandra!, ¡Chula! ¿Se volvieron bestias? ¡No toquen las cosas de la Abuela!

—¡Y no dejen que los perros se entren al jardín, que me matan a las gallinas! —gritó la Abuela. Escuchamos la voz de Papá seguir con su conteo, su voz de tenor rauda y suave, acompañado de la voz ronca y baja de la Abuela.

La Abuela tenía una tienda en el cuarto del frente de la casa. Había colgado una cortina en el zaguán que conducía al resto de la casa, de modo que el interior de su casa no pudiera verse desde la tienda. La tienda de la Abuela cambiaba cada Año Nuevo. Al principio del año se vendían los productos con descuento y se compraban, organizaban y cotizaban otros nuevos. Yo quería investigar, pero Cassandra quería ver los conejitos. Atravesamos la cortina hasta la habitación principal, pasamos por enfrente de la cocina y salimos al jardín.

El jardín era como una selva. Había un claro y una vereda, y tuvimos que esquivar el crecimiento excesivo de los árboles y la maleza y pasar por encima de las raíces. Un hervidero de mosquitos se agolpó encima de nuestras cabezas, y cuando sentí que la piel me ardía por sus piquetes corrí hacia adentro. Los perros de la Abuela ladraban y saltaban a mi alrededor. Me preocupaba que a Cassandra se la fueran a comer viva los mosquitos, pero luego me di cuenta que estaba sola y podía curiosear libremente.

Dentro de la casa de la Abuela olía a aire encerrado de años, a pesar de que había puertas y ventanas abiertas por todos lados. En la habitación principal las paredes estaban desnudas salvo por dos viejas fotografías coloreadas. Una era del Abuelo y la otra de la Abuela. No se nos permitía hablar del Abuelo pues había abandonado a la Abuela por otra mujer, pero nadie pudo impedir que yo observara su retrato. Tenía el cabello negro y traía puesto un alto cuello blanco. Era guapo, pero lo que yo no podía creer era que la Abuela hubiera sido alguna vez hermosa. Usaba rubor en los cachetes y su cabello se lo peinaba recogido hacia abajo, traía una blusa morada con lindos botones de perla cerrados alrededor de la garganta. Era impactante comparar ese rostro a la cara que ahora tenía la Abuela: arrugada y demacrada por los años, los ojos severos y tristes. Uno realmente podía apreciar los retratos desde la mecedora de la Abuela. Allí es donde ella se sentaba durante las tardes. Mamá decía que la Abuela se sentaba solo para maldecir al Abuelo y a la mujer por quien la había dejado, acusándolos de que le habían robado su juventud. Mamá decía que a la Abuela le gustaba ver los retratos cuando le dolían sus pies hinchados, y mientras más los veía mayor era su desprecio hacia el Abuelo. Cassandra decía que el Abuelo tenía otra familia, pero a mí eso nunca me importó, pues no puedo extrañar lo que nunca tuve.

Mamá me había dicho recientemente que el papá de Petrona no vivía con ellos en la invasión. Quizá el padre de Petrona había abandonado también a su familia. Yo estaba a punto de sentarme en la mecedora cuando Papá, Mamá, Cassandra y la Abuela entraron en el cuarto.

La Abuela meneó su dedo.

—No te sientes ahí.

Mamá me jaló hacia ella y no me soltó la muñeca. Cassandra sacó la lengua. Bajamos por un pasillo de puertas cerradas. La Abuela lo había construido todo ella misma, haciendo los ladrillos de adobe, un cuarto para cada uno de sus cinco hijos. Los zapatos de Mamá golpeteaban el piso de concreto y el ruido que hacía Papá al arrastrar nuestro equipaje con ruedas retumbaban por detrás de nosotros. La Abuela había terminado por ser la dueña de la tierra no porque la hubiera comprado, sino porque si uno vivía donde fuera por más de veinte años, automáticamente era de uno, o al menos el gobierno no hacía preguntas.

Mamá señaló hacia un cuarto ubicado a mi izquierda.

—Un hombre murió en ese cuarto. —La Abuela caminó por delante, se agarraba a las paredes para mantener el equilibrio. Uno de los pasatiempos favoritos de Mamá era asustarnos a Cassandra y a mí. Papá decía que era porque Mamá había sido una madre joven, y las madres jóvenes nunca maduran. "Sé *madre*, Alma", seguido le decía Papá cuando Mamá nos asustaba con sus historias de fantasmas, pero esta vez se quedó callado. Cuando miré hacia atrás, parecía absorto en su propio pensamiento—. Un extraño —seguía diciendo Mamá—. Llegó hace un mes a medianoche pidiendo posada. Era un viajero. Al amanecer estaba muerto.

El cuarto que Mamá señalaba tenía la puerta abierta. Estaba atiborrado de muebles viejos y una cama de hospital. Cassandra se apegó a mí y yo me apegué a Mamá, llena de miedo. La Abuela se detuvo al final del pasillo y dejó la puerta abierta hacia el antiguo cuarto de Mamá. Todavía había algunos muebles de cuando ella era chiquita.

—¿Vienes, Alma?

La Abuela nos asignó a mí y a Cassandra nuestros propios cuartos, pero no quisimos dormir solas con la amenaza del muerto desconocido. En el antiguo cuarto de Mamá había una cama muy grande con un dosel de malla colgando de un alambre circular en lo alto. Estaba ahí por los mosquitos. Un ventilador de techo hacía juego con el dosel en movimientos circulares. No había ventanas, pero sí un viejo escritorio azul en una esquina. Pensé en que si ese ventilador caía mientras dormíamos nos rebanaría y mataría a todos. En el funeral, yo llevaría un velo negro y me quedaría en el pedestal de la iglesia. Detrás de mí los cuatro ataúdes conteniendo los restos de la Abuela y mi familia permanecerían a la sombra mientras yo, manca, recibía a los dolientes; la otra mano, cortada por el ventilador en el techo, estaría envuelta en tul negro adentro de un ataúd marcado con las palabras *Aquí yace la mano de Chula Santiago, una valerosa sobreviviente.* Petrona me daría una rosa blanca y después pasearíamos juntas en una limusina negra.

En la habitación Papá respiraba ruidosamente. Había empujado nuestras maletas y dejado nuestras mochilas en el piso, diciendo:

—Sí, aquí está bien.

~

En casa de la Abuela me sentí feliz en extremos. Me sentaba a la luz del sol hasta que me quemaba y después corría al baño de la Abuela y me vaciaba encima baldes de agua fría. La ducha en el baño de la Abuela no era realmente una ducha sino una esquina donde las baldosas tenían un declive alrededor del desagüe, y había un tinaco color azul lleno de agua. Con la primera descarga de agua, respiré entrecortadamente y sentí que me faltaba el aire. Es difícil decir cómo una cosa así me provocaba gusto. Quizás era la ardiente sensación de lo frío después de lo cálido, o la angustiante alegría al recobrar el aliento, o la sensación de estar muy viva, o quizá era el modo en que las sensaciones hacían un corto circuito con el tipo de cosas por las que me preocupaba: Petrona comiendo de la fruta del borrachero, Pablo Escobar sonriendo en su camisa hawaiana, Galán sangrando en el podio. Mis días se llenaban de sensaciones: caliente, frío, ahogo, respiro.

A Cassandra y a mí no se nos permitía ir a la tienda de la Abuela, pero en la sala alzábamos la cortina para mirar. Ahí, bajo el único bombillo balanceándose en el techo, veíamos a la Abuela recibir dinero de uno de sus clientes, sentada en un taburete, ordenando sus productos, barriendo el piso. Le dije a Cassandra que seguro que a Petrona le hubiera gustado ver la tienda de la Abuela, y Cassandra parpadeó varias veces.

—A quién le importa, Chula. Busca un hobby.

Nos sentíamos unas salvajes en la casa de la Abuela. Nuestros compañeros de clase estarían en exámenes finales, mientras que nosotras andábamos de vacaciones, desgastando nuestros trajes de baño, retándonos una a la otra a pararnos frente a la puerta del cuarto donde había muerto el desconocido. Los segundos se hacían más largos cada día que nos quedábamos frente a la puerta de esa habitación hasta que el reto era quedarse frente a la puerta durante un minuto entero. Cassandra dijo que escuchaba que adentro alguien respiraba. A veces veía unos ojos que flotaban sobre la polvorienta cama de hospital. Eran verdes.

Como siempre que visitábamos a la Abuela, la hermana de mi Mamá, la tía Inés, venía de visita con su marido Ramiro, y nuestros primos Tica y Memo. La tía Inés vivía a unas cuadras pero nosotros nunca íbamos a su casa, yo no estaba segura por qué. Tal vez porque era un lugar peor que el de la Abuela o porque la tía Inés nunca nos invitaba. Cassandra creía que era lo segundo, pues había deducido (a partir de años de estar escuchando por casualidad las indirectas e insultos que se lanzaban las hermanas durante sus peleas) que un hombre había embarazado a la tía Inés y que Papá se había negado a recomendarlo para un trabajo. ¿Qué había ocurrido con aquel hombre? ¿Dónde estaba el bebé? Ninguna de nosotras lo sabía. Lo que sí sabíamos de hecho era que cuando Mamá y la tía Inés se reunían las cosas se ponían color de hormiga. "¿Qué son esas sandalias que tienes puestas, Inés, por qué no vamos de compras?", "¿Qué, no eres ya madre de *dos*, Alma? Ya es hora de que empieces a vestirte con blusas de señora. Ya no tienes veinte años".

Cassandra y yo nos llevamos a nuestros primos afuera. Tica y Memo eran un año menores así que jugamos a los encantados. Memo siempre se pasaba más tiempo correteando detrás de nosotras, porque era muy fácil dejarlo atrás. Era tan lento que nos alcanzaba el tiempo para subirnos a los árboles. Memo se quedó parado debajo del árbol diciéndola a Tica, montada en una rama, que necesitaba bajar porque tenía una garrapata en la pierna. Yo le hice una mueca a Memo para hacerle saber que admiraba su astucia, pero cuando Tica bajó él de hecho prendió una vela y acercó la llama a la piel de Tica y Cassandra y yo vimos con horror a un animal salir de entre su piel.

En el jardín de la Abuela mientras el tío Ramiro y Papá se hacían los machos, se acuclillaban en postura de sumo alrededor de un agujero excavado donde iban a crear las condiciones perfectas para una pequeña fogata, la tía Inés hizo que Cassandra y yo le apretáramos con las manos su vientre de embarazada, que era esponjoso y tenía adentro algo como anguilas que se movían. Fuimos amables y dibujamos una sonrisa forzada en nuestras caras, pero enseguida pusimos distancia entre nosotras y su "milagro de la vida".

Nos sentamos debajo del árbol de mangos. Una vez que la hoguera empezó a chisporrotear, Papá sintonizó la radio en una estación de cumbias. Los adultos bailaron. Levantaban sus vasos, haciendo girar el aguardiente, meneando las caderas de lado a lado. La Abuela arrastraba los pies lentamente y alzaba la cara a la luna. Empecé a cabecear. Entreví los pies en círculo, oía el sonido de la flauta hipnótica, veía la cara sonriente de la Abuela en mis entresueños.

⌒⋉

Los fines de semana Tica y Memo pasaban la noche con Cassandra y conmigo en el antiguo cuarto de Mamá. Generalmente, yo era la última en despertar, pero una mañana hice a Tica a un lado y creí que me iba a morir. Sentí el brazo tan caliente que me tuve que quitar la venda. Cuando terminé de desenrollarla, me sentí enferma: tenía la piel pegajosa y verde como el brazo de un zombi. Corrí para mostrárselo a alguien pero enseguida me sentí mareada y me senté en la sala sudando bajo el ventilador del techo. Alguien había dejado la radio prendida.

—Los magnicidios de los ahora *tres* candidatos presidenciales han intensificado la persecución de Pablo Escobar. Entretanto, los Extraditables han declarado que depondrán las armas. Pegué un grito de sorpresa y entró Papá.

—Chula, ¿qué haces?

—Papá, me estoy muriendo —me tiré al piso y apoyé mi mejilla en la fría baldosa. Estaba muy enfebrecida. Papá le echó un vistazo a mi brazo y me dijo que solo estaba amoratado y que no me iba a morir. Dijo que había una ola de calor y que yo debía hacer todo lo que me ordenara.

—Está bien. ¿Pero qué es un magnicidio? —le pregunté.

—¿Qué?

—¿Los Extraditables están deponiendo las armas?

—Chula... —Papá levantó los brazos y se marchó. Nos reunió a Tica, a Memo, a Cassandra y a mí, y pasamos el día chupando hielo y doblando abanicos hechos con papel. Traíamos puestos nuestros trajes de baño y nos mojamos y nos paramos directamente enfrente del ventilador. De inmediato nos sentimos mejor. Cassandra y yo le hablamos a Tica y a Memo a través del zumbido del ventilador. Entre el ventilador nuestras voces se convirtieron en voces extraterrestres. Cantamos: "Arroz con leche me quiero casar... con una señorita de la capital".

Cuando se hizo de noche, nos pusimos en fila para entrar al baño y mojarnos una vez más antes de irnos a dormir. Me escurrían gotas de sudor por el cuello. Esperé mi turno en el sofá debajo del ventilador de la sala. Estaba aburrida así que descolgué el teléfono y marqué a casa. Era algo que hacía cuando viajábamos, sabiendo que como nadie iba a contestar no costaría un solo peso. Escuché el prolongado timbre, sentada en la oscuridad de la sala de la Abuela, imaginándome el frío de Bogotá, las corrientes de aire en las escaleras, los oscuros pasillos, la cocina, las latas congeladas de soda de naranja en el refrigerador.

—¿Aló?

Me enderecé. Era Petrona. Pero Petrona no tenía teléfono en su casa.

—¿Aló? —dijo Petrona de nuevo, y luego le dijo a alguien más—: No dicen nada. ¿Cuelgo?

—No, espera. A lo mejor es una mala conexión. —Lo último lo oí muy bajito, como si la voz saliera de una lata, pero pude identificar que era la voz de un muchacho.

Me aclaré la garganta.

—¿Petrona, eres tú?

Se hizo un silencio, y luego:

—¿Niña? Niña.

—Cuelga, cuelga ya —dijo el muchacho, en segundo plano, pero Petrona siguió hablando.

—¡Dios mío, Chula! ¡Qué gusto escucharte! ¡Te he extrañado tanto! ¿Hay alguien contigo? ¿Por qué llamas?

Miré a todos lados. El labrador negro de mi abuela tamborileaba su cola a mis pies, pero no había nadie en la habitación principal. En el pasillo de la cocina oí que Mamá y la Abuela preparaban a Tica y a Memo para que se fueran a dormir.

—No, no hay nadie conmigo, pero...

—Chula, escúchame. Estoy en peligro. Quiero decir que me estoy escondiendo. Pero no le digas a nadie porque no tengo a dónde ir.

—¿O sea que alguien te persigue?

—No le digas a nadie. ¿Niña? Ni siquiera a tu hermana. ¿Me lo juras? Ni a tu madre. —Sentí caliente la bocina en mi oreja. Petrona serenó la voz—: Hablo en serio cuando digo que estoy en peligro. No querrás terminar siendo la responsable de mi muerte. ¿Cierto? —Su voz hizo que me dieran náuseas.

—¿Pero estás bien ahora?

—Júramelo por la vida de tu mamá. ¿Niña? Por tu propia seguridad. No puedo decirte más, pero estaré a salvo mientras no digas nada.

Juré por la vida de Mamá. Petrona dijo que tenía que colgar porque necesitaba dejar la línea telefónica libre y puse la bocina en su lugar pensando en lo serio que era jurar por la vida de alguien. Me pregunté de qué estaría huyendo Petrona; enseguida me percaté de que el muchacho que estaría con ella no sería cualquier muchacho, sino el que Petrona había llevado a nuestra casa con el pretexto de que iba a medir la alfombra. Quizás era el novio de Petrona, pero ¿por qué había escogido a un bruto por novio? Yo sabía que no se puede romper un juramento. Había historias de madres que habían sido partidas en dos por un rayo. Sentí que el peso de lo que le había prometido a Petrona se hundía dentro de mí como un ancla. Me estiré hacia atrás, pero el peso seguía ahí. Empecé a tener problemas para respirar, y luego apareció Mamá para decirme que era mi turno para remojarme en el baño. Me miró a la cara.

—¿Estás bien, mi cielo?

—Tengo mucho calor —le mentí. No quería que Mamá muriera. Tampoco quería ser la responsable de la muerte de Petrona. Mamá me tocó la frente con el dorso de su mano y dijo que me sentiría mejor una vez que me refrescara con agua. Me dejó sola en el baño de la Abuela, y aunque el tinaco parecía casi vacío, me eché dos baldazos de agua fría.

Estaba respirando con normalidad otra vez, y me senté en

las baldosas, aliviada. Cerré los ojos, agradecida por la sangre que latía en mi cuerpo, agradecida por la vida de Mamá, y me imaginé la sangre de Petrona latiendo también en su cuerpo, y sentí que de alguna manera todas estábamos unidas y fuera lo que fuera lo que le pasara a Petrona ella me necesitaba y yo la ayudaría.

Petrona

Cuando Mami me echó, busqué a Gorrión. Subí zig-zagueando los Cerros. Yo no sabía dónde vivía él. Nadie lo sabía. Fui al parque. Unos niños que jugaban fútbol en el llano no respondieron cuando les pregunté por Gorrión. Yo no tenía a dónde ir. Me quedé viendo los matorrales en donde habían encontrado a Ramoncito. Un chiquillo apareció cerca de mí. *Sabe quién es él, ¿verdad?* Tenía los cachetes cubiertos de polvo. Supuse que dormía en las calles. Esperé a que me viera la cara y dijera que me había confundido con alguien. En cambio, preguntó: *Usted es Petrona, ¿verdad?* Abrí bien los ojos. *Fue terrible. Lo de Ramón. Mi nombre es Julián.* Escupió al suelo y se metió las manos en los bolsillos de los pantalones cubiertos de tierra reseca. Se quedó mirando el muro de contención. *Sí sabe con quién anda metido, ¿cierto?* Quise decir: *A quién se refiere.* Finalmente, se llevó un dedo a la sien y dijo: *Con que lo sepa.* Se fue al trote camino abajo. Silbó fuerte, y enseguida salió un perro de tres patas corriendo de entre los matorrales donde habían encontrado a Ramón.

¡Espere!, le grité. *¿Se refiere a Ramón? ¿O se refiere a Gorrión?* Me encogí al escuchar el nombre de Ramón en ese lugar donde lo habían tirado y me quedé viendo al niño y al perro

corriendo juntos por el camino levantando polvo, y luego Julián se detuvo y me gritó: *"¡Regrese al atardecer, y entonces lo verá!"*.

Por un momento me imaginé a Ramón levantándose al atardecer de entre los muertos y verlo aquí, pero al momento siguiente me mordí la mano. El parque era donde al atardecer se reunían los encapuchados para marchar juntos hacia las montañas, donde tenían juntas. Todos en los Cerros lo sabíamos pues oíamos que cantaban, siempre la misma canción: la internacional de la clase trabajadora, que resonaba cerros abajo. Si no se quería uno topar con los encapuchados era mejor no ir al parque al atardecer. Entendí que Julián había querido decir Gorrión: *regrese al atardecer y verá a Gorrión*, y me sentí de nuevo sola y perdida, solo yo, abandonada para resolver que mis pequeñitos estuvieran a salvo y en la escuela, y mantener a Aurorita alejada del camino que ahora yo seguía.

12

El viento endemoniado

Cuando al día siguiente la Abuela abrió la llave del tanque de agua, no salió una sola gota. Tica y Memo eran los únicos que se habían despertado así que la Abuela los tomó de la mano y les dijo que irían de paseo a la tienda para hacer un nuevo pedido de agua. Mamá me despertó y dijo que la Abuela, Tica y Memo regresarían en unas horas. Me llevó al lavadero en el jardín para que me refrescara. Era rectangular y me llegaba al cuello. Me metí hasta el nivel de la espalda en el lavadero. Estaba llena de agua de lluvia y de los peces anaranjados de la Abuela. Antes de la sequía la Abuela lo había usado como tina para lavar ropa (tenía una tabla de lavar tallada en el cemento a un lado), pero ahora ella lavaba la ropa en el río.

Mamá se sentó en el lavadero, echándome agua por encima de la cabeza con un recipiente de plástico azul, contándome lo que había soñado, pero yo no la escuchaba. Estaba viendo los peces anaranjados. Salieron disparados por debajo de mis axilas. Hicieron círculos alrededor del pecho de mi traje de baño rosado. Se agruparon alrededor de mí como ratoncitos gelatinosos, toqueteándome la piel, y luego dispersándose. En la tierra había hormigas recorriendo los adoquines en dos carreteras: hacia el este, a la cocina de la Abuela; en dirección oeste, cargando migajas. Los adoquines daban hacia el descuidado jardín de la Abuela, y hasta donde alcancé a ver, a una puerta de metal que conducía a las cálidas montañas boscosas de Cúcuta. Lejos, en las montañas, se oían truenos; pero aún era temprano.

Respiré hondo y me metí bajo el agua. Encorvé la espalda y vadeé tras las piernas de Mamá hacia el pozo que quedaba debajo del lavadero. Podía tocar todas las paredes, pero no el suelo, que estaba en declive. Si empujaba mis manos contra el lavadero las puntas de mis dedos de los pies no alcanzaban a rozar el fondo. La única luz provenía de la brecha entre las piernas de Mamá, donde los peces movían sus colas de acá para allá y abanicaban sus aletas, nadando entre la brillante y turbia luz verde.

Recogí las piernas y dejé que mi espalda flotara ligeramente contra la pared de la parte inferior del lavadero. Era una sensación mágica y ermitaña.

Yo era el centro del ojo.

El latido de mi corazón retumbaba muy fuerte en mis oídos, como un sonido antiguo y fluctuante.

Cuando abrí los ojos, las piernas de Mamá habían desaparecido. Los peces, también, se habían dispersado. Salí del agua y respiré con dificultad. Vi a Mamá correr por los adoquines hasta la parte trasera del jardín. El recipiente de plástico azul le colgaba estúpidamente de una mano.

~~~

No supimos del todo lo que había ocurrido aquel día hasta muchos años después, cuando la Abuela contó la historia. La Abuela decía que todo había empezado con una caminata lenta, con Tica y Memo agarrados de las manos, y apoyándola a caminar.

Una vez, Mamá nos había llevado a Cassandra y a mí por

un sendero. Estaba lleno de árboles con zumbidos de animales, como en una jungla. El aire olía a mangos maduros. El sendero conducía a un valle de árboles amarillentos y de tierra seca y agrietada, y adelante del bosque se abría una ruidosa carretera y una tienda con un anuncio en el exterior que decía ARABAS-TOS. Era un camino que la Abuela había recorrido durante años y hasta donde sabía no era peligroso.

Así es como la Abuela recuerda lo que ocurrió: estaban a medio camino de la tienda, y al sendero que tenía hacia delante lo bañaba la luz del sol, luego la sombra, luego la luz del sol. Sintió el piquete de un mosquito en una pierna. Se oían los graznidos, los silbidos y el repiquetear de los pájaros. Y entonces, se oyó un ruido. "¿Oyeron eso?", dijo Memo. El sonido de lo que no podían ver se les aproximó. Se acercó más, justo encima de sus cabezas. Helicópteros. Entre las ramas de los árboles encima de ellos. Dos de ellos oscilando a la vista. Mostrando sus patines de aterrizaje y sacudiendo las hojas de las palmeras como lenguas sueltas. El aire tronaba entre los árboles y el vestido de la Abuela se agitaba con el viento.

La Abuela vio a Tica y a Memo apuntar hacia los helicópteros, dibujando líneas y arcos en el cielo. Era bonito que los niños sonrieran. Cuando los helicópteros desaparecieron por encima de la cresta de los árboles, la Abuela se preguntó por qué habría helicópteros en esa parte del bosque, pero no pudo encontrar respuesta. Entonces los helicópteros aparecieron detrás de ellos. El viento era ensordecedor y a la distancia, en un recodo del sendero, un grupo de guerrilleros salió de entre la maleza. La Abuela entendió que los helicópteros estaban allí por aquellos hombres y mujeres, pero se quedó paralizada. Clavó su mirada en el primer hombre camuflado que avanzaba hacia ella con ametralladora al pecho, el rojo de su boca sobresalía del resto de su cara pintada de verde. Él la vio, pero luego levantó la cara, y salieron chispazos de la boca de su ametralladora. El viento endemoniado que provocaban los helicópteros levantaron la hojarasca y la hacían girar en el aire mientras que los helicópteros se abalanzaban, disparándoles a los guerrilleros. Los guerrilleros le gritaron a la Abuela: *¡Quítese de ahí!* y otras cosas, pero a la Abuela se le puso la mente en blanco por el miedo. La Abuela sintió que Tica y Memo la jalaban del vestido, y luego volvió en sí y sacando flexibilidad y fuerza de algún recóndito lugar de amor maternal, los cargó y se tiró detrás de un arbusto espinoso. Cubrió los cuerpos de Tica y Memo con el suyo y los mantuvo quietos contra la tierra. Los helicópteros volaron por encima del sendero una y otra vez, disparando. El viento tiraba de la Abuela, la hierba le azotaba la cara, y Tica y Memo sollozaban y se cubrían los oídos. Detrás del arbusto espinoso, la Abuela oyó los ruidos que nunca más la abandonarían: el ajetreo de las metralletas, el de los helicópteros y el de los soldados gritando. Hubo chispas que levantaron polvo a su alrededor, tiros que se tragó la tierra. La Abuela lloró y pidió a la Virgen María por el bienestar de todos, que a sus caminos los librara de la maldad, que los hiciera volver a salvo. Luego se puso bocabajo.

Aun después de que se apagaron los gritos y de que los estallidos de la artillería se desvanecieron, desaparecieron por el Este, donde la selva crece con desmesura, la Abuela no podía moverse. Respiró el húmedo olor de la tierra. Desde el suelo, escuchó el llanto de Tica y de Memo. Y por debajo, alcanzó a oír al viento cortante, los disparos, los gritos como si éstos todavía surgieran del centro de su pecho. Pasó el tiempo y Memo lloraba. Entonces la Abuela auscultó los cuerpos de Tica y de Memo en busca de sangre, no sabía si los habían herido. La Abuela creyó que Memo sangraba. Creyó que era sangre. Lo palpó con su mano, pero cuando lo olió supo que eran orines lo que le chorreaba a Memo de la bragueta de los *shorts* rojos. Tica lloraba y respiraba con dificultad, chupándose el dedo.

Como pudo, la Abuela enderezó las piernas, se puso de pie, y salió de detrás de los matorrales. Estaba segura de que habría cadáveres, pero el bosque estaba vacío. La Abuela cayó de rodillas y en agradecimiento convocó a la Virgen, pero se asustó por el agudo sonido de su propia voz. Tenían espinas de cactus enterradas en sus cuerpos. Tica gritó cuando se vio las líneas rojas y las gotas de sangre que parecían rocío sobre su piel. La Abuela le sacó las espinas a su nieta y luego a su nieto.

Durante el camino de vuelta a casa todo era silencio. Iban abrazados y caminaban como si fueran una sola persona. Se asustaban ante el más leve sonido y volteaban a verse, creyendo ver los ojos de los soldados acechándolos desde detrás de la maleza.

Afuera de su casa, las solitarias palmeras se mecían con el viento.

La Abuela dijo que fue hasta que entraron en la casa que se detuvo el sonido de las cosas rugiendo hasta al cielo.

⤙

En la parte trasera del jardín de la Abuela, me detuve un momento ensordecida y sin aliento. La espalda de la Abuela se erguía y se doblaba como un mar resentido, y Tica y Memo estaban cubiertos de sangre. Mamá los tenía abrazados a los tres y la Abuela decía:

—¡Ay, Alma, Alma! ¡Nos dispararon, Alma!

La voz de Mamá se distorsionaba contra el hombro de la Abuela.

—¿Pero quién, Mamá? ¿Quién les disparó?

—¡Los guerrilleros! —gritó la Abuela—. ¡Dios Santo!

Entonces la voz de la Abuela se calmó con un rezo en voz

baja; a veces se oía, a veces no, y a veces lo decía entre gemidos asfixiantes.

En el césped, al lado de los pies de Mamá estaba tirado el recipiente de plástico azul.

Gotas de agua chorreaban de mi traje de baño rosado y golpeteaban las hojas en la tierra.

Mamá levantó los ojos.

—Chula —dijo—. Ve por Cassandra. Llama a la tía Inés. Dile que venga. Ve, rápido.

Me di la vuelta y corrí entre las flores y los enramados de vegetales que me enturbiaron la visión: lejos del sonido del llanto de Tica y de Memo: melodiosos, apagándose. Corrí pasando delante de las cabezas de lechugas, yerbas, tomates, diente de león; pasé por delante del gallo amarrado a un poste, por delante del viejo pavo, confundida y corriendo hacia un arbusto.

Corrí por encima del sendero de adoquines y ahí encontré a Cassandra, en cuclillas en una esquina de la casa, dibujando en las paredes colinas y ríos con una tiza azul. Se puso de pie y se me vino encima agarrándome por los hombros.

—Chula, ¿qué te pasó?

Contuve el aliento.

—Cassandra —dije—. Apúrate. Llama a la tía Inés. La Abuela, Tica y Memo están sangrando.

—¿Qué? —Cassandra me zarandeó—. ¿Qué pasó?

—Los balacearon —dije—. Apúrate, dile a la tía Inés que venga.

—¿Están vivos?

Afirmé con la cabeza y seguí a Cassandra que corrió rumbo a la casa. En la sala, el teléfono de disco giraba y volvía a su lugar lentamente.

Cassandra dijo:

—Tía Inés. Ven a la casa de la Abuela. Algo pasó.

Una exclamación resonó por el teléfono contra el oído de Cassandra.

—Tía, ven.

Esperamos a un lado de la ventana. Cassandra se mordió el labio.

—¿Qué tan grave es? —preguntó, pero movió la cabeza y se cubrió las orejas para que yo no le dijera. Tenía los dedos manchados de tiza azul. Cuando llegó Mamá con la Abuela y con Tica y Memo, corrimos hacia ellos y ellos se desplomaron en el suelo. Memo jadeaba en mis brazos, y Tica enterraba su cara en el hombro de Cassandra. Las lágrimas y la baba de Memo me escurrían por el brazo y yo me llenaba de angustia al mirar a Tica. La boca le colgaba como si la tuviera suelta. Cassandra cargaba a Tica que lloriqueaba, pero la cara de mi hermana se llenaba de tristeza era mirando a la Abuela, que lloraba recogida en su propio regazo.

〜✺

Dos años antes de lo de los helicópteros, después de que al tío Pieto lo sepultaran y arrojaran puñados de tierra encima de su ataúd, Papá había dicho que la abuela María ya no podía llorar porque estaba vieja. En el funeral, la Abuela llevaba claveles amarillos y musitaba oraciones lúgubres. Me miró a través de su velo negro. Contrajo las comisuras de los labios e intentó sonreír.

〜✺

—Dime, Mamá, inténtalo —le dijo mi madre a mi abuela. La Abuela tomaba grandes bocanadas de aire y las dejaba salir lentamente a través de sus angostos y fruncidos labios. Las manos le temblaban frente a la boca.

Comenzó a hablar muy despacio:

—Los llevé conmigo para Arabastos.

Enseguida contrajo la cara. Movió su cabeza de cabello corto y rizos canosos, aspiró y comenzó a llorar. Se cubrió la cara con sus arrugadas manos.

En el funeral del tío Pieto, Papá había dicho que cuando la gente se hace vieja, no puede llorar, porque ha llorado continuamente, una y otra vez, durante toda una vida larga con alegrías y desgracias. Decía que el banco de sus lágrimas se les había secado.

—Por el amor de Dios, Mamá, cálmate —dijo Mamá. Le sacudió las manos a la Abuela—. Estás traumatizando a los niños.

Me mordí el labio superior y bajé la vista para ver el tiro de los pantalones de Memo. Su regazo estaba mojado. Conecté lo que veía con el olor a orines.

La Abuela dijo:

—Salieron corriendo de entre los árboles —respiró hondamente—. Desde un helicóptero les dispararon a los guerrilleros. Nosotros nos escondimos detrás de un matorral.

Luego su voz se quebró, y alzándola enseguida dijo:

—Alma, ¡si al menos no los hubiera llevado conmigo!

Fue entonces que oímos abrirse la puerta de entrada y apareció la tía Inés corriendo, atravesando la cortina, y acercó a los niños a su pecho.

—¿Qué pasó? —Les auscultó la cara y les pasó las manos por el cuerpo. Los sacudió violentamente—. ¿Qué les pasó?

Tica y Memo sollozaban, estremeciéndose contra ella. Pero no podían responder.

—Inés, estás lastimando a los niños —dijo Mamá.

La tía Inés retiró sus manos. Había dejado marcas rojas en los cuerpos de Tica y de Memo con sus uñas, pero Tica y Memo se peleaban por estar de nuevo cerca de la tía Inés.

—Estuvieron en un fuego cruzado de la guerrilla —dijo Mamá—, cuando fueron con la Abuela a Arabastos.

—Hija —dijo la Abuela, tapándose la cara como si fuera a llorar, pero la tía Inés apretó los dientes—. ¿Cómo se te ocurrió hacer eso, Mamá? Después de todos los rumores. —La Abuela se quedó callada. La tía Inés levantó a Tica y a Memo en los brazos al nivel de su cintura—. No quiero saber de ustedes. De ninguno.

La tía Inés salió lentamente, Tica y Memo enrollaron sus piernas alrededor de su torso de embarazada, sollozando suavemente. Oímos cerrarse la puerta de la entrada, y luego el llanto de Tica y de Memo se fue desvaneciendo.

—Mamá...

Mamá ayudó a la Abuela a ponerse de pie.

—Ahora no, Chula.

—Cassandra...

Cassandra se puso de pie.

—Después, Chula.

Yo me quedé en el suelo. Vi a Mamá llamar por teléfono a la tía Inés. Se oía un gran escándalo, se oía al tío Ramiro gritando, y a Tica y a Memo que lloraban, entonces escuché claramente cómo la tía Inés dijo que por qué solo se había llevado a sus niños a Arabastos, y por qué no a las hijas de Mamá. Se escuchó una interferencia en la línea. Mamá marcó el número de la tienda del pueblo, desde donde Papá enviaba sus hojas de vida, y le dejó mensaje con el tendero para que regresara tan pronto como pudiera. Yo todavía veía, sin proponérmelo, la cara de Tica. Me enjugué los ojos.

Había tres manchas de sangre sobre el cemento donde Tica, la Abuela y Memo se habían sentado. Entonces me vi a mí misma. En la acaramelada piel de mis hombros tenía la huella de los dedos de mi hermana con tiza azul.

Petrona

Interrogué a Gorrión una y otra vez después de lo que me había dicho Julián, pero Gorrión juró que no estaba implicado con los guerrilleros; cuando mucho, era simpatizante pero *eso* no era ningún crimen. Le grité y le pregunté si no sabía que era por eso que Ramón estaba muerto, y Gorrión dijo que Ramón había muerto por culpa del ejército colombiano, que también habían acribillado a incontables muchachos inocentes de los Cerros. *No te confundas, Petrona.* En presencia de Gorrión los pensamientos salían de mi mente y las cosas daban vuelta de arriba a abajo, pero yo no podía estar equivocada respecto a Ramoncito. *¡A Ramón lo mataron los paras! ¡Por qué otro motivo tuvimos que llamar a la policía! Si el ejército lo hubiera hecho, hubiera estado ahí desde el principio, adjudicándose la muerte de un guerrillero como siempre.*

Yo confiaba en esa verdad, pero entonces las palabras de Gorrión fueron como el polvo acumulado debajo de la puerta y cubriendo todo de tierra. *Petrona, piensa. ¿Cuánto tiempo hubiera vivido Ramón si el ejército tiene la costumbre de acribillar a civiles inocentes? ¿No estaba protegiendo él a su familia? ¿No pensaba Ramoncito que sus hermanos menores podrían ser acribillados tan fácilmente como el amigo que había perdido?*

Pero así no, dije. Quise decir no de esta manera; de otra, diferente, por la que Ramón siguiera vivo, pero me brotó la ira y entonces mis huesos sintieron el dolor de la pérdida. *¿De qué tienes miedo, Petrona? Ya te dije que no soy guerrillero.* El mentón me temblaba y Gorrión se arrodilló, dijo que yo era su vida, ¿por qué iba a hacer algo que me lastimara? Luego juró por la vida de su madre y luego por la mía, y fue cuando dijo que solo iba a las juntas para escuchar. *Esto no*, me repetí en la cabeza, a veces en voz alta, hasta que quedé vacía, y luego ya no sentí emociones, ya no tuve más respuestas, ya no había miedo. Estaba vacía como los Cerros al atardecer.

Dejé que Gorrión me comprara una taza de chocolate caliente. Él sabía que Mami me había echado. Sopló al humo de mi taza y me la puso delante de la boca para que yo le diera un sorbo. Dijo que podía tomar el bus conmigo y acompañarme hasta la casa donde yo trabajaba y que a lo mejor podría quedarme ahí secretamente hasta que mi mamá se calmara. *Te dieron una llave, ¿o no?* Gorrión dijo que seguramente mi patrona me ofrecería su casa si tan solo supiera que estaba en problemas. El chocolate caliente lo sentí dulce en mi boca. *Cuando nos casemos todos estos problemas no existirán, seremos tú y yo y tú cuidarás la casa y yo me iré a trabajar, y cenaremos y envejeceremos juntos, y después seremos abuelos e iremos a la plaza a alimentar a las palomas y hablaremos mal de la juventud.* Gorrión sonreía, imaginando todo esto, mirando al infinito, y yo le di otro sorbo al chocolate caliente, le apreté la mano y mis ojos se llenaron de lágrimas. *¿Mi hermana también?*

Sí, también tu hermana, Petrona. Se rio, viéndome a los ojos. *Lo que tú quieras.*

Me sentí pequeña y frágil siendo escoltada a la casa de los Santiago. Gorrión debió haber sabido que me sentía como un trocito de papel, pues me ayudó a bajar del bús, me tomó de la mano y me la apretó suavemente cuando nos metimos al enrejado vecindario, a través de un agujero en la cerca a un lado de los pinos del parque. Puso su barbilla en mi hombro cuando abrí la puerta de la casa de los Santiago. No prendimos las luces. Nos fuimos a la cocina y ahí nos quedamos a oscuras. Era agradable el silencio que había en la casa, tranquilo y callado como el del cementerio. Qué raro que los cementerios sean los únicos lugares tranquilos. No supe cuánto tiempo había pasado cuando Gorrión se me acercó y me habló al oído, *déjame pasar la noche contigo. No puedo*, dije. Dio gemidos como un cachorro, me plantó unos besos en el cuello para distraerme, una dulce añadidura a la paz que yo percibía y que se parecía al silencio de un cementerio, y enseguida ya estábamos en mi cuarto y manché las sábanas con un poco de sangre y nos dormimos, y solo transcurrió un momento entre cerrar y abrir los ojos.

Había tanto espacio en aquella casa. Gorrión me miró como miran los hombres a las mujeres en las telenovelas. Yo sabía que no quería que se fuera. La luz caía sobre las escaleras desiertas. Había comida en la despensa. El agua caliente me relajó los huesos tan llenos de vacío. Estábamos los dos, solos, como nunca antes habíamos estado. Gorrión me vio y sentí mi cuerpo encenderse dondequiera que él pusiera los ojos. Mami me mataría si supiera en lo que andaba. Le dejé un mensaje en la tienda de la esquina diciéndole que estaba con los Santiago y que me habían pedido que les cuidara la casa. Había dejado mi dinero de las vacaciones en nuestro hogar así que sabía que tendrían lo suficiente para comer.

Aquí, Gorrión admiraba mi cuerpo.

Gorrión sintonizó la radio. Empezó a sonar una música ligera. Me besó la mano como un caballero y me hizo girar.

En la casa de los Santiago yo era alguien sin preocupaciones. Me gustaba imaginar que era una chica de catorce años cuyos padres andaban de vacaciones, y que mi novio estaba en casa. Gorrión y yo nos recostamos en el sofá. Pusimos las manos detrás de la cabeza. Gorrión me dio un masaje en los pies. Trajo arvejas congeladas del refrigerador y me puso la bolsa en la cabeza. Me llamó Reina.

Cuando preparamos comida, pensé en los Santiago. Sentí punzadas de culpa. Habían sido buenos conmigo. Sentía una gran ternura por las pequeñas Chula y Cassandra. Pero Gorrión dijo que había un sistema que le quitaba el dinero a la gente como nosotros para que gente como yo no tuviéramos lo suficiente como para sepultar a un miembro de la familia. Me dolió que Gorrión se refiriera a Ramoncito de esa manera, pero luego pensé en Ramón en una caja encima de un extraño que ocupaba otra caja diferente, y tomé el arroz y los frijoles de los Santiago. Ellos tenían mucho y yo no tenía nada.

Durante días dormí muy bien, en aquella cama tan angosta solo para una persona. Pero a veces yo soñaba que andaba en el jardín de los Santiago. Me sentía pesada de las manos y de las rodillas y Chula se me quedaba viendo desde lo alto. Me acercaba su mano pero nuestras manos no podían tocarse. Al principio se la veía preocupada, luego me di cuenta que me tenía miedo. No pude entender de qué trataba el sueño.

Gorrión encontró dinero escondido y se escabulló por el barrio y regresó con pollo congelado. Nos metimos en la cocina y lo cocinamos con mucho aceite y cebolla. Nos sentamos en mi cuarto y comimos con las manos. Éramos tan felices. Gorrión me trajo un vaso de agua en una bandeja y me hizo llorar. Pero no era solo la felicidad, la triste realidad estaba alcanzando mi felicidad. Aurorita estaría haciendo los quehaceres, cocinaba y cuidaba de Mami y de su asma y de los niños.

Gorrión se acuclilló a mi lado, diciéndome apodos cariñosos. *Reina. Preciosa. Mi princesa. No llores. Te amo. Llamemos a Aurora. Todo estará bien*. Le dejamos a Aurora un mensaje en la tienda de la esquina y esperamos su llamada.

Quiero ser normal por una vez, ¿por qué no puedo?

Shh, Shh, dijo Gorrión. *Lo resolveremos*. Encontré refugio en su ancho cuello, enseguida el teléfono empezó a sonar, y yo me sequé la cara y respiré hondo, preguntándome quién sería a esta hora, y si fuera Aurorita o Chula, ¿a quién tendría que ponerle cara de valiente?

13

Cuando la cena es candela

La Abuela iba de un lado a otro de la casa, haciendo sus quehaceres con un aire de gran responsabilidad. Se ocupaba de su casa con sus manos de robot y la mente ida. Por la mañana hacía silbar la tetera; los ventiladores del techo zumbaban; las papas para el almuerzo borboteaban adentro de una olla hirviendo; limpiaba las sábanas; dejaba los pisos brillando de limpios. Pasaba el resto del día en el banquillo de su tienda, aferrada a su cuaderno de las deudas y los créditos de sus clientes, lapicero en mano, mirando fijamente a la puerta abierta. Tenía los ojos apagados y sin brillo como ausentes paisajes lunares. Su cara, moreteada e hinchada. Cuando nos dirigíamos a ella, repetía los mismos cuatro refranes con voz queda. *Comeremos más y comeremos menos. Cuando la cena es candela, el desayuno es agua. Lo que al tiempo se deja, el tiempo se lleva. Solo para la muerte no hay remedio.* De noche, se retiraba a su cuarto y se acostaba. Se iba a dormir sin cenar.

No supimos nada de Tica y de Memo. La tía Inés estaba tan alterada porque mis primos habían estado en un cruce de fuego, que se negaba a vernos. Cassandra dijo que probablemente la tía Inés nos culpaba también a ella y a mí por lo que había ocurrido. Papá y Mamá hablaban de los moretones de la Abuela, pues cuando trataban de examinarla, la Abuela se alejaba. Varias veces intentaron llevarla con un médico, pero la Abuela gritaba y se escondía. Todos trataban de hablar con ella, pero ella solo decía las mismas cosas: *Comeremos más y comeremos menos. Cuando la cena es candela, el desayuno es agua. Lo que al tiempo se deja, el tiempo se lleva. Solo para la muerte no hay remedio.*

Cassandra y yo espiamos a Papá y Mamá cuando iban al baño a cuchichear. El baño tenía pequeñas aberturas a lo largo del cemento de la pared para ventilarlo. Nos paramos encima de la mesa en la cocina, y oímos a Papá y Mamá discutir cosas horribles: que la Abuela era una carga, que su terquedad al no dejarse examinar significaba que se podía morir, que la Abuela no era solo una mártir, sino una mártir que *disfrutaba* siendo mártir. Mamá dijo:

—El dinero de su alcancía se esfumó. Yo creo que se lo dio a los paramilitares.

Papá se quedó callado. Luego dijo:

—¿No que odiaba a los paramilitares?

Mamá chasqueó la lengua.

—Bueno, ahora odia *más* a los guerrilleros.

Papá suspiró.

—Qué le vamos a hacer.

Nadie nos prestaba atención a Cassandra y a mí. La casa de la Abuela era como un barco sin capitán. Redecoramos ciertas partes. Movimos floreros, enderezamos la repisa donde tenía sus agujas de tejer, quitamos el polvo de la frente de sus santitos. Nos subimos a los árboles de mangos y comimos las frutas sentadas en las ramas. Cassandra dijo que yo era una absoluta imbécil, porque el día de los helicópteros le había dicho que a Tica, Memo y la Abuela los habían balaceado. Explicó que ser balaceado y estar en un cruce de fuego eran cosas distintas. Cuando balacean a una persona, le pegan un tiro en el cuerpo, cuando la persona está en un cruce de fuego puede tener la suerte de que la bala le pase de largo. Estar en un cruce de fuego significaba que tuviste suerte.

Hallamos una caja de luces de bengala y decidimos celebrar la temporada navideña sin nadie más. Las enterramos como espadas en el césped y las prendimos, fuego y chispas destellaban de la tierra. Cuando se apagaron, las varillas se veían rojo brillante, como brasas alargadas. Nos inclinamos para ver y yo apreté el metal caliente entre mis dedos y no los quité cuando me quemé. "¡Chula!" Cassandra me dio un manotazo. La varilla me dejó un pliegue rojo en el pulgar y el índice, y yo me puse a llorar. No encontramos a Mamá así que Cassandra partió una hoja de la planta de sábila de la Abuela y la frotó en mi quemadura. Nos sentamos muy calladas en la sala. Cassandra frotó una nueva hoja de sábila en mi dedo cuando la primera se quedó sin savia.

Me sentí culpable de lo que le había pasado a la Abuela. Me ofendía que la tía Inés pensara que Cassandra y yo fuéramos de algún modo culpables. Quizá sí lo éramos. Yo no soportaba pensar en ello, así que me puse a inventar historias sobre el peligro en el que estaba Petrona. Quizá el papá de Petrona le había robado a un barón de la droga. Quizá el señor de la droga tenía guepardos con collares tachonados de diamantes. El papá de Petrona le había robado uno, había desaparecido y antes de que la familia lo supiera los guepardos habían rodeado su casa. Petrona era la más avispada y había puesto a la familia a destrozar una escalera de madera para hacer antorchas con los pedazos. Salieron a la calle, cargando la flameante madera y los animales chillaron y retrocedieron. Todos corrieron en direcciones distintas y desde entonces Petrona y su familia habían estado escondidos.

Papá se sentó en la sala sin siquiera vernos a Cassandra y a mí. Tenía una pequeña radio pegado a la oreja:... *podría ser una negociación. Los detalles de la entrega del capo de la droga no son claros.* Luego vio las hojas de sábila en el suelo, hizo contacto visual con Cassandra y conmigo, y apagó la radio.

—¿Qué rayos pasó aquí?

Los ojos se me comenzaron a llenar de lágrimas.

—Papá, prende otra vez la radio. Hablaban de Pablo Escobar, ¿cierto?

Papá no hizo como le pedí y sentí una profunda punzada en la boca del estómago y luego como si tuviera una válvula rota y mi llanto no tuviera fin. Lloré hasta que se me puso la cara roja y Mamá se arrodilló a mi lado, y me colocó una toalla mojada en la frente, y le preguntó a Papá:

—¿Qué le hiciste?

Y Papá dijo:

—Nada, Madre, de repente empezó a llorar.

Papá me cargó hasta la cama y yo sollocé hasta que ya no me quedaron lágrimas, solo sonidos.

Cassandra se sentó a mi lado y dijo que todo tenía que ver con mis problemas de trauma; había alcanzado a escuchar a Papá y a Mamá hablando de eso.

—También dijeron que iban a encontrar a un sicólogo que haga su pro bono contigo.

—¿Qué es un pro bono?

—Terrible, terrible, terrible —fue todo lo que Cassandra dijo.

Lo último que yo quería era ir a ver a un sicólogo. En la escuela había alguien que era como una psicóloga a la que todos teníamos que ver una vez al año con la autorización del director, pero era una orientadora, y más adelante uno tenía que ver a un sacerdote. Me forzaron a hablar con la orientadora después de que Galán murió. Me puso a armar cubos en diferentes formas, a mirar fijamente manchas de tinta y a hacer dibujos de mi familia. Todo aquello fue muy incómodo.

Me incorporé y me sequé los cachetes. Me acomodé el cabello por detrás de las orejas y me limpié la nariz.

—Estoy bien, ¿viste?

Cassandra levantó la vista. Miró de reojo.

—Quizás. Ya veremos. Te mantendré vigilada.

Me puse de pie y me estiré. Para evitar al sicólogo pro bono, tenía que actuar de modo indiferente. La próxima vez que mencionaran a Pablo Escobar, fingiría que no me importaba para nada.

Mientras tanto seguí jugando con Cassandra; Petrona y la tragedia de los guepardos permanecieron en el fondo de mi mente. Cassandra y yo pateábamos balones, nos perseguíamos, rompíamos botellas de Coca-Cola contra la pared, pero yo sentí culpa pues nada malo me había ocurrido. La culpa me taladraba la piel, los pulmones, y antes de que me diera cuenta me despertó a la medianoche, y marqué nuestro número telefónico queriendo escuchar la voz de Petrona. Cuando ella respondió, quise hablarle de la Abuela y los helicópteros, y preguntarle sobre los guepardos, pero en vez de todo eso le pregunté en qué iba la telenovela *Calamar*. *Calamar* trataba sobre una aldea llamada Consolación de Chiriguay, donde las brújulas eran inútiles, los barcos se hundían en el muelle, los espejismos aparecían a diestra y siniestra, y todo el que llegara desarrollaba un alter ego. El capitán británico Longfellow andaba buscando un tesoro y su mano derecha, Alejandro, buscaba a su hermana perdida. Alejandro usaba gafas y saco, pero cuando se ponía un pañoleta en la frente, se le conocía como el Guajiro, un superhéroe que peleaba contra un pirata de nombre Olvido, quien también en su momento anduvo buscando un tesoro, y a quien se le conocía como Artemio cuando no usaba ropa de pirata y era solo un viejo simpático. Todos peleaban por el amor de Claramanta, una presumida con rizos.

—Claramanta se puso brava con Alejandro y se fue cabalgando en un caballo, pero es una burra, porque, ya sabes, niña, ellos deberían estar juntos. El capitán Longfellow casi dio con el medallón embrujado, pero no lo encontró. Y luego, déjame pensar...

Me gustaba escuchar la voz de Petrona mientras todos dormían. La casa de la Abuela estaba tranquila y a oscuras cuando me acosté en el sofá y Petrona llenó mis oídos con su risa. Yo estaba feliz de ser la primera en descubrirla, porque nadie más la hubiera comprendido. Cuando escuché a Petrona hablar de *Calamar* pude sentir su tensión escondida en el aire. Estaba detrás de las cosas que me dijo:

—No entiendo por qué Claramanta no ve que Alejandro y el Guajiro son la misma persona. ¿Si me entiendes, niña?

Pero, quizá yo solo me lo estaba imaginando.

Llamaba a Petrona todas las noches. Una noche Petrona no había visto el episodio de *Calamar*.

—Fui corriendo por comida, y ya sabes, no puedo dejar que los vecinos me vean o podrían decirle a tu Mamá que me he estado quedando aquí, por lo que tuve que salir muy tarde en la noche, y luego tuve que esperar horas hasta que la tienda abrió y compré comida enlatada y arroz. Eso no fue todo, después tuve que esperar de *nuevo* a que se oscureciera y así burlar a los guardias para llegar a casa. Por eso es que no vi el último episodio. Pero a lo mejor lo vuelven a pasar el fin de semana y te podré contar de lo que nos perdimos.

Nos quedamos calladas por un momento y luego Petrona dijo:

—Gracias por guardarme mi secreto, niña. No sé lo que haría si...

162 · INGRID ROJAS CONTRERAS

—No es nada, me alegra que estés bien. —Yo siempre interrumpía a Petrona cuando empezaba a darme las gracias, como si me avergonzara, pero disfrutaba la sensación de responsabilidad, de cuidar a Petrona de algún modo, de saber cosas que solo yo sabía.

Había algo en la cantidad de palabras que Petrona me había dicho, cuando antes había sido tan callada, que me hizo odiar la manera en que la Abuela se había dado por rendida. La misma enfermedad que le había arrebatado la voz a Petrona ahora se arraigaba en la Abuela. Tendría que romper el hechizo una vez más y me sentía frustrada porque yo solo era una niña; ¿por qué no hacía algo útil un adulto? Llegué a pensar que la Abuela misma lo pudo haber solucionado. En cambio dejó que el silencio se apoderara de ella. Quizás era una mártir que gozaba ser mártir, como dijeron Papá y Mamá. La Abuela estaba tan ausente que se me ocurrió pensar en ella también como un vegetal. Los labios se me retorcían de la rabia. Sin nadie que me detuviera, crucé la cortina a la tienda de la Abuela. Miré y odié todas las cosas viejas que ella trataba de vender: cuadernos amontonados, bolígrafos negros y rojos, jabones, canicas, borradores, sacapuntas, lápices, incienso, toallas sanitarias, colonia, champú, acondicionador, cordones de zapato blancos y negros, carretes de hilo blanco, veladoras envueltas en arrugadas imágenes de la Virgen, harina de maíz, huevos.

Saqué una botella de vidrio esmerilado marcado con la palabra SUERTE y la escondí en mi mano. Enseguida, le robé bolígrafos rojos (que oculté a un lado del gallinero), botellas de colonia (que derramé en el inodoro), cordones negros (que lancé a un árbol), harina de maíz (que revolví en el lodo) y champú (que revolví con la comida de las gallinas). La Abuela no pronunció palabra alguna.

Me quedé con la botella de la suerte. Le daba vueltas con las manos, la palabra suerte chapoteaba entre mis dedos. Le dije a Papá que había tomado la botella desde el principio de nuestra estancia y dijo que él tendría que pagársela a la Abuela. Como no me gritó, le pedí que si le ataba una cuerda alrededor a la botella para colgármela en el cuello. Después anduve abriendo cajones por todos lados, buscando más cosas que robar, pero no había nada más que trastos viejos, mapas color sepia, notas viejas, monedas ennegrecidas. La botellita se balanceaba de un lado a otro, golpeteándome el pecho cuando me movía.

Mamá me explicó que uno tiene suerte dependiendo del año, mes, día y hora en que haya nacido, y que la suerte no tenía nada que ver con las botellas. Dijo que algunas personas nacían con buena estrella. Presionó muchos números en una calculadora y después el signo de igual. Dijo que se trataba de la numerología, *la ciencia de los números*. Mamá no podía sumar los números de la Abuela porque la Abuela no se los sabía. La Abuela había nacido en Chocó, en un campo bananero, de una madre que no sabía leer ni escribir. Yo había memorizado mis números. Eran el cuatro, el tres y el cuatro. Sumaban once. Era un número de la buena suerte, así que no los separabas ni sumabas uno y uno, como se hacía con el resto. Cassandra me ayudó a buscar los números de Petrona. Eran el tres, el tres y el siete. El número resultante era cuatro, pero ninguna de las dos sabíamos qué significaba.

Cassandra y yo nos subíamos al techo de la casa de la Abuela a medianoche. Cassandra me retaba a contar las estrellas. Contar las estrellas estaba prohibido, porque la Abuela decía que si contabas tu estrella de nacimiento la estrella te reclamaría y entonces morirías. Había tantas estrellas, que no existía forma de saber a cuál pertenecías. Siempre me saltaba las constelaciones que me parecían conocidas, porque ¿qué tal si era cierto? La Abuela le enseñó a Mamá que algunas cosas estaban escritas en las estrellas, pero otras dependían del azar. La Abuela aprendió a leer las estrellas por su madre, que lo aprendió de su bisabuela, una tejedora de la tribu Sikuani. Pero ahora los ojos de la Abuela estaban blancuzcos y las estrellas no podían guiarla, y de todos modos ella era como un vegetal.

Mi mano señalaba las luces centelleantes en el cielo nocturno, *uno, dos, tres, cuatro.* ¿Por qué me sentía tan culpable? *Catorce, quince.* Me sentía culpable a cada momento, pero ¿por qué? *Veintiséis, veintisiete.*

Petrona siempre contestaba el teléfono muy rápido; ¿en qué cuarto dormía? Si se hubiera estado quedando en su cuarto, pasando el patio interior, el teléfono habría sonado tres o cuatro veces más antes de que pudiera levantar la bocina. En cambio, contestaba el teléfono con la velocidad con que lo habría hecho Mamá. Quizás dormía en el sofá de la sala. *Cincuenta.* Le dije a Cassandra que una buena forma de contar las estrellas era contarlas en grupo y luego encontrar grupos similares y calcular un aproximado. Cassandra dijo que su método era mejor: con que mires las estrellas que titilan se te aparece un número.

—Por ejemplo —dijo y abrió los brazos de par en par—. El total de estrellas en el cielo es... *un billón de un billón.*

∼∼

A la mañana siguiente de contar las estrellas todo empeoró. Cassandra gritó pidiendo auxilio y cuando salimos corriendo vimos que todas las gallinas de la Abuela estaban muertas y docenas de moscas les zumbaban por encima. Las moscas negras les entraban por los picos y no volvían a salir. Una espuma blanca y jabonosa les salía por el pico. Tuve que salir corriendo. Vomité en el suelo. Mamá llegó y me quitó el cabello de la cara. Me ayudó a limpiarme en la cocina y me temblaron las manos. Cuando me preguntó si sabía qué les había pasado a las gallinas le dije que sí, le dije que Cassandra y yo habíamos estado contando las estrellas. Le dije que debimos haber contado las estrellas de nacimiento de las gallinas.

Mamá levantó las cejas sorprendida y luego las bajó, atónita, y fue cuando le dije que me sentía culpable y que yo creía que era porque la Abuela había llevado a Tica y a Memo y no a mí el día de los helicópteros.

Mamá me abrazó y me dijo al oído que no debería sentirme así, que la Abuela, Tica y Memo estuvieron ahí en el momento exacto en que aparecieron los helicópteros porque ya estaba escrito, que ella lo había leído en las estrellas de la Abuela. Le pregunté a Mamá lo que había leído en mis estrellas, pero me dijo que nunca lo preguntara. Había cosas que era mejor no saber.

Papá había ido a comprar nuevos pollos para la Abuela y Mamá acercaba una silla a donde fuera que estuviera la Abuela: la tienda, el jardín, su habitación, la cocina. Decirle a Mamá que me sentía culpable me hacía sentir mejor, así que decidí revelarle algo a Cassandra. La encontré pensativa soltando una lluvia de arena de su relajado puño encima de un hormiguero. Era como un niño dios suscitando un gran desastre sobre las hormigas, sus súbditos. Me senté frente a ella, y le espeté:

—Cuando Mamá y tú se fueron al funeral de Galán, conocí al novio de Petrona.

Mis palabras hicieron que Cassandra abriera su puño y el hormiguero quedó enterrado bajo un montón de tierra.

—¿Qué?

—Es cierto. Quisieron engañarme, diciéndome que él era

una especie de inspector de alfombras, pero esta que ves aquí no nació ayer.

—¿Qué, Chula? —movió la cabeza—. ¿Qué quieres decir? ¿Estás diciendo que Petrona dejó entrar a un extraño a nuestra casa?

Miré hacia abajo y vi a las hormigas que habían estado afuera durante la gran avalancha de Cassandra, que ahora se agolpaban frenéticamente en su colina, buscando la entrada.

—Cassandra, pero ¿qué te acabo de decir? Él no era ningún extraño. En realidad, él es como Romeo y Petrona es como Julieta y solo pueden encontrarse en secreto, ¿no te parece romántico?

—¿O sea que se pasaron cartas?

Cassandra estaba obsesionada con pasar cartas. Había un chico en su grado, de nombre Camilo, al que yo sabía que ella le pasaba mensajes. En una ocasión busqué en su mochila y encontré una serie de mensajes, pero no decían *me gustas* o *te extraño*; en cambio, tenían dibujos de cometas y de desastres naturales, en los que siempre había un maestro que se ahogaba o moría de una forma horrorosa. Mentí y le dije a Cassandra que el novio de Petrona le *había* pasado una carta, y dije de nuevo que eran como Romeo y Julieta, y Cassandra asintió con los ojos cerrados, lo cual significaba que entendía.

Romeo y Julieta era nuestra obra de teatro favorita. Papá la tenía en un videocasete y Cassandra y yo la poníamos cada vez que queríamos llorar a raudales. A Cassandra y a mí nos *encantaba* llorar: pero no llorar educadamente, sino llorar en extremo, encorvadas y gritando, como fuentes de lágrimas. Nos acurrucábamos en el piso con cobijas y palomitas de maíz y una caja de pañuelos. Yo sentía que el personaje del fraile era una mosquita muerta y cada vez que aparecía en el escenario, yo hacía un zumbido que hacía reír a Cassandra. Probablemente el fraile era el que hacía, a propósito, que Romeo y Julieta murieran. Era ese tipo de persona. No me sorprendería que hubiera planeado todo para enseñarle a los Capuleto y a los Montesco algún tipo de moral sobre amar a tus prójimos más que a ti mismo.

～

De noche, Papá y Mamá cuchicheaban en la cama. Creían que Cassandra y yo estábamos dormidas, pero estabamos despiertas, nuestras cabezas en el lugar donde iban los pies. Yo podía oler el olor a hierbabuena de los pies de Papá. Mamá movía un pie.

Escuché que los guerrilleros ya se van. En unos días los paramilitares se habrán ido también. Deberíamos irnos.

No podemos irnos, ¿quién va a cuidar a la Abuela?

Tu madre puede cuidarse sola. Tenemos hijas primero que tú tienes madre, Alma.

Tuve madre antes de tener hijas, Antonio. ¿Por qué no la llevamos con nosotros a Bogotá?

Ella no quiere ir, ¿qué podemos hacer?

En la oscuridad, escuché a Papá ponerse de costado y entonces los cuchicheos amainaron. Traté de mantenerme despierta por si algo ocurría, pero el movimiento de los pies de Mamá me adormecieron. Sentí que había pasado solo un segundo cuando más tarde me levanté por los gritos de la Abuela. Corrimos hacia ella y prendimos la luz y vimos a la Abuela tirada en el suelo, envuelta en una cobija. Mamá se puso histérica.

—¿Qué es esto, Mamá? ¿Qué pasó? ¿Tuviste un sueño?

Vimos expuesta la espalda de la Abuela.

A través de su bata de noche abierta vimos que tenía la piel de la espalda cubierta por una capa de espinas de cactus, como si ella misma fuera un puercoespín de carne y hueso. Papá nos gritó que iba por aguardiente y la Abuela se quejó y anduvo a gatas por el piso. Tenía espinas también en las piernas, y yo salí corriendo.

En la taza del inódoro expulsé todo, el miedo, el agua, la comida, la bilis y la culpa, y después me acosté con la frente sobre la baldosa. Durante una hora oímos a la Abuela llorar y luego llegó un médico, con bata blanca y un maletín negro, y se cerró la puerta de su cuarto. Todo estaba en silencio y Papá dijo que el médico probablemente le había inyectado a la Abuela algo para que durmiera.

Cuando el médico salió le dijo a Papá que la Abuela había estado en shock desde el día del fuego cruzado; por eso es que no había sentido nada sino hasta ahora.

—Pero no entiendo —dijo Cassandra.

El médico consultó su reloj.

—La mente puede hacer cosas sorprendentes.

Nos quedamos callados y luego Papá habló en privado con el médico. Cuando este se fue, Mamá llamó a las tías y a todos los tíos. Todos querían ayudar, excepto la tía Inés, quien gritaba por el teléfono: *¡Bien! Espero que esto les enseñe a todos a pensar antes de actuar!*

La tía Carmen llegó desde un pueblo vecino que se llamaba La Playa. Era divorciada y se las arregló para dejarle los niños a una vecina, pero trajo con ella a su perro escandaloso. Se hallaba a solo una hora de camino en carro, y antes de que nos diéramos cuenta su perro ladraba y brincaba en nuestros talones y la tía Carmen nos canturreaba a Cassandra y a mí.

—¡Amorcitos! Cassandra, ¿cuántos novios? Díganme que muchos. Acuérdense de siempre tener dos velas prendidas para que cuando se les vaya uno, les quede otro. —Su pelo cardado se le levantaba tres centímetros por encima de la cabeza—. ¿Oíste, Chula? Esto es importante. ¿Cómo va el colegio, cielitos? Quiero ver escrita la palabra *excelente* una y otra vez en la

libreta de califaciones. —Bajó la voz—. ¿Cómo está la Abuela?
—La Abuela estaba tomando analgésicos y creía que se encontraba en un crucero, pese a que no conocía el mar. Yo me negué a entrar en su cuarto, pero la tía Carmen me obligó. Me agarró del brazo cuando entramos al oscuro cuarto—. Es bueno que la Abuela vea tu cara —dijo, a pesar de que pude ver que los ojos de la Abuela estaban cerrados por la hinchazón. Todo su cuerpo estaba hinchado debajo de las sábanas. Mamá exprimía una toallita en un recipiente con agua y se la ponía en la frente a la Abuela.

Nadie sabía qué decir, así que Papá empezó a hablar al azar.

—¿Alguien vio el partido de futbol? —Se restregó las manos en los pantalanes y dijo que no sabía por qué preguntaba, ahora que lo recordaba el partido de futbol se había cancelado, cómo se le pudo olvidar, ya que Pablo Escobar había detonado una bomba en un avión y los restos y partes de los cuerpos habían caído sobre el pueblo de Soacha, que era donde iba a ser el partido—. Sí, así que el partido se canceló —repitió, y la tía Carmen frunció la boca y dijo—: Antonio, este no es el lugar ni el momento.

Recordé que Soacha era también el lugar donde habían acribillado a Galán y sentí que me pondría a llorar de nuevo, y luego me acordé que debía evitar al sicólogo pro bono y para ello necesitaba contener mis emociones. Distendí las cejas y me concentré en contar los segundos. Llegué hasta sesenta y luego comencé de nuevo. En la tercera ronda, la Abuela saltó de la cama, extendió una mano. El momento duró solo un segundo, pero se me grabó en los ojos, la piel del brazo de la Abuela estaba llena de abrasiones y sus pechos le colgaban sobre el estómago. Se recostó de nuevo sobre la almohada y se quedó dormida. Esto es lo que el médico quiso decir cuando comentó que la mente podía hacer cosas sorprendentes: Petrona se comió la fruta del borrachero y creyó que se le había perdido un plato de sopa entre las sábanas, y ahora la Abuela al tomar las medicinas que le dio el médico creía que estaba en un crucero. Quizá lo más sorprendente eran las cosas lindas que imaginaban comparadas al auténtico sufrimiento de sus cuerpos.

Cerré los ojos y lloré tan silenciosamente que nadie lo notó. Me sentí tan cansada. Pensé en el mar que la Abuela imaginaba. Tal vez navegaba suavemente en un barco sobre agua quieta y clara, como la que conocía, como un cubo de hielo encima de una mesa, deslizándose sobre la vidriosa superficie, mientras por abajo se le enroscaban animales extraños y serpientes. *Envenené a las gallinas*. ¿Lo había dicho en voz alta? Miré a todos lados del cuarto. Todos me vieron. ¿Podía mi cuerpo hablar por sí mismo? Mamá me miró.

—Chula, di otra vez lo que acabas de decir. —El silencio era vergonzoso, pero enseguida comencé a hablar:

—Pero yo no sabía, ¿cómo iba a saber? —Y Mamá me agarró del cabello y me arrastró fuera del cuarto y me aventó contra la pared.

—¿Te volviste loca?

Grité para zafarme y Cassandra llegó corriendo para ayudarme, pero Mamá nos agarró a las dos del cabello y nos arrastró a lo largo de la sala.

—Mamá, suéltame —protestó Cassandra—. ¿Qué haces? ¡Yo no maté a las gallinas! ¡Suéltame!

Mamá nos lanzó hacia el baño de la Abuela, y ahí, Cassandra y yo nos pegamos a las paredes y Mamá nos arrojó balde tras balde de agua fría. Lloramos y nos apretamos contra una esquina del baño y gritamos de frío. Me cubrí la cabeza con las manos.

Petrona

Aurora decía que estaban bien y que me mantuviera lejos porque Mami no había terminado de estar enojada. Yo quería ir a ver a mi familia. Gorrión dijo que no teníamos dinero para pagar el pasaje del bus. Nos acurrucamos en el sofá de la sala. *Ya sé qué te animará*, decía. *¿Qué tal si invitamos a algunos amigos?* Le respondí que sería una falta de respeto para los Santiago. Cada vez pensaba más en los Santiago. Cada vez soñaba más con Chula mirándome desde una gran altura. A veces yo estaba como pegada en el pasto. Otras veces a rocas ardientes. En un sueño escuché la voz de la señora ordenándome que me levantara.

Solo por una hora, dijo Gorrión, *quiero presentarle a mis amigos a mi futura esposa*. Porque me llamó su futura esposa, lo permití.

Invitamos a Leticia a venir y trajo con ella a hombres que Gorrión conocía, pero a los que yo nunca había visto. Ella los ayudó a pasar por el agujero en la cerca por el lado del parque. Vestían sudaderas con capucha y jeans limpios y parecían jóvenes del vecindario. Abrí las cortinas de la habitación de la señora y las sacudí cuando oí que la vecina de junto se daba una ducha.

Ver a Leticia me hizo feliz. Nos agarramos de la mano

cuando me presentó a los hombres, hombres a los que ella acababa de conocer. Señalo a cada uno, *este es la Pulga, la Uña, el Alacrán. ¿Lo dije bien?* Los hombres se bajaron las capuchas de sus sudaderas, extendieron las manos hacia adelante para saludarme con tanta dignidad y cordialidad, que no pude dejar de reírme de sus nombres: Pulga, Uña, Alacrán. Les sonreí a esos hombres afeitados y perfumados. Ellos soltaron una risita, sin moverse un centímetro y me di cuenta de que estaban esperando a que les ofreciera sentarse. *Por favor, siéntanse en su casa,* dije sin pensar, y enseguida Gorrión abrazó a cada uno y se sentaron juntos. Yo estaba nerviosa delante de los hombres y jalé a Leticia hacia mí a la cocina para hacer té y acomodar galletas en una bandeja como había visto que lo hacía la Señora. En la cocina, Leticia me sonrió con la quijada pegada al pecho. *¿Ustedes dos...?* Le di un codazo. ¡Leticia! Leticia frunció el ceño. Yo me reí y admití que sí. *¿E hicieron...?* Me cubrí los ojos, riéndome. *¡O sea que sí lo hicieron!,* dijo con una sonrisa de oreja a oreja. De repente se mordió un labio: *¿Cómo andan de dinero?* Yo vacilé. Me tocó la mejilla. *Si necesitan hacer de nuevo lo de los sobres, me avisas.* Me presionó el mentón suavemente con su pulgar y su índice. *Eres tan bonita, Petrona. Estoy tan contenta por ti y por Gorrión.*

Nos fuimos a la sala para reunirnos con los hombres. Llevé la bandeja con refrescos pero tuve que ponerlos en el suelo, de prisa, porque los hombres aullaban y gritaban por un juego de dominó, y había botellas de cerveza abiertas por todos lados, y yo andaba en cuatro patas, pidiéndoles que bajaran la voz, y presioné mi vestido sobre la mancha espumosa donde se había derramado una cerveza, y al que le decían la Pulga abrió sus acaramelados ojos y riéndose dijo: *Ey paisanos, miren: Petrona nada que se entera que somos invencibles.*

14.

Cleopatra, Reina de Egipto

Apesar de que era la víspera de Navidad, Papá y Mamá empacaron nuestras cosas y nos dijeron que la tía Carmen cuidaría de la Abuela y que nos íbamos a Bogotá. Cassandra gritaba, luego Mamá quebró un plato, y entre la confusión yo corrí para hablar por teléfono y advertir a Petrona. Escuché el clic al que alguien, Petrona o su novio, levantó la bocina. "Volvemos a casa". Colgué y me dirigí al jardín. La tía Carmen me tomó en sus perfumados brazos y me hizo entrar de nuevo al cuarto de la Abuela. La Abuela pasaba de estar consciente a no estarlo, pero la tía Carmen decía que todavía teníamos que alimentarla. La sopa humeaba delante de la Abuela. Otras veces dejaba que le dieran de comer con la cuchara.

Una vez Mamá había dicho que cuando la Abuela era joven había tenido todos los dientes y que eran blancos pero cuando el Abuelo la dejó, los dientes se le gastaron hasta que le quedaron cortitos y planos como los de un venado.

Entró Mamá y me dijo al oído:

—Despídete. Nos vamos.

Me acerqué a la angosta cama, bañada por la luz de la ventana. Un crucifijo colgaba en la pared encima de la Abuela. Yo no estaba segura si la Abuela dormía, pero podía ver el brillo de su mirada a través de sus ojos entreabiertos. Al centro estaban los oscuros globos de sus iris. La abracé y puse la cabeza en su pecho. Era tan pequeña.

—Lo siento, Abuela.

Luego entró Mamá con Cassandra y Cassandra agarró de las manos a la Abuela y Mamá le susurró a la Abuela en el oído. Después de un rato la Abuela levantó la cara.

Afuera, la tía Carmen nos dijo que no nos preocupáramos, que ella cuidaría a la Abuela, pero luego añadió: "Como lo hago *siempre*". Su perro ladraba en la puerta y Mamá ni la volteó a ver y todos nos subimos al carro. Desde el asiento trasero miré a la tía Carmen, sus brazos cruzados sobre el pecho. Se volvió pequeña mientras las montañas boscosas se alzaban detrás de ella. Así fue que abandonamos a la Abuela. A lo largo del camino de tierra de El Salado, los hombres se apoyaban en los postes del alumbrado público y las mujeres echaban agua sucia en la calle de tierra, los niños zigzagueben alrededor de serpentinas de colores, y todos se preparaban para la noche de fiesta. Papá no parecía nervioso. Supe que aquello significaba que no estábamos en peligro. Quizás la Abuela estaría bien. Luego me di cuenta de que no estábamos tomando el camino de regreso a Bogotá, sino que íbamos adentrándonos en la invasión. "¿A dónde vamos?" Mamá estaba callada y Papá respondió: "A ver a tu tía Inés. Estaremos solo un minuto".

Estacionamos el carro al pie de una colina y subimos caminando. Papá cargaba una bolsa negra de basura. Yo nunca hubiera sospechado que la tía Inés vivía en un cerro. El camino era empinado y había pedazos de metal esparcidos. Había mujeres arrodilladas lavando ropa en tinas de plástico. Luego una hilera de mazorcas servían como cerca, y había un pequeño portón de madera en el centro. El portón se abría dándole vuelta a un picaporte. Lo abrió Papá y vi a la tía Inés de pie en el pasillo de su casa. Su abultado estómago le salía por delante. Parecía que su peso la haría caer. Nos vio cruzar el portón, luego se dio la vuelta y se metió en la casa, se puso las manos en la cintura.

La casa de la tía Inés era pequeña, y podías ver todo lo que había en cuanto entrabas. Había sillas de metal plegables en la sala, y en medio del piso de cemento había un pequeño tapete de paja. Había una estufa con dos quemadores y enseguida las puertas batientes de dos recámaras: una para Tica y Memo, y la otra para la tía Inés y para el tío Ramiro.

Me daba miedo entrar. Cassandra debió haber sentido lo mismo porque volteó a verme y me ofreció su mano. Entramos juntas en la casa y nos sentamos en el piso mientras Papá salió por una mecedora para la tía Inés. Al tío Ramiro no lo veíamos por ningún lado. Mamá dijo:

—¿Cómo estás, Inés?

La tía Inés no respondió y cuando vimos a Tica y a Memo, estaban de pie junto a la puerta de sus dormitorios.

Se apoyaron juntos contra la puerta, sin aliento, Tica traía el cabello enmarañado y Memo tenía las piernas cubiertas de surcos de tierra como si se hubiera caído y no se hubiera tomado la molestia de limpiarse. Se veían diferentes, pero no pude determinar por qué. Además de decir que estaban flacos y que ya no parecían niños. Me recordaron a Petrona que no parecía de su edad, sino más vieja.

Como si los hubieran desgarrado por detrás de sus caras.

Papá dijo:

—¡Tica, Memo! ¡Miren, traemos regalos!

Abrió la bolsa negra que llevaba con él, y Memo y Tica se sentaron en el tapete de paja junto a Cassandra y a mí. Se me erizaron los cabellos de la nuca. Memo desenvolvió su regalo rápidamente. Era un cohete. Se paró y por un momento parecía el Memo de antes, haciendo olas entre las sillas de la sala y balanceando el cohete por vías aéreas imaginarias. Tica le dio vueltas y vueltas a su regalo con las manos. Frotó el listón blanco con sus dedos antes de desatarlo. Era un elefante de madera. Levantó el elefante al nivel de sus ojos y se pasó el dedo por la parte de atrás de su vestido. Balanceó las patas del animal de juguete y Papá le dijo que podía hacer que el elefante se moviera por sí solo jalando las cuerdas atadas al travesaño.

—Es una marioneta —dijo Papá, agarrando el travesaño y haciendo que el elefante levantara las patas una por una. Tica hizo un arrullo cuando el elefante levantó los talones y la trompa. Papá hizo sonidos como de trompeta con los labios. Le enseñó a Tica cómo hacer que el elefante moviera las orejas de adelante para atrás, y luego Tica supo cómo hacer que el elefante levantara una pata. La pata se levantó y volvió a su lugar y después de un tiempo regresaba al suelo.

Papá dijo que Tica tenía un talento natural.

—Cuando yo era joven, Tica, hacía mis propios muñecos. Los tallaba en madera. Hice marionetas y con ellas hacía espectáculos para mi familia.

—¿De verdad, Tío? —dijo Tica.

Observé al elefante de madera cuando Tica lo puso en el suelo. Luego el elefante se contorsionó y quedó patas arriba. Levanté la vista y vi lo blanco en los ojos de Tica. Estaba mirando al techo. Un avión pasaba por encima. Tica estiró los pies y agarró a Memo y corrieron a un rincón cubriéndose las cabezas.

La tía Inés dijo:

—Llevan días haciendo eso —y luego—: ya les dije que esas son solo avionetas, ¿no se dan cuenta?

Tica salió de su estado de ensimismamiento como si saliera

de una cueva y soltó a Memo. Concentró su atención en la cara de su madre. Estaba avergonzada y Memo intentaba reír. La tía Inés salió.

Mamá los sentó en sus piernas.

—Su mamá está bajo mucho estrés, pero ustedes no tienen la culpa, ¿de acuerdo? —Mamá le tocó el mentón a Memo y él dijo sí con la cabeza—. Pronto tendrán un hermanito y tendrán que cuidarlo, cuiden también a su mamá.

Cassandra vio más allá de mí, hacia Mamá que sostenía a Tica y a Memo, Papá se hundió en su silla junto a Mamá y se cubrió la boca con la mano.

Mamá le acarició la mejilla a Tica.

—Déjame ver tu mano. —Le apretó la mano abierta, con su pulgar presionó los dedos de Tica para desarrugar la piel—. Aquí dice que serás hermosa.

Memo se inclinó sobre Mamá para ver lo que ella miraba.

—¿Dónde lo dice?

—Aquí. En esta pequeña línea debajo de su dedo.

Tica retiró su mano y levantó el dedo que mamá había señalado y se lo restregó, presionando la línea remarcada por Mamá.

—Dice que serás hermosa como Cleopatra.

Tica tiró de sus *shorts* de licra sobre el regazo de Mamá y dijo:

—No sé quién es, Tía.

—Cleopatra, la reina de Egipto, Tica. Era hermosa y usaba el mismo corte de cabello que tú.

Tica cavilaba frente a su mano, y la mantuvo cerca de su cara mientras la revisaba. Volteó a ver a Mamá.

—¿Qué más dice, Tía?

Mamá tomó nuevamente la mano de Tica y enganchó su pulgar alrededor del meñique y del largo dedo anular de la niña y los presionó hacia atrás. Mamá se rio.

—Dice que te casarás tres veces. Y que tendrás un bebé en tu tercer matrimonio.

No supe si Mamá había visto realmente esas cosas en la mano de Tica, pero me pareció bondadoso de su parte decirle a Tica esas palabras, porque vi el efecto que tuvieron en ella. Le levantó el ánimo.

Mamá y la tía Inés tuvieron una larga conversación antes de que nos fuéramos. Cuando volvieron a nuestro lado, la tía Inés se ofreció a acompañarnos hasta el carro, así que posiblemente se habían reconciliado.

Supe que todo se calmaría. Lo sabía porque hasta que nos fuimos Tica sonrió discretamente y caminó con la cabeza en alto. Sonreía sin mostrar los dientes o parpadear. Era una sonrisa hermosa. Al acompañarnos cerro abajo parecía que Tica flotaba en el aire. Cuando Papá, Cassandra y yo nos subimos al carro y bajamos las ventanillas para que saliera el calor, Tica jaló el vestido a su mamá y de repente le dijo que tenía el mismo corte de cabello que Cleopatra, Cleopatra que era hermosa, Cleopatra que era la reina de Egipto, y que ella, Tica, iba a ser *igual* de hermosa, y se casaría tres veces pero que iba a tener solo un bebé, entonces Tica cerró los ojos y suspiró y sus párpados se expandieron ante la vista de sus sueños.

15

El pulgar de Dios

En el camino de regreso a Bogotá, Cassandra y yo nos recostamos en los asientos desplegados en la parte trasera del carro con los pies metidos entre el equipaje en el baúl, sin hablar. Cassandra jugaba con una cuerda, dándole vuelta de diferentes maneras para hacer figuras; una taza de té, la pata de una gallina, una horca. Las figuras que formaba una y otra vez contaban una historia: el lavadero de la Abuela, las gallinas, Tica y Memo. Pero no creo que ella se haya dado cuenta. Bajé los párpados para descansar los ojos y mientras nuestro carro se deslizaba hacia delante, me pregunté si Petrona habría podido limpiar todo ella sola. Yo esperaba que no la descubrieran. Me dije a mí misma: *Qué bueno que es una criada*, luego fruncí el ceño por lo cruel que sonaba aquello. Traté de compensar aquel pensamiento con la sincera esperanza de que el peligro en que se encontraba hubiera pasado. Luego pensé en Tica y Cleopatra y miré el cielo oscuro y apareció la luna creciente.

La Abuela decía que la luna creciente era la uña de Dios. Si la mirabas no podías asegurar de qué dedo era, o ni siquiera si era la cresta de una mano o de un pie.

Yo confiaba en que fuera el pulgar de la mano derecha.

El tiempo transcurría con la amenazante creciente de la uña de Dios sobre nuestro carro: mágica, luminiscente, suspendida en el vacío de la noche.

Poco a poco, mientras el carro avanzaba, la uña de Dios se deslizó cada vez más hacia abajo, a través de las líneas negras y horizontales del parabrisas trasero, y desapareció detrás de un grupo de nubes grises.

La noche siguiente, las nubes grises se hincharon y llovió, no hubo luna y no hice otra cosa más que pensar: ¿que tal que...?—pero ni podía decirlo.

Petrona

Gorrión se bajó del bus cinco cuadras antes de la parada en los Cerros para que nadie nos viera juntos. En nuestra casa, Aurorita estaba prendiendo el fuego. Me quedé de pie junto a la cortina, que era nuestra puerta de entrada, y la vi enrollando periódicos. Los prendía y luego les soplaba como si eso fuera todo lo que la madera necesitara para echar llama. A veces podíamos comprar carbón y era cuando Aurora no batallaba para encender el fuego. Sentí la mirada de Mami sobre mí, pero yo no miré en su dirección. Llegaron los pequeñitos. ¡Petrona! ¡Te extrañamos! Me puse de cuclillas a un lado de Aurorita y le enseñé cómo apilar la leña. Dejamos prendida la lumbre hasta muy noche. Mamá dormía o se hacía la dormida. Yo había llevado una bolsa de mazorcas y una barra de mantequilla y había ensartado las mazorcas para que mis hermanitos las pudieran poner al fuego. Un regalo navideño. ¡Petrona es alta como un oso! ¡Petrona es flaca como un poste! Tonterías que decían los niños cuando le daban vuelta a las mazorcas doradas y entre las llamas yo imaginaba los pesados párpados de Gorrión.

Le di a Mami una mazorca y ella la tomó y me dio las gracias y entendí que de alguna manera me había perdonado.

Sus ojos me perforaron como si me preguntaran qué había estado haciendo. Unos ojos también me embistieron, en el baño exterior atrás de nuestra vivienda. La luz entre los espacios angostos de la madera como si los iluminara alguien que pasaba de prisa, el brillo de unos ojos negros, jalé la cuerda que vaciaba el balde para poder lavarme la espuma de la cara, me puse la ropa y salí, pero no había nadie. Las chicharras cantaban en la hierba y los pájaros en los árboles.

Los ojos parecían lanzar flechas en la pequeña iglesia dos cuadras al este de los Cerros. Prendí una vela para redimir mis pecados: *catorce años de edad*, estaba segura que pensaban, *y ya con cuatro chiquitos*. Cómo podía explicarlo, *mi Mami tiene asma, no puede venir, idiotas*.

Las serpentinas colgaban de los pilares de la calle como si asistiéramos a un carnaval. Había trompetas y acordeones y llevábamos velas prendidas que nos habían regalado. Nos metimos velitas adicionales en los bolsillos para Mami. Había un camión lleno de monjas. En la parte trasera del camión las monjas repartían regalos envueltos. A todos nos tocó algo; para Aurorita una muñeca nueva, para los niños un camión de bomberos y una serie de carritos con puerticas que se abrían y partes de plástico que cuando se ensamblaban formaban una rampa. Yo recibí un osito de peluche. También me dieron un regalo extra para Mami, y cuando ella lo abrió en la casa vimos que era una pañoleta. En nuestra casita, había velitas encendidas insertas a pequeñas botellas de Coca Cola y hablábamos tranquilamente, pidiendo permiso antes de hacer cualquier cosa, y Mami nos sonrió y dijo: *Es como cuando estábamos en Boyacá.*

Era cierto, en Boyacá teníamos este tipo de paz, allá también había chicharras. Gozábamos de buena salud, éramos fuertes. En Boyacá no nos fijamos cuando el aire comenzó a descomponerse como la leche. ¿Qué tal si ese fuera el caso ahora?

Manoteé en el aire. *No digas eso, Mami.* Yo tenía miedo, y mis hermanos dijeron: *¿Qué, Petrona, qué?* Pero no pude explicarlo.

~~~

¿No dirás que me quedé contigo en esa casa? Me había preguntado Gorrión en el bus de regreso. Me reí. *No, ¿por qué iba a hacer algo así?* Gorrión me acarició la mano, cariñoso y preocupado. *¿Qué tal si te descubren, mi cielo?* Me removí en el asiento. *Les diré que me corrieron, no diré que estabas conmigo.* Me besó la mano. *Bien.* Miró a lo lejos y agregó: *Como tú sabes, los encapuchados se ponen nerviosos con personas como yo, que sabemos quiénes son ellos, como te dije yo solo voy a escuchar, amistosamente y súper tranquilo solo voy y escucho lo que tienen que decir; los encapuchados se ponen nerviosos cuando personas como yo son señaladas.*

16

La gran extinción de la luz

No encontré ningún indicio de que Petrona se hubiera quedado en nuestra casa. Me pregunté si yo lo habría inventado todo. Le pregunté a Mamá cuándo regresaría Petrona y dijo que no estaba segura. Miré el suelo, pensando en que no tenía manera de llamar a Petrona para averiguar si se encontraba bien, y Mamá me zarandeó y me dijo que no fuera a hacer una escena por una criada.

Habían contratado a Papá como gerente en un campo petrolero en San Juan de Rioseco, a tres horas en carro desde Bogotá. Volvía un fin de semana sí y otro no y Mamá era de nuevo la soberana absoluta de nuestro reino de mujeres. Cassandra la convenció de transformar el ático en un dormitorio, y yo me quedé sola en nuestro antiguo cuarto. Se sentía extraño sin Cassandra, espacioso y limpio como un cuarto de hotel.

Al empezar el nuevo año escolar, a todas horas pensaba en Petrona: si estaría lastimada, si su novio la trataba bien, lo que comía, qué tan largo tenía el cabello.

En enero, la sequía con que nos habíamos encontrado en la casa de la Abuela llegó a Bogotá.

Apareció con el calor y el aire seco y alejó las nubes con lluvia de Colombia hacia México y Texas. En México y Texas había inundaciones. En la televisión los bosques ardían en llamas, el campo se momificaba, los ríos se vaporizaban y dejaban tras de sí huesos de pescado y exoesqueletos, y las reservas de agua se evaporaron y quedaron en puros charcos. En nuestro patio, el pasto se resquebrajó seco bajo nuestros pies y el borrachero no floreció.

Mamá nos racionó el agua potable. Llenaba cinco botellas de plástico de un litro y dibujaba líneas horizontales con color rojo, escribiendo a lo largo y en cursiva: *Mañana, Mediodía, Noche*. Cuando terminaba, íbamos en el carro a la tienda de abarrotes donde ella tenía tratos con los trabajadores. Les daba dinero cuando nadie miraba. Entonces, a pesar de que ya no había botellas de agua en los estantes y solo un papel desplegado por la mitad que decía AGOTADO, los trabajadores nos entregaban un contenedor de agua de tres galones. Lo escondían adentro de una bolsa negra de basura. Mamá tomaba la bolsa en sus manos y apretaba el contenedor contra su pecho para soportar el peso. Agarraba fuertemente el contenedor por los lados, y hacía tronar el plástico. Algunos clientes volteaban, como si reconocieran el sonido, y se quedaban viendo la bolsa negra de basura y luego volvían la vista hacia Mamá.

De la tienda nos íbamos directo a la casa. Mamá aceleraba, verificando por el espejo retrovisor, echaba un vistazo al agua en el asiento trasero, como si fuéramos unas delincuentes.

Quizás fue la soledad o probablemente el trabajo adicional que implicaba recolectar agua, pero de igual forma, Mamá llamó a Petrona y le pidió que se fuera a vivir a nuestra casa e incluso le ofreció más paga.

Mamá nunca le había pedido a ninguna muchacha que se fuera a vivir a la casa.

Petrona llegó como lo había hecho su primer día: con un vestido largo y deteniéndose en la verja para mirar la casa. Desde la ventana de Mamá entre los pliegues de sus cortinas de encaje vi cómo Mamá sostuvo la mano de Petrona cuando entraron juntas a la casa. Cuando toqué a la ventana Mamá y Petrona estaban justo debajo de ella. Mamá siguió caminando, pero Petrona volvió la vista, a medio paso. Se escudó los ojos con la mano, y su mano arrojó una sombra sobre su cara. Luego corrió hacia Mamá. Estaba todavía saludando y el dorso de mi mano rozaba los pliegues de la cortina cuando me di cuenta de que ya se había ido.

Nadie sabía que Petrona y yo éramos amigas, así que no supe cómo actuar. Observé a Cassandra, que ni siquiera le dijo hola a Petrona y se comportó como si Petrona nunca se hubiera ido.

—Petrona, ¿podrías pasarme esa cobija?

—Petrona, ¿podrías traerme un poco de agua?

Yo no estaba sedienta, pero tenía que decir algo. Petrona nos cubrió con una cobija, y luego me picó un ojo cuando me llevó el vaso. Aún tenía el cabello corto, y se lo pasaba por detrás de la oreja como si se lo estirara. Nos sonreímos. Ya no parecía que Petrona estuviera en peligro. Mi sonrisa se volvía amplia cuando le veía su piel, rosagante y fresca, y su peso el de una persona saludable. Tendría que encontrar tiempo para hablar con ella en privado, pero por ahora todos estaban observando, así que regresé mi vista al periódico.

Cassandra y yo estábamos estudiando una gráfica coloreada de Bogotá, impresa en la parte frontal, donde se les había asignado diferentes colores a los horarios de cortes de electricidad y de agua de toda la ciudad. La gente en los periódicos le llamaba a los cortes de electricidad apagones, que significaba *la gran extinción de la luz*.

En el diagrama, la ciudad se dividía en cuadrículas, formando trapecios, rectángulos y cuadrados. Una pequeña señal en el mapa indicaba que los vecindarios de las áreas azules tendrían a diario apagones de seis horas, en tanto que los marcados con rojo tendrían apagones por diez horas. Nuestro vecindario estaba en amarillo, lo que quería decir que tendríamos apagones de ocho horas diarias.

Yo creía que estos apagones serían como cuando se iba la luz mensualmente, pero no eran divertidos y nos afectaban mucho. Petrona se iba a su casa los fines de semana, y Mamá tenía que recolectar agua los sábados y los domingos con nuestra ayuda. El tiempo para recolectar agua hacía que todos en la casa saliéramos disparados para verificar las piletas y los cabezales de las duchas y las tuberías de la calle para conseguir tanta agua como pudiéramos con nuestros botes y botellas y baldes y tazas.

A lo largo de la semana, la conmoción por la falta de agua hacía difícil encontrar un momento en que Petrona estuviera sola. A las cinco de la mañana me despertaba el ruido del agua corriendo por todas las llaves de la casa y cayendo sobre plástico duro y metal. El sonido del agua resonaba como una gran catarata. En cama, yo miraba en dirección al ruido, me restregaba los ojos y bostezaba. Escuchaba a Mamá y a Petrona ir y venir entre los baños y subir y bajar las escaleras donde recolectaban el agua en la cocina o en el cuarto de lavado. El sonido del agua corriendo se abría camino entre mis sueños. Yo soñaba con humedales donde sirenas de largos torsos se aferraban a árboles pantanosos y me llamaban a gritos. Sus brazos eran azules y largos como serpientes. Canturreaban mi nombre, "Chu-u-u-u-la-a-a". Sus voces hacían eco por encima del espeso lodo y contra los árboles y el cielo.

En el baño había una gran tina anaranjada con agua que se recolectaba cada mañana antes del apagón. Una taza para el café color crema se balanceaba en la tina como un barquito.

Me sentaba en las baldosas del baño sacando agua de la tina anaranjada por las mañanas, vertiendo agua fría por encima de mi cabeza, jadeante y temblorosa, como lo había hecho en casa de la Abuela. Había días en que fingía que me bañaba y vaciaba el agua por el desagüe. Sentía un remordimiento estremecedor. Mamá también dejó de bañarse para que tuviéramos más agua, aunque decía que ese no era el motivo en absoluto.

—Es porque me gusta bañarme como los gatos.

Metía las manos tímidamente en el agua y se los pasaba muy de prisa por la cara y luego debajo de los brazos. Sonreía. La cara se le veía brillosa por el agua y le quedaban unas pequeñas gotas sobre los labios.

Colocábamos grandes baldes de agua a un lado del inodoro para vaciarlos encima de nuestros deshechos y era como tirar de la cadena del excusado. No había suficiente agua para hacerlo cada vez que alguien iba al baño, así que los deshechos de toda la familia se acumulaban en la taza del inodoro hasta el final del día. Tratábamos de dejar lo peor de nuestros deshechos hasta por la noche, pero a veces era inevitable. Y entonces nos tapábamos la nariz y nos retirábamos avergonzadas del baño, diciendo: "Solo entra si tienes que entrar".

Tuve algunos detallitos con Petrona para que supiera que seguíamos siendo amigas. "Mira, Petrona, encontré la mejor piedra en la escuela y te la traje". Le obsequiaba flores recién cortadas, lazos bonitos, manzanas, hasta que creí que Mamá empezaba a sospechar. Entonces le llevé regalos a Mamá y dejaba mensajes con alfabetos codificados debajo de la almohada de Petrona. Mis mensajes no eran respondidos, y me acordé de que a Petrona le costaba trabajo leer. Le hice un dibujo del teléfono de la casa con corazones alrededor, y este sí lo entendió. Encontré el mismo mensaje debajo de mi almohada con un dibujo suyo en el lado opuesto: dos corazones conectados por un cordón de teléfono.

Estaba yo tan ocupada tratando de comunicarme con Petrona, y Mamá y Cassandra tan preocupadas por los apagones, que se nos olvidaba que Papá regresaba a casa un fin de semana sí y otro no. Nos sorprendió cuando nos lo encontramos por los pasillos.

—Ah —dijimos—. ¡Eres tú!— dijimos—. ¿Cuándo llegaste?

Papá dijo que ahora que era gerente, su nuevo puesto nos trajo algunos privilegios. Llegó con una televisión adicional, que colocamos en la sala, y luego abrió una caja de cartón como si fuera un mago dejando al descubierto un tigre enjaulado. Adentro había una computadora con una pantalla negra que se quedó así por el apagón. Papá y Cassandra pasaron las siguientes horas configurando la computadora con una linterna eléctrica en el dormitorio de Cassandra en el ático.

Dejábamos toda las televisiones prendidas para saber el momento exacto en que regresara la electricidad. La voz de los locutores de noticieros y los anuncios comerciales marcaban los apagones cuando aparecían y desaparecían. El momento en que las televisiones de la casa se prendían, Papá y Cassandra saltaban felices y corrían hacia el ático para conectar la computadora. Mientras que Mamá y Petrona recogían agua, Papá y Cassandra se sentaban frente a la pantalla, y por turnos controlaban a un pollito cruzando una carretera. Gritaban una y otra vez: "¡Vean, vean esta tecnología!".

Cassandra pasaba mucho tiempo en su cuarto nuevo. Lo decoró con luces de Navidad y le dió a la computadora un lugar prominente. Papá tenía sus juegos en discos y eso era lo que Cassandra jugaba en las horas en que había electricidad. Guiaba a un hombrecito pixeleado a través de un laberinto en un castillo, con murciélagos y antorchas colgando de las paredes.

Mientras Cassandra jugaba, yo anduve al pendiente de Petrona. Iba a su cuarto y me sentaba a su lado en la cama, la veía darle vueltas a las páginas de una revista. No hablamos mucho. Olíamos las muestras de perfume desprendibles que venían pegadas entre los pliegues. Veíamos los anuncios a doble página de las modas, donde delgadas y blancas modelos cabalgaban en elefantes, guiadas por muchachitos africanos. No saqué a cuento nuestro secreto. Deduje que no importaba, Petrona se estaba quedando en nuestra casa, ¿en qué cambiarían las cosas? Parecía que Mamá siempre estaba parando oreja por lo que no pude preguntarle a Petrona sobre el peligro en que había estado. Jugamos triqui en las páginas blancas de un cuaderno y admiré su piel de porcelana.

⌒⌒

Durante los apagones, cuando estaba en casa, Papá se ponía al corriente con sus lecturas. Se hundía en el sofá de la sala y leía el periódico con la ayuda de una linterna. Las delgadas páginas que iba leyendo las desechaba sobre él a manera de una cobija y crujían ruidosamente cada vez que se movía.

Mamá instruyó a Petrona con los libros de texto que yo ya no usaba. Se sentaban al comedor: Mamá señalaba cosas del libro y Petrona hurgaba un lápiz en su cabello. Alrededor de la mesa había espejos de piso a techo, uno detrás de la cabecera de Mamá, otro detrás de Petrona y a la izquierda de Mamá. Yo veía en los espejos buscando las discrepancias. Petrona se veía igual, pero uno de los ojos de Mamá se le veía más grande. Encima de la mesa había un pequeño candelabro apagado. Debajo de la mesa había un tapete sikuani viejo y deshilvanado de una esquina.

Cada dos fines de semana cuando Papá no estaba en casa, Mamá hacía fiestas. Mujeres en vestidos hermosos y hombres en traje se sentaban en nuestra sala a jugar canasta, beber y reír. Petrona tenía que hacer comida para picar y mantener las mesas con provisiones de aperitivos y bebidas. La casa se mantenía caliente con velas. Las amigas de Mamá me levantaban por las axilas. "¿Qué vas a hacer, mi cielo, con esa carita linda?". Su aliento se mezclaba con el olor dulce y agrio de los cigarros y el brandy. "Escúchame, preciosa, rompe muchos corazones y nunca te cases. Recuérdalo".

A veces no eran grandes fiestas, solo Mamá sentada en el sofá hablando con un hombre. El hombre le susurraba a Mamá una larga historia mientras ella sostenía su cigarrillo en el aire, sin fumarlo, sonriendo. Por todas partes parpadeaban las luces de las velas.

17

Las hermanas Calle

Antes de que Petrona se volviera el centro de nuestras vidas, dieron inicio las vacaciones largas que se estiraron desde el glorioso mes de agosto hasta septiembre. Mamá y Petrona se encargaban de las tareas de la sequía. Cassandra y yo éramos libres de quedarnos con Isa y Lala. Isa y Lala decidieron que los apagones eran un tiempo idóneo para aterrorizar a los vecinos y nos hablaron de un juego llamado Rin Rin Corre Corre. En él, tocábamos el timbre de un vecino, presionándolo con el dedo por largo tiempo hasta que oíamos a alguien acercarse a la puerta; enseguida nos íbamos corriendo. El juego se ponía divertido solo cuando la gente adentro de la casa empezaba a molestarse. Creían que no nos dábamos cuenta, pero sabíamos que todos se agachaban cerca de la puerta alrededor del quinto *ring*, escuchando en la oscuridad y con las linternas listas. Era en este punto cuando mandábamos a Lala, porque ella era la mejor para caminar sin hacer ruido. Isa, Cassandra y yo nos agachábamos detrás de un carro estacionado. No oíamos nada por largo rato, hasta que el sonido del timbre rompía el silencio. Oíamos las pisadas rápidas de Lala y luego la persona abriendo la puerta.

—¡Vagos! ¡No tienen otra cosa que hacer aparte de perturbar la tranquilidad de las buenas familias!

Nos reíamos tapándonos la boca.

La mamá de Isa y Lala nos dijo que los guardias del vecindario nos habían apodado *Las hermanas Calle*. Pregunté si era porque siempre estábamos jugando en la calle, y la madre de Isa y Lala dijo: sí, pero *Las hermanas Calle* era un grupo musical en el que dos hermanas cantaban canciones de venganza contra los hombres con los que habían fracasado. "¿Quieren escuchar?". La canción empezaba:

Si no me querés te corto la cara,
Con una cuchilla de esas de afeitar

Era fácil aprendérsela. Cortarle la cara al hombre traicionero con una navaja de afeitar era chistoso, pero apuñalarlo, arrancarle el ombligo y matar a su mamá el día de su boda era como para morirse de risa. Para hacerle honor a nuestro apodo, paseábamos por la calle a oscuras cantando a todo pulmón. Apenas podíamos caminar, y nos apoyábamos la una en la otra, riéndonos y cantando.

Fuimos a la mansión de la Oligarca. Su tejado parecía una montaña mientras que los de las casas vecinas parecían cerros. En la cima de la casa de la Oligarca, había una luz amarilla flotante que giraba y giraba, desapareciendo en alguna esquina y apareciendo en la otra. Creímos que era un Alma Bendita del Purgatorio pero enseguida me di cuenta de que la luz amarilla era solo una persona llevando una vela, paseando alrededor del balcón. Susurré:

—Esa es la Oligarca.

La luz brilló intensamente en la cara de la Oligarca, que

apareció pálida y con un montón de sombras que le remarca-
ban las facciones. No pude distinguir si era vieja o joven. Nos
sentamos en el andén y vimos la luz de la vela titilando por la
casa. Dedujimos que la mujer vivía sola. Vi una o dos veces
su perfil cuando puso la vela en una mesa y se detuvo frente
a ella. Ahora veíamos a una mujer corpulenta vestida con una
capa larga a un lado de la ventana. ¿Miraba hacia dentro o
hacia afuera? Era muy difícil saberlo. Cassandra dijo que era
un milagro que el cabello de la mujer no se le chamuscara, y
luego volvió la electricidad. La repentina luz sobre la calle nos
enceguó. Vi a Isa acercando su mano a un carro para equili-
brarse, y cuando pude mirar hacia lo alto de la casa, la mujer ya
no estaba. Nos miramos entre nosotras y Lala dijo: "¡Corran!".
Nos fuimos a toda prisa por nuestra calle. Isa y Lala se separa-
ron para ir rumbo a su casa y Cassandra y yo corrimos hasta
llegar sanas y salvas a la nuestra.

Mamá nos llevó al centro comercial. Cassandra y yo no habíamos pisado un centro comercial desde que la niña con el zapato
rojo había muerto. Cassandra dijo: "¡Pero Pablo Escobar está
poniendo bombas en lugares públicos! ¿Quieres que nos mura-
mos todas?". Mamá dijo que vivir en una prisión era peor que
morir, y prendió la luz intermitente del carro, y añadió que si
queríamos seguir encarceladas en casa nos complacería feliz-
mente. Esperaba que dijéramos algo, pero ninguna de nosotras
dijo una palabra.

Creí que el centro comercial estaría vacío, por lo que había
dicho Cassandra, pero había una larga fila de carros entrando
al parqueadero. Sentí admiración por todas las personas que no
tenían miedo de morir, aunque todos parecían estar aburridos y
nadie notaba la heroica naturaleza de nuestra rebeldía. Cuando

llegamos a la entrada, un guardia de seguridad apuntó con su pistola a las llantas, y otro pasó con un espejo por debajo de nuestro carro, buscando bombas. Una vez adentro, Cassandra y yo corrimos directamente al interior de la pista de patinaje. Rentamos patines y nos saltamos al foso de madera, bailando al son de las canciones que tocaban arriba. Cassandra dijo que se llamaba música disco. Cassandra se detuvo para arreglarse los patines y dos chicos giraron hasta detenerse a su lado. Se apoyaron en la pared baja de la pista y le preguntaron a qué escuela iba. La forma en que lo preguntaron me hizo sentir incómoda, así que fui a buscar a Mamá.

La encontré sentada a una mesa, bebiendo café. Había un hombre a su lado.

—Qué gusto verte —dijo el hombre.

—Me siento liberada, este aire —dijo Mamá.

Cuando Mamá me vio, me dio dinero para que fuera a comprar una malteada. Estaba sola cuando regresé.

—¿A donde se fue el hombre?

—¿Cuál hombre? Ven aquí, mi cielo. Siéntate a mi lado, Chula. Vamos a reírnos de los niños que no pueden patinar.

No supe quién era el hombre, pero no me sorprendía. Mamá era una coqueta incurable. Los coqueteos de Mamá eran el motivo de incontables peleas con Papá, que terminaban con Mamá diciendo que no era su culpa ser un pájaro exótico. Si a alguien había que culpar, era a Papá porque él sabía quién era ella cuando se casaron. Mamá coqueteaba con los policías, los camareros, con los hombres en las fiestas. Pero cuando salimos del centro comercial, Mamá iba seria. No bajó la velocidad del carro para ceder paso a los ciclistas como lo hacía siempre, y no comentó de los músculos de los jadeantes hombres que pasaron junto a nosotras.

El hombre al que yo había visto en el centro comercial

vino a nuestra casa al día siguiente para celebrar su cumpleaños. Mamá le prendió velitas al pastel que le había comprado, e incluso Petrona cantó "Feliz cumpleaños" con nosotras. Al final de la canción, donde se supone que uno debe decir: "que los siga cumpliendo", Cassandra cantó: "que no sigas cumpliendo", lo cual me pareció completamente escandaloso. La cara de Petrona enrojeció de vergüenza y todo mundo se rio, pero yo me quedé callada y confundida. Cuando el hombre desenvolvió el regalo de Mamá, Cassandra se enojó y preguntó por qué Mamá le estaba regalando a un extraño la misma corbata que tenía Papá. Cassandra estalló en lágrimas y subió corriendo al segundo piso y el hombre se cubrió la cara. Creí que estaba apenado, pero luego vi que sonreía. Mamá siguió a Cassandra, diciéndole "no es la misma, te lo voy a demostrar". Enseguida el hombre se fue.

Mamá se sentó en la sala con las dos corbatas en el regazo, diciendo: "*No* son iguales. Son diferentes". Pero desde la mesa del comedor, Petrona y yo pudimos ver que eran exactamente iguales; las dos azules, las dos con un diseño de cuadros dorados.

—El señor se ha ido, Señora —dijo Petrona—. ¿Guardo el pastel?

—Tíralo, dáselo a los perros callejeros, no me importa.

—¿Por qué se puso brava Cassandra? —le pregunté a Petrona.

—Nadie es perfecto —dijo, poniendo la cubierta de plástico sobre el pastel. En ese momento pensé que había querido decir que Cassandra no era perfecta, pero ahora me doy cuenta que se refería a Mamá.

Estaba claro que Cassandra estaba enojada porque el hombre había venido a celebrar su cumpleaños. Era claro por la forma que anduvo en nuestro oscuro vecindario, buscando algo que destrozar, tocando a los timbres de los vecinos sin planearlo, y después al anunciar a Isa y Lala frente a la casa de la Oligarca que ella y yo íbamos a entrar y prender una linterna adentro. Yo dije que no lo haría, pero entonces Cassandra dijo:

—Eres una gallina.

Gallina. Ahí estaba esa palabra que no me gustaba. Me sacudí las piernas.

—No tengo miedo.

Isa y Lala dijeron que se quedarían detrás y harían la guardia.

El contorno de la casa de la Oligarca bamboleó ante mi vista mientras Cassandra y yo avanzábamos. Sentí y oí crujir el césped bajo nuestras pisadas. Luego el suelo cambió bajo nuestros pies pero no supe a qué se debía hasta que Cassandra me susurró:

—Cuidado, es el jardín.

Jalé de la blusa de Cassandra mientras ella caminaba con los brazos levantados, balanceándolos, tratando de evitar pisar las plantas. Miré hacia lo alto pero apenas pude distinguir el cielo. Estábamos completamente bajo la oscura sombra de la casa. Cassandra se detuvo abruptamente cuando nos acercamos.

—¿Dónde está la ventana?

—Creo que por aquí —dijo Cassandra—. Sigue agarrada a mí.

Nos escabullimos a lo largo del perímetro de la casa, y cuando pasé mi mano por encima de la pared que parecía gris noté que estaba hecha de un material áspero. Cassandra dijo:

—Aquí hay algo. —Me agarró de la mano y la colocó en una parte oscura de la pared. La recorrí con la mano y descubrí que era de madera. Cuando deslicé la mano hacia arriba encontré varias rejillas de madera.

—Es un postigo —dije.

—Sí —dijo Cassandra—. Aquí está la perilla.

Oí el sonido del postigo abriéndose. Me acerqué más y

apreté los dedos contra el renegrido marco de la ventana. Mis dedos se encontraron con el vidrio.

—Bien. Ahora alumbra hacia adentro.

—¿Yo? ¿Por qué yo? Hazlo tú, Cassandra, tú eres la mayor.

—No, hazlo tú. Tú eres la menor.

Agarré mi linterna, que traía colgada de la presilla, y la alcé hasta el nivel de la ventana. El plástico de la linterna chocó contra la ventana.

—Shhh —dijo Cassandra.

—Entonces, hazlo tú, Cassandra, tú eres la mayor.

El corazón me latía con fuerza.

—No seas tan bebé, solo préndela.

Cuando apreté el botón, cerré los ojos. Tenía miedo de que cuando se prendiera la luz, la Oligarca estuviera a un lado de la ventana, mirando, gruñona, esperando para alumbrarnos en la cara y ver de una vez por todas quiénes éramos.

Cassandra suspiró.

—Guau.

Abrí los ojos. La luz de mi linterna iluminó la sala. Era como un museo. Era espaciosa y estaba llena de pinturas antiguas y sillones y mesas preciosas y muchos cachivaches de cristal que hacía a la luz de mi linterna rebotar como reflejos de diamantes.

Escuchamos a Lala balbuceando silbidos.

—¿Y ahora qué querrá? —pregunté. Cassandra me agarró de la muñeca.

—Apágala, apágala —dijo, y me jaló por el pasto. Me costó encontrar el apagador. Cuando lo encontré lo oprimí, y oímos a la Oligarca llamar, detrás de nosotros, tal vez desde su puerta de enfrente.

—¿Quién anda por ahí?

Vi el destello de su linterna barrer el pasto, y fue cuando

nos echamos a correr. De suerte no nos caímos. Dejamos atrás a Isa y a Lala, pero encontramos un escondite dos casas más adelante. Caminamos entre los pinos y nos detuvimos frente a un portón. Si trepábamos el portón, podríamos ver la delgada silueta de la casa más grande, y la luz de la lámpara de la Oligarca, buscando de un lado a otro del jardín, iluminando las esquinas y detrás de los arbustos.

Cassandra jadeaba.

—Nunca nos encontrará.

—¿Crees que nos vio?

—No.

Con un poco de esfuerzo nos pusimos en marcha hacia la casa, sin sentirnos seguras en las primeras cuadras como para prender nuestra linternas. Cuando regresamos, Isa y Lala nos estaban esperando en la curva frente a nuestra casa.

—¿Qué pasó? ¿Las pilló? ¿Están bien?

Les contamos todo lo que vimos. Cassandra dijo que había visto una chimenea con un tapete de piel de oso delante como en las películas, y que había un tapete rojo debajo de cada mesa. Yo describí todos los tiliches que destellaban con la luz: un gabinete de cristal lleno de cosas de vidrio, los globos de un candelabro, las decoraciones de lámparas doradas, delgados floreros sin flores, y como estos objetos brillaban bajo la luz y hacían que toda la sala pareciera llena de joyas.

—Probablemente está hecha de joyas —dijo Lala.

—Ya suficiente con la casa, ¿vieron a la Oligarca? —quiso saber Isa.

Estaba a punto de decirle que no, pero Cassandra dijo que sí.

—Tenía puesto un sapo disecado como collar.

—No solo eso —dije yo—, los ojos verdes del sapo brillaban en la oscuridad.

Tan pronto como lo dije, un guardia del vecindario que

iba en una bicicleta entró al perímetro de nuestras linternas. Iba pasando muy lento, y nos miró con desconfianza. No era un guardia que yo conociera, así que fui amable y dije buenas noches, y el guardia se devolvió. Nos rodeó con su bicicleta.

—¿Han estado aquí mucho tiempo, niñas? —Su gorra la traía hacia atrás donde iniciaba su cabello. Era pálido y tenía una gran nariz y una enorme manzana de Adán. Su bicicleta hacía un sonido cantarín, chasqueaba mientras daba vueltas a nuestro alrededor.

—Esta es mi casa —dijo Cassandra—. Mi Mamá tiene una fiesta, así que salimos a tomar aire. —Volteé a ver nuestra casa, y por primera vez registré el jubiloso parloteo, la música suave. Algo pasaba con Mamá.

—Por qué, ¿cuál es el problema? —dijo Isa.

El guardia detuvo su bicicleta.

—Recibimos una llamada acerca de unos vándalos rondando la casa de una señora. ¿Han visto a alguna pandilla o a jóvenes que no reconocieran o que no hayan visto antes?

Lo estaba mirando fijamente a la cara, notando una protuberancia en medio de la nariz, cuando se dio cuenta de que yo lo estaba mirando, así que volteé a ver a Cassandra.

—¿No dijiste que habías visto a alguien que pasó corriendo?

El guardia volteó a ver a Cassandra.

Cassandra tartamudeó.

—No alcancé a distinguir si eran chicos o eran hombres, o qué, pero sí, eran tres personas corriendo. Se fueron por allí.

Cassandra señaló hacia el parque.

El guardia miró atentamente en esa dirección y se puso en marcha.

—Niñas, vayan a sus casas y quédense adentro, ¿de acuerdo? Ya no salgan a tomar aire.

Nos picó un ojo y se fue.

Lala se cubrió la boca con ambas manos cuando se fue el guardia. "Dios mio, casi que nos descubren".

Isa me dio un codazo.

—¿Por qué tuviste que saludarlo, Chula?

Dijo Cassandra—: ¿Te diste cuenta? Ni siquiera sospechó de nosotras.

18

Los cerros

El ciclo escolar había comenzado de nuevo y Cassandra y yo estábamos cansadas todo el tiempo. Luego el gobierno anunció que a Pablo Escobar lo habían metido en la cárcel. Cassandra dio brincos y gritó y Mamá me sacudió el hombro.

"Chula, ¿te das cuenta? ¡Podemos ir a cine! ¡Podemos salir cuando queramos sin miedo a que nos hagan explotar!". No podía mostrar ninguna emoción que más tarde Mamá pudiera utilizar como motivo para llevarme al sicólogo. "¿Segura?"

Cassandra bajó corriendo las escaleras, luego gritó porras en la calle, sus gritos se atenuaban y luego se hacían fuertes al brincotear por la cuadra. Yo me quedé quieta en mi lugar pues Mamá me estaba auscultando. Algo había encontrado en mi cara. Traté de parecer lo más natural posible, como si estuviera posando para una foto. Después de un rato Mamá carraspeó y anunció que le iba a dar vacaciones a Petrona para celebrar que Pablo Escobar estuviera preso. Ella llevaría a Petrona a su casa. ¿Quieres ir? Dije que sí, y Mamá dijo bueno, de todos modos te hubiera forzado. Cassandra se quedó.

En el carro, me senté en la parte trasera con Petrona, su morral y sus pertenencias se amontonaban en el asiento del copiloto. Nos dirigimos hacia las montañas que a lo lejos se veían anaranjadas como arena del desierto. Petrona tenía puestos unos jeans ajustados que se tenía que arremangar antes de sentarse y una blusita negra que se jalaba constantemente hacia el ombligo. Sus labios eran rojo brillante, sus párpados coloreados de azul. Nunca había visto a Petrona en sus ropas de calle. Recargué mi cabeza en su hombro y le pregunté si me pondría azul en mis párpados como ella se había puesto en los suyos, pero Mamá dijo algo sobre los gérmenes y de cómo no se debe usar el maquillaje de otra persona y que si yo quería ella me compraría algo de maquillaje más tarde.

Me aparté de Petrona y coloqué mi barbilla contra el vidrio de la ventanilla, y me puse a ver cómo la calle pasaba por debajo de nosotras como una estela grisácea. Luego escuché el nombre Pablo Escobar en la radio. Un reportero estaba diciendo que además de los rumores que Pablo Escobar había chantajeado a la Cámara para que declararan la extradición como inconstitucional, había también el peso de la duda sobre su paradero en el momento en que se había entregado. Pablo Escobar se había entregado él mismo en el momento exacto en que se había aprobado la ley que hacía de la extradición un delito. Algunos creían que se hallaba en el interior del palacio de Gobierno, dijo el reportero, y comenzó a cuestionar: ¿Quién es *realmente* el presidente? Petrona hacía bombas con chicle rosado.

Mamá señaló a los carros que pasaban y notó que todo el mundo sonreía. Dijo que era porque la gente estaba feliz de que Pablo Escobar se hubiera entregado, y luego le preguntó a Petrona si donde ella vivía la gente estaría celebrando.

—¿En los Cerros? No, Señora Alma. A la gente de donde yo soy le cae bien el Patrón.

Yo nunca había escuchado que llamaran así a Pablo Escobar. Volví la vista a la calle, sin poder imaginar cómo a alguien podría caerle bien. En los semáforos en rojo, veía a la gente sentarse junta en la ladera de entre las autopistas. Una familia se amontonaba alrededor de un letrero que decía: *Desplazados por la guerrilla. Perdí a mi esposa y a tres de mis hijos. Tengo hambre. No tengo trabajo. Ayuda.* Ráfagas de viento sacudían la cartulina del hombre. Dos niños sentados a sus pies miraban pasar los carros.

Luego dimos vuelta y Mamá se dirigió calle abajo y yo reconocí el lugar en donde el carro bomba había matado a la niña del zapato rojo. Mamá tenía que haberse equivocado al dar la vuelta a la calle, porque carraspeó e hizo como si no pasara nada. Lo de la bomba había ocurrido hacía ya más de un año, pero yo aún buscaba a lo largo de la calle la pierna de la niña que tenía puesto un zapato rojo. Miré el lugar exacto que había visto en la pantalla de la televisión, en donde debía haber un cráter en llamas saliendo del pavimento, pero el andén estaba limpio y lleno de gente caminando muy de prisa, hablando y riéndose.

Entonces las paredes de las fachadas y los edificios se volvieron polvorientas y negras. El corazón se me aceleró. Detrás de los peatones, habían acordonado con cinta amarilla una zona muy grande donde algunos obreros de la construcción andaban con sombreros amarillos y con maquinaria pesada rompiendo el terreno.

Era evidente dónde había sido el centro de la explosión. El edificio afectado estaba en ruinas, sin paredes frontales y con medio techo. El cráter que abarcaba la mitad de la calle y mitad de la pared, era negro. Mamá pitó. Frente a ella el tráfico se había detenido. Volví de nuevo la vista hacia el edificio. En el centro del cráter había una pila de rosas blancas. Nuestro carro comenzó a avanzar de nuevo y yo me puse de rodillas y miré por la ventanilla trasera la pirámide de rosas empequeñeciéndose a la distancia, pensando en cómo podía haber sido aquel el lugar donde la niña había tenido sus últimos pensamientos. Miré por la ventanilla lateral con asombro mientras las paredes y las tiendas se iluminaban de una luz que oscilaba del negro carbón a una luz color blanco hueso. Conforme avanzamos más cuadras, el color de las casas y los edificios cambiaba a tonalidades más alegres: amarillo sol, verde perico, rosa flamenco. Había rascacielos con guardias de seguridad sentados detrás de altos escritorios. Luego desapareció la superficie gris y lisa, los árboles se extinguieron y los reemplazó la carretera que esparcía polvo. Mamá me evadía la mirada en el espejo retrovisor.

A un lado del camino, los niños caminaban descalzos en fila detrás de sus madres, que cargaban canastas sobre la cabeza. Uno por uno, giraron sus cabezas y arrojaron sus cosas en el camino y corrieron tras nuestro carro. Eran tantos que Mamá tuvo que bajar la velocidad. Miré cómo los niños y las madres ahuecaron sus delgadas manos contra nuestras ventanillas y las golpearon con los puños. Sus bocas formaban palabras que no pude descifrar.

—Mamá, ¿quieren monedas? Dales algo —dije.

—No, señora Alma —dijo Petrona, inclinándose hacia el frente—, así es como roban carros. Los he visto hacerlo. Por eso es que son tantos —Se recargó en la cabecera del asiento y volvió a mirar hacia afuera por el lado de su ventanilla—. Apuesto a que esas ni siquiera son sus madres.

Mamá volteó a ver a Petrona a través del retrovisor y asintió, su cabello, sus ojos afirmaban enérgicamente. Regresó la vista al camino y así la mantuvo, como si los niños y las madres no existieran. Mantuvo la barbilla en alto y dejó que el carro despacio se abriera paso entre la multitud. De pasada pude ver a una madre con las manos abiertas como un libro, implorando silenciosamente.

Estaban tocando en mi ventanilla. Me volteé y vi a un niño de mi edad rodeado de muchos chicos, pero yo solo lo vi a él a los ojos, era el que con más firmeza golpeaba: había manchas de mugre en sus cachetes. Echó un vistazo a su mano llena de sudor y tierra, y luego volteó a verme. Apoyó la mano en la ventanilla, con la luz de sus ojos apagada.

—Niña —dijo Petrona—, no te sientas mal, esos niños se han vuelto malos. —Me puso una mano en el hombro y miró hacia el frente. Sus párpados destellaron azul acerado.

Nuestro carro se deslizó lentamente en medio de la multitud de niños y madres como dentro de un bosque y entonces Mamá aceleró.

Nos acercábamos a las montañas anaranjadas. El pavimento apareció de nuevo debajo de nosotras. Estábamos entre altos edificios decorados con gárgolas y leones, con grandes apartamentos y balcones y barandales de hierro. Tomamos una salida y el camino se curveó por detrás de edificios nuevos y la colina nos condujo muy alto hasta que pudimos ver los tejados con jardines de los edificios.

—Dime, ¿a dónde voy? —dijo Mamá.

—Yo le diré cuándo. Estamos cerca —dijo Petrona.

Del lado opuesto a los edificios nuevos estaba la montaña anaranjada. Había tugurios hechos con madera desprendible, lámina y viejos carteles de publicidad que subían la cuesta, de tal manera que parecía que estaban construidos uno encima del otro. Los tugurios ascendían por la montaña como peldaños. Había casas por aquí y por allá, pero lucían como casas en sus primeras fases de construcción: cemento derramado en el piso, marcos de puertas sin puertas y marcos de ventanas sin ventanas, cobijas colgando en el interior. Por todos lados había tierra anaranjada y los tugurios y las casas se fusionaban con el suelo como una puesta de sol.

—Aquí —dijo Petrona—. Aquí es dónde vivo.

Me esperaba encontrar una invasión como la de la Abuela, con casas bonitas de adobe hechas a mano, con maíz y cañas creciendo en pequeñas parcelas. Pero lo que vi fue una montaña de deshechos habitadas por personas. Traté de imaginar cómo sería despertarse y ver anuncios de Pepsi y madera contrachapada, con paredes tan delgadas como el papel entre tus vecinos y tú.

Petrona abrió la puerta del carro, me dio breves palmaditas en la espalda y bajó, rodeando la parte trasera del carro para recoger sus cosas. Yo también bajé por mi lado, lista para tomar asiento junto a Mamá, pero tuve que esperar detrás de Petrona, que todavía estaba doblada de la cintura adentro del carro, hablando con Mamá sobre recibir un dinero extra para las vacaciones. Mientras esperé, miré por encima del carro hacia el cerro para ver si podía adivinar cuál era la casa de Petrona, pero ahí no muy lejos, justo donde reposé la mirada, estaba recargado en una casita y fumando el mismo joven con cabello afro que Petrona había dicho que era el tipo de las alfombras, del que yo sospechaba que se había quedado en nuestra casa y el que creía era su novio.

—Hasta luego, Petrona —dijo Mamá—, ¡que disfrutes tus vacaciones!

Petrona sonreía cuando salió del carro, pero la sonrisa le desapareció rápidamente de la cara. Debió haberlo visto también, porque de pronto se volteó y obstruyó la puerta del carro como para no dejar que Mamá me viera, pese a que Mamá se estaba revisando las uñas y no ponía atención. Petrona me agarró de la muñeca y miró detenidamente mi cara. No se imaginaba que yo ya sabía que el chico no era el tipo de las alfombras. Algunos pedruzcos rodaron por la montaña y cuando volteamos a ver el novio de Petrona nos estaba haciendo una señal: con su mano formó una pistola, tres veces la descargó contra nosotras, murmurando las palabras, *bang, bang, bang*. Cuando miré a Petrona, estaba pálida y le temblaba la barbilla.

Me sorprendió ver que ella tenía miedo. ¿No era éste alguien que ella amaba y que también la amaba? La miré intensamente, intentando hacerle saber que yo no tenía intención de traicionarla.

Mamá se reclinó en el asiento del conductor.

—¿Vienes?

Le respondí:

—Sí, ya voy —me subí al carro. No miré a Petrona y cuando ocupé el asiento de copiloto, Mamá sonrió. Esperamos hasta que Petrona se abrió camino rodeando el carro y la vimos subir el cerro, a paso de tortuga y agarrándose a las piedras, avanzó por entre los tugurios por en medio de la colina. Ya había pasado las barracas pero nunca se volteó para mirarnos o decir adiós con la mano.

Petrona

S abes cómo asearte correctamente, chiquita?
Con jabón y agua, ¿cierto?

Esas eran las cosas que la Pulga, la Uña y el Alacrán le dijeron a Aurorita cuando creyeron que yo les había hecho una jugada. Querían hacerme saber que podían hablar con mi Aurorita de esa manera, con sus rifles que casi le rozaban la cara.

Yo no los miré, me miré fijamente las manos. Se habían comportado tan educados en la casa de los Santiago; pero los juzgué mal. Tiré de las hojas de la mazorca. Las escuché desprenderse. Algo ocurre cuando se tiene miedo. Tu mente se dispara y el cuerpo no te responde. Así me ocurrió a mí. De repente ya no estaba ahí sentada, sin fuerza, en nuestra casita.

❧

Estoy en los valles de la granja de mi padre en Boyacá. Soy una niñita. Los árboles tararean. Los manglares y los árboles de mangos y los arbustos de café. Estoy agachada. He encontrado un nido de pájaros. Aprenden a volar. Si uno se cae, la madre lo abandonaría pero yo lo salvaría.

Escucho el crujido de un palo. Los pájaros se callan.

Antes de que pueda girar, un hombre se me encima, tapándome la boca con la mano. Lo muerdo. Siento un sabor a tierra. Grito, *Papá, Papá, ¡llegaron!* Me golpea la cabeza con algo duro y metálico. Pienso: *mi padre, mi madre, mis hermanos, mi hermana.*

Me despierto y ya ha oscurecido. El cielo está estrellado y las chicharras cantan. Las chicharras son ruidosas. Veo las copas de los árboles. Estoy a la intemperie. El aire huele a quemado. Me incorporo y veo a mi hermano Umberto a mi lado, golpeándose la cabeza contra el tronco de un árbol una y otra vez.

Trato de levantarme y detenerlo, pero me lo impiden. Es Mami la que me frena. Mis otros hermanos y hermanas están junto a Mami. Estamos todos sentados en el suelo y yo me pregunto por qué no tenemos banquitos. Mis hermanitos lloran. Mi hermano Umberto sigue golpeándose la cabeza.

Mami dice *se los llevaron a todos, Petro.*

Veo a todos lados para ver quién falta. Ajusto la vista. Es terrible ajustar la vista y ver que falta mi padre, y que Tobías, mi hermano mayor, y el segundo más grande, Ricardo, son los que han desaparecido. Los ojos me pican. *¿Quién se los llevó?* Es lo que digo, pero ya lo sé. No necesito que nadie me lo diga y nadie me lo dice. Los pequeños sollozan —Ramoncito, Fernandito, Bernardo, Patricio, Aurora— todos al mismo tiempo. Uriel, un año menor que Umberto, mira a la distancia en la oscuridad, impávido o aterrado. Sé que son los paramilitares los que se han llevado a mi familia. Son los paras los que han ido a nuestra granja, día tras día, asediando a Papá.

La respiración de Mami es sibilante. *Cálmate, Mami, cálmate,* le decimos. No sabemos qué hacer. Somos tan tontos que le echamos aire con unas hojas. Umberto dice que la respiración de Mami es entrecortada porque cuando los paras quemaron nuestra casa, el humo traía un espíritu. Mami se lo ha tragado, por eso es el silbido. Él me dice Petro. Esta es la última noche en que mi familia me llaman Petro.

~~×~~

¿Sabes cómo asearte. ¿Te enseñamos?

Los rifles se cernían por la boca de Aurora y yo sabía con exactitud lo que me querían decir con ello, y ellos sabían que yo lo sabía. Aurorita no tenía ni idea. Era un espectáculo hecho para mí. Si yo no levantaba la vista, tal vez su violencia se borraría. Así que bajé la mirada al suelo, y mi mente se apagó de nuevo.

~~×~~

Ahora estoy mirando a Fernandito a los ojos, justo antes de que se haga adicto. Fernandito me dice que es el hombre de la casa como lo fue Ramoncito alguna vez. Trato de pensar qué palabras decir. *Confía en mí. Puedo cuidarte.* Fernandito me dice que es fuerte y que matará. Doce años de edad, se pasa el tiempo recogiendo palos y piedras, jugando con ellas como si fueran AK-47, machetes y granadas. Dice que se hará soldado, policía, guerrillero, paramilitar. Para él no hay diferencia. Cuando Fernandito descubre el pegamento, me siento aliviada.

Le digo a Mami: *Es mejor eso, que lo otro.* Mami me da una cachetada. Se recarga en un rincón, jadeando, y se gasta el dinero que yo gano en velas. Le prende una vela a la Virgen, una para Papi, una para Tobías y Ricardo, ya que pueden estar muertos o no, y una para Ramoncito de quien ya sabemos que está muerto. Ramoncito que yace en la tumba donde dice *Diana Martínez, amada esposa.*

Un día Fernandito desaparece. Cuando regresa, ya es adicto. Primero Bernardito y luego Patricio desaparecen con él.

Solo quedamos Mami, Aurora y yo en nuestra casita. No puedo dejar de pensar, *Es mejor eso, que lo otro*. Mami me echa la culpa y yo trato de explicarle que solo tengo quince años. *¿Por qué soy la responsable de todo? ¿Por que los mayores no ayudan? ¡Pídele a Umberto!, ¡Pídele a Uriel!*

Mami jadea. Entre respiros dice: *Cómo puedes ser tan inútil.*

Mami cree que Umberto y Uriel son buenos hijos. Se casaron y se olvidaron de nosotros. Se dedican a conducir camiones y le prometen a Mami que si los más chiquitos llegan a los dieciocho, los entrenarán para que manejen un camión. Hacerlos llegar a los dieciocho es mi responsabilidad.

~

Relájate. Pulga agarra a Aurora por el cabello. El Alacrán salta sobre mí y me pone la cara contra la tierra. La Uña recoge la mazorca que saltó de mis manos y empieza a comérsela.

Solo quiero revisarle por detrás de las orejas, sigue diciendo la Pulga, olfateando el cuello de Aurora. *Para ver si sabe cómo asearse.*

Escupo al suelo. Si fueran tan cercanos a Gorrión como él dijo, Gorrión sabría que vendrían. Él lo había permitido. *Estúpida Petrona*, pensé. Estúpida Petrona usada como un violín.

Luego la Pulga le jaló a Aurora la punta de la oreja y ella se retorció pero no pudo zafarse.

¡No! ¡Detente!, grité cuando le pasó la lengua por detrás de la oreja. Aurorita sollozó. La arrojó al suelo.

Sí, está limpia.

Entonces se marcharon, nos dejaron temblando en el suelo. Me cubrí las orejas, pero alcancé a oír la voz de Mami, ordenándome: *Arregla esto, Petrona. Arregla esto.*

19

Negro y azul

Papá llegó a casa tarde por la noche, pero salimos en familia a celebrar que Pablo Escobar estuviera preso. Nos vestimos con ropa bonita, Mamá se puso labial, y luego fuimos a un restaurante en una zona de la ciudad con electricidad. Tuve frente a mí un humeante plato de pasta, luego té y una rebanada de pastel de chocolate, pero todo lo que tenía en la cabeza era, ¿por qué Petrona había tenido miedo de su novio? ¿Por qué su novio nos había amenazado a ella y a mí? Pasó el fin de semana mientras meditaba en estas dos preguntas y cuando el domingo se fue Papá, casi enseguida tocaron a la puerta con urgencia. Corrí para ver qué se le había olvidado.

—¿Qué ocurre, Papá?

Pero cuando levanté la vista, ahí estaba ella: Petrona, de pie en el umbral de la puerta, su ojo izquierdo casi cerrado y la piel de su boca abierta y muy hinchada. Abrí de par en par los ojos llena de estupor. Noté que la piel de su hinchado párpado le caía en sombras negras y grises y rojas, pero lo peor era cómo la carne expandida de su párpado no solo se había agrandado y se había tragado el rabillo del ojo sino también las pestañas. Ni siquiera se le veían las puntas de las pestañas. Mamá salió corriendo de detrás, abrazó a Petrona y la empujó al interior de la casa.

—Cierra la puerta —me dijo Mamá y sentó a Petrona en la sala—. Petrona, Dios mío, ¿que te pasó?

Fui a la cocina por unas rodajas de papas y plástico para envolver porque era lo mismo que Petrona había hecho por mí la noche en que le dispararon a Galán. En la cocina, pensé en el novio de Petrona apuntándonos con la mano como si fuera una pistola, y luego imaginé sus puños golpeándola. ¿Ella lo había abandonado? Temblando agarré una papa, respiré, estabilicé mi mano y corté la papa en seis rodajas.

Cuando volví, Petrona intentaba sonreír, pero se estremeció cuando su labio se hundió en el moretón que tenía en la comisura de la boca.

—En realidad, no fue nadie, Señora. Me caí al bajarme del bus. —Se tocó levemente el golpe con las puntas de las uñas.

Mamá levantó las cejas.

—¿Un golpe como ese, Petrona? Solo puede venir del puño de un hombre.

—De verdad, Señora, me caí. —Petrona volteó a verme con su único ojo y luego a Mamá—. ¿Puedo pasar aquí mis vacaciones? En mi casa no hay nadie que me cuide.

Mamá le respondió sin pestañear:

—Por supuesto. —Se volteó hacia Cassandra, que estaba sentada en los peldaños de la escalera, y le pidió que le llevara un poco de cinta médica del segundo piso. Yo no sabía cuánto tiempo había estado Cassandra sentada ahí, abrazada al barandal, mostrando los dientes. Cassandra subió lloriqueando al segundo piso, y cuando desapareció Mamá me explicó que a Cassandra le daba miedo la sangre, y yo no me tomé la molestia de señalar que nadie estaba sangrando. En cambio, pregunté:

—¿En que bus ibas?

—¿Qué?

—Dijiste que te caíste de un bus. ¿En qué bus ibas? No venías para acá porque estás de vacaciones, ¿así que a dónde ibas?

Petrona pensó por un momento.

—Tenía que hacer un mandado.

Enseguida volvió Cassandra y Mamá dijo que era hora de curar las heridas de Petrona. Mamá hizo que Petrona reclinara la cabeza en el sofá y luego las tres nos colocamos a su alrededor, como lunas alrededor de la cara de un planeta. Le puse una rodaja de papa en el ojo, cuidando de no presionar. Mamá puso un parche de plástico encima de la papa y luego Cassandra y ella colocaron cinta alrededor de la rodaja hasta que quedó fija. Las manos me temblaban. Pero si miraba la ceja de Petrona, delgada y delicada siguiendo la curvatura de su hueso, podía respirar. Seguí con la mirada la curva de la línea de su cabello, notando que su cuero cabelludo era lo más blanco que jamás había visto. Tenía el cabello enmarañado y húmedo, como si se acabara de bañar, y la camisa de cuello alto que traía puesta, tres tallas más grande, era de hombre y estaba planchada.

Tuve que subir corriendo por agua oxigenada. Mamá me pidió que se lo echara a Petrona en el labio, mientras ésta reclinaba su cara, y Cassandra humedecía ligeramente trocitos de algodón con el líquido. Petrona no gritó como yo seguramente lo hubiera hecho. No emitió sonido. Pero yo sabía que le dolía porque los pequeños músculos debajo de sus ojos se le estremecían y tensaban. El golpe que tenía a un lado de la boca, inflamado y de color negro y gris, parecía lustroso bajo el efecto del agua oxigenada, menos en la parte donde la piel estaba desgarrada y donde la sangre se había secado, el líquido hizo espuma. Cuando terminé, Petrona buscó mis dedos y me los apretó. Puse la papa en su lugar con la otra mano. Mamá y

Cassandra se encargaron de fijar la papa de forma que le permitiera a Petrona comer. Petrona hacía muecas al comer. Su mandíbula se movió en semicírculos y luego la apretó. Mientras Mamá y Cassandra fijaban la papa, Petrona continuó abriendo y cerrando la boca, muy despacio al principio, más rápido después, abría y cerraba, dejando al descubierto su lengua rosácea y sus dientes blancos. Parecía como si estuviera hablando pero sin volumen en la voz, como si nos estuviera contando lo que le había ocurrido y ninguna de nosotras pudiera escuchar.

Regresó la luz justo cuando terminamos. En el segundo piso, la televisión y las dos radios se prendieron. Mamá y Cassandra corrieron a apagarlas y aunque se fueron solo un momento, Petrona volteó hacia mí y me envolvió los dedos con su puño.

—Chula, creo que imaginaste haber visto a alguien cuando tú y tu Mamá me dejaron, pero creo que cometiste un error.

Traté de zafar la mano.

—No se lo iba a decir a nadie.

—No quieres que pasen cosas malas, ¿verdad, Chula? —Me torció los dedos por debajo del asiento del sofá, haciendo que me inclinara más.

—¿Como lo de tu ojo?

—Exactamente como lo de mi ojo.

Tartamudeé.

—Ya te lo dije, no voy a decir nada. —Petrona me soltó los dedos. Me acarició la mejilla.

—Esa es mi niña. —Se reclinó hacia atrás y me dio palmaditas en la rodilla.

Me sobé los dedos. Si Petrona protegía al hombre que la hubiera golpeado ¿significaba que no lo había abandonado? A menos que el hombre no la hubiera golpeado. A menos que nos hubiera apuntado con la mano como si fuera una pistola para advertirle de algún peligro cerca de ella, en cuyo caso, esto explicaría por qué ella lo protegía. Quise abrazar a Petrona, pero le tuve miedo con su cara hinchada y negra, y su ojo sepultado completamente bajo su carne. Su apariencia era repulsiva, así que me recosté en un recoveco de su brazo y me arrunché con ella.

Cuando Mamá y Cassandra regresaron, me senté. Jalamos las rodajas de papa de la quijada de Petrona y del ojo para asegurarnos de que no se le caerían, y luego Mamá y Cassandra llevaron a Petrona a que se recostara en su cuarto.

El asunto del novio de Petrona me dejó con el ojo pelado toda la noche. Si él la golpeaba, quizás era porque necesitaba dinero y la posibilidad de que Petrona perdiera su trabajo era lo peor que podría pasar. Pensé en todas las casuchas hechas de lámina. Si Petrona y su familia no podían darse el lujo de construir paredes de verdad, ¿cuánto de su dinero le estaba quitando su novio? Si él era inocente, entonces el peligro del que Petrona se había estado ocultando cuando estuvimos en la casa de la Abuela finalmente la había alcanzado. Pero ¿qué podía haber hecho Petrona para provocar que la golpearan? Me levanté una o dos veces de la cama, con la intención de ir a su cuarto para preguntarle, pero de inmediato recordé cómo me había torcido los dedos contra el sofá. Sostuve la perilla del cuarto de Mamá, pero si hablaba con ella, a Petrona la echarían. Me senté frente a la puerta cerrada del cuarto de Cassandra. Pero tampoco le contaría a ella porque se lo diría a Mamá, y entonces yo sería el motivo de que echaran a Petrona, o de algo peor.

Cassandra y yo tuvimos que ir al colegio antes de que saliera el sol pues como no había electricidad en el colegio teníamos que aprovechar la mayor parte de las horas con luz diurna. Siempre me parecía que habíamos cometido un error en salir tan temprano de casa, o tan tarde, a esperar el bus escolar. En el colegio me tomaba siestas durante las primeras clases. Luego llegaba la hora de regresar a casa de nuevo.

Cada noche, Mamá, Cassandra y yo recubríamos los golpes de Petrona con rodajas de papa, y noche a noche veíamos cómo cambiaban sus moretones. Un día descubrimos que todas aquellas manchas en su piel se habían puesto color vino rojo y amarillo, con tonos verde vívido y púrpura en la parte de en medio. Era casi hermoso, como un fuego artificial.

Todas nos sentimos mal por Petrona. Cuando al siguiente fin de semana llegó Papá a casa, trajo bolsas de hielo para que las pusiéramos en el congelador y después dárselos a Petrona para que se los colocara en su golpeada y desgarrada piel. Cassandra y yo juntamos almohadas para que Petrona pudiera estar cómoda y luego nos fuimos casa por casa a pedir revistas viejas. En una ocasión, al estar aplicándole alcohol y retirando el algodón, Mamá se puso de pie, porque se le había ocurrido una idea.

—Petrona, ¿cuántos años tienes?

Petrona dijo que acababa de cumplir quince, y Mamá dijo que era perfecto. Deberíamos regalarle a Petrona la Primera Comunión y organizarle una fiesta. Petrona quedó boquiabierta. Mamá dijo que Petrona siempre había querido una fiesta. Petrona se lo había dicho. Petrona dijo: "No, Señora, de verdad, no quiero importunar". Mamá manoteó al aire y a punto de salir del cuarto de Petrona dijo que no había ningún problema, y luego se fue a la sala a hablar por teléfono. Me volví hacia Cassandra para preguntarle qué estaba ocurriendo, pero Cassandra se puso un dedo en los labios, y escuchamos a Mamá decirle hola a alguien y preguntar por la donación de un vestido de novia.

Me volví a ver a Petrona, confundida.

—¿Te vas a casar?! —Me dolía que no me lo hubiera dicho.

Cassandra se dejó caer de espaldas en la cama de Petrona, soltando carcajadas.

—¡Petrona!, ¡de novia!

Petrona arrugó el entrecejo y se cubrió la cara con una mano, mortificada. Oímos a Mamá decir en voz alta en la bocina del teléfono:

—Ya lo *sé*, tiene *quince* años de edad.

—Así que *¿no* te vas a casar?

Esto puso histérica a Cassandra y rodó de lado a lado, riéndose y pataleando. Oímos a Mamá decir: "Cualquier vestido blanco está bien; es para una buena causa". Petrona me dijo que al parecer iba a tener una fiesta de Primera Comunión.

—Ah —dije. Le di golpecitos a Petrona en la rodilla por encima de las cobijas y le dije que no se preocupara—. Solo te tragas la hostia y bebes un poco de vino, no significa nada, y te dan regalos.

Por la noche, mientras Mamá y yo estábamos sentadas enrollando medias, Cassandra habló y preguntó por qué las dos fotos más recientes suyas y mías y de tamaño cartera, habían desaparecido del álbum. Estaba sentada a la orilla de la cama de Mamá dándole vueltas a las hojas del álbum.

—¿Desaparecieron?

Eché un vistazo. Era cierto. Los pequeños espacios rectangulares donde alguna vez habían estado las fotos permanecían en blanco, mientras que el resto de la hoja amarilleaba de manera uniforme en un tono más oscuro. No sabíamos qué había ocurrido con las fotografías. Ninguna de nosotras las habíamos quitado. Después de buscar en el cajón en donde se guardaban los álbumes y no encontrarlas sueltas, Mamá se echó una cruz y dijo que los espíritus nos estaban aterrorizando. Yo estaba segura de que Petrona se las había llevado para cuando se sintiera sola, estuviera donde estuviera.

Durante la siguiente semana, la piel hinchada en los ojos de Petrona empezó a desinflamarse, y poco a poco las pestañas se le empezaron a ver, luego el ojo se le puso como el de un caimán perezoso. Pronto sus dos ojos parecieron casi del mismo tamaño y los escandalosos colores se volvieron café y verde olivo. Tomé este cambio en la apariencia de Petrona como una señal de que era seguro ser su amiga de nuevo. La siguiente noche bajé de puntillas las escaleras y me quedé a un lado de la puerta de vaivén de la cocina para ver lo que Petrona hacía. Me sorprendió ver que la cortina de su cuarto destellaba con la inconfundible luz de un televisor. No había electricidad así que me desconcerté y no pensé dos veces en darle vuelta a la perilla del cuarto de Petrona y entrar. Ahí, Petrona estaba sentada en la cama, la tenía sobre las piernas: la televisión más pequeña que yo hubiera visto, y la cara bañada de azul.

En un segundo levantó la mirada y apagó la televisión. La imagen remanente se quedó grabada. Se veía pálida y sus labios retorcidos flotaban en el aire, y escuché el chisporroteo de la estática de la televisión.

—Solo soy yo —dije.

Petrona exhaló.

—Chula, madre mía, casi me da un infarto.

La televisión se volvió a prender y emitió un gran resplandor. Petrona parpadeó y acercó su mano hacia mí.

—Ven, Chula, mira —Me trepé a su cama junto a ella—. Mira —dijo. Sintonizó los canales presionando un botón que tenía el aparato al lado de la pantalla; luego lo puso de cabeza para mostrarme dónde iban las baterías.

Nos metimos bajo las cobijas y colocamos la pequeña televisión entre nosotras y Petrona me contó sobre la nueva telenovela que había empezado a ver. Se titulaba *Escalona* y era la historia verdadera de un compositor de vallenato que tenía un duelo de acordeón con el diablo, y ganaba. Pero la verdadera historia era que Escalona era un mujeriego. Ahí estaba, dándole serenata a una rubia voluptuosa de Brasil, cantándole arrodillado. En la siguiente escena él aparecía corriendo detrás de una narigona y marchita mujer, por angostas calles adoquinadas, hasta que conseguía atraparle la mano y besársela. Cuando aparecieron los créditos, Petrona dijo:

—Los hombres son muy estúpidos, en el pueblo en el que crecí, en Boyacá, había alguien como Escalona. Era tan animal.

Nunca había sabido de dónde era Petrona. Me vino a la mente lo que sabía de Boyacá. Era el departamento contiguo a Bogotá. Traté de recordar el mapa con las rutas de seguridad. Habíamos pasado por Boyacá en nuestro camino a Cúcuta. Creí haber visto en el mapa a muchos hombrecitos con boinas, gafas oscuras y metralletas.

—¿Qué pasó con él —pregunté.

—Desapareció. No sé qué le ocurrió. Nos quemaron la casa, y huimos.

—¿Quién les quemó la casa?

Petrona se puso tensa y miró fijamente hacia la ventana, como si hubiera dicho más de lo que quería.

—¿Cuál era el peligro en que estuviste?

En la televisioncita empezó un programa cómico. Hombres vestidos de mujeres vendían flores en una parada de autobús. Intuí que Petrona no iba a decir nada más sobre el tema.

—Petrona, ¿quién era el hombre que Mamá trajo a casa para que celebrara su cumpleaños?

Petrona apretó los labios. Su cara cambiaba de color por los de la pantalla.

—Creo que era solo un amigo, pero tal vez sea algo más.

Me puse a pensar en lo que podría significar *más*. Los miembros de la familia eran más. Los novios eran algo más. Entonces comprendí por qué Cassandra se había enojado. Petrona apagó la televisión.

—Vamos, Chula, es hora de dormir. —Me condujo entre la oscuridad por las escaleras y luego me besó en la coronilla. Me aferré a ella por la cintura por unos segundos y luego la dejé que se fuera.

❦

El vestido que Mamá consiguió para Petrona era de una divorciada. No estoy segura cómo se haya sentido Petrona, pero la tela era de un tono blanco muy bonito, satinada y fría al roce. Mamá puso su máquina de coser en la mesa del comedor pero la tela y las herramientas de su máquina ocupaban gran parte del primer piso. Se quedaron juntas todo el sábado a mitad de la sala. Mamá rodeaba con una cinta métrica a Petrona, dándole diferentes órdenes: *Levanta los brazos, mete la barriga, párate derecha.*

La electricidad iba y venía mientras Mamá deshacía el vestido. Dijo que todo se tenía que hacer de acuerdo a las medidas de Petrona. Durante las horas del día, mientras Petrona se ponía y se quitaba la falda, se probaba las mangas, se ponía el velo, sostenía el busto, Mamá pronunciaba pequeños discursos.

—Cuando un muchacho guste de ti, asegúrate ser tú quien permance con todo el poder. Los hombres van a querer quitarte poder, por que así son ellos, pero no lo permitas, porque así eres tú. —Dijo—: Cuando te enamoras, sientes lujuria. Y si sientes lujuria, satisfácete tú misma, y luego bota al muchacho por un lado. No hagas nada por él, no hasta que estés segura de que él se comprometa. Entonces y solo entonces puedes ser buena con él, pero ten cuidado. No te entregues por completo. Nunca le debas nada a *nadie*, y menos al hombre con el que estás. *Así* es como te mantendrás en el poder.

Era lo mismo que Mamá nos había dicho a Cassandra y a mí durante años, pero Petrona la oía con gran atención.

—¿Y qué pasa si te sientes atrapada?

Mamá sostenía la falda alrededor de la cintura de Petrona, fijándola con alfileres que tomaba de sus labios. Los alfileres tenían cabezas de colores: violeta, turquesa y rojo. Mamá dio un paso hacia atrás para ver su obra. La falda caía de la cintura de Petrona como una campana.

—Entonces lo dejas.

—Pero si estás atrapada...

Mamá esponjó la falda.

—Es culpa tuya, Petrona, si insistes en ser tan boba.

En las horas en que había luz eléctrica, Cassandra descargó un programa y creó una cuenta de correo electrónico en la computadora. Enviaba frases sueltas a sus amigos de la escuela. *¿Ya terminaste la tarea? ¿Qué te vas a poner mañana?* Y se quedaba a verificar su bandeja de correo hasta que le llegaba la respuesta. Abajo Mamá se sentaba en su chirriante silla y pedaleaba la máquina de coser. Sus ojos estaban absortos en el ascenso y descenso de la aguja, el blanco vestido de la divorciada se arrugaba con el taca taca taca de su máquina. Casi lo había terminado. Petrona podía entrar y quitarse la falda y todo lo que Mamá tenía que hacer era unir la falda al torso, y el torso a las mangas y luego como último toque el cierre en la espalda.

Muy tarde en la noche, cuando me asomé a su cuarto, Petrona dormía profundamente. Escuché el tintineo de un reloj pero no su respiración. Esperé a que mis ojos se adaptaran a la oscuridad y logré ver la negra base de su cama, el gris oscuro de la pared, el bulto de su cuerpo.

—Petrona —susurré, pero no me respondió.

Me fui a la sala y me puse a escuchar la radio de Papá. La zumbona voz de los noticieros, en voz baja y profesoral, era sedante. *Ha sido una semana ajetreada para Pablo Escobar*, decía el locutor de la radio. Me estiré en el sillón, me puse las manos debajo de la cabeza y cerré los ojos. *A las noticias acerca del secuestro de un senador le siguieron las de la amenaza de una bomba a un barrio estrato 6 en Bogotá. El carro llevaba 850 toneladas de dinamita.* Muy pronto me quedé profundamente dormida.

Petrona tenía que tomar clases en una iglesia cercana para hacer su Primera Comunión y hablaba sin cesar de las cosas que había aprendido, de los pormenores de una *Confirmación*. Cassandra y yo no teníamos ni idea de lo que hablaba. Vi la luz amarillosa de nuestras velas en la cara de Petrona, que le hacía crecer y acortar la nariz y le atravesaba su mejilla. Finalmente le pregunté *¿qué es lo tienes que confirmar y con quién?* Petrona estaba sorprendida de que no lo supiéramos. Dijo que probablemente nosotras ya habíamos pasado por una Confirmación, porque no se puede hacer una Primera Comunión sin ello. Explicó que durante la Confirmación uno es *ungido* con aceite sagrado que ha sido bendecido por un arzobispo.

"Guau", dijo Cassandra.

"Guau", dije yo.

Yo no sabía qué hacían los arzobispos, pero sabía todo sobre sus preciosos sombreros. Y eso porque veía cada año la Semana Santa en vivo desde Roma. Y eso porque era lo único en la televisión que no fuera una película acerca de Jesucristo. Los arzobispos eran los que traían sombreros puntiagudos y báculos que parecían algo que debía traer un pastor, pero estos estaban hechos de oro.

—Úngeme —le dije a Cassandra en mi cuarto, y ella fue por la crema especial para el cuerpo e hizo que me sentara bajo la luz de la luna y me embarró la crema en el cabello.

—Estoy segurísima de que debes decir algo.

—Ya sé. —Me jaló el cabello—. Me estaba preparando.

Puso sus manos encima de mi cabeza untada de crema y exclamó:

—*¡Dominus, dominus, anno domini!* —Sentí que me atravesaba un escalofrío, y me retorcí y aspiré. Cassandra bajó las manos—. Okay, ahora tú úngeme a mí.

En la Confirmación de Petrona, el coro cantó en latín, el cura sermoneó con las mismas viejas historias y el incienso llenó de humo el abovedado techo. Luego el cura llamó al frente a todos los niños que iban a ser confirmados. Entonces el cura abrió sus brazos y pidió que todos los niños fueran poseídos por espíritus; algunos bondadosos, como el Espíritu de la Sabiduría y la Inteligencia, pero algunos miedosos, como el Espíritu del Santo Temor. Abrí los ojos de par en par cuando el cura selló su oscuro ritual metiendo los dedos en un cáliz dorado, untando aceite bendito en la frente de cada niño en forma de cruz, y diciéndole a cada uno: *Pax tecum*.

En casa, puse mucha atención para ver cómo los espíritus que el cura le había puesto a Petrona la estaban cambiando. Lo que noté es que se quedaba mirando por minutos a la distancia, y cuando le pregunté qué estaba pensando, tardaba mucho en responder. Las líneas de preocupación en su rostro parecían de alguna manera marcar más profundamente su piel. Cuando al final me dijo lo que supuestamente estaba pensando, parecía no tener sentido: "Solo pensaba en que le tengo que decir a tu mamá que tiene que comprar más jabón para la ropa", o "solo estaba viendo esa mancha en la pared".

Un día le pregunté directamente si sentía que había cambiado por la experiencia de haber sido ungida.

—¡Sí! ¿Por qué? ¿Te parezco diferente?

Se emocionó tanto que le dije que sí.

—Siento... —dijo—. Siento que estoy hecha de luz.

Incliné la cabeza. Quizás era cierto. Por aquí y por allá Petrona empezó a parecerme mayor de edad. Quizás era el vestido. Cuando se lo ponía y respiraba, yo notaba que, efectivamente, tenía busto. Era impresionante. El blanco encaje se le extendía por debajo del cuello pero en el busto el blanco satín se reducía en forma de corazón. Lucía increíblemente apacible y serena. Pero luego me topé con Petrona en el pasillo y noté que tenía marcas de mordidas en su mano. Se había mordido ella misma, y cuando la vi me pareció que no tenía en ella el espíritu de la Sabiduría sino el Espíritu del Santo Temor.

Empecé a ver al Espíritu del Santo Temor por todos lados. Vivía en mis sueños, en las tuberías que no traían agua a la casa, en la televisión que me mostraba a Pablo Escobar. Vivía en el sonido profundo de la electricidad que se iba de casa —el zumbido de la estática en la televisión, el canturreo del voltaje a través de las paredes y los pisos y el techo—, fluctuante, que se desenrollaba, que luego hacía una pirueta y se desaparecía en el silencio. El Espíritu del Santo Temor vivía en el silencio que quedaba cuando se iba la electricidad: en el ladrido del perro, en la canción del saltamontes, en el aullido del viento arrastrando las hojas del borrachero. Vivía como una especie de sentido inminente, una especie de alas oscuras que avanzaban lentamente sobre nuestra casa.

Durante los días después de la Confirmación de Petrona, mientras esperábamos el día de su Primera Comunión, todo estuvo en desarmonía, y las cosas ocurrían como si estuvieran llenas de nudos y malos entendidos, como si el Espíritu del Santo Temor anduviera alrededor de la casa causando un caos. El Espíritu había convertido a Mamá en una obsesiva. En la oscuridad ella se fijaba que los codos de Petrona estaban secos.

—Petrona, ven aquí, necesitas un poco de crema.

Papá en cambio se mostraba más amable, escuchaba cada palabra que nosotras decíamos como si pegara la oreja a la tierra, intentando detectar la llegada de un tren. Sin embargo, también era negligente, tomaba riesgos innecesarios. Conducía muy de prisa cuando estaba en casa, y las cosas que por lo general lo atemorizaban, ya no lo hacían. Supimos, por ejemplo, que en la entrada del pozo petrolero de Papá en San Juan de Rioseco, habían pintado con aerosol en una pared las palabras *Estás entrando en territorio de las FARC*. Papá lo calificó como falso.

Papá se reía de Cassandra y de mí.

—Mírense, son tan miedosas como mis trabajadores.

Nos dijo que había delincuentes comunes y sin vínculos reales con los guerrilleros o con los grupos paramilitares, que se ganaban la vida haciéndose pasar por esos grupos, secuestrando gente y exigiendo dinero. Papá aseguraba que esto era lo que estaba ocurriendo en San Juan de Rioseco, porque los síntomas habituales que causaban los grupos militarizados en los pueblos —el crimen al azar, la violación, los campesinos forzados a cultivar drogas, gente arrojada de sus tierras— no estaban presentes.

Papá explicó todo esto a sus trabajadores, pero eran una manada de ingenuos, y ahora aseguraban haber visto a las FARC patrullar a las orillas del campo petrolero.

—Ellos escuchan los *guerrilleros esto*, los *guerrilleros lo otro*, luego ven algo y sacan sus conclusiones. A eso se le llama el *poder de la sugestión.* Les asombraría lo que la mente hace en esas circunstancias. Miren, yo estuve cuando vieron, *entre comillas,* a los guerrilleros. Estábamos todos de pie junto a la plataforma. Luego en la orilla del campo petrolero donde había un poco de neblina vimos a un grupo de hombres caminando. Ahora, según los trabajadores, con su *visión superhumana,* vieron todo tipo de detalles imposibles: que los hombres cargaban armamentos, que traían pañoletas oscuras cubriéndoles la boca, todo tipo de detalles. Ahora, ése es el *poder de la sugestión,* ¿no? Pero ya que *soy* un hombre con una mente clara, no propenso a ser engañado, con los ojos bien abiertos, puedo decir que el grupo de hombres que vimos caminando en la niebla no eran en absoluto guerrilleros. —Papá esperó un momento y luego añadió—: Creo que eran fantasmas.

Papá decía que la gente del pueblo de San Juan de Rioseco había estado viendo un determinado grupo de fantasmas que cumplían con la descripción de lo que él había visto. Las apariciones databan de los años 1800, cuando un grupo de monjes franciscanos entraron en las montañas buscando una yerba curativa y de los que nunca se volvió a saber. A veces los fantasmas franciscanos se aparecían en batas largas pidiendo un vaso de agua, y si no se los dabas rápido, te mostraban su esquelética sonrisa. A veces los habían visto inclinados hablando con algún niño. Pero como eran monjes franciscanos, nadie les tenía realmente miedo, excepto las *mujeres de la noche,* como las llamaba Papá, porque los monjes franciscanos a veces les escondían los zapatos a estas mujeres y las bolsas cuando ellas salían de sus casas para trabajar. Yo dije que creía que lo de los fantasmas franciscanos sonaba muy bien. Quizás cuidarían a Papá. Cassandra le dijo que tuviera cuidado.

Papá tenía que marcharse el sábado. Se iba a perder la Primera Comunión de Petrona. Mamá dijo que necesitaríamos el carro, así que papá consiguió que Emilio lo recogiera. Ya era tarde cuando Emilio llegó. Se sentó a la mesa del comedor revolviendo leche en una humeante taza de café: cinco veces en el sentido de las manecillas del reloj, dos veces en contrasentido. Al ver que estaba ocupado, Cassandra y yo fuimos a explorar su taxi. Los asientos de vinilo eran una sinfonía de olores: cigarrillos y colonia y algo astringente como alcohol de botiquín. Tenía una ventanita, que también tenía una diminuta puerta corrediza. Cassandra y yo anduvimos a gatas por los asientos de Emilio, jugando con la radio, contando su dinero en monedas. Había algo en los taxis que los hacía distintos de cualquier otro lugar en el mundo. Incluso el baúl parecía un mundo nuevo. Nos turnamos para encerrarnos adentro. En el oscuro hueco, la curva de la llanta de repuesto se encajó en mi costado. Me quedé ahí en silencio hasta que sentí que era demasiado difícil respirar. Pateé el baúl.

La voz de burla de Cassandra se amortiguó:

—No te puedo oír, Chula. ¿Qué dijiste?

Di patadas más fuertes y grité. Respiré con dificultad, intentando calmarme, pero también sintiendo que me asfixiaría; entonces la puerta del baúl se abrió de par en par, poco a poco y con un sonido húmedo. Vi el azul del atardecer del cielo y la silueta de Cassandra.

Cuando Papá se fue, Mamá subió al segundo piso, entrecruzando el haz de su linterna para alumbrar nuestro camino. Nos dijo que necesitábamos recoger algunas cosas para la Primera Comunión de Petrona del siguiente día, que iríamos a casa de Petrona después de la iglesia, lo que significaba que necesitaríamos ponernos ropa de excursionistas.

—Pero es una ocasión especial —dijo Cassandra cuando entramos a la habitación de Mamá—. ¿No nos vamos a poner algo bonito?

Mamá ignoró a Cassandra y dijo que además teníamos que hacernos un moño. Le pregunté a Mamá que si podía hacerme una cola de caballo porque era más bonita, y Mamá dijo: Sí, si quería darle la oportunidad a un criminal de tener una palanca para jalarme detrás de un arbusto.

—Vamos a una invasión —agregó Mamá de forma severa—. Las dos se ponen *jeans* y camisetas viejas, tenis y el cabello en moño. ¿Quedó claro?

Dijimos al unísono: "Sí, Mamá". Fui a mi cuarto y me tendí en la cama. Toda la noche soñé con mi cabello recogido como cola de caballo, arrastrándose detrás de mí, un cuchillo levitando hacia abajo; la soga de mi cabello en secciones desmembradas marcando los lugares por donde yo había corrido.

Petrona

Para proteger a mi familia, me desempolvé las rodillas. Me cepillé el cabello. Subí escalando hasta el parque, pasé por entre los árboles, montaña arriba en busca de los
hombres que sabía se congregaban alrededor de una fogata. Me
entregué para demostrarles que no tenía intención de traicio-
narlos. Hablé por encima del crujido del fuego.

Puedo arreglarlo.

Dije: *Péguenme lo más fuerte que puedan.*

Dije: *Si la familia me ve hecha mierda, permitirán que me quede
con ellos los fines de semana, luego estaré con ellos cada segundo y me
aseguraré de que la pequeña no diga nada.*

Dije: *Lo haré, entregaré lo que quieren.*

Gorrión salió de la sombra de la fogata y me rodeó con su
brazo. Les dijo a los otros: *¿Ven? Mi Petro es una revolucionaria de
la cabeza hasta los pies.*

Yo no me consideraba una de los suyos. Apenas noté cuando
Gorrión me dijo que estaba haciendo lo correcto y colocó su
mano sobre mi hombro. En todo lo que pensé fue en que me
había llamado Petro. Me sumergí en el pasado de mi familia llamándome Petro, aquella última noche, cuando Umberto
se golpeaba la cabeza contra un árbol. Después Gorrión puso

frente a mí una cucharada de pólvora. *Trágatela, para el valor.*
Ramoncito me brincó a la mente desde su ataúd, sus manos
perfumadas con pólvora, me pregunté si a él también lo habían
hecho tragar pólvora. Odié a Gorrión y odié a los Santiago
también por no ver lo que me estaba pasando, no había nadie
que me salvara de aquella caída libre y permití aquel polvo en
mi boca y enseguida Gorrión me dio una botella de aguardiente para pasármelo. Gorrión retiró su brazo de mi hombro y
se alejó hacia las sombras de la fogata. Estaba asustada, y cuando
los hombres se acercaron a mí como una manada de lobos, me
agarré a lo único que había quedado: el sonido de mi apodo,
el del tiempo del ayer, Petro, qué lindo sonaba en mis oídos.

20

El vestido y el velo

La Primera Comunión de Petrona no fue tan emocionante como su Confirmación; el cura no invocó a ningún espíritu y en general fue muy aburrido. Los niños y niñas que iban a hacer la Primera Comunión (ellos a la izquierda, ellas a la derecha) parecían hastiados con la ceremonia y jugueteaban con sus almidonadas ropas que nunca se pondrían más. Petrona era la más alta de las niñas. Cada una sostenía una larga vela blanca que estuvo prendida durante la mitad de la ceremonia. Yo luchaba por mantenerme despierta. Sentí que solo había cerrado los ojos por un segundo cuando la congregación hizo que me sobresaltara con sus estruendosas voces, *Deo gratias*. Me incorporé de brinco. Los banquillos donde habían estado los niños de la Primera Comunión estaban vacíos. Mamá me fulminó con la mirada y me jaló hacia mi asiento. Cassandra se estaba burlando. Me fijé en la fila que formaban los niños de la Primera Comunión arrodillados ante el altar. El cura arrastraba las mangas de su túnica en el piso de baldosas, y detrás un monaguillo lo seguía como si fuera su sombra. El cura se giró entre el monaguillo y la fila de niños, sacando una hostia sagrada de un cuenco que sostenía el monaguillo y colocándola directamente en la lengua de cada niño en la fila. Enseguida les acercó una copa dorada y les ofreció un sorbito a cada cual.

Cuando acabó, toda la congregación se puso de pie y aplaudió.

Afuera, Mamá le dio a Petrona unas flores. A Petrona las mejillas se le sonrojaron y tenía las axilas manchadas de sudor. Una mujer mayor se acercó, con el delineador de los ojos corrido. Traía puesto un modesto vestido negro, y yo me hice a un lado para dejarla pasar. Noté que la silueta de su cintura estaba rota a causa de lo que debía ser la ajustada línea de sus pantimedias. El grosor de su estómago le brincaba de arriba a abajo. Petrona le puso un brazo alrededor.

—Señora Alma, niñas, esta es mi madre, doña Lucía.

Abrí bien los ojos y sentí que las mejillas me hervían. Yo no sabía que la madre de Petrona iba a estar presente, ¿y si me vio dormida? La mamá de Petrona estrechó la mano de Mamá.

—Puede llamarme Lucía, me han hablado mucho de usted.

—¿Dónde estaba sentada, doña Lucía? —le pregunté abruptamente pensando que si se había sentado al frente o detrás no había manera de que me hubiera visto.

Me acarició la cabeza: —Hacen tantas preguntas a esa edad.

Mamá nos llevó a la casa de Petrona. Doña Lucía se sentó en el asiento del copiloto. Ella y Mamá platicaban pero no pude oír porque Cassandra había bajado el vidrio de su ventanilla. Me encontraba atrapada en el asiento trasero entre el vestido de Petrona y Cassandra. La falda de Petrona se le levantaba formando una inflada nube de blanco reluciente y del otro costado me agredía el viento. Petrona se abrazaba a lo esponjoso de su falda.

—Vas a ver mi casa, ¿estás emocionada?

Dije que sí con la cabeza. Petrona sonreía detrás de su blanco velo, que le caía en cascada desde la corona, hecha de pequeñas flores artificiales y asegurada con pasadores a su sedoso y recortado cabello.

Llegamos a la invasión más rápido de lo que esperé, y cuando Mamá frenó, Cassandra subió el vidrio de su ventanilla. Por la ventanilla de Petrona se veía la nebulosa montaña anaranjada.

—¿En dónde me parqueo?

—En cualquier lado —respondió doña Lucía. Al ver que Mamá vacilaba, dijo—: No se ponga nerviosa. He hablado personalmente con toda la comunidad. Le aseguro: no hay nada de qué preocuparse.

Mamá asintió con la cabeza, pero frunció los labios igual que cuando se mostraba preocupada. Nos estacionamos debajo de un sauce cerca de unos contenedores de basura. Cuando salí del carro, el aire frío me golpeó la cara. Había querido venir a casa de Petrona, y ahora que ya estaba ahí quería irme. La colina se veía desierta, no como si no hubiera gente, sino como si hubiera alguien a la espera. Inspeccioné con la vista el cerro buscando al novio de Petrona. Sería fácil localizarlo por su cabello afro. Si él era la amenaza, entonces tendríamos el factor sorpresa a nuestro favor. Pero si no, no sabríamos ni a qué tenerle miedo.

Mamá abrió el baúl del carro para sacar la caja con comida y utensilios de cocina usados que habíamos llevado para Petrona y su familia. Petrona luchaba con su enredijo de encajes y seda artificial, y Cassandra y yo la agarramos de sus enguantadas manos. Entonces, Petrona se enderezó, quieta, mientras doña Lucía le esponjaba la falda de su vestido y Mamá se le acercaba para acomodarle la corona en la cabeza. Rodeada por la blanca campana de su vestido, Petrona sonreía, sabiendo que se veía bonita.

Cassandra se quedó mirando los zapatos de Petrona. Eran unos zapatos viejos, raspados y descarapelados con rayones cafés por la parte del talón y los dedos. Petrona retrocedió y las puntas de sus zapatos desaparecieron debajo del vuelo de su vestido.

Todas volteamos a ver la alta colina. La brisa era anaranjada y soplaba sobre la vereda central que atajaba a la montaña en el medio. Había senderos más angostos que se bifurcaban a la izquierda y a la derecha. Me pregunté a dónde conducían. Más arriba, en un sendero horizontal que atajaba por la cima del cerro, avanzaba un caballo con un jinete. Los guiaba una persona a pie. No pude ver si era un hombre o una mujer, pero la persona montada en el caballo parecía un niño.

Oí el breve pito de la alarma del carro a lo que Mamá la activó y luego Mamá se me acercó y apoyó la caja contra su cadera. Petrona se recogió la falda y la apretujo contra su pecho, luego seguimos a doña Lucía, que nos condujo a una brecha entre las piedras. Doña Lucía traía zapatos de tacón bajo. Yo iba dos pasos detrás de ella cuando subimos el sendero de tierra hasta la parte alta del cerro. Creí que se tambaleara, pero no lo hizo. Caminaba con paso firme y rápido. No había nadie cerca. Supuse que mientras estuviéramos con doña Lucía y con Petrona estaríamos a salvo. Miré las medias veladas color piel de doña Lucía. Una parte de sus talones los tenía rojizos por el roce de sus zapatos. Miré por encima del hombro para asegurarme de que nadie nos seguía. La anaranjada montaña ascendía, desierta. Directamente detrás de mí, vi que una parte del vestido de Petrona se le había zafado del puño y se llenaba de tierra. Detrás de Petrona iba Cassandra, luego Mamá, cargando la caja, alzándola sobre su cadera. El sendero se había emparejado, y cuando levanté los ojos habíamos llegado al primer terraplén del cerro. Tugurios se amontonaban hasta donde la vista alcanzaba, pero más adelante habían más, colgando de la pendiente.

Nos detuvimos para recuperar el aliento. Doña Lucía dijo que se adelantaría para ocuparse de algunas cosas. Antes de que pudiéramos responder, caminó apresuradamente por el terraplén y empezó a escalar la siguiente ladera, apoyándose sobre piedras inexistentes, como si fuera subiendo por escaleras. De pronto desapareció de nuestra vista. Petrona me acarició la espalda y me sonrió.

—Aquí estás segura —dijo—. Déjame pasar al frente. —Soltó la cola de su vestido y la llevó arrastrando entre la arena y las piedras.

Respiré profundamente y miré a los lados tratando de relajarme. Me gustó cómo estaban construidos los tugurios con partes aleatorias. Tablones convertidos en puertas, puertas en paredes, anuncios oxidados que eran tejados, lonas de plástico que eran ventanas. Por entre los huecos pude ver destellos de las vidas adentro de las casas. Al curvearse el sendero montaña arriba, en donde por todos lados había óxido devorando metal y una brisa levantaba las láminas que colgaban de los marcos de puertas y ventanas, vi a una mujer con sandalias empujando el suelo para mecerse en una hamaca, un hombre se agachó ante una fogata, unos niños jugaban a las canicas, un tocador estaba todo cubierto con el tipo de papel vinilo que Mamá usaba para forrar los cajones de su cocina.

—Chula —dijo Mamá—, quédate cerca.

Se reacomodó la caja. También vi muchos crucifijos, estropeados, sombríos, colgando de clavos con cordeles o apoyados sobre paredes y ollas.

Entonces Mamá, Cassandra y yo nos agachamos, agarrándonos a las rocas y a los árboles.

—Mi casa está justo en la cima —dijo Petrona. Volví la vista hacia lo alto, pero no alcancé a ver la punta del cerro. Me concentré en el camino, calculando en dónde poner los pies y de dónde agarrarme en caso de que me cayera. Me estaba preguntando si la casa de Petrona estaría hecha de metal usado o de vaciado de cemento, cuando nos cruzamos con un muchacho tirado en una roca cerca de una lona de plástico sostenida con palos. Estaba masticando una brizna de pasto. Mi mirada lo hizo reaccionar, pero fue solo cuando vio el vestido de Petrona que dio un salto para ponerse de pie y nos siguió.

—¡Petrona! Te casaste sin decirme, ¿tan poquito es lo que me quieres?

Me echó una mirada, luego a Mamá, luego volteó a ver a Petrona de nuevo.

—Al menos deja que te quite la liga de novia, te ves tan bien toda arreglada. —Le miró el busto, y luego a los ojos—. Te ves muy bien empacada.

Petrona gruñó. Estaba sudando. Vi que el gris de sus moretones empezaba a notarse a través del maquillaje. Apresuró el paso.

—Es un vestido de Primera Comunión, Julián, qué niño tan malpensado eres.

—¿Sí? —Él se apuró a responder. Sus dientes se le veían más blancos y su lengua más roja de lo que eran porque tenía una capa de polvo que le cubría la piel—. Yo ya hice mi Primera Comunión hace *años*. —Lo miré de reojo. Era más chico que yo; no había manera de que ya hubiera hecho su Primera Comunión. Se dio la vuelta y señaló a Mamá.

—¡Suegra! ¿Cómo está hoy? ¿Es amiga de Petrona? —Vio la caja que llevaba Mamá—. ¿Qué trae? Le ayudo?

Petrona se dio la vuelta, se sujetó la falda con las manos.

—Trabajo para la señora, Julián, ya *vete*. —La falda la traía ahora cubierta de polvo anaranjado, pero en realidad era bonita la forma en que pasaba del naranja aladrillado en las orillas y se iba aclarando levemente hacia el blanco satín.

—Qué desastre, Petrona, creí que éramos amigos. —Petrona siguió subiendo. Él le preguntó—: ¿Van a tu casa? —Luego le susurró a Mamá—: Suegra, pase a despedirse cuando bajen, ¿sí? No sea malita.

—Sí, sí —dijo Mamá, secando el sudor de su frente en el hombro de su blusa—. Vendré y te saludaré.

—¿También sus hijas? ¿Me lo promete?

—Sí, sí, pasaremos a despedirnos.

El chico se quedó atrás, y yo le pregunté a Mamá si realmente iba a hacernos regresar para decirle adiós a aquel niño espeluznante. Mamá se rio.

—Claro que no, Chula. ¿Estás loca? El truco con estos niños de las invasiones es decirles que sí a todo lo que piden, solo diles que *después*, mientras tanto te les vas alejando. ¿No es así, Petrona?

—Sí, así es. La Señora en verdad *creció* en una invasión, ¿no? No era mentira.

Antes de llegar a la cima, nos detuvimos. Mamá puso la caja en el suelo. Apreté el suéter y tiré de la tela para sentir aire en la piel. Se me quitó un peso de encima cuando llegamos a salvo.

Abajo en el escarpado, el niño seguía quieto, viendo hacia arriba, nos miraba. Un perro de tres patas jadeaba a su lado.

—Aquí está mi casa —dijo Petrona, caminando hacia el tugurio que se encontraba inmediatamente a la izquierda.

La casa de Petrona estaba construida de una manera sencilla pero bonita. La pared de la izquierda consistía de una sucesión de puertas, y la pared derecha estaba hecha de desvencijadas tablas de madera. Junto a ella había un arbusto de lilas. Desde ahí, si yo miraba a la distancia, podía ver un racimo de casas y enseguida un pequeño tramo de tierra seca convertida improvisadamente en un campo de fútbol. Detrás había un alto muro de contención cercado con alambre de púas en la parte superior. El muro era de unos seis metros y liso y brillante, obviamente colocado ahí para que la gente de la invasión no lo pudiera escalar. Por encima del muro, hacia la izquierda, vi las partes superiores de condominios de la gente adinerada que se elevaban en el claro cielo y a la derecha una imponente montaña.

—Entremos, Señora, mi familia está esperando conocerla.

—Vamos, niñas —dijo Mamá, y junto con Petrona desapareció detrás de una cortina floreada y desteñida que colgaba entre la pared de las puertas y la pared de maderas desvencijadas. Era la puerta de entrada. Cassandra y yo nos acercamos hasta la cortina pero ninguna de las dos entramos. Junto a la cortina había un adorno de plástico que colgaba de un clavo. Creo que era uno de los reyes magos. Tenía un turbante y ostentaba un pecho dorado. Los colores del rey de plástico eran opacos, pero intensamente matizados en los pliegues del hule. Había cordeles atados a lo que parecía un viejo poste para cables eléctricos, pero con los alambres gastados, que sostenían la cortina. De hecho, el poste parecía sostener la vivienda entera.

Cassandra me empujó y de repente ya estaba adentro. La familia de Petrona, sorprendida por mi súbita entrada, se sobresaltó. Yo sabía que Petrona tenía nueve hermanos, pero solo estaban los dos hermanos mayores y una niña. A todos los vi con decepción. No tenían la cara de Petrona como alguna vez me lo había imaginado. A mi lado Cassandra se reía y enseguida doña Lucía tomó la mano de Petrona. Todos fijamos la vista en Petrona, y doña Lucía la presentó como si fuera un oficial condecorado: "Mi Petrona, ¡vean qué hermosa! Como una reina". No había ventanas, pero había rendijas en el techo entre la lámina plateada corrugada y el plástico transparente, y el plástico dejaba entrar un poco de luz. Había tres mesas de madera, unas cuantas piedras y muchas flores frescas y plan tas en macetas. Un móvil metálico repicaba y resonaba en la esquina trasera sobre dos colchones colocados en el piso de tierra. Un pequeño ventilador, de esos que usan baterías, runruneaba junto a los colchones, haciendo ondear las esquinas de las sábanas como si fueran ondas de agua. Al otro lado de los colchones, en un rincón, había un altar con veladoras prendidas y fotografías. Quise mirar, pero Mamá me puso una mano en el hombro.

—Soy la señora Alma, ellas son Cassandra y Chula, mis dos hijas.

Cassandra y yo sonreímos. Saludamos moviendo las manos. Los hermanos y la hermana de Petrona nos respondieron con una sonrisa. Mantuvimos distancia como si estuviéramos en una frontera, y todos indocumentados. Tras un rato, doña Lucía dijo a sus hijos:

—¿No tienen modales? Ayuden a la señora Alma con la caja.

—Ay, gracias —dijo Mamá cuando uno de los hermanos de Petrona levantó la caja del piso—. Pónganla en un lugar donde la puedan desempacar. Les traje algunos platos, cosas de cocina... Ah, ¡y trajimos pollo y un pastel! Tengan cuidado con el pastel, está en la parte de arriba.

Petrona se echó el velo hacia atrás y se acercó a nosotras, guiando a su hermana por los hombros.

—Chula, Cassandra, esta es mi hermanita.

La hermanita de Petrona tenía los mismos ojos almendrados color caramelo que los de Petrona, pero su cabello era largo, claro y lo traía revuelto.

—Soy Cassandra, esta es Chula, ¿cuántos años tienes?

—Diez. ¿Y tú?

Era un año mayor que yo, pero no quise hacérselo saber.

—¿Cómo te llamas? —pregunté.

—Aurora.

Miré hacia el techo.

—Debe ser lindo tener un techo plateado, como si uno fuera un astronauta. —Entendí que había dicho algo incorrecto porque Aurora entrecerró los ojos, luego miró a lo lejos—. ¿A qué escuela vas?

Aurora no volteó a verme.

—¿A qué te gusta jugar? —preguntó Cassandra.

—Juego en los columpios, veo a mis amigos, vamos a cazar lagartijas.

—¡Lagartijas! ¿En dónde viven?

—También vamos a un lugar embrujado —le dijo Aurora a Cassandra.

—¿Sí? A nosotras nos encantan los lugares embrujados —dijo Cassandra—. Hay un lugar en nuestro barrio donde puedes ver a las Almas Benditas del Purgatorio y también hay una casa donde vive una bruja.

—¿En serio? —Aurora se llevó las puntas de sus rubios cabellos por detrás de las orejas y se quedó pensativa un momento—. Bueno, nosotros, en el lugar embrujado, llevábamos una vela, y el viento sopló como si fuera la apocalipsis de Jesús, pero la vela no se apagó.

Cassandra movió la cabeza afirmativamente.

—Definitivamente fue un fantasma.

En el área de la cocina, donde las ollas de aluminio más grandes se apilaban en el suelo, doña Lucía inspeccionaba el juego de platos, los tenedores, las servilletas dobladas y los vasos que Mamá había llevado.

Petrona cortó el pastel y Mamá le dijo a doña Lucía:

—Usemos los platos que traje —pero doña Lucía puso a un lado los platos de Mamá, y buscó en su desordenado espacio, diciendo: "Prefiero usar los míos". Mamá sonrió, como si no fuera un insulto y se volvió hacia Petrona—. ¿Servimos gaseosa?

Cassandra, Aurora y yo nos sentamos encima de unas pequeñas piedras, los adultos en ladrillos de cemento, y Petrona en una silla de plástico. Uno de los hermanos de Petrona no tenía asiento y se sentó en el suelo a comer su pastel.

—Cuéntenos —le dijo a Mamá—. ¿Petrona se porta bien cuando está por allá? —Los dos hermanos de Petrona tenían la nariz idéntica. O quizá eran las mismas cejas. Era difícil decidir cuál.

Yo estaba a punto de darle la primera mordida a mi pastel cuando entró un viejo. Era pálido y tenía el cabello negro y peinado hacia atrás y del cuello le colgaba un morralito, tosco y arrugado como si cargara un pequeño cadáver. Me sobresalté pensando que era un ladrón pero Aurora me jaló hacia mi asiento en la piedra.

—Es mi tío Mauricio. Nunca sale de su casa, solo en ocasiones especiales. Hace cualquier cosa que quieras, si te gusta un chico y al chico no le gustas, mi tío Mauricio puede solucionarlo.

—¿Qué quieres decir?

Aurora volvió la vista hacia su plato y revolvió el pastel. El viejo me estaba observando.

Mamá decía:

—¿En serio pensaron que no íbamos a venir a visitarlos?

—Bueno, ya sabe cómo es la gente de la ciudad, siempre con el estómago en la frente; no meten su nariz en este cerro si pueden evitarlo.

—Es usted más bonita de lo que dicen —le dijo uno de los hermanos a Mamá.

—¿Yo? ¡Pero tú no te quedas atrás! —Los hermanos se rieron, y Mamá siguió hablando—. Pero a ver, a ver, ¡digan! ¿Qué pasa cuando llueve? ¿Cómo suben y bajan ese cerro?

El viejo se me acercó y se puso en cuclillas. Yo no volteé

a verlo y contuve la respiración. Estaba segura de que él era un brujo. Traté de no pensar en nada. Me quedé mirando a Mamá, que taconeaba el piso. Quizá estaba impaciente por marcharse, igual que yo.

—¿Me prestas tu mano? —dijo el hombre.

Mamá me había dicho que nunca le diera la mano a ningún brujo, pero yo estaba viendo al collar con forma de cadáver y no sabía qué más hacer.

—Estoy feliz de que haya venido, Señora —dijo Petrona—. Los vecinos deben estar muy celosos. Nadie me creyó cuando les dije que vendrían.

El hombre soltó mi mano y cuando la vi, en la palma había la concha de un caracol. Tenía adheridos gránulos de tierra.

—Lo encontré hoy. ¿Cierto que es bonito?

Levanté la vista hacia los ojos de Mamá.

—Señora —dijo Petrona—. Este es el tío Mauricio. Quería conocerla.

—¿Cómo le va? —dijo Mamá. El pequeño surco en la parte superior de su labio estaba tenso.

El hombre se puso de pie.

—Si alguna vez tiene un problema —dijo Petrona—, el tío Mauricio es a quien todos acudimos para que nos ayude. ¿Verdad, Tío?

Mamá volteó a verme y luego vio al hombre.

—¿Problemas como qué?

—*Cualquier* problema. —Se desempolvó las manos—. Tengo buena puntería. Desde un tejado, puedo acabar con dos.

Mamá sonrió por un momento.

—Bueno, de haber sabido que estaría usted aquí, hubiera tomado una clase; yo tengo malísima puntería.

—Por eso es que me necesita a *mí*. Mire, todo lo que

requiero es una foto, saber dónde viven ellos, tengo alguien que puede seguirlos y luego les damos un buen susto.

—Mi tío es tan bueno —dijo Petrona—. Todo el dinero que gana lo está ahorrando para darle a mi madre una casa más decente. Ya sabe, de ladrillo.

—O si alguien le choca el carro y no quiere responder —continuó diciendo el hombre—. Fácil. Le bajamos el carro, lo vendemos y nos dividimos el botín mitad y mitad.

Mamá se volvió hacia Petrona.

—Qué bueno por ti, Petrona, que tengas en tu familia a alguien tan útil. Mi familia, por otro lado, está llena de serpientes perezosas, tengo una hermana...

Así es cómo Mamá cambió de tema. Yo no sabía qué hacer con la concha del caracol. No podía dejarla caer en el suelo, porque él podría verla, así que la guardé en mi puño. Quizá se rompería. Aurora se escabulló hacia mí.

—Cuando haga mi Primera Comunión, voy a ponerme un vestido como el de Petrona pero va a tener una cola más larga que se arrastrará por detrás de mí por dos metros.

—Será el *mejor* vestido.

En realidad quise decirle que sería el peor vestido porque iba a ensuciarse, especialmente por el lugar donde vivía Aurora, pero no quise decir algo inapropiado. La concha empezaba a cortarme la piel.

—Me voy a poner unos zapatos hechos de cristal como en ese cuento de hadas.

—¿Cenicienta?

—No, ese no es.

—Petrona, ponte de pie, y muéstranos otra vez tu vestido —dijo doña Lucía—. Date una vuelta para que todos podamos verlo. ¿De verdad lo hizo usted, Señora Alma?

—Sí —dijo Mamá—. Me enseñó mi madre.

Entrecerré los ojos, recordando de pronto que mi vestido y el de Cassandra para la Primera Comunión los había comprado Mamá en una tienda. Miré a Petrona con una punzada de envidia cuando se daba la vuelta, luego me sentí avergonzada. ¿No se merecía Petrona un vestido hecho especialmente para ella? Vi hacia lo lejos, apreté la concha del caracol en mi mano. Los hermanos de Petrona aplaudieron y cuando volví a mirar, el velo de Petrona le arrastraba sobre su propio hombro a lo que daba vueltas.

Petrona alzó los hombros y la falda se infló con el aire. De pronto, un muchachito llegó tambaleándose entrecruzando la cortina, tropezando con la caja vacía que habíamos traído y que estaba a la izquierda de la puerta. El muchachito estaba hincado, temblando de risa sin hacer ruido. Enseguida otro chico entrecruzó la cortina, su cabello rizado le caía encima de los ojos. Se detuvo en la puerta.

—¿Y quién demonios es toda esta gente?

Nadie habló y la casa se llenó con el fuerte olor a pegante industrial. Todo se sumió en silencio por un momento. Luego el hermano mayor de Petrona se apuró hacia ellos y los dos chicos salieron corriendo, y doña Lucía le gritaba al hermano de Petrona que no los fuera a lastimar, enseguida oímos risitas afuera de la casa y después gritos. Luego el segundo hermano de Petrona salió.

—Son las malas influencias que hay en la invasión —dijo doña Lucía.

—¿Por qué sus hijos mayores no ayudan? —dijo Mamá, como si hubiera entendido lo que acababa de suceder—. ¿No hay algo que puedan hacer?

Doña Lucía se encogió de hombros.

—Tienen sus propios problemas. La policía no viene por

acá. Si no fuera por los encapuchados, no sé en dónde estaríamos. Son gente terrible pero al menos tratan de mantener a nuestros hijos lejos de las drogas. —Clavó la mirada en el suelo, enseguida dijo—: Mi Fernandito se hizo amigo de uno de esos desgraciados drogadictos. Y ahora, mírenlo. Arrastró a sus otros dos hermanitos con él. Y claro, es que los niños son tan tontos. ¿Qué puedo hacer? Me dio gangrena y asma después de que se llevaron a mi marido y a mis dos hijos mayores y tuvimos que huir. Le prendo velas a la Virgen.

Con gestos señaló la esquina donde estaban las velas. Desde donde yo me encontraba pude contar cuatro fotografías. Hice cálculos mentales: doña Lucía había dicho que tres de sus hijos eran adictos al Bóxer y tres hermanos de Petrona se hallaban presentes. Tres fotos eran de los hermanos de Petrona que habían quedado, ¿pero quién aparecía en la cuarta foto?

Petrona se llevó sus manos vestidas en guantes de encaje a los antebrazos, tenía la mente en otra parte. Entendí que la cuarta foto correspondía a su padre. Se me rompió el corazón por Petrona. Pensé en sus hermanitos. Yo no podía entender cómo el pegante podía hacer adicta a la gente. Muchas veces había visto a niños en la calle aspirando Bóxer en bolsas de papel. Había muchos en Bogotá. Miraban con los ojos vidriosos y cansados. Se tiraban en las esquinas de las calles, alrededor de las entradas a los centros comerciales y de los restaurantes, para pedir dinero. Me coloqué junto a la cortina, escuchando lo que ocurría afuera.

Cuando llegó la hora de irnos, nos despedimos de la familia de Petrona. Su tío hizo como si se quitara un sombrero imaginario de la cabeza, y Mamá respondió con una reverencia sosteniendo las orillas de una falda imaginaria. Afuera, nos detuvimos para mirar la bajada que teníamos frente a nosotras. Petrona dijo que no la notaríamos. Desde donde yo estaba miré los tejados plateados y corrugados de los tugubres que no estaban sujetados a nada, pero sobrecargados con montones y montones de ladrillos. Si bloqueaba con mi mano la vista de la invasión y miraba entre los dedos hacia el frente, el paisaje era el de Bogotá como lo conocía: un inmenso y moderno lugar con calles pavimentadas y edificios altos y decorados balcones entretejidos con neblina.

Petrona bajó con nosotras la mayor parte del camino. Me agarró de la mano firmemente, el encaje de su guante raspando mi mano. Me pregunté de nuevo dónde estaría el novio de Petrona. Sentí miedo.

—¿La pasaste bien, Niña? —preguntó Petrona.

—Sí —Bajé la vista y vi las orillas del vestido de Petrona a rastras por la anaranjada tierra. Petrona se detuvo y nos dijo que estaría al pendiente mientras nosotras seguíamos nuestro camino hacia abajo. Aparté mi mano de la suya y le di un abrazo y di un brinco hacia abajo. Al pie de la colina, nuestro carro seguía debajo del sauce. Cuando nos acercamos, volteé a mirar hacia arriba. Ahí estaba todavía Petrona, parada en el terraplén del cerro donde nos habíamos topado con los primeros tugurios. La alta montaña anaranjada se levantaba detrás de ella y su velo blanco ondulaba en el viento y su falda lucía cobriza en la parte inferior. De repente, quise quedarme.

—Chula —gritó Mamá—. Apúrate. —Alcancé a Mamá y me metí al carro. Mamá lo prendió y lo puso en marcha. El carro aún no se movía cuando ella me habló con los dientes apretados—. Ese tío de Petrona es un tipo malo. Muéstrame. ¿Qué es lo que te dio? ¿Qué te dijo?

Petrona

A un tenía el moretón en el ojo cuando hice mi Primera Comunión pero la señora Alma me lo cubrió con pintura verde, después con pintura color durazno. Logró que me viera bonita, aplicando una delgada línea negra a lo largo de mis pestañas y un polvo rosa en mis mejillas. Me sentí como una princesa. Chula y Cassandra me atendieron, me acercaron agua, esponjaron mi falda, jugaron con mi velo. Era una alegría que nunca antes había sentido. Junté las manos, sintiéndome muy ligera de los pies, tan llena. Luego me vi el vestido blanco mientras me lo sacudía con mi enguantada mano y pensé: *Todo prestado. Solo una muchacha de una invasión.* El cura dijo que la luz interna y la paz surgía del vivir para los demás. Me aferré a este pensamiento y me tranquilicé. Pensé en Aurorita. En la forma en que sus cabellos rubios de bebé le caían como raíces etéreas por las sienes.

En la iglesia, yo era la mayor entre quienes hacían la Primera Comunión. Las niñas de nueve años me miraron de arriba a abajo y de reojo y se rieron burlonamente. Miré al sacerdote, y pensé en mi Papi ausente, cómo le hubiera gustado verme en esta iglesia, con este lindo vestido, cómo le hubiera gustado decirme: *mira, Petro, cómo compensa el trabajo honesto.* Prendí mi vela de la Primera

Comunión de la llama de la vela de la niña junto a mí, pensando en las cejas blancas de Papi. Eran tan pobladas y alambradas. Ladeé mi vela a la izquierda para que la niña a mi lado prendiera la suya. Yo sabía que si Papi estuviera aquí, también a él le mentiría.

Ocupaba mis días en limpiar y cocinar y en fingir que me iba a dormir. Daba vueltas y vueltas en el colchón de nuestra casita de los Cerros. En la de los Santiago amontonaba toda mi ropa en la cama, un cuerpo falso que se hacía pasar por mi cuerpo verdadero, que era tan eficiente escondiendo sobres manila, tan eficiente para ir de prisa y pasar a gatas por la parte rota de la reja, tan eficiente para permanecer en la oscuridad que ni la luz de las farolas alcanzaban, tan eficiente para llevar el sobre manila por la calle, para acercarse al motociclista, que pasaba a toda velocidad y me arrebataba el sobre de la mano como un rayo.

Una vez que lo hacía, yo regresaba y tiraba al suelo el cuerpo falso, ya había cumplido su propósito, y ahí se quedaba, solamente un montón de ropa para lavar. Luego estaba solo yo, subiendo a la cama con mi cuerpo verdadero, y me quedaba dormida en el momento en que cerraba los ojos, este cuerpo mío tan eficiente al pretender ser inocente.

Sabía que a Papi le respondería: *Sí, con el sudor de mi frente...*

Quizá si Papi estuviera aquí yo no habría sido tonta, no me hubiera creído todo lo que me dijeron. Cuando me sentía así lo único que me ayudaba era sacar mi espejito de bolso y mirar mi rostro. Me burlaba de mí misma. *Mírate en los ojos de una verdadera mentirosa.* Mis dos ojos. Las pupilas pequeñas. El maquillaje de la Señora era todo un truco de magia. Si me acercaba más el espejito, podía ver rastros del color grisáceo del moretón que yo misma me había provocado. Se me veía a través del maquillaje. Me puse de pie. Era mi turno para tomar mi sitio en la fila y tragar la hostia.

21

Fragmentos de vidrio

Sonaba la alarma de un carro cuando me incorporé de la cama y jalé la cobija para cubrirme los hombros. Era lunes. No podía llegar tarde a la escuela; estaba cerca el fin de año y teníamos exámenes finales. Pero entonces rodaron por la cobija fragmentos de vidrio y se acumularon en los pliegues de mis muslos.

Una brisa fría entró por la ventana rota. El cielo estaba negro. El viento traía el olor del humo y el alboroto del barrio. La gritería y las alarmas de carros.

La puerta se abrió. Cassandra entró apresuradamente, se arrodilló a mi cama, abanicó las manos, repitió con un tono de preocupación:

—Sangre. Sangre. Sangre. —Sus gafas rosas estaban chuecas y le colgaban de las orejas al mentón.

Un momento después, entró Mamá apresurada.

—¡Chula! ¡Cassandra! ¿Están bien?

A la distancia, detrás del lote baldío y de la autopista, había una trenza de humo negro cerca de un edificio. Miré astillas de vidrio que se asomaban de la palma de mi mano. Me saqué una. Sentí un dolor sordo y enseguida mi mano se humedeció de un rojo alarmante, de un rojo profundo como el pétalo de una rosa, pero tibio también.

Veía a Cassandra y luego a Mamá, después me asomé por la ventana. Alrededor del marco había trozos de vidrio pegados como carámbanos. El humo negro se elevaba al cielo en espiral, girando y girando. Miré al lote baldío. ¿Dónde estaban las vacas?

—¡Este país de mierda! —Mamá tiró la cobija a un lado. No veía a las vacas. Me tomó en sus brazos y nos fuimos corriendo. Corrimos debajo del techo, a través de la puerta, hacia el baño, su respiración acelerada. Me senté llorando en la taza del baño. El agua oxigenada me burbujeó en la rodilla y en las manos y me corría por la cara y Mamá gritaba—. Esto es culpa de tu papá, ¿cómo pudo permitir que esto ocurriera? —Me pulsaba la frente y yo me preguntaba sobre las vacas y enseguida no pude entender lo que todos decían, así que escuché solo los tonos de voz, Mamá y Cassandra hablando a gritos. Traté de levantarme, pero ellas se pararon y me pusieron las manos encima—. Chula, ¡siéntate! ¿Estás loca?

Entonces Mamá lloró cubriéndose la cara con un pañuelo rojo y a mí las manos me temblaban. Todo vibraba en colores. Estaba tumbada. Cassandra sostenía una toalla húmeda en mi frente y Mamá me daba un vaso de agua que me hacía beber con un pitillo. Estaba muy cansada pero aun así le pregunté a Cassandra, "¿qué pasó con las vacas?", y enseguida me quedé dormida.

Cuando me desperté bajé tambaleando por el pasillo. Era de noche. Todo estaba oscuro. Mamá se hallaba de pie a la cabecera de mi cama con los zapatos puestos, y Cassandra apuntaba la luz de su linterna sobre las manos de Mamá. Mamá estaba estirando plástico en las ventanas. Contemplé sus zapatos, hundiéndome entre las cobijas empolvadas, pensando en que Petrona ahora tendría que lavar todo antes de que yo me pudiera acostar. Luego, recordé que Petrona estaba en su casa. Me acordé de su velo revoloteando con el viento a la mitad de aquella colina anaranjada. Me acordé de la concha de caracol entre mi carne. Me acordé de los fragmentos de vidrio saliendo de mi mano.

Encintaron el plástico en dos esquinas de la ventana, pero el resto se levantaba como la vela de un barco, atrapando el destello de la linterna de Cassandra. Me escabullí por debajo de Mamá y moví el plástico para mirar por fuera de la ventana.

—Mamá, mira a Chula.

Estaba oscuro y no podía ver a las vacas, pero el frío de la noche se sentía agradable en mi cara, y el sonido del tráfico en la autopista también era agradable, constante y estruendoso.

—¿Qué haces levantada, mi cielo? —Mamá me cargó de vuelta a su cama, diciendo que tenía mucha suerte de no haber requerido ir al hospital. Yo había sido la única herida porque dormía cerca de la ventana.

—¿Viste a las vacas?

—¿Cuáles vacas? —preguntó Mamá. Me tomó la temperatura poniéndome su mano en la frente. Me iba a rascar la mejilla y me di cuenta que la tenía cubierta con gasa. Mi mano también estaba cubierta con gasa.

Mamá sacó la concha de caracol que el tío de Petrona me había puesto en la mano de su bolso, donde la había dejado la noche anterior. No tenía que decir que la concha era la culpable de que yo hubiera resultado herida. Era claro que lo creía porque se puso de cuclillas en el baño y la rompió con un martillo, luego la empapó con alcohol y le prendió fuego. No quise oler. Jalé la cobija de Mamá hasta el nivel de la nariz. Cassandra le preguntó si no creía que estaba exagerando y Mamá dijo que no era una exageración cuando se trataba de brujos. La concha quemada dejó una mancha oscura en la baldosa.

Ya no quise quedarme en cama. Estaba bien despierta. Mamá me dio permiso para dormir con Cassandra en su cama. Fui al altillo y cuando Cassandra se durmió, me levanté y practiqué mis patadas y trabajé en mis *splits*. Alumbré con mi linterna el jardín. Finalmente, sacudí a Cassandra para despertarla.

—Cassandra, ¿viste lo que le pasó a las vacas? —Cassandra siguió con los ojos cerrados y refunfuñó—: Chula, estoy dormida.

—¿Pero no te puedes despertar y responderme? ¿Están muertas?

Cassandra alcanzó a ciegas el piso, buscando con las manos sobre la alfombra sus gafas. Se las puso, pero siguió con los ojos cerrados.

—No están muertas. Las vi. Se escondieron en una esquina del lote.

—¿No les pasó nada? —Yo estaba eufórica. Las vacas eran asombrosas. Me acosté junto a Cassandra. —¿Sabías que las vacas tienen ocho estómagos? Son superhumanas.

Cassandra se rio.

—En realidad *no* son humanas.

Le mostré a Cassandra mis heridas.

—¿Quieres tocarlas? No duelen nada. —Presionó con su dedo mi herida del brazo y enseguida lo levantó rápidamente, haciendo una mueca.

—Guacala, es suave como una yema de huevo. —Sacó la lengua, con asco.

—Cassandra, ¿puedes creer que el vidrio estalló encima mío? No cualquiera sobrevive cuando le explota vidrio encima.

—Chula, estabas toda cubierta con una cobija.

—¿Y? No todos pueden dormir y mantener las cobijas cubriendo todo su cuerpo en caso de carros bomba, y no todos sobrevevirían si les estallara un vidrio encima. Tú no podrías: tu botas tus cobijas al suelo.

—Yo no duermo junto a la ventana.

—Cassandra, ¿qué pasaría si esta noche un hombre sube al tejado y de noche nos mira dormir?

—Qué bobadas preguntas, Chula. Nadie puede subir a nuestro tejado, está muy empinado, ¿no lo has visto? Además, ¿quién va a querer ver tu cara fea por la ventana?

Le di un almohadazo y luego nos acostamos sin hacer ruido.

—Se nos olvidaron nuestras mochilas de emergencia —dije.

—Si, yo sé —dijo Cassandra—. Es chistoso que se nos haya olvidado. —No habíamos empacado una mochila de emergencias durante meses. Tras unos segundos sentí miedo de nuevo, como si pudiera ocurrir otro bombardeo. Me apoyé en los codos y miré a lo largo del altillo a oscuras.

—Cassandra, ¿crees que estemos a salvo?

—Sí —dijo, bostezando—. Muy a salvo. Yo te protejo. Ahora duérmete.

22

El sueño

Cuando Mamá se despertó al día siguiente para recoger agua, abrió las llaves, pero no salió nada. Nos dijo que no nos alistáramos para ir al colegio. Luego salió a la calle en piyama. Cuando Mamá se fue, Cassandra y yo nos arrodillamos en la cama para ver lo que estaba ocurriendo en el lugar de la bomba. Era el único lugar de la casa desde donde podíamos mirar. Pasando el tejado de nuestro patio interior, al otro lado del lote baldío y de la autopista, en medio de los edificios, había hileras de patrullas y camiones de bomberos con las luces encendidas. A través de la delgada capa de plástico oímos el eco de los motores y las sirenas.

Distinguí a mis vacas en una esquina. Estaban acostadas juntas, muy quietas. Se veían tan tranquilas. Sonreí al mirarlas. Siempre había pasto suficiente para que comieran, pero me pregunté quién les llevaba agua. Nunca vi a alguien acercarles agua. Eso hacía a las vacas más especiales. Eran *mis* vacas, Teresa y Antonio, mis acompañantes en todo. Minutos más tarde Mamá entró a la habitación. Se acuclilló junto a nosotras y dijo que se había enterado por un vecino que el carro bomba del día anterior había roto los conductos que proveían de agua a nuestro barrio. Mamá se asomó al lugar de la explosión y dijo que probablemente la calle estaba inundada con el agua destinada a nosotras. Dije que sería inteligente ir en carro y recolectar agua, pero Cassandra dijo que podría estar contaminada. Yo dije que no lo estaría si uno ponía la tazita justo al nacimiento del surtidero. Nadie estuvo de acuerdo en que era un buen plan.

Mamá dijo que el gobierno estaba enviando un camión de emergencia para proveernos de agua, así que fuimos al ático para mirar. Las tres nos paramos encima de varias sillas para asomarnos por la ventanita. Sostenidas en el alféizar le pregunté a Mamá si Petrona vendría a trabajar. Mamá dijo que Petrona tenía algunos días libres por su Primera Comunión. Le respondí que quería que Petrona supiera que yo estaba bien. Mamá me sobó la espalda y dijo que podríamos intentar llamarla más tarde.

Llegó el camión y se estacionó en el portón del vecindario, que estaba a tres cuadras. No cabía duda de que era un camión del gobierno. Era blanco y la parte de atrás era redonda como una abeja y tenía impreso en azul la palabra *Agua*. Le salían largas mangueras como si fueran piernas. Mamá saltó de la silla y me dijo que iría a recoger agua con Cassandra. Hizo que me acostara en la cama de Cassandra y me despegó la gasa de la cara. Cuando se convenció de que mis heridas no se habían infectado, reunió botellas de plástico de cinco litros y baldes para recoger agua y enseguida ella y Cassandra se fueron.

Tan pronto como salieron me paré de nuevo arriba de la silla. Desde la ventanita las vi, abriéndose camino en la calle, con las manos ocupadas cargando los recipientes. Enseguida, en un segundo, salieron las familias a lo largo de la cuadra, de casa por casa, y la calle se inundó con un río de gente. De las manos les colgaban recipientes para regar, vasos, ollas, cuencos, pistolas de agua, tinas de plastico, floreros, galones de leche. Una multitud enorme emergió de una calle aledaña. Perdí de vista a Mamá y a Cassandra y de repente alguien se echó a correr.

El río de gente corría hacia el camión de agua como una manada asustada y una vez cerca se arremolinaban y empujaban entre ellos para ser los primeros en conseguir agua. El camión se meneaba como un barco en el mar. Dos hombres en uniforme corrieron a los estribos tratando de equilibrarlo. Los hombres desengancharon las mangueras del camión y trotaron de un lado a otro, apuntándolas hacia los contenedores del gentío.

Me sentí tan mareada al estar viendo el tumulto de la multitud que me tuve que recostar.

Mamá y Cassandra no regresaron en horas. Encontré la agenda de Mamá y hallé un número telefónico marcado como de Petrona. Pero cuando llamé, era de una farmacia.

—Farmacia Aguilar, ¿en qué le puedo ayudar?

Yo estaba recostada con los ojos cerrados.

—¿Conoce a una chica de nombre Petrona?

—¿Quiere dejar un mensaje, o mandarla llamar?

Abrí un ojo, impresionada.

—Mandarla llamar. —Era chistoso que la farmacia filtrara las llamadas de Petrona. Pensé en preguntar si la farmacia tomaba las llamadas para toda la gente de la invasión, pero luego lo pensé mejor, y agregué—: Dígale que es de parte de la señora Alma.

Oí un suave golpe seco, como si hubieran puesto el teléfono en un mostrador. Oí los sonidos amortiguados de gente hablando, el ligero sonido de una caja registradora. Estaba aturdida, a punto de quedarme dormida, cuando oí la voz de Petrona.

—¿Aló? ¿Señora Alma?

—¡Eres tú! —me incorporé.

—¡Chula! —Petrona se quedó en silencio un instante—. ¿Cómo conseguiste este número?

—Petrona, escucha: hubo un carro bomba y mi ventana explotó.

—¡Qué! ¿Estás bien? ¿Te lastimaste? ¿Quién te está cuidando?

—Nadie —le dije—. No hay *absolutamente* nadie que me esté cuidando. Mamá y Cassandra se fueron a conseguir agua. —Petrona sonaba preocupada. Sonreí. Me sentí mejor sabiendo que le había comunicado el impacto de mi reciente roce con la muerte a alguien más—. Fue un reciente roce con la muerte —dije en voz alta, como si Petrona estuviera enterada de mi conversación adentro de mi cabeza.

—Chula, ¿cuándo regresa tu mamá?

—No sé, ahora tengo sueño, ¿cuándo vienes a vernos de nuevo?

—El miércoles —dijo, y retiré el auricular de mi oído diciéndole:

—Esta bien, chao chao, me voy a dormir —y colgué.

Cuando Mamá y Cassandra regresaron me enteré que tendríamos agua suficiente para todo el día. Cassandra respiró.

—¿Cuándo van a arreglar los conductos?

Mamá se mordió un labio.

Mamá llamó a Papá a San Juan de Rioseco y le contó lo que había ocurrido y le preguntó qué debía hacer. Papá parecía estar gritándole a Mamá. Por lo que pude oír, Papá iba camino a Bogotá y quería que Mamá fuera a la tienda a comprar agua. Papá habló conmigo por teléfono.

—¿Estás... bien, mi...? *Estás* —dijo el segundo papá. Le di vueltas entre los dedos al cordón del teléfono.

—Estoy bien, Papá.

—Estaré en casa... Chula. *Estaré*.

Me quedé dormida de nuevo. Cuando me desperté, era de noche y Mamá dijo que en el supermercado había estado imposible. Nadie en la zona tenía agua y la gente se estaba poniendo violenta.

—Yo solo conseguí un poco.

Había un galón encima de la mesa.

Me daba miedo dormir sola y Cassandra dijo que podía irme a su cuarto. En el altillo, nos acostamos en su cama y Cassandra apuntó la luz de su linterna hacia arriba. Mientras Cassandra me decía que la habían separado de Mamá cuando llegaron al portón donde estaba el camión del agua, yo seguí las grietas a lo largo del techo. Cassandra dijo que conseguir agua por su cuenta era la cosa más adulta que había hecho en su vida.

—Fue como un rito de iniciación—. Las grietas en el techo parecían delgados truenos. Se dividían en tres y enseguida se dividían de nuevo—. Ahora soy una persona distinta —dijo Cassandra—. ¿Si me entiendes? Pasé por algo. —Hizo una pausa y enseguida dijo—: No, tú no sabes cómo es.

—¿Cómo así? —me volteé hacia ella—. Si a mí se me explotó un vidrio encima.

Cassandra apagó la luz de su linterna.

—No es lo mismo.

Se movía en la cama y mi vista se ajustó poco a poco; empezaba a ver las siluetas en la habitación. Prendí mi linterna y dirigí la luz hacia la pared.

—Cassandra.

—Qué.

—Cuando desperté de mi siesta pensé en algo.

—Qué.

—¿Sabes que la Oligarca es la persona más rica del vecindario?

—Sí.

—¿Qué tal si la bomba hubiera sido para *ella?* ¿Has visto que en la televisión siempre dicen que los guerrilleros dejaron un carro bomba enfrente del Country Club o aquel edificio porque ahí es donde se la pasa la gente con plata?¿Qué tal si todo esto ocurrió por culpa de la Oligarca?

Cassandra se quedó callada por un momento. Se incorporó.

—Chula, eso es lo menos idiota que te he escuchado decir en toda tu vida.

—¿En serio?

Cuando a la mañana siguiente Mamá se fue muy temprano para comprar agua en los supermercados más lejanos, Cassandra y yo llamamos por teléfono a Isa y a Lala y las invitamos a que vinieran. Isa y Lala tampoco habían ido a la escuela por lo del carro bomba. También había explotado el vidrio de su ventana y casi había lastimado a su perro. Les dijimos que teníamos pendientes que atender y les pedimos que trajeran su propia agua para beber. En el ático construimos una carpa que hicimos con sábanas azul celeste y con cojines de la sala y nos sentamos adentro de la luz agua marina que salía de las sábanas y hablamos de lo que haríamos en cuanto a la Oligarca. Ella era claramente la culpable.

—Es la misma historia de siempre —dijo Isa.

—Los ricos se hacen más ricos —dijo Lala.

—Es injusto —agregó Cassandra.

—No tiene respeto por ninguno de nosotros —dijo Isa.

—Porque es una bruja —dije.

Las gemelas y Cassandra me miraron. Entendí que había hablado fuera de lugar. Para compensar, me levanté la gasa de la mejilla para mostrarles la herida que ya sabía que tenía ahí. Pasé mi dedo a lo largo del corte.

—Esta cicatriz será por culpa de ella. —Volví a pegar la gasa, y luego Isa dijo—: Tenemos que quitarle a la Oligarca algo que sea equivalente a la cicatriz de Chula.

—Sí —dijo Lala—. Un ojo por un ojo.

Las tres se volvieron para mirarme detenidamente, pero a mí no se me ocurría ninguna idea. Me quedé mirando la cintura de mis *shorts*.

Cassandra dijo que necesitábamos despejarnos la cabeza. Nos llevó a hacer un recorrido por la casa donde nos señaló el lugar donde se reunían las moscas. Cazar moscas era un pasatiempo que Cassandra había inventado, y nos estaba enseñando cómo se hacía. En la cocina, palmoteamos en el aire hasta que atrapamos una mosca; enseguida Cassandra la agarró entre sus dedos. La rodeamos cuando tomó unas pinzas de Mamá y le arrancó una extremidad. La pierna se despegó fácilmente, era como jalar una brizna, pero las otras cinco patas de la mosca se sacudían en un desespero salvaje, consumidas por el pánico.

Cassandra le arrancó pata por pata hasta que la mosca quedó redonda, como un planeta.

Vibraba y zumbaba en sus dedos.

Lo último que le arrancó fue la cabeza.

Observé este nuevo aspecto de Cassandra. Su abstraída concentración, fría y clínica.

Cuando terminó, depositó cada pata y la cabeza en una línea en el alféizar de la ventana en donde dijo se secarían y crujirían con el sol. A Isa se le ocurrió que podíamos también arrancarle las alas. Las alas eran bonitas y con venas plateadas. En unas horas, colocamos treinta y seis patas en el alféizar, doce alas, seis cabezas. Las exhibimos ante el sol.

Mordisqueamos trozos fríos de pollo que Mamá había dejado en el refrigerador. Mamá aún no había regresado cuando llegó el apagón, así que decidimos ir a la casa de la Oligarca. Recorrimos ese viaje tan familiar en la oscuridad, cada una calculando en silencio lo que podríamos tomar.

Entonces vimos un destello de luz.

Era asombroso ver la luz de la electricidad cuando todo el vecindario estaba negro como el carbón. Corrimos hacia el lugar iluminado de luz azuleja y luego nos detuvimos, estupefactas. Surgía de la casa de la Oligarca. La luz eléctrica salía de cada una de sus ventanas e incluso se desparramaba sobre su jardín. Una máquina enorme retumbaba en el pasto como si fuera el motor de un camión parado. Nos sacudía los pies y hacía vibrar los huesos. Cassandra dijo que era un generador eléctrico. Solo la gente como los magistrados y embajadores lo tenían. Nos dio temor acercarnos, pero Isa dijo que si la Oligarca tenía las luces prendidas adentro de su casa y estaba oscuro afuera, la Oligarca no podría vernos, era un hecho científico. Isa dijo que probablemente la Oligarca tampoco podría escucharnos ya que su generador sonaba tan duro. Y así fue que nos acercamos directamente a la casa de la Oligarca y Cassandra abrió las pequeñas puertas de madera de una ventana y todas miramos dentro. La Oligarca estaba besando a un hombre cerca de la chimenea. Estaban sentados en la piel de un oso, tenían copas de vino cerca y una toma de corriente con muchos cordones eléctricos. (Dos para el par de lámparas de piso, uno para el estéreo, otro para un calentador de agua para el té, otro para una televisión apagada.) La Oligarca tropezó con una copa. El vino se derramó en la piel de oso pero también salpicó sus bonitas zapatillas rosadas y yo no pude evitar reírme.

Le dimos la espalda y caminamos hacia el generador de la Oligarca. No necesitamos decirnos que eso era lo que tomaríamos. Aspiramos del intenso olor de su combustible y presionamos los interruptores y bajamos las palancas. Echamos tierra, palillos y piedras en sus hendeduras. Arrancamos flores del jar dín y las empujamos junto con más piedrecillas y palos. Enseguida oímos cómo cambiaba el ruido de la máquina. Chilló y se sacudió como una tetera en estado de hervor, y nos fuimos corriendo. Estábamos detrás de un carro al otro lado de la calle cuando ocurrió un fuerte estallido. Las luces adentro de la casa de la Oligarca parpadearon y entre los destellos vimos levantarse una gran nube de humo, de un gris espeso, del generador.

Todo se quedó en silencio de nuevo. Yo sonreí en medio de la oscuridad. El aire olía a quemado. Oímos soniditos sordos salir del interior de la casa de la Oligarca, la Oligarca y su novio probablemente se habían golpeado una rodilla, se habían raspado un codo, se habían golpeado con un cajón (tal vez en la cocina) donde ella guardaba las velas. Corrimos dos cuadras hacia el parque, aullando y saltando, cayendo de rodillas de risa. "Para que le quede claro". Nos recostamos y miramos boquiabiertas las estrellas.

Cuando Cassandra y yo regresamos a casa, Mamá aún no volvía. Prendimos velas y nos servimos cereal y gaseosa para cenar.

Energetizadas de azúcar, fuimos al cuarto de Petrona para buscar su pequeño televisor. Cassandra estaba confundida.

—¿Pero sabes cuánto cuestan esas cosas, Chula? Tengo una amiga en el colegio que tiene uno, pero ella es súper rica. ¿Si entiendes, Chula? Ni siquiera nosotras podríamos comprar uno. ¿Cómo es que Petrona lo consiguió?

—¿Será que se lo robo? —Yo estaba alumbrando con mi linterna por debajo de su cama, pero no había nada.

Cassandra abrió el armario y apuntó su linterna por encima del montón de ropas de Petrona.

—¿Estás segura de que no lo soñaste?

—Estoy segura. Lo vi.

Buscamos en todos los lugares que se nos ocurrió pero no

había rastro del pequeño televisor. La agitación del día nos cayó de golpe. Era hora de dormir. Cassandra vio el reloj y me dijo que eran las cuatro de la mañana.

✒

Cuando abrí los ojos, oí ruidos estruendosos. El cuarto me pareció desconocido: el techo bajo, el espacio angosto. Me enderecé apoyándome en un codo y me hice sombra en los ojos con la otra mano. La puerta del baño estaba entreabierta y la luz de una claraboya inundaba el piso. La luz surgía también a través de las cortinas semitransparentes de la ventana. Recordé que estábamos en el cuarto de Petrona. Cassandra gemía a mi lado de cara a la pared, palmoteando la almohada de Petrona cerca de su cabeza, me levanté y salí del cuarto.

Me encogí ante el brillo de la cocina. Mamá estaba de pie a un lado de la repisa con varios galones de agua.

—¡Y esa agua! —dije—. ¿Dónde la conseguiste? —Mamá traía el cabello mojado por haberse bañado y este había creado manchas húmedas en el dorso de su blusa—. ¿También hay agua en el baño del segundo piso? —Yo quería bañarme.

Mamá se quedó mirándome así que le expliqué:

—Nos quedamos dormidas en el cuarto de Petrona, porque... —Luego me di cuenta de que no podría contarle de la Oligarca, ni tampoco acerca de la televisión de Petrona—. Porque te estábamos esperando. Era *demasiado* tarde y nos sentíamos demasiado cansadas. Y ya sabes, cuando uno tiene mucho sueño...

Mamá se apartó de mí y se restregó la cara.

—¿Mamá?

Cuando se volteó, juntó sus dos cejas negras. Me tomó de los hombros.

—Chula, ¿soy una buena madre?

La miré a un ojo, luego al otro. Dije que sí, y me soltó. Puso agua en uno de los quemadores de la estufa. De repente se puso furiosa. ¿Por qué Papá le dejaba todas las responsabilidades? Ella era un ser humano. ¿Qué se podía esperar de ella? Echó unos granos de arroz en el agua.

Apareció Cassandra, bostezando, vio todos los contenedores de agua.

—¡Conseguiste agua! Buen trabajo, Mamá. —Agarró un plato hondo y se sirvió cereal, y se fue. Cassandra no se dio cuenta que Mamá tenía la mandíbula apretada. No se dio cuenta de los repentinos gestos de Mamá. Su forma de respirar, sus golpeteos en las puertas, el ruido que hacía con los platos y los utensilios. Mamá me miró fijamente y me dijo que me alistara para ir a la escuela.

No la contradije. Corrí hacia el segundo piso para bañarme, pero no había agua en los baños. Estaba aturdida poniéndome el uniforme escolar, pensando en que no me atrevería a preguntarle a Mamá por qué tenía el cabello húmedo, o *tal vez si le debería* preguntar. ¿Por qué había llegado a casa tan tarde, dónde se había bañado, de dónde había salido el agua? Cuando entré al baño para cepillarme los dientes, me asusté al verme en el espejo. No parecía yo sino otra chica, alguien con una gasa sucia en el cachete y con raspones colorados en la mitad de la cara. Levanté la gasa para echar un vistazo y vi el profundo corte y la piel inflamada y morada. La cubrí de nuevo. Quise sustituirla con una limpia, pero no supe cómo hacerlo. Me dolió cepillarme los dientes y cuando escupí la espuma estaba teñida de rosa con sangre.

En el colegio me mandaron a la enfermería en la segunda hora. Mi herida había sangrado y la sangre había traspasado el vendaje, necesitaban cambiarlo. La enfermera me lavó la herida y me dio una aspirina y luego me dejó reposar en el consultorio. Apagó la luz y salió del cuarto. Alcancé a oír que los maestros tenían una junta con el director. Decían que la escuela estaba sin agua de nuevo, que tendrían que enviarnos a todos a casa. Me puse feliz porque no había estudiado para los exámenes finales.

En el bus que nos llevaba a casa, los de primaria corrían en el pasillo entre los asientos gritando, tirando papel, jalándole el pelo a las niñas, y los de secundaria cantaban ruidosamente en los asientos traseros. El chofer casi choca al tratar de poner orden. Me alegré de llegar sana y salva a casa. Estaba agotada. Cassandra y yo caminamos juntas por la acera. Abrimos la puerta principal. Subimos al segundo piso. Buscamos a Petrona, pero no estaba, a pesar de que me había dicho que regresaría el miércoles. Lo verifiqué con Cassandra. Es miércoles, ¿no? Luego encontramos a Mamá. Estaba sentada en la cama, callada, mirando a la nada.

—¿Mamá?

Levantó la vista pero no nos preguntó por qué estábamos en la casa tan temprano. En cambio, nos pidió sentarnos, necesitaba decirnos algo importante.

Anoche en su sueño, dijo, había aparecido Petrona en una plaza. Unos desconocidos la rodeaban, tenían sus labios pegados a botellas de whisky y chupaban del líquido cobrizo como si fueran colibríes. *¿Quiénes son estos hombres?*, le preguntó Mamá a Petrona en el sueño, pero Petrona le evadió la mirada a Mamá. Los hombres alargaban los labios en sonrisas, pero sus labios continuaban estirándose hasta que se acercaban a sus ojos.

—A sus ojos, en serio, como monstruos —dijo Mamá—. No exagero.

—Mamá, solo fue un sueño —dijo Cassandra.

—Pero ¿por qué Petrona me evitaba la mirada? —continuaba Mamá. Mamá volvió a contar el sueño dos veces, concluyendo con los mismos detalles, como si Cassandra y yo no estuviéramos ahí. Le dije a Mamá que solo era un sueño, como se lo había dicho Cassandra y finalmente Mamá dijo que el sueño era una advertencia—. Esa niña Petrona está saliendo con Dios sabe quién, haciendo Dios sabe qué, y yo no sé si Petrona piensa que estoy pintada en la pared que no puedo ver lo que está haciendo, pero lo voy a averiguar.

Intenté ayudar a Petrona sin empeorar las cosas.

—Mamá, yo creo que Petrona tiene miedo de alguien.

—Mamá entrecerró los ojos hacia la nada—. Mamá, ¿me estás escuchando?

Mamá nos metió en el carro y condujo hacia cada una de las casetas de guardia del vecindario y se asomó por su ventanilla.

—Échele ojo a esa niña Petrona que trabaja en mi casa. Dígame a dónde va y con quién se ve después del trabajo.

—Las casetas estaban decoradas con luces navideñas. Los guardias asentían.

—Sí, señora Alma.

Cuando llegamos a la casa, la Soltera estaba esperando en su terraza, reclinada por encima de nuestras materas. Había un arreglo de rosas en nuestro porche, y la Soltera desparramaba la ceniza de su cigarrillo encima de ellas.

—Son de parte de ese hombre que has estado viendo.

Mamá recogió las flores, y desempolvó la ceniza que tenía el cucurucho de plástico.

—¿Y usted qué sabe, bruja metida?

—Enfrente de tus hijas y todo, ¿no te da vergüenza?

La Soltera dijo que era una vergüenza que Mamá tuviera amantes, que estuviera tan ocupada y que no atendiera a sus hijas; le dijo que era una mala madre. La Soltera razonó que era difícil no pensar que Mamá era mala madre, cuando Cassandra y yo merodeamos como vagabundas.

—Mira a tu pequeña —continuó la Soltera, apuntándome con su cigarrillo—. ¿De dónde salió? ¿De debajo de un bus?

Mamá se plantó frente a las materas y miró directamente a la Soltera.

—Sí, así es —dijo—. ¿Y qué?

La Soltera soltó una nube de humo. El humo envolvió la cara de Mamá, y luego se disipó.

—Y nada —dijo la Soltera. Se dio la vuelta y se metió a su casa y cerró la puerta de la entrada.

—Asegúrese de guardar su absurda preocupación dentro de su asfixiante casa. ¡Vieja amargada!

Mamá prendió un cigarrillo, le dio varias fumadas y lo arrojó al jardín de la Soltera. No sé si Mamá tenía la intención de prenderle fuego al jardín de la Soltera pero creí que si la tenía, el fuego se iba a expandir a nuestra casa. Me incliné sobre las materas más grandes y vi el patio de la Soltera. Estaba cubierto por una hojarasca. Me metí y me deslicé por los faldones de los pinos y me detuve en el jardín de la Soltera. Encontré el cigarrillo de Mamá encendido y lo apagué. Cuando retiré mi zapato, el pasto alrededor del cigarrillo vestía un halo negro como el de un santo.

Esperamos toda la tarde y la noche, pero Petrona no apareció y así fue como entendí que algo andaba mal.

Petrona

A la luz de una vela le susurré a Aurora: *escucha a Papi*. Aurora estaba asustada, me miraba como si me hubiera vuelto loca: *¿Quieres decir que escuche a Mami, Petrona? Papi desapareció.* Le jalé el brazo. *Haz lo que te digo.* Los ojos se le pusieron vidriosos como si se estuviera retirando a otro lugar. Había algo diferente en ellos desde el día que Pulga le había lamido el dorso de la oreja. Contuve las lágrimas. Me la acerqué. Froté mi mejilla en su cabeza. *No me hagas caso, soy una vieja necia.*

Aurora estaba quieta. En el colchón junto al de ella, yacía Mami profundamente dormida. Mis hermanitos ya no venían a la casa, pero todavía las tres de nosotras compartíamos un solo colchón como siempre. Aurora preguntó, con la voz tosca: *¿Estás huyendo?*

¡Claro que no! Sonreí. Y, ¿*sabes qué?*, bajé la voz, *la próxima vez que regrese del trabajo, lo primero que haré es pagar el concreto para que podamos tener un piso de verdad. ¿Qué piensas?* Aurora movió la cabeza asintiendo. *Pero ¿cómo lo vas a pagar?* Le planté un beso en la frente. *¡No te preocupes bobita! Ahora vuélvete a dormir, antes de que Mami se despierte.* Esperé a que Aurorita se acomodara junto a Mami en el colchón y después llevé hacia el

altar la botella en donde estaba la vela y la soplé para apagarla. Me puse en marcha para bajar los Cerros. El sol no saldría sino hasta dentro de dos horas.

～～

Alguna vez fui pequeña. Alguna vez cupe en el regazo de mi Papi. Podía mirar su desaliñada barba blanca como si mirara a las estrellas. Ya parecía casi abuelito. Papi nunca se cansaba. Se inclinaba sobre la tierra, silbaba una canción. Teníamos mucha carne y huevos en aquel entonces, las gallinas cloqueaban a nuestros pies, las criaturas merodeaban en lo agreste de los árboles. Éramos ricos en historias, la vez en que Uriel bebió leche en lugar de batirla, el momento en que Ramoncito, tan chiquito que era, se subió a los árboles y se quedó dormido entre las ramas, la vez que yo recogí piedras del río y las puse en mi cama porque quería dormir donde dormían los peces. Luego él desapareció, mi Papi, y nuestro hogar se fue con él. Un día después de que se lo llevaran, cuando estábamos preparándonos para irnos también, lo vi una última vez. Mi mente me jugó una mala pasada, y vi a Papi en un campo de luz solar con su sombrero de paja, justo como lo veía por las mañanas, con la espalda encorvada y sus manos acercándose a la tierra; enseguida se enderezó y la sombra de su sombrero se desprendió de su rostro mientras levantaba los ojos, alzó su mano en el aire y me saludó. Vi su cara en la luz, qué brillante y encantadora era. Me aferré al brazo de Uriel, *Mira*. Pero cuando volví la vista, el campo estaba chamuscado y arrasado junto a las ruinas de la casa y Papi ya no estaba, nunca había estado. La escalera negra de nuestra finca subía al cielo. Anduvimos por el camino y algunos camioneros nos recogieron. Teníamos los pies lastimados y les había crecido una capa de piel dura. Me imaginé la razón por la que había visto a Papi acercar su mano hacia a la tierra, junto a ese lugar donde la escalera era negra, imaginé que los paras le habían quitado la vida. *¿Cómo vamos a comer?* Acostumbraba yo preguntarle a Papi de pequeña sobre su regazo cuando nuestra cosecha se perdía. *No te preocupes, bobita,* decía él. *Para eso me tienes a mí. Tú ve a jugar, Petro, ve a jugar, y búscame una piedra bien bonita.*

23

La niña Petrona

Cassandra y yo pasábamos por la rutina de una mañana de jueves cualquiera: empacando nuestra tarea, cepillándonos los dientes. Andábamos de puntillas por la casa, haciendo el menor ruido, escuchando todo lo que decía Mamá. Nos pusimos el uniforme con extraordinario cuidado. Nos jalamos las largas medias azules y nos las doblamos por debajo de la rodilla, nos atamos los cordones de los zapatos. Nos fajamos nuestras blusas blancas en las faldas grises, nos pasamos y anudamos las delgadas corbatas alrededor del cuello, nos pusimos las chaquetas escolares desempolvando el escudo escolar. Pero no teníamos intención de ir a la escuela. Cassandra estaba segura de que Petrona llegaría a trabajar, y entonces Mamá la interrogaría por lo de su sueño. Cassandra quería oír lo que Petrona iba a contestar, quería saber de una vez por todas qué pasaba con Petrona. Yo también estaba segura de que Petrona llegaría por fin a trabajar, pero me imaginaba iba a llegar ensangrentada, el peligro en el que había estado le seguiría los pasos ahora al portón de nuestro jardín. Recordé sus palabras: *No querrás terminar siendo la responsable de mi muerte, ¿cierto, niña?* Estaba decidida a proteger a Petrona, ya fuera de Cassandra o de Mamá o de cualquiera.

Entretuve a Mamá con preguntas en su baño mientras Cassandra anduvo por la casa rellenando con provisiones nuestras mochilas. "Mamá, ¿alguna vez fuiste reina de belleza?" Mi voz sonaba pareja, o al menos Mamá no notó que yo estaba nerviosa.

Ella se estaba poniendo rímel frente al espejo. "¿Yo? No. ¿Por qué?"

Sentí la garganta seca. "Es que eres tan bonita."

Cassandra pasó frente a la puerta del baño, echando un vistazo al cuarto de Mamá.

—Fui la más bonita de mi barrio —dijo Mamá. Abrió mucho el ojo y se cepilló las pestañas con las cerdas de su rímel.

Contuve el aliento.

—¿En serio que eras la más bonita?

—¡Sí! —Puso el rímel en la encimera del baño—. Todos los muchachos morían por salir conmigo. Me decían Ave del Paraíso; por lo exigente. Tú también tienes que aprender a ser exigente, Chula. —Mamá agarró su rímel de nuevo—. Nunca le digas sí al primer muchacho que te invite a salir.

Me acerqué a la puerta. Desde una esquina vi a Cassandra que estaba vaciando el tarro de monedas en mi mochila.

—Está bien, Mamá, no lo haré.

Mamá estiraba los labios formando una O para aplicarse el rojo lápiz labial.

—Pórtate bien en el colegio el día de hoy, ¿de acuerdo? —Le hice a Cassandra señas de aprobación con los pulgares, entró y besamos a Mamá y le dijimos adiós.

Afuera, cuando íbamos hacia el portón donde nos recogía el bus, pensé en todas las historias que había escuchado acerca de lo peligrosa que era Bogotá. Incluso cuando Pablo Escobar se hallaba en la cárcel y no corríamos peligro de motociclistas o de carros bomba, la gente decía que la nuestra era la ciudad del crimen. Una de las amigas de Mamá contó que su tía y su sobrina iban en el transporte público cuando un hombre le cuchicheó a la niñita que le diera su anillo. Como la niña no se pudo quitar el anillo, el hombre le cortó el dedo. La amiga de Mamá dijo que su sobrina no había gritado y que había escondido la mano en el bolsillo de su chaqueta, porque el hombre la había amenazado con matar a su mamá si emitía algún sonido. Nadie se dio cuenta de lo que había ocurrido hasta que el bolsillo de la niña se le llenó de sangre y comenzó a escurrir. El hombre ya había desaparecido. Era una historia disparatada. No sé si la creí. Pero sí le creí a una amiga de Mamá que dijo que una vez iba caminando por Bogotá cuando vio a un hombre agarrarle los aretes que le colgaban de las orejas a una mujer, y vio cuando el hombre se los arrancó. Los lóbulos de la mujer se partieron en dos. El hombre corrió con sangre en sus manos y en sus puños las argollas de oro de la mujer. Me quité mis aretes y los eché en el bolsillo de mi falda.

Cuando estábamos ya cerca del portón y el guardia de seguridad nos vio, dobló su periódico y bajó sus pies del escritorio y se nos quedó mirando. Mamá les había ordenado a los guardias que nos vigilaran de cerca. No iba a ser fácil escabullirse, pero quizá era mejor así. Tal vez era preferible que Cassandra y yo nos fuéramos al colegio y dejáramos a Mamá lidiar con lo que fuera que le pasaba a Petrona. Por otra parte, nadie conocía la historia completa. El corazón se me aceleró al pensar que dependía de mí ayudar a Petrona. No había nadie más. Estaba saliendo el sol.

Casasandra habló de lado.

—Tenemos que esperar hasta el último momento.

Estábamos afuera del portón, donde los demás niños de nuestra cuadra esperan sus buses escolares.

—¿Qué significa eso? —pregunté de lado.

Cassandra volteó los ojos.

—Solo haz lo que te digo. Trata de no parecer sospechosa.

Cassandra me hizo hacer lo que siempre hacíamos mientras esperábamos el bus. Nos paseamos de un lado a otro del andén y nos llevamos a la boca cigarrillos imaginarios y exhalábamos columnas blancas de vaho, nuestro aliento se vaporizaba en el helado aire, pero yo apenas ponía atención. Estaba distraída, esperando que apareciera Petrona, a gatas, me imaginaba, cubierta de sangre. Los chicos de otros colegios privados nos chiflaban, bueno, en realidad a Cassandra. Había seis chicos de nuestro colegio y ocho de otros. Cassandra hacía como que los ignoraba, pero era plenamente consciente. Se ajustó sus gafas rosadas que se le deslizaban del puente de la nariz y meneaba las caderas a lo largo de la reja. Ahora que la atención de Cassandra había cambiado, me aparté y me apoyé en la reja. Estaba asustada y emocionada. De pronto deseé que la parada del bus de Isa y Lala estuviera en la esquina. Quería verlas a la cara. Sabía que Isa y Lala me convencerían de que no había nada que temer, que ir fuera de nuestro vecindario sería emocionante.

Las únicas veces que Cassandra y yo salíamos era con Mamá, adentro del bus escolar o cuando cruzábamos la calle de nuestro vecindario para comprar dulces en las tiendas. Cassandra había memorizado la ruta del bus escolar, así que se conocía las calles cercanas, pero nunca íbamos más lejos. ¿Quién sabe qué podríamos encontrar? Miré al otro lado de la calle hasta lo que era la ciudad. Pasando el ancho gris de la calle había una ferretería, una caseta telefónica, un edificio desvencijado que necesitaba pintura, las verdes copas de los árboles, las puntas de más edificios. Me detuve junto a un pino y jugué a pasar la rama entre mis dedos. El guardia aún nos miraba cuando se detuvo nuestro bus.

—Quédate cerca —dijo Cassandra. Nos fuimos hasta el final de la fila, y cuando los primeros estudiantes de nuestra escuela comenzaron a subir, nos apartamos y corrimos hasta la parte trasera del bus. Allí, mientras nos agachábamos, Cassandra me miró a los ojos—. ¿Estás lista?

Dije que sí moviendo la cabeza. El cielo estaba todavía oscuro. Me sentía emocionada.

—Ahora.

Corrimos lejos del bus que ya se alejaba, y nos ocultamos detrás de una caneca de basura. Esperamos hechas bolitas cerca del suelo. Oímos el ruido del autobús subiendo calle arriba. Cassandra le echó un vistazo a la caneca de basura. Me miró por encima del hombro. Bajó los párpados y sonrió.

—Está leyendo el periódico de nuevo.

Chocamos las manos y luego yo la seguí. Nos pusimos en marcha, a paso lento, agachándonos por detrás de un carro estacionado, detrás de un poste de luz. Avanzamos en cuclillas detrás de un niño que sostenía las riendas de un carrito de basura jalado por un caballo y después pudimos atrevesar la calle. Pasamos las tiendas a las que se nos permitía ir (la dulcería, la licorera) y nos detuvimos detrás de una panadería. Aquella fila de tiendas que había sido como una frontera invisible. Desde donde nos agachamos pude ver lo grande que era nuestro barrio. La hilera de pinos y la cerca de hierro que protegía el vecindario se alargaban por cinco cuadras.

Cassandra dijo que necesitaríamos una historia convincente en caso de que un adulto nos preguntara por qué no estábamos en el colegio. Acordamos decir que había habido una explosión. Sí, un carro bomba. Que nos habían enviado a casa temprano. También, que estábamos traumatizadas. Que habíamos visto la cabeza de un niño desprendida de los hombros rodar por el suelo mientras su cuello chorreaba de sangre las paredes. Cassandra entornó los ojos.

—Siempre se te pasa la mano —me dijo, y me ordenó no decir la última parte.

Cassandra se puso de pie, se sacudió la falda y se subió las medias.

—¿Y ahora qué? —dije. Cassandra calculó que Petrona llegaría a las once, su hora habitual, pero necesitábamos vigilar a partir de las nueve por si acaso. Una vez que llegara Petrona, encontraríamos la manera para seguirla de cerca. Mamá interrogaría a Petrona inmediatamente, así que necesitaríamos movernos sigilosamente pero rápidamente por nuestra casa, para alcanzar a escuchar a escondidas lo más que pudiéramos de su conversación. Asentí, pero me preguntaba cómo podría proteger a Petrona sin revelar sus secretos y sin que Mamá se diera cuenta de que escuchábamos detrás de la puerta.

Cassandra dijo:

—El único problema es que faltan tres horas. Son las seis de la mañana, el centro comercial no abre sino hasta las siete y el salón de videojuegos hasta las ocho, así que tenemos que matar una hora de tiempo.

—¿Qué hacemos?

—Compremos un pastelito y un café aquí —dijo Cassandra.

—¿Estás segura? Ni siquiera sabemos quién es dueño de esta panadería —dije.

—Es una *panadería*, Chula.

Cassandra consultó su reloj y cuando empujó la puerta tintinearon unas campanillas. Respiré con alivio cuando vi a una señora anciana detrás del mostrador. Vestía un delantal negro y estaba amasando masa. "Buenos días", saludó, y luego regresó la mirada a su labor. En una esquina, una pareja puso las manos en el mostrador. Estaba ajustando las correas de mi mochila para quitármela, cuando vi que la pareja eran Petrona y su novio. Cassandra puso su mano enfrente de mí y nos quedamos heladas. Mi alivio al ver a Petrona sana y salva se ensombreció por el susto al ver a su novio. ¿Por qué estaba él ahí, tan cerca de nuestra casa? Retrocedimos un paso. Para irnos tendríamos que abrir la puerta de nuevo. Las campanillas sonarían. Volteé a ver a Cassandra para saber lo que haríamos, pero estaba mirando fijamente a Petrona.

Petrona traía puesta una chaqueta de lana que probablemente pertenecía a su novio. Me encogí de hombros. Él era más alto de lo que yo recordaba. Su cuello era más ancho que mi pierna. Cuando le agarró la mano a Petrona parecía, no obstante, cariñoso. La veía con ese tipo de sed adolescente que yo había visto en un hombre que una vez me silbó en la calle y al que Mamá le gritó: "Pedófilo".

Necesitábamos irnos de ahí. Cassandra no sabía que aquel era el novio de Petrona, ni que nos había apuntado a Petrona y a mí con su mano como si fuera una pistola. Me acerqué a la puerta. Empujé la manija. El tintineo de las campanillas hizo voltear a Petrona; en seguida se bajó de su taburete, con la respiración entrecortada, y su novio saltó de su asiento también. Cassandra se paró frente de mí, obstruyéndome la vista.

—¿Quién es ese?

El novio de Petrona brincaba de pie a pie como si estuviera en una pelea de box. Todo nos estaba saliendo re-mal.

—Hubo una explosión en el colegio —dije. Cassandra me dio un codazo.

Petrona inclinó la cabeza, la pregunta que se formó en su rostro salió de su boca mientras avanzaba hacía nosotras—: *¿Faltaron a la escuela?*

Me asomé de detrás de Cassandra y vi al novio de Petrona aguantándose la risa y desviando su mirada.

—¿Quién es él? —repitió Cassandra.

—Se llama Gorrión —dijo Petrona. Enderezó la cabeza—. Y es mi amigo.

Se puso las manos en la cadera sobre la chaqueta, sus brazos se arrugaron con la tela. Los hombros de la chaqueta marcaban la diferencia entre su cuerpo y el de Gorrión; los hombros de la chaqueta le colgaban por debajo de los reales hombros de Petrona y las mangas se le abombaban en las muñecas y le tapaban las manos.

—Es el novio de Petrona —corregí.

Gorrión se quedó serio por un momento, pero enseguida soltó una risita. Saltó a las puntas de sus pies. Se rio de nuevo, incapaz de contenerse.

—Voy a llamar al chofer. —Le plantó un beso a Petrona en la mejilla, pasó delante de nosotras y se fue. Las campanillas tintinearon en la puerta. Petrona dio un paso atrás y la cara se le puso pálida y por un instante creí que se iba a desmayar. Me acerqué para detenerla.

—¿Estás bien? —Petrona se restregó la cara, luego se puso la mano por la boca.

—¿Quién es el chofer? —preguntó Cassandra.

Petrona relajó su mano. La parte de su piel que se había apretado estaba roja. Puso los brazos detrás de nosotras, tranquila.

—El que lleva a Gorrión al trabajo. Vamos, les compraré café y algo dulce.

En el mostrador, había una vitrina con todo tipo de pasteles: croissants clásicos, tartaletas, bizcocho, pero también empanadas, pandebono y palitos de queso. El aire olía a vainilla y carne. La señora detrás del mostrador me sonrió. Tenía unos pelos blancos y rizados en la barbilla y el cabello plateado y agarrado con una malla negra. Pedí café con leche y pandebono. El delantal de la mujer estaba cubierto con polvo de harina. Le sonreí, enseguida Cassandra me tomó la mano y se aferró a mi muñeca.

—¿Qué haces aquí tan temprano, Petrona?

Petrona tomó la taza de café que tenía frente a ella. La bajó. Intentó sonreír. Lo consiguió. Seguía con la mirada gacha.

—¿Por qué decidieron no ir al colegio, precisamente hoy?

El tono de su voz, autoritaria, y luego suplicante, me atemorizó.

—¿No vas a dejar que nos pase nada, cierto, Petrona? —le pregunté. Le vi los ojos llenos de lágrimas, pero volvió la vista casi de inmediato y entonces la señora del mostrador puso enfrente de mí y de Cassandra dos tazas grandes de café con leche, y dijo:

—Nunca le tengan miedo a las consecuencias, mis muchachitas. Son las grandes maestras, por si no lo sabían. —Colocó un plato con un solo pandebono frente de mí y me hizo un guiño—. Sus padres se enterarán, las castigarán y ustedes aprenderán la lección, y nunca faltarán al colegio otra vez, ¿si ven?

Tomó un cuchillo y se puso a cortar zanahorias.

Le asentí a la señora y me giré hacia Petrona, pero antes de decir nada más, las campanillas tintinearon y entró Gorrión a toda prisa, sofocado.

—Petrona —dijo Cassandra—, *¿qué es* lo que estás haciendo?

Gorrión abrazó a Petrona.

—Está tomándose un cafecito conmigo —Sonrió de oreja a oreja, dejando al descubierto su blanca dentadura. Petrona se veía nerviosa bajo el peso de su brazo. Se quedó mirando a la señora del mostrador.

Cassandra le clavó la mirada a Gorrión.

—Perdón, pero *¿quién* es usted?

—Soy el novio de Petrona. —Se volteó a verme—. Como lo dijo ese duende.

Me paré.

—Que pena pero yo no soy *ningún* duende.

—Joven, ¿qué no sabe que a una mujer no se le toca ni con el pétalo de una rosa? —La señora dejó de cortar zanahorias, y balanceó el cuchillo hacia Gorrión mientras hablaba—. Si no quiere que lo saque de mi tienda, compórtese decentemente.

Gorrión sonrió de inmediato.

—Como usted diga, señora. Es que nos reunimos para hablar del padre de las niñas. Se acaba de morir. Por eso es que todos estamos tan nerviosos. Mejor llevarlas a casa, pobres diablillas.

Gorrión sacó del bolsillo delantero de sus pantalones un fajo de billetes arrugados. Depositó algunas monedas en el mostrador, y el sonido de las monedas sonaron al caer contra el vidrio. Una de ellas giró y giró, y resonaba en mis oídos. ¿Qué tenía que ver Papá en todo esto? El mentón me tembló y Cassandra me apretó la muñeca. Sentí la sangre latir en mis dedos.

La señora bajó el cuchillo.

—Primero que faltaron al colegio, y ahora que se les murió el papá. —Levantó la bocina del teléfono—. A otro bobo con esos cuentos. Voy a llamar a la policía. Ustedes dos se me van. Las niñas se quedan.

La señora dijo:

—Policía.

Gorrión se paró sin apuro. Sonrió. Agarró a Cassandra por el cuello de la chaqueta y la despegó del suelo.

—¡Policía, policía! Rápido, vengan, hay un asalto.

Me abalancé contra Gorrión y Cassandra le dio una patada en la espinilla y salió corriendo y yo detrás de ella. Las campanillas tintinearon y oí a Petrona decir: "¡Vámonos, vámonos de aquí!". Cuando empujé la puerta a la calle, oí detrás de mí el tintineo de las campanillas, platos quebrandose, la señora que gritaba y el sonido de bofetadas. No me atreví a mirar atrás. Cassandra corrió a toda velocidad hacia un árbol. Sentí mi mochila muy pesada y tintineando por las monedas sueltas. Miré hacia atrás y no había nadie y cuando volví la vista Cassandra ya se había ido. Busqué en las cercanías. Las calles estaban vacías. ¿Se había ido por la derecha o por la izquierda? Di vuelta a la izquierda, subiendo exhausta por un pasadizo. Corrí por detrás de un edificio y seguí corriendo, crucé una calle, llorando, corriendo todavía. Estaba segura de que Petrona o Gorrión aparecerían detrás de mí en cualquier momento. Miré por todos lados buscando el horizonte de los pinos y el portón del vecindario. *Nunca le tengan miedo a las consecuencias, mis muchachitas*, había dicho la señora. ¿Cómo me podía perder en un momento así? Me agaché detrás de una caneca de basura. Inhalaba pero no podía respirar.

Me mordí un brazo e intenté pensar. Solo había corrido cerca de tres minutos desde la panadería, y nos había tomado a Cassandra y a mí cinco minutos llegar ahí, lo cual significaba que el barrio estaba a ocho minutos de donde me encontraba. A mi alrededor había edificios altos y calles sin carros. Las aceras estaban desiertas.

Quizás si me quedara escondida y esperara a alguien, podría pedir ayuda. Miré al cielo. De nuevo me faltaba el aire. El sol estaba saliendo y las nubes se veían doradas. Si me quedaba en el mismo lugar, muy cerca de la panadería, me encontrarían. Me enderecé. Comencé a correr de nuevo. Necesitaba ir más lejos, luego me escondería. Deseé conocer las calles como las conocía Cassandra. Me miré los pies al correr, el estómago se me hacía nudos, intenté concentrarme para correr más lejos, rápido, ignorando mi resoplido. Necesitaba recordar la ruta del bus escolar, así podría encontrar el camino de regreso a casa.

Miré, con la vista borrosa, los cordones amarrados de mis zapatos. Primero el bus nos recogía. Luego se iba calle abajo y daba vuelta a la izquierda. Seguía derecho por tres cuadras y tomaba una derecha, donde se detenía a la puerta de otro vecindario. Había un trecho de césped y unas rejas con los colores del arcoíris que podía ver desde la ventanilla del bus. Pero ¿qué pasaba después? Siempre me ponía a leer un libro en ese punto y no levantaba la vista hasta que llegábamos una hora más tarde a nuestro colegio. Miré alrededor mientras corría. Si pudiera encontrar las rejas de colores del arcoíris. Empecé a toser. Ya no podía correr más. Avisté el horizonte buscando algo remotamente familiar.

Vi el acueducto. Tenía cuatro metros de profundidad, y se alargaba entre las calles para drenar el agua de la lluvia. Por aquí y por allá mientras iba en el bus de la escuela alcanzaba a ver destellos del acueducto de la ciudad. Yo sabía que había un lugar por donde pasaba cerca de la casa. ¿Pero qué camino era el correcto? Cerca de mi casa alguien había pintado con espray en las pendientes del acueducto: *Cuando te violen, relájate y disfruta.* Lo recuerdo, porque cuando lo vi por la ventanilla del bus escolar y luego por la ventanilla del carro de Mamá, pregunté qué significaba. Lo que más me impresionó no fue lo que implicaba, no el *si*, sino el *cuando*, y la manera en que Mamá hechó la cabeza hacia atrás y se rio cuando le dije la segunda parte: *relájate y disfruta*, y cómo cuando dejó de reírse me miró fijamente y dijo: "Si te pasa eso, patea y corre". Si tan solo pudiera encontrar aquel grafiti entonces sabría cuál era el camino a casa.

Me arrodillé y busqué a lo largo de las pendientes del acueducto. Leí: *Tomás eztuvo aquí.* Más abajo: *Galán Asesinos.* Estaba a punto de correr de regreso en la otra dirección, cuando un carro chirrió al detenerse cerca de mí, Petrona iba en el asiento

285 · La fruta del borrachero

del copiloto y un hombre que no reconocí, al volante. El hombre salió del carro. Vi sus pantalones de sudadera, su barba negra y solté mi mochila y corrí. Me acerqué a la avenida, tenía una sensación punzante en mi pulmón derecho, me tiraría frente a un carro, haría que alguien se detuviera y me ayudara. Pero no había carros. Estaba llorando de nuevo. Volteé hacia atrás y vi a Petrona sentada en el asiento del copiloto de aquel carro parado, como si estuviera esperando que cambiara la luz de un semáforo. Sostenía su cabeza con las manos. *¿Realmente no iba a hacer nada por mí?*

El barbudo me estaba alcanzando. Lloré, corrí de nuevo, el roce de sus dedos en mi espalda, el pavimento rebotando en mi mirada, la sensación aguda perforando mi pulmón. Apareció un taxi a la distancia, la luz blanca ámbar encima del capó. Le grité al taxi, moví las manos para llamar la atención del conductor. Miró en dirección mía, luego se dio la vuelta, el faro izquierdo prendido. El barbudo me torció el brazo por la espalda y me retorcí y grité de dolor.

Todo se rompió dentro de mí y entendí que Petrona de verdad me estaba traicionando.

El hombre me arrastró de una pierna camino al carro. La piel me ardía contra el pavimento, pero yo no lloraba de dolor, sino por Petrona, *¿Cómo puedes hacerme esto? ¿Cómo puedes hacerme esto?* Ahora Petrona estaba de pie, afuera del carro, los brazos en el vientre, su rostro vuelto hacia el horizonte, sollozaba y temblaba y miraba a lo lejos. Yo trataba de aferrarme a las grietas del pavimento, me agarraba al pasto y a las piedras, pero fue inútil. El hombre levantó mi cuerpo y después me encontré en el baúl del carro detenido. El hombre cerró el baúl y todo se quedó a oscuras y luego nos pusimos en marcha y una cumbia a todo volumen apagó mi grito.

Recordé, el cielo oscuro, a Cassandra de perfil. Recordé la

voz burlona de Cassandra, diciendo: *No te escucho, Chula, ¿qué dijiste?* Todo ardía: mi piel y mis pulmones y la garganta y la parte detrás de los ojos. La oscuridad era la misma si cerraba los ojos o si los abría. Petrona iba sentada en el asiento del copiloto en este carro que ahora me llevaba lejos. Sentí que me faltaba el aire.

Entonces el carro dio vuelta a la izquierda. Habíamos avanzado veinte segundos. Si pudiera recordar las vueltas podría encontrar mi camino de regreso cuando escapara. Me sentí sola, como en una galaxia perdida. Había una rendija de luz en el lado derecho del baúl. Dimos vuelta de nuevo. Apenas oía algo por encima de la cumbia, oí a otro carro detrás de nosotros, el rechinido de los frenos, el tirón del sonido de un motor. Le di patadas fuertes al baúl. Grité por la rendija de luz.

Grité con todas mis fuerzas. Entre más fuerte gritaba más enrarecidas se volvían las cosas. Le puse sonido a las cosas que no tenían lenguaje: los surcos en el labio superior de Mamá, la concha de caracol en mi mano, la piel mutante de Petrona que le tragó un ojo y la punta de sus pestañas, la espalda de puercoespín de la Abuela. Empecé a olvidarme de mí misma, hasta que alguien más gritó. Entonces escuché un bocinazo largo y estruendoso. Luego otro. Luego otro.

El carro chirrió a la derecha, luego a la izquierda. Pegué la cabeza contra la cajuela. Estábamos subiendo aceleradamente una pendiente, lejos del bocinazo. Yo no podía respirar. Necesitaba concentrarme. Me había equivocado con Petrona, necesitaba volver al lado de Mamá. Arañé los bordes de la puerta del baúl. Encontraría una salida.

Me limpié las lágrimas. Sería la mujer que Mamá me había criado a ser. Palpé a mis lados buscando un arma. No había nada. Con los dedos hurgué por todos lados. Encontré detrás del borde de acero un cable largo. Llegaba a la cerradura. Servía para algo. ¿Pero para qué? Metí mis dedos en el pequeño cerrojo tratando de localizarlo. Lo agarré y cuando dimos otra vuelta a la derecha, de alguna forma la puerta del baúl se abrió. Respiré profundamente y mantuve la puerta entrecerrada para que ni Petrona ni el conductor pudieran verla. Me reí. Podría escapar.

La oscuridad en el baúl se hizo más profunda. Íbamos por un túnel. Cuando el carro se detuvo, empujé la puerta del baúl y salté hacia afuera. Me raspé la rodilla, luego me puse de pie, y corrí. Oí las llantas rechinar, Petrona gritó, el conductor gritó, me estaba escapando. Corrí a lo largo del túnel, subí una escalera, y salí a la luz de la calle. Me faltaba el aire. Todo se volvió borroso delante de mí y seguí corriendo.

Estaba detrás de un edificio junto a una caja de cartón. Respiraba con dificultad, ahogándome. Mis rodillas se doblaban. Seguía de pie. Me incliné, agarrándome a la caja. Mis pulmones bebían miel. Me aferré a mi respiración. Luego vi a Petrona a mi lado, llorando, me decía con voz grave: "Chula, Chula, perdóname". Yo no podía hablar. *Aléjate de mí*, trataba de decirle. Intenté empujarla, levantarme y correr, pero todo se oscureció. Petrona con su arruinado rímel negro en las mejillas, su cara pálida como un fantasma. "Chula, perdóname". Un tendero barría la calle. Otro, levantaba una cortina metálica. Petrona me sostenía de la muñeca. "*Tranquilízate*, Chula, por favor, cálmate." Calle abajo alguien estaba abriendo un cerrojo. Mis rodillas sobre el sucio pavimento. "Chula, respira". Mis manos las tenía también en el pavimento, las grietas de la calle, una brizna de hierba, ahogándose, hundiéndose. Galán sangrando en la tarima. El cigarrillo de Mamá que dejó un halo negro en el pasto como el de un santo. Caliente, frío, ahogo, respiro. Ojalá que Cassandra hubiera escapado y Mamá anduviera en algún lugar buscándome. Mi cara contra el pavimento, todo se apagaba, la voz de Petrona: "Chula, tienes que tranquilizarte, no nos podemos quedar aquí, *por favor*, Chula, cálmate", sus delgados y blancos dedos temblaban encima de mis ojos, la voz de Mamá como un tren de salida, diciendo "Por aquí, Petrona, ven y te muestro tu cuarto".

24

Vacío tras vacío

El abanico del techo cortaba el aire en lo más alto de la habitación, también cortaba la luz que caía sobre el rostro de Petrona. Petrona sacó un espejito de su bolsillo. Se acomodó su corto cabello. Los dedos que sostenían el espejo le temblaban. Cerró el espejo y se pasó los dedos por la cara. Estábamos en un sofá en un cuarto desconocido que olía a cerveza y aceite. Petrona miraba la puerta. Me moví un poco y Petrona se agachó ante mí, me acomodó los mechones de mi cabello tras mi oreja. Susurró:

—Estás despierta. —Luego—: Todo va a estar bien.

—¿Dónde estamos?

—En una licorera. El dueño te vio desmayar. Estamos esperando un taxi.

Mi mochila estaba en el piso. Creí que la había dejado junto al acueducto. La observé, qué extraña y fuera de lugar se veía en este cuarto oscuro donde la luz parpadeaba por el movimiento del ventilador. Petrona parecía tan apacible como siempre. Sus bonitos ojos ámbar me tranquilizaban, pero sabía que ella no se había estado escondiendo de ningún peligro, sino que ella misma era el peligro.

—Quiero irme. —Traté de pararme.

Petrona me sujetó y me mantuvo sentada en el sofá.

—Quédate quieta, Chula, no nos podemos ir hasta que llegue el taxi, si no, él nos va a ver.

Sabía que se refería al barbudo.

—¿Cómo puedo confiar en ti? —pregunté.

Su mirada era suave, después dura, después suave de nuevo. Sacudió la cabeza, llorando. Después un señor de cabello blanco entró corriendo, avisándonos que el taxi estaba afuera, nos dijo que nos apuráramos y subiéramos antes de que lo identificaran y lo metiéramos en problemas. Me aferré al sofá, no quería subirme a otro carro con Petrona. El hombre de cabello blanco me levantó en sus brazos diciendo, "Váyanse ya, yo no quiero problemas". Pataleé. Su cabello olía a tabaco, habían pósters de cerveza con mujeres en bikini colgando sobre el marco de la entrada de su tienda. Me obligó a subirme al taxi y cerró la puerta. Traté de alcanzar la otra puerta pero Petrona la abrió y subió junto a mí, le dijo la dirección de mi casa al conductor, y después se sostuvo en la puerta del taxi, cubriéndose la boca, llorando. Vi al conductor por el espejo retrovisor, se veía desconcertado y sorprendido, y comprendí que al menos él no era parte de ningún plan y logré decir *"por favor"* y *"apúrese,"* entonces el conductor volteó la vista hacia el camino y aceleró por las calles casi vacías, los edificios altos, un parque, el acueducto y después de unos minutos llegamos a la reja del vecindario y Petrona inhalaba y expiraba entre sus manos.

El taxi se detuvo en el portón del vecindario junto a nuestra casa. Ahí estaba Mamá y a su lado Cassandra. En el tiempo que desaparecí el miedo había envejecido sus caras. Estaba regresando a mi cuerpo, todo estaría bien porque nos estábamos deteniendo en nuestra casa, levanté mi brazo para agarrar la manija, estaba encontrando mi voz, *"¡Cassandra! ¡Mamá!",* mientras ellas corrían hacia el taxi. Pero la cara de Mamá estaba marcada de rabia. Abrió la puerta de golpe y jaló a Petrona fuera del taxi, y a mí me arrastró desde el asiento al piso.

—¿Qué hacías con ella? ¿Qué ibas a hacer? —Mamá me jaló del cabello de lado a lado. —¡Estúpida!

—Señora, ellas faltaron a clases y...

—NUNCA te he dado permiso para que saques a mis hijas del vecindario. —Mamá la zarandeó—. ¡Eres una delincuente! —Mamá lloraba, y su mano retrocedió y cacheteó a Petrona tan fuerte que la tiró al suelo. Petrona se sujetaba la mejilla llorando y Mamá nos arrastró a Cassandra y a mí por el cabello hasta el vecindario—. ¡Niñas imbéciles!

—¡Papá! —grité. Quería que estuviera en casa.

—¡Para qué llama a su papá, si aquí estoy yo! ¡Y *tú!* —Se volteó hacía Cassandra—. ¡Abandonaste a tu hermana!

—Pero regresé corriendo, Mamá, Regresé corriendo para contarte.

Escuché al taxista quejarse, y volteé a ver que se le acercaba el guardia de seguridad. Petrona caminaba atrás de nosotras, llorando. Mientras caminábamos, Mamá nos agarraba y nos jalaba el cabello, su puño zumbando por nuestras orejas. Llena de ira Mamá le gritaba a Dios. Sus manos enredadas en nuestro cabello se elevaron al cielo, y le preguntó por qué la había maldecido con hijas tan estúpidas. Cassandra y yo nos arrepegábamos la una a la otra. Mamá gritaba y gritaba, pero yo no escuchaba, tampoco sentí cuando nos zarandeaba de nuevo. No veía lo que estaba frente de mí. Solamente existía la mejilla mojada de Cassandra junto a la mía, nuestro aliento caliente mezclándose y un vacío tras otro vacío que se abría en mi corazón. En la casa, Mamá nos empujó para subir las escaleras, nos metió en mi cuarto y nos encerró. El cráneo me ardía y sentía calientes las mejillas. Lloramos contra la puerta, escuchando cómo Mamá le gritaba a Petrona y cómo Petrona suplicaba con Mamá.

Petrona

L e dije, *salvé a su niña, protéjame.* Se quitó los anillos de los dedos, me los puso en el bolsillo y me dijo que me escapara. Me puso dinero en las manos y me dijo que huyera. Le dije: *No tengo a dónde ir, amenazaron a mi familia, quién sabe qué harán.* Tomó una cruz de su repisa y me la puso en las manos. Dijo: *rezaré,* y entonces comprendí que yo lo había arriesgado todo por la hija de otra mujer y que nadie haría lo mismo por mí.

Creí que podría marcharme ahí mismo. Subí al bus que me llevaría a la estación central. Compraría un boleto y me iría lo más lejos que pudiera. Limpiaría y barrería casas para ganar más dinero. Pondría miles y miles de kilómetros entre Gorrión y yo. Gorrión, que me había dicho que no tuviera miedo, mantendrían a las niñas en un apartamento decente, y una abuelita les prepararía la comida por una semana cuando mucho, y luego las liberarían. Después supe que le pegaron un tiro a una niña en la frente. Gorrión alegó que la pequeña estaba muerta porque la familia no escuchó e involucró a la policía y por eso los hombres habían tenido que matar a la niña. *Entiendes, ¿verdad?,* me había dicho. *Los hombres no pueden comprometer su moral.*

Le dije a Gorrión que quería salirme del plan, que no entregaría a las niñas. Que había cambiado de parecer. Gorrión chasqueó la lengua. *Petro, no seas tonta. ¿Cómo me sales con eso ahora? Sabes quiénes somos, ¿cierto? Ya es demasiado tarde.*

Ahora me estaba marchando. Me encontraba en un vehículo en movimiento y pronto estaría lejos, muy lejos. Me iría a la costa como Ramoncito. Conseguiría un empleo, vendería chucherías y cocos en la playa. Me envolvería el cabello con una pañoleta como las mujeres de la costa y continuaría hacia el norte rumbo al Pacífico. Mi nuevo nombre sería Claramanta, como la de la telenovela. Nunca había visto el mar. Quizás era hermoso como me decían. Claramanta tomaría el sol a la orilla del mar. Bebería agua de coco en el cuenco de la cáscara.

Un niño pequeño se sentó a mi lado y le hice espacio en el asiento. Era tan jovencito como mi Aurora. Aurorita, ¿qué sería de ella? Quizá con el tiempo, una vez que yo empezara a ganar dinero, le enviaría sobres anónimos con dinero en efectivo adentro. Sería todo lo que podría hacer por ella por algún tiempo. El problema era cómo ocultar el dinero para que no se lo robaran. El niño junto a mí estaba desenvolviendo un dulce encima de sus piernas. Tal vez yo podría meter el dinero en una barra de chocolate. Decían que la gente que trabaja en las oficinas postales ponían a la luz cada sobre enviado y si veían que contenía dinero se lo robaban, pero no sospecharían de una barra de chocolate. El chico traía las orejas sucias, llenas de polvo. Al menos no olía mal. O quizá podría esconder el dinero adentro de juguetes. Quizá Aurora lo deduciría, quizá sabría que yo le iba a mandar cartas. Pensaría en rajar los juguetes y mirar por dentro. El niño levantó la mano y se llevó el dulce a la boca y enseguida alguien se sentó en el asiento de adelante. El hombre que se sentó tenía una verruga en el cuello igual que Gorrión. Cuánta gente había con verrugas idénticas.

El niño abrió la mano y yo me volví para verlo. Sopló en su palma como si me estuviera mandando un beso y un polvo blanco voló encima de mi cara. Intenté ponerme de pie, pero el hombre en el asiento de adelante, que no solo tenía la misma verruga que Gorrión sino también, ahora podía verlo claramente, su cara, me decía: *Espera, Petrona, espera*, y entonces me quedé sentada, pensando, que también era la voz de Gorrión, y la otra voz, la voz en mi cabeza, que me decía que me levantara y que corriera se callaba. Se desvanecía. Esperé para hacer todo aquello que aquel hombre me pidiera y enseguida me sumergí en la negrura.

25

Aguacero

¿Cassandra?"

—¿Qué? —Cassandra tenía los ojos enrojecidos y abismados. Apoyaba la cabeza en la puerta del dormitorio.

—Pero ella me trajo de vuelta.

Sus fosas nasales se ensancharon y los ojos se le enrojecieron más, y pasaron unos segundos antes de que respondiera.

—Lo sé.

Apoyé mi cara en la alfombra, escuchaba. La casa estaba en silencio. Petrona se había ido. Restregué mi cabeza en la alfombra.

—Cambió de parecer.

Nos metimos en mi cama. Nadie la había limpiado. El polvo me picaba la piel. La casa estaba inquietantemente callada. El viento ondulaba la cubierta plástica de la ventana y la luz declinaba. No había electricidad y en la habitación en penumbras sentí que me ardía la piel en el dorso de las piernas. No me moví. Cassandra dijo:

—¿Y cuando nos ofreció comprarnos café en la panadería? Su novio dijo que iba por el chofer, ¿te acuerdas, Chula? *Ella sabía lo que eso significaba.* Nos estaba reteniendo hasta que...

—Cassandra no terminó la frase. Enseguida dijo—: Nos pudo haber dicho que corriéramos. Pudo haber hecho algo. Pero no lo hizo, Chula. No lo hizo.

—Tú me dejaste.

No estaba segura de por qué necesitaba hacer sentir mal a Cassandra en aquel momento. En realidad no la culpaba.

—Corrí para ir por ayuda —dijo.

—Me dejaste —repetí, y dejé que se sentara con las piernas pegadas al pecho, bamboleándose y sintiéndose culpable. Cuando se hizo de noche, oímos un llanto ligero. Era Mamá. Ni Cassandra ni yo podíamos dormir. Cassandra dijo que probablemente Papá venía en camino y que una vez que llegara todo volvería a estar en orden de nuevo.

Horas después, nuestra puerta se abrió y creímos que era Papá, pero era Mamá, llevaba una bandeja con velas prendidas, dos jugos de naranja y platos de cereal. Puso la bandeja en el suelo. Retiró sus manos de ella y dijo:

—La eché, no sé qué le irá a pasar. No nos podemos preocupar por ella, nos tenemos que preocupar por nosotras.

—Pero Mamá —dije—. Me trajo de regreso, ¿eso no *cuenta*?

Había odio en los ojos de Mamá.

—Casi te desaparecen, ¿y me preguntas que si cuenta que Petrona te haya traído de regreso?

Los platos con cereal que Mamá nos llevó se quedaron en la bandeja de aluminio, los mangos de las cucharas asomándose de entre la leche blanca y los trocitos de trigo azucarado que ya se ablandaban y se hechaban a perder.

Oímos un suave golpeteo contra el plástico de la ventana. Luego se hizo un tamborileo. Entonces comprendimos.

—Está lloviendo.

No habíamos visto llover en mucho tiempo. Las tres nos pusimos de pie y fuimos al piso inferior. Abrimos la puerta y caminamos a la calle con nuestras linternas. La lluvia trazaba largas líneas plateadas. Había otra gente en la calle: un hombre en piyama caminaba protegiéndose con un paraguas, riéndose con asombro, unos niños chiquitos corrían jalándose las botas de lluvia, y sus padres los miraban y sonreían.

Una brisa se levantó desde el suelo y de repente vino el aguacero. Me quedé en el pórtico, pero Mamá fue al jardín. Vi su silueta, mirando hacia el cielo. Escuché caer la lluvia en el tejado y la calle. Pensé en Petrona. Hice a un lado mi preocupación por ella. Pude oler el borrachero, reavivado por la lluvia, liberando su dulce olor como de melaza y de vainilla demasiado madura, entonces relampagueó y vi a Mamá: tenía el cabello mojado y su bata, empapada, pegada a la piel.

26

La hora de la neblina

Todo el día siguiente esperamos a Papá. Caía granizo del cielo. Rebotaba en el pavimento y en el tejado de nuestra casa. Apenas podía oír lo que me decían. Mamá gritó que Papá venía en camino, que dejáramos de preguntar. A solas en el cuarto de Mamá, llamé a Petrona por teléfono a la farmacia.

—Farmacia Aguilar —escuché la voz familiar.

Colgué. ¿Qué tal si me decían que Petrona estaba muerta? Miré el jardín donde las bolitas de granizo rebotaban y caían destellando en el pasto como joyas redondas. Prendí la televisión. Permití que el ruido sin sentido me anegara. El presentador del clima ocupó la pantalla, su voz era balbuceante bajo el crepitar del granizo.

—¿Qué es esto? —Mamá me tocaba la piel inflamada y enrojecida en el dorso de las piernas, sobrecogiéndome de dolor. Con su mano me agarró del mentón y me forzó a reclinar el cuello—. ¿Te pegaste también en la cabeza? ¿Qué te pasó?

Me imaginé contándole a Mamá sobre el hombre barbudo, de cómo me arrastró de una pierna en el pavimento, de la manera que traqueteé en el baúl del carro como si fuera un lujoso equipaje con destino a compartimientos cada vez más oscuros: o así me lo imaginaba. ¿Qué ocurría cuando te secuestraban? ¿Había una celda? ¿Te esposaban? ¿O era como la sala de espera de un hospital con el resplandor de las luces fluorescentes y una revista y un reloj y una recepcionista?

Sabía que si le contaba a Mamá del baúl del carro nunca perdonaría a Petrona, y para mí era importante que la perdonara.

—Me raspé las piernas cuando me sacaste a jalones del taxi.

Mamá distendió el ceño y se llevó la mano a la boca, sorprendida de lo que era capaz.

Me limpió en el baño la piel rasgada. Las piernas me ardían donde ella me tocara. Mamá me sopló la piel para que no me doliera tanto. Cassandra me sostuvo la mano. Yo sabía que se sentían culpables. Desde la primera vez después del atentado me sentí aliviada. La forma en que le habíamos fallado a Petrona era un trago amargo y yo lo había dividido en tres partes y quizás ahora sería más fácil de soportar.

Cuando salimos del baño, todo lo que aparecía en la televisión era sobre Pablo Escobar. Había un anuncio con letras corriendo en el centro de la pantalla: *Noticias de última hora: La persecución más grande de la historia.* Subimos el volumen para oír por encima del ruido del granizo. Un reportero decía que Pablo Escobar había escapado y que no había estado en una prisión de alta seguridad como el gobierno le había querido hacer creer a la nación, sino que había estado viviendo en una mansión de alta seguridad.

—¿Está libre? ¿O sea que puede venir a Bogotá?

—Chula, espérate un minuto, estoy tratando de oír —dijo Mamá.

Todos los canales transmitían programas especiales: los reporteros caminaban adentro de la prisión de alta seguridad, mostrando las camas de agua, los jacuzzis, las finas alfombras, las baldosas de mármol, el sauna, el bar con discoteca, los telescopios, el equipo de radio y las muchas armas: granadas, ametralladoras, revólveres, pistolas, machetes. Escobar había estado dirigiendo el cártel desde la prisión.

Encontramos un canal que transmitía los detalles de la fuga. Había un mapa computarizado de la prisión. La prisión se hallaba en la accidentada ladera de una montaña. Un pequeño ejército de hombres rodeaba la edificación. El reportero dijo que como todos los guardias de la prisión eran hombres de Escobar, la fuga había sido fácil. Habían colaborado en la captura de varios rehenes y los habían usado para mantener a raya al ejército colombiano. El reportero dijo que se creía que Pablo Escobar y sus hombres habían escapado a la hora de la neblina pues se habían deslizado sin ser vistos por los batallones que resguardaban la prisión y, como, más tarde, en las colinas habían descubierto un montón de vestidos, se presumía que Pablo Escobar y sus hombres habían salido a las montañas disfrazados, una fila de señoras zambulliendose en las nubes.

Me acosté bocabajo pues no me podía sentar por mis raspaduras. Cuando se interrumpieron las noticias para transmitir anuncios publicitarios, me imaginé a Pablo Escobar abriéndose camino y transformando las cosas a su paso: ese era el *narco-pasto* por donde caminaba, esa era la *narco-neblina* que le enredaba en el cabello, ese era el *narco-silencio* que caía sobre la montaña.

Mamá se encerró en el cuarto de Petrona y se llevó consigo un teléfono; dijo que tenía que atender algunas cosas y Cassandra y yo salimos al jardín. Nos ocultamos debajo de la sombrilla para protegernos del bombardeo de granizo y pusimos vasos de plástico en el suelo. Esperamos una hora y entonces recogimos los vasos y comimos hielo con una cuchara. Había arañas grabadas en blanco dentro de cada granizo. Sabían a tierra y a mercurio.

Cassandra y yo comimos cereal y vimos televisión durante horas. Cuando llegó el atardecer y pasó la tormenta, buscamos a Mamá. Estaba sentada en la sala, con el teléfono a sus pies. Dijo que Papá iba retrasado por el tráfico. Enseguida dijo que posiblemente había habido un derrumbe. A veces ocurría en los caminos sinuosos de los acantilados que conducían a la ciudad, con la lluvia se aflojaban pequeñas piedras y rocas, pero solo se colapsaban más tarde cuando había sol, cubriendo las carreteras con los restos de la montaña. Pensé en accidentes de tráfico, hospitales, mujeres angustiadas, autoestopistas.

Cassandra preguntó:

—¿Qué dijo exactamente cuando hablaste con él, Mamá?

Mamá encogió los hombros:

—Dijo que saldría de inmediato, iba a recoger su maleta y se venía a casa.

Al fondo zumbaba la televisión: Pablo Escobar esto, Pablo Escobar lo otro. Me arrumé a Mamá en el sofá. Llegó la noche. De nuevo empezó a llover. El tamborileo de la lluvia golpeaba el tejado y las ventanas y el aullido del viento se colaba por las rendijas de la puerta principal. Yo ya estaba dormida cuando Mamá se levantó y anduvo por la casa moviendo cosas de una mesa a otra. Su bata se inflaba cuando se agachaba para recoger cosas del piso. Depositó el diccionario adentro en el cajón de la vitrina y dijo:

—Probablemente se le varó el carro en la carretera.

Mamá se restregó la cara con las manos. Por primera vez advertí su color. Su frente estaba pálida pero sus pómulos y su labio superior resplandecían con un enfermizo color verdoso. Imaginé el carro de Papá varado. Quizás había un clavo a la mitad de la carretera. Imaginé a Papá maniobrando una cruceta para cambiar la llanta mientras las luces naranja neón del carro se prendían y apagaban, reflejando los faros de los carros que pasaban a su lado. Después imaginé a Papá rompiendo el parabrisas frontal de su carro en un accidente. Aparté la mirada, pero la imagen seguía ahi. Me picaba la piel en la punta de las orejas.

—Vete a dormir —dijo Mamá—. Yo te despierto cuando llegue tu papá.

—Quiero esperarlo, Mamá.

—Estoy segura de que está bien. Vete y yo te despierto.

Fui al altillo y me metí en la cama junto a Cassandra, el repiqueteo de la lluvia encima del mundo de nuestros sueños. Traté de permanecer despierta, pensando en Papá mientras lo esperaba. Lo vi pasar delante de la puerta del ático y fui hacia él. Corrí tras de él por pasillos y espejos; luego me di cuenta de que estaba soñando. Me desperté de sueños esperándolo a otros sueños iguales.

Cuando desperté Cassandra ya no estaba. Corrí al cuarto de Mamá pero no vi la maleta de Papá y la cama estaba tendida. En el piso inferior, Mamá fumaba en la sala, y la televisión emitía un ruidoso y continuo pitido, mostraba una imagen estática con barras de colores.

—Mamá —dijo Cassandra, sacudiéndola por los hombros—. Mamá, ¿ya llegó Papá?

Mamá entrecerró los ojos hasta que se le cerraron por completo. Dio una fumada a su cigarrillo, aspirando el humo, que le salió bifurcada por las fosas nasales. Cassandra volvió a sacudirle los hombros.

Abrió los ojos.

—¿Qué pasó?

—¿Llamó Papá?

—¿Qué hora es?

—Son las siete.

Se incorporó y apagó su cigarrillo en el cenicero. Levantó

el teléfono y lo sostuvo en su mano. Los botones del teléfono se iluminaron de una luz verdosa y el tono llenó la habitación.

—Mamá, ¿por qué no marcas?

—Estoy pensando.

—¡Mamá, llama! ¿Qué estás esperando?

Mamá se puso pálida. Miró a la distancia mientras colocó el auricular en su lugar, luego se llevó los dedos a la nuca y después se sentó frente a la pared ocultando su cara entre las rodillas.

—Todo va a estar bien. Su Papá está bien —dijo después de un rato. Su voz me creaba una nueva angustia.

La policía en Medellín encontró un escondite de Pablo Escobar. El reportero estaba parado bajo la ducha completamente vestido, mostrando qué sucedió cuando a un joven policía se le ocurrió comprobar si el apartamento comprado con dinero lavado contaba con agua corriente. El reportero abrió la llave de la regadera. En seguida la pared de la ducha se balanceó y se abrió como una puerta, y allí debajo, a unos cuantos pasos, había un pequeño apartamento. El reportero hizo un gesto para que las cámaras se acercaran. Prendió la luz. Todo estaba en desorden. Había una cama. "Aquí, se puede imaginar, al sujeto que ha desatado la persecución más grande de la historia, dormido tranquilamente mientras la policía inspeccionaba el apartamento". El reportero levantó una taza de café de la mesita de noche. "Cuando la policía llegó, el café aún estaba tibio. La habitación estaba vacía y la policía se fue a registrar los alrededores. A nadie se le ocurriría", dijo el reportero, dirigiéndose hacia una pared de donde jaló un cordel, "que había otro escondite adentro del escondite". Una pequeña puerta se abrió de la pared y puso al descubierto un reducido espacio.

"Es probable que Pablo Escobar estuviera aquí sentado, a un pelo de las autoridades, esperando la oportunidad propicia para escabullirse".

El teléfono sonó todo el día pero Mamá se encerró en su recámara, así que me quedé viendo la televisión. En otros canales los reporteros seguían a la policía por Medellín. Se paraban frente a edificios con apariencia normal y daban nueva información: "La policía de Medellín fue vista a temprana hora tomando el control de este edificio. La zona está atestada de agentes de los Servicios Secretos, mientras las autoridades cada vez están más cerca de dar con el escondite de Pablo Escobar".

Hacia la noche, Mamá se había transformado en una viuda negra. Su cama estaba destendida y las almohadas y las cobijas estaban en el suelo. La encontré sentada en el colchón. La luz de una vela entre sus piernas arrojaba un brillo satinado en su cabello y sus dedos contraídos irradiaban sombras anaranjadas. Los pómulos y la frente le brillaban, pero los ojos los tenía entornados. Trenzó sus manos en el aire, susurrando oraciones. Cuando la toqué, su cuerpo se derrumbó bajo mis dedos como si fuera de ceniza. Se dobló ante la luz de la vela, llorando.

Encorvada, meciéndose con las piernas, aulló.

Era un aullido doloroso, lento, desgarrador, que se me impregnó en todo el cuerpo. Todo era terrible. Yo también aullé. Se me llenaron los ojos de lágrimas y cuando parpadeé veía doble: Mamá se cubría la cara con cuatro manos y decía:

—¿Qué vamos a hacer, Chula? ¿Qué carajos vamos a hacer?

Caí sobre mis rodillas y lloré en el áspero regazo del colchón.

¿Qué esta pasando, Mamá?

Pataleó.

—¡Se lo llevaron los guerrilleros!

—Pues dales lo que te piden, Mamá, ¿qué es lo que quieren?

—¡No lo sé! —Mamá se jaló el cabello—. ¡No lo sé! Solo llamaron para decir que lo tenían.

Cassandra entró corriendo. Sacudió a Mamá hasta que entendió lo que estaba ocurriendo. Las dos gritaban juntas, una tras la otra. Cassandra gritaba:

—Mamá, ¡haz algo!

Y Mamá respondía:

—¡No puedo!

En la madrugada, sentí un agudo dolor en el estómago y las manos me temblaban debajo de la almohada. Mamá dijo que la compañía petrolera no quería negociar con los guerrilleros porque era una compañía norteamericana, pero habían dicho que harían todo lo posible para rescatar a Papá. Nos ayudarían a ponernos a salvo. En la cama, pateé de rabia y la voz se me atascó en la garganta, y luego las lágrimas me corrían por las mejillas.

Un policía dio vuelta a la perilla de una estufa en un apartamento y casi se cae cuando el suelo se deslizó dejando al descubierto una escalera. Los túneles secretos conducían a una casa vecina, lo que significaba que la gente de Medellín conspiraba para mantener a salvo a Pablo Escobar. Pero a nadie le sorprendió, puesto que Pablo Escobar había construido y regalado casas a su comunidad y a veces conducía alrededor de las invasiones entregando fajos de dinero a los pobres. Mientras tanto, Escobar hacía estallar carros bomba en lugares públicos por todo el país tratando de intimidar al gobierno para que dejaran su búsqueda.

Me quedé viendo las paredes y me senté junto a Mamá, oyendo sus conversaciones telefónicas. A veces, las voces en el teléfono, resonando débilmente en la oreja de Mamá, eran recatadas y distinguidas. Eran las voces de un policía, la de alguien de la embajada americana, la de un abogado. Existía un plan para conseguirnos visas turísticas para Estados Unidos, pero no me parecía que aquello podría solucionar nada. Yo no hacía preguntas pues a veces las voces eran cortantes y alarmantes: "Tenemos a ese hijueputa, le vamos a mandar sus huevas por correo". Mamá tenía que poner el altavoz para grabar aquellas voces en un casete. Cuando colgaban, ella decía la hora y la fecha. Mamá no se daba cuenta de que yo estaba ahí, sentada en el suelo junto a la cama, como acostumbraba a hacerlo Petrona. Los guerrilleros querían todo el dinero que teníamos. Mamá depositó todo nuestro dinero en una cuenta bancaria. Cassandra dijo que habíamos perdido todo, pero a mí no me parecía que nada hubiera cambiado. Aún teníamos nuestra casa y el carro, comida en la cocina y un armario lleno de ropa.

Habían historias acerca de secuestrados que nunca volvían. La familia reunía el dinero, pagaba el rescate, hacían todo al pie de la letra; pero el secuestrado nunca volvía. En la escuela había muchos niños con familiares secuestrados. Dejaban de ir a la escuela durante días y de pronto aparecían con caras tristes y ojeras debajo de los ojos. En una ocasión, la directora consiguió un bus para que toda nuestra clase asistiera al funeral del padre de una de nuestras compañeras. Se llamaba Laura. A todos les daba miedo hablar con ella. En el funeral, le entregué a Laura una rosa roja y le dije lo que todo el mundo dice en una situación como aquella. Uno dice: "Mi más sentido pésame". Y enseguida baja uno la cabeza. De pie frente al altar, Laura coleccionaba un ramo en su mano con las rosas que los compañeros le entregaban, cada uno haciendo una reverencia y diciéndole: *Mi más sentido pésame. Mi más sentido pésame. Mi más sentido pésame.*

Transmitieron por televisión un mensaje de la hija de Pablo Escobar a su padre: "¡Te extraño, Papi, y te mando el beso más grande de todo Colombia!". Su voz era alegre. Quizá estaba tratando de parecer feliz, para que él no se preocupara, o quizá ya estaba acostumbrada a que su padre anduviera huyendo de la policía.

Mamá apagó la televisión y nos arrastró a Cassandra y a mí escalera abajo.

—Vengan, vamos a limpiar su cuarto. —No tuvo que decir el cuarto de quién. Yo no quería estar cerca de las pertenencias de Petrona, pero la obedecí. Me vi a mí misma caminando detrás de Mamá como si fuera alguien más quien bajaba por las escaleras, cruzaba la cocina, el patio interior—. Quiero el cuarto limpio —dijo Mamá sin dirigirse a nadie, y abrió la puerta del cuarto de Petrona.

Era alguna otra Chula en el cuarto de Petrona mientras Mamá sacudía en el aire grandes bolsas para la basura, desplegándolas, alguna otra Chula percatándose del polvo acumulado en el alféizar de lo que solía ser la ventana de Petrona, mirando la que solía ser su cama, mirando por encima las gavetas vacías donde Petrona acostumbraba guardar su ropa. Mamá embutió las sábanas dentro de una bolsa de plástico. Movió el colchón para sacar la sábana ajustable, pero en seguida se le cayó.

—¡*Jueputa!* —Se incorporó de golpe y se recargó en la pared. Su palabrota me devolvió a la realidad. Me le acerqué.

—¿Qué pasó, Mamá, hay un ratón?

Clavó los ojos en el colchón, la sábana ajustable estaba media quitada.

—Ayúdenme —dijo. Seguimos sus indicaciones, empujamos el colchón hasta que quedó recargado contra la pared. Entonces vimos lo que Mamá había visto. Un rifle. Estaba colocado sobre el canapé. Un largo rifle negro con el mango de madera. Rebotaba con fuerza en la superficie con diseños floreados del colchón.

Mamá retiró su mano de la boca.

—Dios —dijo. Y luego—: No se lo podemos decir a su padre. No podemos confiar en nadie —agregó, y puso el rifle adentro de una bolsa de plástico. Nos metió en el carro, condujo hasta la estación de policía y entregó el rifle. Mamá dijo que el rifle estaba cargado. Cassandra se veía preocupada. A mí me dieron náuseas por los nervios.

Pensé en lo que Petrona había planeado hacer en nuestra casa con un rifle cargado debajo de su colchón. Quizás había planeado atacarnos de noche. Quizá los guerrilleros iban a asaltar nuestra casa y ella se les uniría.

Quizá Petrona planeaba defendernos.

Quizá planeaba defenderse a sí misma.

27

La boca del lobo

Era temprano cuando Mamá nos sacudió para desper-
tarnos. Cassandra y yo todavía andábamos en piyamas pero Mamá nos apuró para montarnos al carro:

—Suban, suban.

Bajó de prisa por las avenidas, se pasó los semáforos en rojo,
dio vuelta a las esquinas haciendo las llantas chirriar. Le preguntamos:

—Mamá, ¿a dónde vas? ¿A dónde nos llevas?

Fue hasta que salimos al camino destapado en donde el niño
había puesto su mano llena de tierra en mi ventanilla que comprendí. Avanzábamos rumbo al cerro anaranjado, que crecía
en el parabrisas hasta que todo empezó a parecerse como a un
sueño. El cerro se veía diferente: húmedo y de color a herrum-
bre, y en el aire había un olor a quemado. ¿Qué encontraríamos
en este cerro con cara derretida? Quizás a Petrona destrozada
en el colchón de su tugurio. Quizás a Papá atado a un árbol.
Quizás a ninguno de los dos, tan sólo a Gorrión quemando el
cadáver de un animal.

Mamá dijo:

—Aquí hay guerrilleros, nos iremos pronto.

Íbamos en ruta paralela al cerro.

—Mamá, piénsalo bien —dijo Cassandra—. ¿Qué tal si el novio de Petrona anda por aquí?

El novio de Petrona, grande como un peñasco, asando a un puerco.

Mamá se detuvo donde antes nos habíamos estacionado. Los árboles arrancados y escombros desvaídos ensuciaban las laderas. También había rocas gigantescas y pedruscos en la carretera.

—Su novio, sí. —Mamá abrió su puerta del carro—. A ése es con quien me quiero encontrar.

Nos quedamos mirando a Mamá de pie afuera del carro, calculando la húmeda pendiente, jalándose las mangas.

—Se volvió loca —dijo Cassandra, pero a mí no me lo parecía. Yo también quería respuestas. Salí. Había unas maderas rotas y partes de sillas de plástico y llantas esparcidos por el camino, todo arrastrado colina abajo. Mamá encontró la brecha entre las rocas por donde doña Lucía nos había llevado y comenzó a subir. Yo la seguí. Cassandra gritó—: Mamá, no seas boba. —Mis pies resbalaban por el lodo. Luego escuché a Cassandra detrás de mí—: Agh, todo es puro lodo.

No habíamos ido muy lejos pero los pantalones y las mangas de mi piyama se habían cubierto de lodo. Volví la vista a lo alto para ver a Mamá dándole patadas al cerro, usando cada patada para impulsarse, como si estuviera yendo por una escalinata. Si yo pisara por donde había pisado Mamá podría ascender más rápido. Del lodo salían trocitos de plástico como si fueran raíces. Nos arrojamos contra la colina, avanzando y resbalando como si estuviéramos subiendo las resbalosas entrañas de una criatura. Nos topamos con una casucha destruida que se había deslizado hacia abajo deteniéndose a la mitad del camino de la pendiente. Sus esquinas estaban fracturadas y la lona que alguna vez le había servido de tejado se agitaba en el viento, anclándose de un extremo a un poste. Esto es lo que ocurría cuando el cerro, que era como la enorme garganta de un animal, tragaba agua: te engullía y te dejaba atascado para siempre.

El olor a quemado se hizo más intenso. Yo tenía la certeza de que algo estaba en llamas. Cuando llegamos al terraplén donde seguían en pie las primeras casuchas, vi una gran montaña de basura con cajones y muebles rotos y sábanas y plástico a los que les habían prendido fuego. El humo quemado era negro.

—Chula, tápate la boca, es tóxico —dijo Cassandra.

Con el cuello de su piyama, arrugado y manchado de lodo, ella se cubrió la nariz. Yo hice lo mismo. Muchos tugurios se mantenían de pie, pero tenían escombros acumulados a su alrededor. Había gente agachada limpiando, recogiendo el plástico, las tablas de madera y las piedras, despejando el camino rodeando sus casas. Durante un rato nadie notó nuestra presencia. Vi tugurios con los techos desvencijados, a medio caer en la tierra. Una anciana estaba sentada en el interior de su techo semiderrumbado acomodando unos cubiertos de plástico. Un grupo de personas asaban mazorcas alrededor de una gran fogata. De pronto, todo se quedó en silencio. Solo se escuchaba el chisporroteo de la lumbre. La gente de la invasión nos vio pasar. En las orillas y las esquinas de los portales, por los marcos de las ventanas, detrás de telas raídas, vi ojos que destellaban y que se ocultaban en cuanto se les veía. Mamá gritó:

—Estoy buscando a Petrona Sánchez, o información sobre su paradero. Le pagaré a quien me dé información.

Mamá aminoró el paso para ver si alguien salía. Unas sábanas desgarradas se movían con la brisa. Estábamos en el lugar donde un chico con el perro de tres patas había confundido el vestido de la Primera Comunión de Petrona con un vestido de novia, pero el tugurio que había sido su casa había desaparecido, ya nada estaba en su lugar.

Nos agolpamos detrás de Mamá, buscando la casa de Petrona, con el anaranjado cerro muy cerca de las manos y lejos de los pies. Llegamos a la cima y vimos la casa de Petrona, que también había sido destruida. El poste que sostenía la estructura se hallaba en su lugar pero todo lo demás se había derrumbado. En el suelo yacía tirado el triángulo del techo, haciendo una abertura como la de una pequeña cueva. Me di la vuelta y miré colina abajo. Las casas que alguna vez habían estado en la pendiente ya no estaban. Quizás era eso lo que se había estado quemando. Pude ver desde la altura que en la fogata había tablones, trozos de sábanas, las patas y los respaldos de sillas desmembradas.

La casa de Petrona se hallaba en silencio, por lo que supimos que estaba vacía. Ni Mamá ni Cassandra cupieron por la entrada, pero yo entré gateando. ¿Y si Petrona estuviera en el colchón? Quizá había alguna nota. Quizá algo explicaría dónde andaba Papá, donde estaba ella. Repté, deslizándome por debajo del tejado de lámina corrugada derrumbado.

—Chula, ¿qué ves? —Era la voz de Cassandra.

Había luz más adelante. Seguí a gatas hasta que salí al otro lado. Encima de los colchones, la mitad del techo seguía en su lugar. Rayos de luz caían sobre las revueltas camas, había pequeños charcos en diferentes lugares de los colchones. Me detuve.

—Todo está destruido —dije.

Las plantas de las materas estaban despedazadas en el suelo. Una pared se había ladeado y en el piso había una mesa rota con un cajón a medio abrir y adentro había unas gafas de sol rotas, un clavo, un soldadito de plástico.

—¡Señora Alma! —escuché que gritaron afuera. Era la voz de la madre de Petrona. Me giré y me apuré a salir—. ¿Han visto a Petrona? ¡Está desaparecida! ¿La vieron ayer? —Me arrastré hacia la luz. Si doña Lucía no la había visto, entonces quizá Petrona estaba con Gorrión. Mis codos se enterraron en el lodo—. ¿Señora Alma? ¿Me escucha? —Mi cabeza rozó la lámina corrugada que alguna vez había sido el techo de Petrona, me quedé con la vista fija en el destello de luz de la salida—. ¿Señora Alma? —Mis rodillas resbalaban en el lodo, mis manos estaban muy cerca de la luz. La voz de Mamá resonó:

—¿Dónde está el novio de Petrona? —Sonaba crispada y fría como la lámina corrugada de la que yo escapaba, luego se oyó la voz de doña Lucía, como arenas movedizas en mis pies.

—Lo sabe, ¿no es así? Sabe dónde está ella, pero no me lo dirá, vieja despiadada, ¡dígame dónde está! —En la luz, Mamá sobrepasaba a doña Lucía, que era solo una anciana, de rodillas, con el fango hasta el nivel de las espinillas y el canoso cabello reunido en una trenza—. Tenga compasión de una madre que ha perdido a su hija —imploró. Luego se cubrió la boca al hablar—. Usted siempre ha sido una patilimpia —entonces se abalanzó sobre Mamá jalándole la blusa—, ¡Dígame qué hizo con ella!

Doña Lucía se jaló el cabello y gritó y le dieron arcadas y yo me agarré a Cassandra. Petrona desaparecida y esta mujer, destrozada. *¿Si Petrona no estaba en el colchón, estaría muerta en algún otro lugar?* Doña Lucía se enderezó y fue como si alguien hubiera gritado corte y acción y empezara la siguiente escena, pues cuando agotó toda su agresividad se le formó un triángulo en su arrugada frente con las cejas y se le suavizó la mirada.

—De madre a madre: acuda a la policía. Cuénteles lo que le ocurrió a Petrona. Ellos la escucharán, usted es una mujer de la ciudad. No les queda de otra más que buscar a Petrona. La policía a mí no me hace caso. —Doña Lucía le dio palmaditas a Mamá en la mano, a momentos mirando ladera abajo, a momentos jalando de la mano a Mamá—. La estación de policía está cerca, vamos Señora Alma, a solo unos pasos de aquí, vamos.

Mamá se quedó firme en su lugar.

—¿Dónde está el novio de Petrona?

Doña Lucía se tiró al lodo.

—No sé dónde está él, ¡deje de perder el tiempo! ¡Vamos con la policía! —y por primera vez doña Lucía nos volteó a ver a Cassandra y a mí, empiyamadas, pegadas la una a la otra, llenas de lodo, y apuntó a la cara a Mamá—. Yo no sé qué les pasó a ustedes, pero Petrona no tiene nada que ver. ¿Me escucha? ¡Petrona está desaparecida! ¿Por qué diablos pierde el tiempo buscando a ese hombre?

Mamá pasó la mirada por los cerros, el color óxido del lodo, el humo negro que se elevaba en el aire.

—Cuando hay tempestad, nos cae a todos por igual —dijo. Y luego nos jaloneó y nos alejamos.

Muchas veces antes yo había intercedido por Petrona, la había defendido. Ahora, mis pies se hundían en el lodo detrás de Mamá, que me agarraba con su mano fría, jalándome hacia adelante por la pendiente, y entendí que Papá estaba desaparecido igual que Petrona. Me marchaba sabiendo que dejaba atrás a Petrona. Nos alejábamos de ella. Cuando yo había estado en peligro, Petrona me había salvado por encima de sí misma. Yo no estaba en peligro y ahora no moveríamos un dedo para ayudarla. Estaba salvándome a mí misma por encima de Petrona. Al ser consciente de ello, el cuerpo se me hizo pesado cuando bajaba por el cerro. El lodo era una almohada mojada que succionaba nuestros pies, nos hacía tropezar, dándonos la bienvenida al caer, queriéndonos mantener tiradas para hacer una casa en la negra panza de la tierra. Descendimos del cerro controlando cada paso, planeando a grandes distancias nuestro descenso, aferrándonos a las piedras, metiendo las manos en el lodo, o a veces el lodo acumulado debajo de nuestros pies nos daba un punto de apoyo. En el terraplén del cerro, donde se encontraba la mayoría de las viviendas de la invasión, donde estaba la fogata, pensé *Todavía puedo pedirle a Mamá que nos regresemos y ayudemos a Petrona*, pero no lo hice. Corrimos por la brecha de tierra en silencio y seguimos deslizándonos por el resplandeciente lodazal. *¿Se habían llevado a Petrona igual que a Papá? ¿Si tuviera la oportunidad, tomaría su lugar?* El lodo se me metió incluso en los zapatos.

En la parte más baja del cerro, el niño al que Petrona había llamado Julián estaba recargado en nuestro carro. Su perro de tres patas jadeaba a su lado. Julián ni siquiera se molestó en enderezarse cuando nos acercamos, aunque su perro golpeaba incensantemente la tierra con la cola. Vio nuestras ropas y se rio entre dientes.

—Así que es verdad, con una vez que venga a la invasión se queda uno enlodado para siempre. —Sonrió de oreja a oreja, disfrutando del miedo en los ojos de Mamá, al verla meter la llave en la cerradora del carro, su puño casi blanco, gozaba que Cassandra y yo diéramos la vuelta hasta el lado del copiloto para no pasar junto a él. Me echó un vistazo y luego se puso a mirarse las uñas fingiendo aburrimiento—. Seño, supe que anda buscando a Petrona.

—Dígame lo que sabe, no tengo tiempo que perder.

Julián bostezó y estiró hacia arriba los brazos.

—Algún pajarito me dijo que está dispuesta a pagar un buen precio.

Mamá vio de reojo hacia el cerro, que se veía desolado, entonces apareció un hombre. Tenía barba negra. Se parecía al hombre que me había raptado, pero yo no estaba segura. Sostenía una correa amarrada a un burro, mirando hacia abajo en nuestra dirección.

—Mamá, apúrate —dije.

—Yo sé lo que le pasó —le dijo Julián a Mamá, mientras acariciaba en cuclillas a su perro—. ¿Cómo cuánto vale esa información?

Volteé a ver el cerro. Ahora había cinco hombres agrupados de pie, mirando hacia abajo. Nos señalaban.

—Mamá.

Julián se levantó.

—¿Vale un minuto con su hija? —dijo, mirándome. Mamá volteó a ver el cerró y sacó un billete de su bolsa y se lo dio al muchacho. Julián lo puso a la luz, luego lo apretó en su puño—. Yo estaba aquí cuando la trajeron. Pobre Petrona, toda burundangueada. Ese novio de ella estaba a su lado. Él fue el que la trajo aquí.

Mamá dijo:

—Ahora dígame, ¿dónde está el novio? ¿Cómo se llama?

Julián le tocó el cabello a Mamá.

—Oígame, Seño, entrégueme todo el dinero que trae en esa bolsa tan linda y le digo.

Cassandra dijo:

—Mamá, yo sé cómo se llama, qué haces, tenemos que irnos.

Los hombres bajaban hacia nosotros. Mamá miró por encima de su hombro y los vio.

—¿Pero sabes su *verdadero nombre*? —dijo Julián—. Su nombre de la calle es Gorrión pero eso no le sirve de nada.

Mamá metió la llave del carro en el la puerta del conductor, y todas las demás quedaron sin seguro. Cassandra y yo nos subimos, Mamá agarró a Julián por el cuello.

—Le estoy pagando para que me diga su nombre.

Julián le sonrió a Mamá.

—Bueno, está bien, se lo digo ahora que estamos tan amigos.

Los hombres ya estaban muy cerca. Se les distinguían las caras; uno de ellos tenía el cabello rubio, dos más tenían barba, pero ninguno era el que me había raptado.

—Mamá, apúrate. —Cassandra se enjugó la cara—. ¿Qué haces, Mamá? ¡Mamá, vámonos!

Mamá le dio un empujón a Julián.

—Su nombre.

—Seño, él la subió a un carro junto con otros cinco. Quién sabe, a lo mejor la mataron.

Mamá resollaba de ira, soltó a Julián y se metió al carro.

—Cipriano —gritó Julián—, pero no sé su apellido —y entonces Mamá se echó en reversa y nuestras llantas patinaron en el lodo, se atascaron, nos tambaleamos hacia adelante y nos alejamos a toda velocidad. Miré hacia atrás por la ventanilla cuando Julián se escabulló y su perro lo siguió muy de cerca, y luego los cinco hombres corrieron por en medio de la carretera, viendo cómo nos alejábamos, y al poco tiempo los cerros anaranjados se encogieron a la distancia, y entramos nuevamente entre los edificios de la ciudad.

En casa ninguna de las tres podía comer. Nos sentamos delante de nuestros platos de arroz y fríjoles, removiendo la comida con los tenedores, todavía cubiertas de lodo. Las cosas eran tan complicadas que yo apenas podía pensar. Habían drogado a Petrona. *A lo mejor la mataron*, había dicho Julián. Me pregunté si ella reconocería lo que le había pasado, puesto que ya antes se había comido la fruta del borrachero. Cassandra dijo:

—Tal vez deberíamos ir a la policía.

Mamá se miraba sus pálidas manos golpeteando la mesa.

—No podemos ir a la policía. La tendrán interceptada. No. Lo que vamos a hacer es vender todo e irnos.

—¿Qué? ¿Ir a dónde? ¿Y qué tal si Papá regresa? ¡Tenemos que esperar!

—Quizá podamos ir en carro a San Juan de Rioseco. Ahí es donde lo vieron por última vez.

—¿A la boca del lobo, Cassandra? Lo matarán si hacemos eso.

—¿Pero la empresa va a pagar, Mamá? Tienen que pagar, ¡de qué otro modo van a soltar a Papá!

—Nos vamos a ir y vamos a vender todo —dijo Mamá—. Tu papá sabrá lo que está ocurriendo y se encontrará con nosotras. Ustedes empaquen una maleta cada una.

—Mamá, no puedes estar hablando en serio.

—Mamá, ¡él no nos encontrará! —grité.

—Empaquen todo lo que quieran esta noche —Mamá se puso de pie y caminó tranquilamente hacia el teléfono—, porque mañana todo lo que no esté empacado lo vamos a vender. Compraremos boletos a donde sea y saldremos de aquí. Su papá nos encontrará.

—Mamá, ¡no podemos irnos!

Cassandra gritó:

—¡Mamá, yo *no* me voy!

Mamá descolgó el teléfono y llamó a todos sus conocidos y les dijo que íbamos a tener una venta; nos íbamos del país e íbamos a deshacernos de todas nuestras pertenencias.

Sacó dos pequeñas maletas y puso una, abierta, en cada una de nuestras camas. Empaqué algo de ropa, pero luego anduve por la casa recolectando tesoros: un pequeño radio de mano, pulseras de plástico en colores pastel, un pequeño elefante de cristal, una cuchara de madera, las sombras negras para los ojos de Mamá, un calcetín rojo de lana de Papá. Cuando mi maleta se llenó, fui al piso inferior y escondí la pequeña televisión de la sala en la regadera de Petrona. No quería que Mamá la vendiera. No sabría qué hacer sin ella.

En el ático, Cassandra sacó todas sus prendas del clóset. Empacó su ropa y su ajedrez, y luego, llorando, empacó el contenido de sus cajones. Me sentía agotada por todo. Llegué a rastras a la cama y me dormí.

Soñé de nuevo con Papá. Cassandra y yo bailábamos juntas un vals en un salón de baile. Papá nos miraba desde afuera por una ventana. Golpeó el vidrio, pero nosotras no volteábamos. Papá se quedó en el jardín de la casa, con el ceño fruncido de tristeza bajo la sombra del borrachero, pero luego advertí que realmente no estaba en nuestro jardín, sino en medio de un campo donde las estrellas brillaban intensamente y había altos abetos negros.

28

Casa fantasma

Los vecinos llegaron al amanecer. Examinaron nuestra casa con la nariz en alto como si fuera un mercado maloliente. Llegaron con bolsas grandes de compras y anchos canastos de mimbre. Con mirada exigente, cerca de una pared, prendían y apagaban nuestras lámparas de mesa, soplaban el polvo de los discos de Papá, enrollaron nuestro tapete sikuani, sacudieron las pinturas que colgaban de las paredes, cuestionaron la autenticidad de las tazas de té de porcelana. En la cocina las mujeres se pelearon por las ollas de acero inoxidable de Mamá.

Una mujer le tiró a Mamá su dinero cuando salió con una pila de libros de Papá. Vi los títulos: *Las mil y una noches*, *Veinte poemas de amor y una canción desesperada*, *Diarios de motocicleta*, *Platón*, y entonces vi que Mamá se agachó para recoger el rollo de dinero del suelo como si se le hubiera caído a ella. El hecho de que nos miraran por encima del hombro se debía en parte a que habíamos caído en desgracia, pero también porque cuadraba con su idea de quiénes habíamos sido siempre. Sabían que Mamá había crecido en una invasión y que teníamos sangre indígena y siempre habían sospechado que no pertenecíamos a su vecindario de gente decente.

Cassandra y yo nos sentamos en el sofá de la sala, y vimos a los vecinos acaparar nuestras pertenencias, apilándolas en montones para que sus hijos las cuidaran. "No dejes que nadie tome nada de este montón", decían. Los niños, que alguna vez nos habían ignorado en el parque, nos ignoraban ahora en nuestra propia casa. Nos miraban arrogantes entre la multitud de adultos que se arrebataban objetos y escondían cosas bajo sus brazos. Un hombre se acomodó nuestra sombrilla debajo del brazo y señaló a una pintura que describía una tormenta.

—Esta se vería muy bien en nuestro pasillo —dijo.

—¿Esa porquería? —preguntó su esposa. Llevaba los tapices hindúes de Mamá enrollados bajo el brazo.

—Preguntemos el precio, de todos modos —dijo la mujer.

Isa y Lala también vinieron. Se veían justo como yo me sentía: desalentadas. Nos contaron que sus padres se estaban divorciando y que ellas, también, iban a mudarse. Se irían a vivir con la abuela.

—Pero ¿cómo ocurrió? —pregunté.

Isa frunció el ceño y Lala encogió los hombros. Isa y Lala no mencionaron a Papá, y comprendí que aquello era lo que la gente hacía con las personas a las que amaba. Te sientas a su lado a compartir su dolor. Isa y Lala no dijeron nada cuando las mujeres bajaron las escaleras con cajas llenas de juguetes de Cassandra y míos. Nos abrazamos, *Buena suerte, que les vaya bien*, dijimos, *Nos vemos*. Sin entender aún lo que significaban las despedidas.

Llegó la Soltera a ver qué podía comprar. Se detuvo a la entrada de la puerta y suspiró con deleite cuando nos vio sentadas en el sofá de la sala.

—Pobrecitas —dijo—. Tan jóvenes y ya arrastradas por el lodo. —Luego chasqueó la lengua y abrió bien los ojos con afectación. Bajó la vista y acarició el sofá—. Precioso —dijo—.

Quítense, niñas. Vayan a sentarse en las escaleras donde no estropeen nada.

Cassandra me jaló e hizo que me sentara en las escaleras y tuve que morderme la lengua. Cassandra incluso llamó a Mamá para que pudiera negociar el precio del sofá que la Soltera obviamente quería. Me quedé viendo, contando hasta cien, los detalles de nuestras vidas que se desaparecían. En cierto momento vi salir a la Soltera. Me vio e hizo una exagerada reverencia, y luego giró sobre sus talones. Parecía ir flotando hacia la salida, tocándose las puntas, blancas y puntiagudas, de las orejas.

Más tarde, llegaron unos hombres a llevarse todos los muebles.

—No puedo creer que todas nuestras cosas estarán en casa de desconocidos —le susurré a Cassandra. La casa vacía se sentía fría—. Es como si estuviéramos muertas.

Era como la casa de Petrona, no dije en voz alta, todo desaparecido o arruinado; pero por lo menos nosotras estábamos recuperando algo.

A las cinco de la tarde, Mamá vendió el carro. Yo no entendía cómo es que íbamos a escapar si no teníamos un carro. Con la bajada del sol, las pocas pertenencias que nos quedaban fueron saliendo por la puerta principal. Poco a poco la casa se vació.

En el piso inferior, una de las tres cosas que aún nos pertenecían era un amuleto. Eran las cuatro hojas de sábila que colgaban por encima de la puerta. Giraban, aunque no había viento. Se suponía que la planta de sábila absorbería la mala energía que llegara a nuestra puerta, pero no debió haber servido para nada desde el comienzo.

La segunda cosa que todavía nos pertenecía era la pequeña televisión que oculté en la ducha de Petrona. La llevé a la sala y la prendí. No sé si Mamá no notó la televisión o si no le importaba, pero no me gritó por haberla escondido. En la televisión, los reporteros seguían hablando de Pablo Escobar, pero ahora decían que Pablo Escobar tenía tanto dinero que probablemente había alterado su apariencia física. Varias imágenes a la vez llenaron la pantalla durante minutos. Había retículas con la cara de Pablo Escobar: caras con bigote, sin bigote, con la cabeza rapada, con la nariz intervenida, con la barba de un forastero, con la barbilla afilada, con las mejillas desinfladas, con los pómulos levantados. Me acerqué a la televisión para ver los detalles en blanco y negro en las imágenes de las caras de Pablo Escobar: el paréntesis a un lado de su boca, la nariz ancha, las comisuras al lado de sus ojos, oponiéndose entre sí, como si fueran toros listos para cornear. Solo los sepulcrales y penetrantes ojos negros se repetían en filas y columnas. Los ojos de Pablo Escobar.

Le pregunté a Cassandra:

—¿Pablo Escobar puede cambiarse los ojos?

—¿Pablo Escobar? —dijo—. Pablo Escobar puede hacer *lo que se le venga en gana*.

La tercera cosa que aún nos pertenecía era el teléfono. Mamá lo tenía en su cuarto y no dejaba de sonar. Lo levantaba a la mitad de los timbrazos y se quedaba callada y sin aliento mientras escuchaba por la bocina. El cordón del teléfono se le enrollaba alrededor de los dedos de los pies cuando los movía en círculos.

Recordé que Papá guardaba pequeñas fotografías de Cassandra y de mí en su cartera, para poder mirarnos con un solo movimiento de su muñeca. Si alguien encontraba su cuerpo, encontrarían nuestras fotografías y entonces sabrían que alguna vez aquel hombre muerto le había pertenecido a dos seres queridos. Papá guardaba nuestras fotografías detrás del plástico transparente que usaba para las identificaciones. Mamá nos había tomado aquellas fotos en el parque cuando yo tenía siete años y Cassandra nueve. En su foto Cassandra no llevaba gafas. Era impresionante nuestro parecido. Podríamos pasar por gemelas si no fuera por unos detalles: mis cejas eran más espesas, Cassandra tenía la piel más clara, la frente más amplia y yo tenía los labios más pequeños.

En una ocasión Papá nos contó que les había enseñado las fotos a sus empleados tantas veces, que no le sorprendería si sus compañeros de trabajo nos reconocieran si nos viesen caminando por la calle. Papá les mostraba nuestras fotos a todo el que se le parara enfrente: al ascensorista, a los guardias, al tendero. Cualquiera podía haberse dado cuenta de cuánto nos atesoraba; su cariño era palpable por la forma en que pasaba lentamente la punta de los dedos en las caras de los retratos, por el modo en que se le iban los ojos al recordarnos, el tono en que decía: *"Mis niñas"*.

La fuerza con la que pronunciaba *mis*, el húmedo vapor que aspiraba con la sílaba *ñas*; el modo en que alargaba las *eses*, como si fuera la cola de una larga serpiente.

—Les presento a *mis niñas*.

Mis amadas, mis piratas, mis reinas.

Estaba segura de que Petrona había sido la que había tomado las fotografías que faltaban en el álbum. Las había tomado para dárselas al grupo guerrillero. Me preguntaba en dónde habrían terminado nuestros retratos. En las mugrientas manos del chofer tal vez, o quizás estarían junto al cuerpo de Petrona.

Me senté en el jardín y vi al viento cambiar de dirección en la reja. En cualquier momento, Papá podría doblar la esquina, pasar delante de los pinos y finalmente regresar a casa. Por fin, finalmente. Canté una canción que Mamá me había enseñado:

Mambrú se fue a la guerra
Qué dolor, qué dolor, qué pena
Mambrú se fue a la guerra y no sé cuándo vendrá
Do-re-mi, Do-re-fa
No sé cuándo vendrá.

Papá doblaría la esquina y entraría en nuestro patio, caminaría por los escalones de piedra, y miraría a lo alto. Transformado para siempre.

~

A pesar de que Pablo Escobar anduviera huyendo, dio una entrevista por radio. Transmitieron fragmentos en los noticieros. Había llamado desde un lugar no revelado. La pantalla de la televisión se puso en negro y enseguida escuché la voz de un entrevistador.

—Para usted, ¿qué es la vida?

La voz de Pablo Escobar resonó:

—Es un espacio lleno de sorpresas agradables y desagradables.

Me sorprendió lo calmado y aburrido de su voz. Parpadeé pensando en las oscuras cosas que había imaginado ocurrían cuando alguien como Pablo Escobar abría su boca: relámpagos, una risa burlona y descarnada, el sonido lejano del choque de platillos. En cambio, hablaba con el aburrimiento de alguien pasando el tiempo, meciéndose en una hamaca, y hasta de pronto, apretando una pelota antiestrés.

—¿Alguna vez ha sentido miedo de morir?

—Yo nunca pienso en la muerte.

Levanté las cejas, impresionada. Yo pensaba en la muerte todo el tiempo.

—Cuando se escapó, ¿no pensó en la muerte? —prosiguió el entrevistador.

—Cuando me escapé pensé en la vida: en mis hijos, mi familia y en toda la gente que depende de mí.

—¿Es usted de temperamento violento y orgulloso?

—Quienes me conocen saben que tengo buen sentido del humor y que siempre tengo una sonrisa en la cara, incluso en los momentos difíciles. Y diré algo más: siempre canto en la ducha.

Me quedé en silencio y pasmada. ¿Qué canción podría cantar Pablo Escobar en la ducha? El noticiero pasó de la llamada telefónica a hablar de un concurso de belleza.

El sonido de los anunciantes y de los reporteros llenaban mis días. Las horas se hacían más cortas y largas, se apretaban y estiraban como cuerdas.

Miré el negro portón delante del jardín. El portón se mecía con el viento, lamentándose metálicamente. Dejé de imaginar el regreso de Papá. No quise vislumbrar lo que sospechaba no era posible. Mejor imaginar lo peor. Al menos podía entonces prepararme. El teléfono sonó y sonó y las cuatro hojas de sábila giraron. El tiempo era, estuve de acuerdo, un espacio lleno de sorpresas agradables y desagradables.

Petrona

Entre sueños, aparecía un polvo blanco flotando en mi cara. Alguien decía: *Esto es lo que le hacemos a los traidores.* Vi la cara de Aurora. Estaba parada bajo la luz del sol en una colina de girasoles. Tenía las mejillas rojas de tanto reírse. Bajó sola por entre los tallos, gritando: *¡Petrona, aquí estoy! Duermo la siesta.* Fui a buscarla y no había rastro de ella. Su cuerpo había desaparecido.

Había hombres entre mis piernas.

Creo que estaba soñando.

Gorrión me tomó de la mano mientras paseábamos por la punta de los Cerros. Me miraba intensamente a la cara. *Petrona, cómo puedes soportar ser tan bonita.* Todo eso había ocurrido antes. Era como ver una película. Sus amigos, a los que antes yo había considerado peligrosos, nos sonreían. Gritaron: *Ahí van los enamorados,* y vean, *qué lindos se ven juntos.*

Gorrión los alejó con la mano, como si fueran unos niños

burlones y los hombres se dieron la vuelta, riéndose, bromeando todavía. Yo no sentía miedo cuando estaba con Gorrión.

Gorrión desempolvó una roca antes de que yo me sentara en ella para que no me ensuciara. Me reía de él porque era como si hubiera olvidado en dónde vivíamos. No hablamos mucho. Miramos fijamente el paisaje de Bogotá. Había montañas tan grandes y tan azules, la ciudad parecía insignificante.

Gorrión sacó un pañuelo de su bolsa y cuando lo desdobló por completo, había una pequeña piedra verde encima de una tela. Parecía de cristal, la puso en mi mano y me dijo que era una esmeralda como yo. ¿Quería ser su novia?

Miré a Gorrión, y sonreí. Dije que sí. Su rostro se derritió y recobró su forma. Estaba soñando. En mi cabeza me preguntaba, *¿Dónde está mi cuerpo?,* pero en el sueño me preocupaba no saber dónde colocar la gema. Gorrión sacó un pequeño pastillero redondo y de plástico. Era translúcido y tenía un cojín de algodón. Desenroscó la tapa y puso la esmeralda adentro, diciendo: de esta forma la podrás mirar siempre.

Sacudí la pequeña esmeralda en la caja pero se mantuvo quieta, estaba apretada entre el cojincito y la tapa. Mi yo del sueño dijo: *Espera a que se la enseñe a Leticia.* En mi cabeza yo me decía: *Si me concentro puedo abrir los ojos.*

No se la muestres a Leticia, dijo Gorrión.

Mi yo del sueño le decía a Gorrión que Leticia era como mi hermana, que cuando llegué por primera vez a trabajar a la casa de los Santiago me había sentido muy sola. Ella me reconoció de los Cerros y me ofreció un cigarrillo.

Después estaba paseando con Leticia por el vecindario de los Santiago. Leticia me preguntó qué tal eran mis patrones, y enseguida me dijo que ella odiaba a los suyos. Me contó que disfrutuba ponerse bien bonita y desfilar en frente del señor de la casa para hacer que su mujer cancreca, que actuaba como duquesa, se enrabiara. Más tarde, cuando supo que podía confiar en mí, me dijo que también daba información de las cuentas bancarias y de lo que hacían sus patrones a los guerrilleros. Que yo también podría hacer lo mismo, si quisiera, además de pasar los sobres manila que nunca abríamos para ver qué contenían por dentro. Toqué con los dedos el pequeño pastillero en el bolsillo de mi uniforme de sirvienta. Recuerdo haber tenido esa conversación con Leticia, pero en aquel momento no tenía la esmeralda conmigo. Definitivamente estaba soñando. En mi cabeza me dije: *Despiértate. Despiértate.*

⌒✕

Había un cuarto blanco y sucio. Yo estaba en un colchón sobre el piso, Gorrión gritaba ¡Basta! desde el pasillo. Un hombre se me montó encima.

⌒✕

Me fui otra vez, primero a los Cerros, después ya no tenía ni cuerpo ni nombre. Estaba en un jardín de girasoles. Me convertí en briznas de pasto emergiendo de la tierra.

29

La uña de Dios

Ttambién la familia de Pablo Escobar intentaba salir del país. La policía los había aprehendido en el aeropuerto cuando intentaban salir hacia Estados Unidos. Las cámaras de los noticieros estuvieron ahí para filmar la incómoda escena: la policía jalando a la esposa de Escobar y a sus dos hijos de la línea de control de pasaportes, la esposa de Pablo Escobar peleando y alegando. Entonces la cámara enfocó a la pequeña hija de Pablo Escobar, una niña de nueve años que traía puesta una pañoleta, y que parecía ajena a lo que estaba sucediendo, jugando en el suelo con un perro blanco de peluche. Supe que tenía nueve años porque el reportero lo dijo, fuera de cuadro, y añadió que el oído de la hija de Pablo Escobar se había visto afectado por la explosión de una bomba cuando un cártel enemigo había atentado contra sus vidas; por eso traía puesta la pañoleta que le encubrían las orejas.

Me sentía mal por la familia de Pablo Escobar. Si uno se olvida de Pablo Escobar por un instante, la familia era solo una madre, un hijo y una hija, yendo de embajada en embajada —la americana, la española, la suiza, la alemana— pidiendo estatus de refugiados.

Nadie quería admitirlos. Las embajadas decían que los hijos

de Pablo Escobar eran menores de edad y que necesitaban una carta notarizada del padre para que pudieran salir del país. Una carta notarizada significaba que Pablo Escobar necesitaría entregarse. Ya que para obtener una carta notarizada tenía que presentarse en una notaría pública, hacer fila, poner su firma y su huella digital, hacer un juramento, esperar que se pegaran algunas estampillas al documento y volver a firmar. En Colombia había que notarizar todo. ¿A quién se le ocurrió este sistema? Cuando Mamá necesitaba abrir una nueva cuenta de banco, tenía que conseguir una carta notarizada confirmando que ella era quien decía ser.

Cuando Mamá dijo que habíamos solicitado el estatus de refugiados y que iríamos a Venezuela a esperar nuestros papeles, se me cortó el aliento.

—Necesitamos una carta notarizada, somos menores de edad.

—Chula, ¿de qué hablas?

—¿Y Papá? ¡En serio, no lo puedes dejar aquí! —gritó Cassandra.

—¿De qué le servirá que estemos muertas? —Sus labios se tensaron, estirándose hacia el mentón—. Nos vamos el viernes en la noche.

Faltaban dos días.

Al pensar en Papá, se me contrajo el estómago. Fui corriendo al baño y vomité. Casi no podía retener nada. A menudo me faltaba el aire. Me escondí en el antiguo cuarto de Petrona y me apreté la cabeza con las manos. Si Mamá nos llevaba a Venezuela significaba que estábamos en peligro y que el peligro casi nos caía encima. Por lo menos Venezuela no estaba tan lejos. No conocíamos a nadie en Venezuela. No me podía imaginar a dónde llegaríamos.

Corrí hacia afuera. Quería despedirme de alguien, pero Isa

y Lala se habían ido. Seguí corriendo calle abajo, todo ante mi borroso, y entonces me detuve sin aliento en frente de la puerta de la Oligarca. Toqué el timbre y la puerta desesperadamente, hasta que se abrió y la Oligarca me preguntaba qué me ocurría. Llevaba puesto un vestido de algodón, negro y largo hasta sus tobillos, y andaba descalza sobre las baldosas. Me tomó de los hombros y enseguida me senté en el sofá de aquella habitación que alguna vez me había deslumbrado desde la ventana. El estar allí era justo como me lo había imaginado, y dije sin pensar:

—Secuestraron a mi Papá —y un llanto salió de mí sin dejarme respirar.

La Oligarca me cubrió con una cobija.

—¿Dónde está tu madre? ¿Cómo te llamas? —Me tocó el mentón y sacó pañuelos de papel de una caja dorada que estaba en la mesa para limpiar mis mejillas mojadas.

—Mamá quiere que nos vayamos del país; sin Papá. Por favor —agregué, pero ni siquiera sabía lo que le estaba pidiendo. Todo lo que quería era estar cerca de alguien cuya vida transcurría sin obstáculo ninguno. Todo lo que quería era llorar en aquella habitación ordenada, con las cortinas, pesadas y amarillas, haciendo juego con los cojines en el sofá, llorar y ver a la cara a aquella mujer que parecía tan entera, tan ergida, tan equilibrada. Me miraba con paciencia.

—A mi madre también la secuestraron. Yo era un poco mayor que tú —dijo—. ¿Es por eso que has venido?

Negué con la cabeza. La Oligarca fue hacia una mesa y abrió un cajoncito. Trajo consigo una pequeña caja de cedro y la abrió en su regazo. Adentro había una trenza castaña y un rosario. El cabello y el rosario era todo lo que le había quedado de su madre. La Oligarca me abrazó y se cruzó de piernas y tomó las cuentas del rosario.

—*Creo en Dios, Padre todopoderoso, creador del Cielo y de la Tierra...* —Rezó un rosario completo mientras yo me acurrucaba en su pecho, calmándome con el sonido de su voz, mirando fijamente la trenza de su madre que yacía adentro de la caja. Cuando terminó, nos sentamos juntas por un largo rato y después me encaminó en silencio hacia mi casa. Me besó la coronilla y se hincó y me vio a los ojos. El blanco de sus ojos estaba lleno de venitas rojas, pero sus pupilas, dilatadas y café oscuro, estaban fijas.

Regresé a casa y al volver la vista, la Oligarca ya se había ido. Corrí hacia mi cuarto y arranqué el plástico de la ventana. Busqué a las vacas en el lote baldío. Estaban una cerca de la otra, muy juntas quizá por el frío, masticando el pasto. Me mordí el labio y les mugí. Había tantas cosas que quería contarles. Que me iba. Que habían secuestrado a mi padre. Que Petrona había desaparecido. Que las extrañaría. Traté de hacerles entender que Antonio necesitaría ser una buena vaca y honrar el nombre de mi padre. Mugí, intentando contarles todo a través de mi solitario mugido. Las vacas voltearon en dirección mía y echaron la cabeza hacia atrás, luego se recostaron en el pasto. Tal vez se estaban despidiendo. Caí de rodillas y no me limpié las lágrimas que derramé.

◆

De noche las paredes se alargaban hacia el techo y los espejos multiplicaban el vacío por toda la casa.

El espejo del cuarto de Mamá, frente a las amplias ventanas desnudas, reflejaba las nubes color pizarra. Las ventanas estaban abiertas.

Me senté en el espacio en donde había estado la cama de Mamá, y cuando llegó la tormenta, en lugar de levantarme para cerrar la ventana, observé la superficie del espejo temblorosa por el viento. Si me miraba en el espejo, mi cara se sacudía como si yo estuviera en un terremoto.

Miré el espejo por un largo rato. Por un momento, empecé a creer que realmente estaba en un terremoto. Pero cuando retiraba la mirada, todo en la casa quedaba quieto. Yo estaba quieta. Grandes ráfagas de viento me levantaron el cabello y escuché el aullido de la tormenta. El aire siempre olía a dulce cuando llovía. Era el olor del borrachero.

La lluvia me alcanzó y me levanté para cerrar la ventana, pero en lugar de hacerlo miré el cielo amoratado y bulboso. Tenía la blusa mojada. El borrachero ondulaba en el viento con las faldas de sus hojas levantadas. Alcancé la manija de la ventana.

—¿Qué estás haciendo? —preguntó Mamá desde la puerta de la habitación.

—Cerrando la ventana —dije.

—Cerrarla para qué—dijo—. No tenemos nada que proteger de la tormenta. Que la tormenta entre si quiere.

Volteé a ver a Mamá. Estaba apoyada en el marco de la puerta y tenía los ojos puestos en el mango de una escoba. Mi corazón se aceleró. Pasé por enfrente de Mamá, tragándome todo, y luego anduve de puntillas por toda la casa. No había tapetes en el pasillo, ni mesas, ni pinturas, pero imaginé que aún estaban ahí. Recorrí la casa esquivando los contornos imaginarios de los muebles: las pinturas, los floreros, las lámparas, los libros de Papá. Visité cada recámara, viajando de arriba a abajo de la escalera.

El aire alrededor de los objetos fantasma era enrarecido y denso. El espacio mantenía su solidez dondequiera que estaban las mesas, las sillas, las camas fantasmas. En el comedor, la alfombra estaba hundida, con círculos color crema claro, donde antes se habían apoyado las patas de la mesa. Así fue como supe donde se ubicaban la mesa, los sillones, la vitrina fantasma.

Pensé en todos los objetos en relación con Papá. La silla en la que se sentaba. Los tapetes por donde caminaron sus pies. Los barandales donde sus manos se habían posado.

Entonces, encontré en la casa la última de las pertenencias de Papá. Estaba oculta en un rincón oscuro a un lado del refrigerador, ignorado, olvidado, empolvado.

Era una botella de whisky de color escarlata abandonada en la oscuridad. La agarré y la sostuve contra mi pecho. Corrí y me la llevé conmigo al patio interior.

El whisky de Papá.

Cuando la destapé aspiré su aroma con avidez.

El olor era amargo y me atravesó la garganta. Le di un sorbo, imaginando que yo era Papá. Recordé el aliento olor a madera de Papá riéndose sobre su whisky. Era una sensación nauseabunda, pero seguí tomando sorbos hasta que sentí que el suelo se alzaba para encontrarse con mis pies. No podía pensar claramente, pero no había nada en qué pensar. Dejé la botella detrás del refrigerador, y me fui llorando y tambaleando a mi cuarto, avanzando despacio para evadir a los objetos fantasma.

Imaginé que Cassandra no podría evitar sentir los objetos fantasmas como yo. Cuando llegué a mi cuarto, un viento helado entraba por la ventana descubierta y Cassandra dormía en el espacio donde solía estar su cama cuando todavía compartíamos la habitación. Su pecho se inflaba, roncaba tranquilamente; el saco negro de lana de Papá, que Mamá había guardado, le envolvía las piernas, y tenía el cabello alborotado y enmarañado. Se veía tan apacible dormida: su cabello negro brillante en ondas alrededor de su cabeza y su piel con pequeños espasmos, con sus secretos musculares. Rodeé su cama fantasma y me acosté en la mía.

Me puse bocarriba. Miré el cielo nocturno por el marco de la ventana. Había dejado de llover y ahora el cielo estaba despejado. Miré las estrellas resplandeciendo en el cielo oscuro. Como perlas brillantes. Me les quedé viendo, pero se movían verticalmente. Titilaban y titilaban.

Solo la luna en cuarto creciente seguía en su lugar.

La luna creciente, que la Abuela decía que era la uña de Dios. Los dedos de su mano o de los de su pie.

30

Sus dos dedos

Cuando amaneció, Cassandra levantó la cabeza del suelo y miró hacia la puerta del dormitorio, entreabriendo sus ojos cansados, el diseño de la alfombra estampado sobre su mejilla izquierda. Bostezó, cerró los ojos y apoyó la cabeza en sus brazos entrecruzados. Bajé al piso inferior y me senté frente a la pequeña televisión. Estaban transmitiendo caricaturas; en otro canal, mostraban la imagen de un hombre bocabajo en un tejado. La sangre le escurría por el cuerpo sobre los adoquines del tejado. Entonces el locutor habló por encima de las imágenes, diciendo: "La policía se prepara para llevar el cuerpo al centro médico para que se le realice la autopsia". Me faltaba el aire, pensando en que podría ser Papá, pero luego aparecieron unos policías y cuando voltearon el cuerpo para ponerlo en una camilla, vi que no era Papá. Era Pablo Escobar. En la camilla, el cabello de Pablo Escobar le caía por detrás de las orejas, y tenía el rostro empapado de sudor, pero su cuerpo estaba tan quieto que inmediatamente sabía sin duda que estaba muerto. El hombre al que yo tanto le temía estaba muerto.

Había mucha gente en la calle, esperando en silencio, mientras afianzaban la camilla con sogas y la bajaban del tejado. Incluso cuando la camilla descendía balanceándose al nivel de la calle, la gente permaneció callada y solo extendían sus manos para tocar el cuerpo y luego se persignaban. Los policías escoltaron la camilla a través de la multitud, permitiéndole a la gente tocar a Pablo Escobar, su cabello, su camisa ensangrentada, sus brazos. Se escuchó el alboroto de mujeres llorando.

Especiales de televisión, entrevistas con expertos, conferencias de prensa; el sol se ocultó y luego se levantó teniendo como trasfondo los diferentes programas que reciclaban la misma información. Me quedé cerca de la televisión. No le dije a Mamá ni a Cassandra que Pablo Escobar había muerto. Nos escondíamos en diferentes rincones de la casa, lidiando con nuestro propio dolor. Ver cada desenlace en la televisión tras la muerte de Pablo Escobar era como yo me enlutaba: escuchaba a los expertos dando su opinión, a los testigos dando sus declaraciones, al presidente felicitando a los francotiradores que le habían disparado a Pablo Escobar, condecorándolos con medallas y hablándole a la multitud: "Hoy se ha muerto la peor pesadilla de Colombia". En Medellín la gente estaba de luto. Hubo transmisión directa desde el cementerio, ríos de gente coreaban *¡Pablo, Pablo, Pablo!* Se empujaban para estar cerca de los que cargaban el ataúd plateado, intentaban pasar sus dedos por la madera, ansiaban palpar la textura de lo que transportaba los restos de Pablo Escobar. Los miles de dolientes gritaban juntos: "Se vive, se siente, ¡Escobar está presente!".

La cámara captó por unos segundos a la viuda de Pablo Escobar, que lloraba detrás de su velo negro, y luego a sus hijos. Solo vi por un instante a la hija de Escobar, aunque era a la que más quería ver. Se veía triste, pálida y aturdida, tambaleante al lado de su hermano. Enseguida la cámara mostró la escena desde arriba. Estaban bajando el ataúd. Muchas manos se aferraron a él. Alguien le levantó la tapa y por un momento la cámara captó la cara de Pablo Escobar. Las rosas rojas enmarcaban aquel pálido rostro, las cejas se le desparramaban en silencio sobre sus ojos hinchados, y una espesa barba crecida le escondía el cuello. Murió gordo, como si fuera otro hombre. Enseguida la tapa plateada volvió a caer y lo sepultaron. Un tractor arrojó una montaña de tierra fresca sobre él.

Ya estaba oscuro cuando llegó el taxi de Emilio. Se veía demacrado alzando nuestras maletas a su baúl. Abrazó a Mamá. Yo lloré en su hombro, sus hombros anchos como los de Papá. Lloré sin cesar. Me estremecí, segura de que Papá aparecería a última hora, en el último momento, en el último segundo. Ahora lo habíamos perdido para siempre. Llovía. Íbamos por la carretera. Chorros de agua marcaban lo largo de nuestras ventanillas. Vi a Pablo Escobar parado al lado de un poste de luz con una gabardina empapada. Di un brinco y puse mi mano en la ventanilla. Pablo Escobar se me quedó viendo, congelado, luego escupió y siguió su marcha, perdiéndose entre los hombros y las sombrillas de los peatones.

Más tarde vi a Pablo Escobar en otra esquina, luego estaba sosteniendo un periódico mojado, lo vi pasar por delante de una iglesia, lo vi luchando con su paraguas que se le había volteado, lo vi corriendo con la barbilla pegada al pecho y con un libro bajo el brazo. Llovía en toda la ciudad.

Recordé que Cassandra había dicho que cuando Pablo Escobar descubría que alguien lo había traicionado lo degollaba y le jalaba la lengua y se la dejaba colgando a través de la rajada. Tuve el incontenible deseo de tocarme la lengua y apretármela con los dedos. Me pregunté cómo sería no tener lengua. Probablemente a uno se le olvidaría y trataría de mover el rojo y magro músculo, pero no habría nada qué mover. Solo existiría el oscuro y vacío túnel de la boca. Uno estaría a solas con sus pensamientos.

En el aeropuerto Mamá quiso darle dinero a Emilio, pero

Emilio se rehusó. Por el contrario, le puso a Mamá dinero en las manos, dinero de él, le dijo que eran sus ahorros y que tuviera cuidado. Vomité en el baño. Era de noche cuando abordamos el avión. Yo tenía el pecho congestionado por el llanto. El aire se me alargaba como cuerdas débiles y elásticas adentro de mí. No podía respirar. Había palabras designadas para describir en lo que nos habíamos convertido: *refugiadas, desposeídas.* Me abroché el cinturón y desde la ventanilla del avión vi las brillantes luces parpadeantes de la ciudad. Me pasé los dedos a lo largo de la cicatriz de mi cara que me había dejado el carro bomba. La piel imperceptiblemente plegada en una larga línea a través de mi mejilla. Estaba nublado y las brillantes luces de Bogotá desaparecieron tras las nubes. Ya no me importaba a dónde íbamos.

Cuando las nubes se disiparon, desde la ventanilla del avión vi fuegos artificiales rojos y azules que explotaban en la ciudad entera. Se abrían como sombrillas centelleantes en la oscuridad. La gente celebraba la muerte de Pablo Escobar.

Debajo de las nubes, muy abajo estaba nuestra casa, desierta, con las huellas fantasmales de los muebles sobre la alfombra y la televisión todavía prendida.

Debajo de las nubes, muy abajo en el jardín de nuestra casa, estaba el borrachero estremeciéndose con el viento.

Debajo de las nubes, muy abajo, la Oligarca encendía su chimenea.

Debajo de las nubes, muy abajo, la abuela María estaba en la cama, con su blanca cabellera esparcida sobre la almohada.

Debajo de las nubes, muy abajo, el cuerpo de Petrona, pesado como una piedra, caía en un lote baldío en Suba, con la ropa enlodada, con sus calzones encima de sus pantalones.

Debajo de las nubes, muy abajo, estaba San Juan de Rioseco.

Debajo de las nubes, muy abajo, dos dedos de Papá viajaban por correo, como prueba de su captura por parte de los guerrilleros. Dejarían los dedos de Papá en la puerta de nuestra casa en una caja de cartón, y esperarían, y no habría nadie para recibirlos en su regreso a casa.

31

La tribu cuyo poder era olvidar

Éramos un número: caso 52.534. Éramos un documento en un expediente en el archivero metálico de una oficina. Éramos la misma historia, contada una y otra vez, en carpas, en oficinas silenciosas, ante grabadoras frente a oficiales de Venezuela, de las Naciones Unidas, frente a oficiales de migración de Estados Unidos. Al principio les llamaban Entrevistas de Amenaza Creíble, luego fueron Entrevistas de Preselección, Entrevistas de Elegibilidad, Entrevistas de Autorización de Seguridad. No importaba el nombre que le pusieran: todo lo que importaba salía de aquella grabadorcita con pequeños casetes de Mamá; se escuchaba en el rechinido del rebobinado que paraba y luego se ponía en movimiento cuando ella presionaba PLAY, recorriendo la misma parte de la cinta para una u otra audiencia, se escuchaba en la voz que se volvía cada vez más inhumana: *Tenemos a ese hijueputa, le vamos a mandar sus huevas por correo. Sabemos en dónde se la pasa a toda hora. Vamos a cazar a sus hijas.* En el campamento, nos daban miedo los otros colombianos. No sabíamos quién tenía vínculos con qué y por eso no nos acercábamos. Dormimos en nuestra carpa. Cumplimos con las entrevistas.

En el campo de refugiados pasábamos hambre pero no

nos importaba porque a Papá lo tenían retenido y porque de alguna manera se decidió, sin discusión, que ninguna de nosotras podría disfrutar de nada de ahora en adelante. Yo guardaba los sobres con sal que robábamos de los restaurantes de comida rápida, abiertos en mi bolsillo para poder mojar mi dedo cuando sintiera hambre y chupar la sal.

Con el dinero de Emilio compramos una tarjeta telefónica para llamar a la abuela María. Entramos las tres bajo el resguardo de una caseta telefónica. Mamá sostenía la bocina en el aire de modo que todas pudiéramos escuchar. En medio del congestionamiento del tráfico, del cuchicheo citadino de la gente caminando y hablando y de música distante, oímos el sonido apagado del timbre del teléfono. Yo imaginé la casa de la Abuela: la sala con el sofá amarillo, el baño con el balde de agua, el pasillo ventoso que conducía a la cocina. Hacía mucho tiempo que no pensaba en aquella casa. Me preguntaba cómo explicaría Mamá lo que nos había ocurrido.

—¿Aló? —El sonido de la voz de la Abuela me aguó los ojos. Mamá dijo:

—Mamá.

La Abuela sonó sorprendida.

—¿Alma? Dios mío, ¿dónde estás? Te he estado llamando.

—Secuestraron a Antonio, Mamá.

Mamá le contó a la Abuela que habíamos vendido todo, que Papá seguía retenido, que estábamos en Venezuela. No le contó de Petrona ni le dijo que nos hallábamos en un campo de refugiados. Supuse que no lo hizo porque no quería preocuparla. Las dos sollozaban, y yo cerré los ojos. Era una forma de alejarme. La Abuela dijo:

—¿Por qué no me llamaste antes?

Mamá dijo:

—No sabía quién estaría escuchando.

El teléfono empezó a repicar y la educada voz de una mujer nos dijo que solo nos quedaba un minuto. Le pedí a la Abuela la bendición, pero la Abuela ya estaba rezando por teléfono, le pedía a Dios que nos protegiera. Rezó hasta que se cortó su voz.

Cuando recibimos nuestro primer envío por correo, supimos lo que contenía tan pronto como lo vimos. Era una caja de espuma de poliestireno que la empresa en donde trabajaba Papá había mandado. Era pequeña y blanca y tenía la palabra *biohazard* impresa a los lados en color azul. En diferentes partes de la caja habían puesto sellos y firmas y siglas garabateadas apresuradamente, pero nada delataba el hecho de que adentro yacían los dedos de Papá. No lucía gráficas de calaveras ni huesos, por ejemplo, ni caras con ceños fruncidos, ni el esbozo de algún ataúd, ni el esbozo de una cruz.

Durante días el paquete con los dos dedos de Papá había esperado a la puerta de nuestra casa en Bogotá. La Soltera llamó a la policía por el tufo que salía de él y luego la empresa de Papá se dio a la tarea de recuperar los dedos que estaban en la policía y enviárnoslos.

Nos quedamos calladas cuando Mamá recogió la caja de la oficina principal en el campo de refugiados, un pequeño remolque con una pequeña antena enganchada en la parte superior. Llevamos la caja a nuestra carpa. A Mamá no le gustaba prolongar el dolor, así que la abrió de inmediato. Nos amontonamos alrededor de la caja, sin pensar en cómo se verían los dedos —imaginé que estarían puestos sobre una barra de hielo— pero cuando pasó la impresión, vi que, entre varias almohadillas acolchonadas y transparentes, llenas de aire, había una bolsita de plástico llena de cenizas grises.

—Es mejor que los hayan incinerado —empezó a decir Mamá. Cassandra salió corriendo hecha un mar de lágrimas.

Yo quería estar a solas pero no pude así que, como tenía que permanecer en ese lugar lleno de gente, bajé la vista. Me pregunté si a nuestra casa abandonada habrían llegado también los dedos de Petrona, en señal de que la tenían secuestrada en algún lugar. Tal vez en la caja sin marcas yacían su dedo anular y el alargado y delgado meñique que siempre traía la uña demasiado larga.

Parecía imperdonable que todavía saliera el sol en Venezuela, que los otros en el campo de refugiados pudieran reírse juntos. Creí escuchar el lejano sonido de las olas, pero quizá era solo el bullicio de la autopista. Cassandra peleó con Mamá, le preguntó por qué no nos habíamos ido a la casa de la Abuela, y Mamá dijo que nunca había imaginado que dormiríamos en una carpa, pero que ya estábamos ahí y teníamos que esperar. Todos los días el saco de Papá que Mamá había conservado seguía en la maleta, a pesar de que me sentía segura que terminaría desapareciendo igual que Papá. Mamá guardó la bolsita que contenía las cenizas de los dedos de Papá en su almohada y sobre ella se durmió profundamente.

⤛

Cuando nos dijeron que nuestra solicitud para ir a Estados Unidos había sido aceptada, lloramos durante toda la noche, sosteniéndonos las rodillas y el cabello unas a las otras. Yo sabía pocas cosas acerca de Estados Unidos. Sabía que a veces le llamaban América, a pesar de que América era también el nombre de nuestro continente. Sabía que todo sería limpio. Todo estaría organizado. ¿Pero cómo íbamos a empezar una vida sin Papá? No quería alejarme más de Papá, pero tampoco quería quedarme.

Nos fuimos muy temprano al aeropuerto de Caracas, llenas de miedo, pensando que hasta esto nos lo quitarían. Todo parecía un milagro: el agente de viajes entregándonos nuestros boletos, el oficial de imigración sellando nuestros documentos, el vuelo que no se canceló, el avión que no se cayó del cielo, nuestra llegada a Miami, el perro antidrogas que no nos ladró, la migración de Estados Unidos que no nos deportó, e incluso cuando cruzamos la salida de la aduana el hecho de que nadie nos siguió, nadie nos cuestionó, nadie obstaculizó nuestro paso. Debería haber deseado que nos regresaran, porque eso significaría que estaríamos en casa para cuando liberaran a Papá. En cambio, cada fibra de mi ser quería escapar, escapar y sobrevivir, y me di cuenta de que era una cobarde no solo cuando se trataba de Petrona sino también cuando se trataba de Papá. Había americanos por todas partes: formando filas, preguntando la hora, arrastrando maletas, verificando las llegadas y las salidas. El aeropuerto era un gran murmullo de inglés americano, ese sonido embrollado y metálico.

En el aeropuerto de Miami a Cassandra y a mí nos tocó encontrar el área de reclamo de equipaje. La azafata que venía con nosotras desde Colombia nos dijo que habría un letrero colgando del techo y que todo lo que tendríamos que hacer era seguirle la pista a los letreros. Dibujó la señal en una servilleta para que estuviéramos seguras. Trazó con tinta negra un círculo y adentró dibujó un maletín. No encontramos la señal por ningún lado, y Mamá no quería que le preguntáramos a nadie porque no quería llamar la atención. Cassandra recorrió el pasillo del aeropuerto de arriba a abajo, sosteniendo la servilleta en el aire con sus dedos temblorosos, comparando el dibujo de la azafata con cualquier signo que veía. Finalmente encontramos nuestro rumbo. Era mi responsabilidad recordar las palabras *Committee for Refugees and Immigrants* y la sigla *USCRI*, porque eran ellos quienes irían a encontrarnos. Repetía la frase en voz baja y justo cuando íbamos a reclamar nuestro equipaje el hombre del Comité se acercó a nosotras con un papel en la mano en donde aparecía nuestro apellido —era evidente que solo nosotras éramos las refugiadas, que solo nosotras nos veíamos débiles, cansadas y aterrorizadas—, e incluso cuando se presentó, alcé la voz y pregunté: "*¿Committee for Refugees and Immigrants? ¿USCRI?*".

El hombre era colombiano, como nosotras, y su nombre era Luis Alberto. A su esposa también la habían secuestrado. Nos aferramos a este hombre en cuyo rostro resonaba un eco nuestro, que hablaba con un eco de nuestra voz. Estábamos colgadas a sus brazos cuando nos llevó a nuestro cuarto del hotel. Luis Alberto nos alquiló una película, puso nuestras maletas en un maletero y nos programó la alarma del reloj para el siguiente día. Pero no estábamos en condiciones de disfrutar de nada. Qué raro era estar en un lugar con paredes. Se me había olvidado lo silencioso que podía ser. No había niños llorando, ni se escuchaban peleas, ni se escuchaba el viento amenazando con tumbar la carpa. Luis Alberto nos pidió que descansáramos, que volvería temprano en la mañana para llevarnos al aeropuerto. Mamá apagó el aire acondicionado. Yo tomé agua sin hielo. Ninguna nos pusimos piyamas. Yo dormí sin almohada.

Luis Alberto nos tocó a la puerta a las cuatro de la mañana, cinco horas antes de nuestro vuelo; Mamá quería estar segura que tendríamos tiempo suficiente para abordar. Tenía temor, y nosotras también, ante la posibilidad de que todo podría evaporarse en cualquier momento. Luis Alberto se quedó con nosotras cuando recogimos nuestros boletos y nos encaminó a la puerta de abordaje y le explicó a Cassandra en donde abordaríamos y cuando le dijimos adiós nos miró profundamente a los ojos, y apretó nuestras manos entre las suyas durante largos segundos.

Cuando nuestro avión llegó a Los Ángeles, una africana nos estaba esperando. Se llamaba Dayo y era amable y vieja. Sonreía con los párpados caídos y nos habló despacio en un inglés que Cassandra y yo pudiéramos entender. Nos ayudó a encontrar nuestras maletas y después nos llevó a nuestro apartamento, alquilado y pagado para nosotros por el gobierno de Estados Unidos. Dayo deambuló por las dos habitaciones explicándonos el funcionamiento de los electrodomésticos, apagó y prendió las luces, abrió el refrigerador, prendió la estufa, manipuló el aire acondicionado, como si nosotras hubiéramos vivido en una cueva. Pero si era cierto que había cosas que nunca antes habíamos visto: el lavaplatos, el extinguidor, la alarma de incendios con su parpadeante ojo rojo desde el techo.

Cassandra y yo le tradujimos a Mamá aunque estábamos muy cansadas.

—Ella dice que hay comida en la nevera para estos días —dije.

—Para toda la semana —corrigió Cassandra.

Cuando Dayo se fue, Mamá se recargó contra una pared. Cassandra se recostó en el sofá. Yo fui al fregadero de la cocina y abrí la llave. El agua salía en un cilindro perfecto, con orillas plateadas y transparente. Dejé reposar mi barbilla en la barra. Me quedé viendo el infinito chorro de agua como si fuera algo sagrado.

Ninguna de las tres desempacamos, pero después de unas horas Mamá sacó el saco de Papá y lo cepilló. Dijo que así estaría listo para cuando él regresara. Lo colgó en la puerta del closet de entrada.

Dayo le había dado a Mamá una llavecita para recoger nuestra correspondencia. Mamá se negaba a revisar el buzón, pero a mí me gustaba abrir la puertita y ver lo que había adentro. Había anuncios promocionales de tarjetas de crédito y catálogos, que no estaban dirigidos a nadie y que tenían el nombre de nuestra calle: Vía Corona.

Aún no habíamos desempacado cuando se presentó un gentío ante nuestra puerta. Ahí estaba Dayo con su familia, pero también una familia cubana y una pareja de Chile. Cargaban pesadas bandejas de comida y nos dijeron que iban a tener una comida comunal, ¿queríamos ir?

Nunca habíamos escuchado de comidas comunales, pero de todas formas fuimos. Nos apretujamos en la pequeña sala de Dayo, con gente y bandejas y platos cubriendo cada superficie, y ahí, nos hicieron saber las reglas de la tribu: cada quien compartía su historia solo una vez, se tenía prohibido volver a hablar de ello.

En aquella habitación que humeaba con el aroma del arroz joloff y de las empanadas de manzana, la mandioca y las pupusas, Mamá narró nuestra historia.

El padre de familia cubano la tradujo. Tanto en español como en inglés era una historia que apenas reconocí. El despido de Papá de la compañía petrolera colombiana, su contratación por parte de la compañía americana, su lento ascenso, su secuestro y nuestra caída en la miseria. En ninguna parte de la historia Mamá mencionó a Petrona, pese a que con ella empezaba y terminaba la historia, según yo. De todos modos Mamá lloró. Dayo le acarició la espalda, alzamos una copa y brindamos por los nuevos comienzos.

Juntamos el dinero que habíamos recibido en préstamo del gobierno de Estados Unidos y compramos un pequeño espacio en un cementerio, una tumba para bebés. Mandamos hacer una lápida en donde se tallaron las palabras: *Sus dos dedos*. Pusimos la bolsa de cenizas que eran de Papá en una cajita y la sepultamos.

En Vía Corona, vivíamos junto a los cubanos, los salvadoreños, los chilenos, los colombianos, todos amontonados dentro de edificios de paredes delgadas. La arrendadora sabía quiénes éramos, sabía que éramos refugiadas, que habíamos escapado de alguna realidad horrible pero nunca nos pidió que le contáramos nada personal como la mayoría de la gente.

Cassandra pensaba que ser amiga de otros refugiados era doloroso. Decía que ya tenía suficiente tragedia y que no necesitaba añadirle más con los problemas ajenos. Pero yo no podía hablar; me sentía feliz en aquella tribu donde finalmente mi silencio cumplía con una función. Podía escuchar. Era como un recipiente para todo el dolor, para todas las historias. Me adentraba en la seguridad de Vía Corona, aquella esquina del mundo donde tendríamos que empezar de nuevo, aquella tribu cuyo único poder era el del olvido.

Mamá tenía solo un mes para encontrar trabajo pero no tuvo ningún problema. Paseó por un mercado sudamericano y en pocos días ya estaba surtiendo vegetales. Unos días después arreglaba las uñas en un salón de belleza. La jefa de Mamá en el salón de belleza era una mujer de carácter fuerte a la que todo el mundo llamaba señora Martina. Era bajita incluso con tacones y yo la sobrepasaba aunque trajera tenis. Le miraba fijamente el cabello, teñido de rojo, y le veía pequeñas escamas blancas escondidas por aquí y por allá entre los oscuros mechones. Cuando fui a ver a Mamá, la señora Martina me dijo que Mamá tenía un talento especial: las clientas llegaban a arreglarse solo las uñas pero Mamá tenía una lengua de oro tan buena que las clientas se quedaban más tiempo para escucharla, aprovechando para que las peinaran, les cortaran el cabello, les hicieran faciales. Mamá podía hablar con cualquiera de todo, por mucho tiempo, ¿no era asombroso? No le respondí y la señora Martina frunció las cejas:

—Alma, ¿qué le pasa a tu hija? Está muda.

Me acordé de nuevo de Pablo Escobar cortándole la lengua a sus traidores. Tenía sentido dejar de hablar, decir solo lo que fuera necesario y nada más. Era una forma de sobrevivir. Me sentaba en los rincones sin decir nada hasta que me di cuenta de que Mamá se preocupaba. Después me sentaba en los rincones con almanaques, folletos, libros viejos. Me sentaba a ver las páginas sin leerlas, escuchando el sonido del cepillado de cuando Mamá limpiaba el saco de Papá.

Como el saco estaba guardado en el pequeño armario de entrada, no colgábamos ahí nada más. Llevé piedras bonitas y conchas y Cassandra hizo confeti con papel y flores de plástico. Prendimos velas. Nos arrodillamos ante el saco de Papá. Ni siquiera sabíamos dónde lo tenían secuestrado. Ni siquiera podía recordar su cara. Repetía: *Padre Nuestro que estás en los cielos*. Recé también por Petrona. De rodillas ante la sombra del saco de Papá, traté de imaginarla a salvo, pero no servía de nada: tampoco podía imaginar su cara.

Petrona

Yo era una mujer sin nombre tirada en un lote baldío.
La noche era clara.
Estaba completamente inmóvil, quieta como un ratón.
Era una mujer sin cuerpo.
Quizá mi cuerpo tenía frío.
No lo supe porque el cuerpo no me temblaba.
Las luciérnagas resplandecían en el campo.
Podía ver por las inflamadas hendiduras de mis ojos, la noche estaba borrosa.
Alguien, una anciana, se acercó para ver si mi cuerpo aún respiraba.
No creí que estuviera respirando, pero la anciana decidió que sí, porque empezó a arrastrar el cuerpo por el pasto.
Yo era una mujer sin nombre, arrastrada mucho antes también. Dos hombres abandonaron el cuerpo en un trecho pastoso donde nadie lo veía, al menos por unos días.
Ahora aparecía una anciana, arrastrándome.
El cuerpo fue a descansar a una casita oscura, donde todavía era yo una mujer sin nombre, pero a veces me despertaba, me sentaba en una cama, tomaba una sopa maloliente, vomitaba,

no había un nombre para esta mujer enferma, cuyos pechos dolían, cuyo vientre muy pronto empezaría a crecer, cuyos pies estaban rajados, que tenía abrasiones en los muslos, en los brazos y en la espalda, cuyas entrañas ardían como una herida viva.

32

La lista

Mamá nos inscribió en una escuela pública y nos informó que íbamos a convertirnos en las mejores estudiantes de la clase. Así honraríamos a Papá: con calificaciones por encima del promedio. Cassandra escuchó a Mamá y se empeñó en alcanzar a sus compañeros, a aprender el nuevo sistema, a conseguir buenas calificaciones. Tenía mucha energía y optimismo. Yo, en cambio, no podía ni participar. Cada vez que me preguntaban algo, en el manchón de aquel cuadrante de sillas, no podía encontrar mi voz. Sentía la lengua pegada al paladar.

Me cambiaron a una clase con menos estudiantes que estaba llena de inmigrantes que no hablaban inglés. Cuando saqué notas altas en los exámenes, la maestra se dio cuenta de que yo ya hablaba inglés. Luego me colocaron en una clase para alumnos con necesidades especiales. Los estudiantes de educación especial no seguían ninguna regla y a la mujer que se hacía cargo de nosotros no parecía importarle. La hacía feliz que ninguno de nosotros tuviera una crisis nerviosa. Nos permitía leer y escribir lo que quisiéramos. Me permitió sentarme en el piso debajo de mi escritorio. Yo escribía, escribía y escribía.

De vez en cuando aparecía en el periódico colombiano una

lista de personas secuestradas que habían sido liberadas. Repasar la lista de los recientemente liberados era doloroso, y Mamá lo hubiera hecho sola, pero la lista se publicaba en Internet y teníamos que ir a la biblioteca pública para usar la computadora. Cassandra se negaba a ir, así que solo íbamos Mamá y yo, solicitábamos una computadora y esperábamos la hora asignada para su uso. Mamá no podía leer los nombres en la pantalla pues le daba temor saltarse alguno, así que yo tenía que introducir monedas en una máquina que me extendía una tarjeta, y enseguida le llevaba la tarjeta al bibliotecario, y él contaba las páginas que habíamos mandado imprimir y pinchaba nuestra tarjeta. Le llevaba las páginas a Mamá y ella se sentaba a una mesa con una regla que había llevado de la casa. Deslizaba la regla por las hojas de papel, para asegurarse de que leía nombre por nombre.

Yo esperaba a que terminara.

Gran parte de mi vida consistía en esperar.

Había desarrollado diferentes estrategias para esperar. Una de ellas era contar hasta once, después contar de nuevo hasta once. En otra seguía con la vista los diseños de las paredes, de las alfombras, de los techos. Si había gente cerca, como en la biblioteca, contaba sus movimientos: los segundos que tardaba alguien en darle vuelta a una página, el número de palabras que pronunciaban hasta que alguien hacía una pausa al hablar, el ritmo en el tamborileo de los dedos de alguien contra una mesa.

¿Cuántas respiraciones hacía Papá en un minuto? ¿Cuántas veces se rasguñaba Petrona un brazo en el mismo lapso? Escogía a gente de la biblioteca para que respondieran por mí. Los ritmos de los desconocidos eran una plegaria por algo que yo desconocía.

En casa, Cassandra siempre planeaba las cosas que debía conseguir y Mamá le aplaudía, alabándola. La de Cassandra era un tipo de espera diferente. Cosas emocionantes se vislumbraban en su horizonte y su espera se atenuaba al aproximarse a sus metas.

Mi espera se anticipaba a un futuro negro donde no existía otra cosa más que esperar.

Pasaba mucho tiempo sentada en un taburete. Pensaba en Papá: en su negro bigote, en sus fuertes manos, en las venas hinchadas que le corrían por los brazos y que a mí me gustaba ver. Intenté imaginar su mano sin dos dedos, pero no pude. ¿Cuál mano sería, la izquierda o la derecha? Pensaba en Petrona e imaginaba escenarios en donde yo podría defenderla. Me veía a mí misma adentro del baúl de aquel carro el día en que casi me secuestran, que fue también la última vez que la vi. Me veía en la oscuridad de aquel baúl ardiendo en mi silencio como si fuera yo un sacrificio; pero enseguida me daba cuenta de que en ese ensueño no me estaba intercambiando por Petrona: estaba canjeando el tormento de no saber dónde se encontraba y en qué peligro, lo cual me parecía más soportable. De hecho, la única constante era mi cobardía. Veía las palmeras sacudiéndose en la brisa marina. El cielo no podía estar más claro. El clima era tibio y templado. Veía a los niños tomados de las manos de sus madres, chupando paletas, pidiendo juguetes. Me hundía en la negrura.

Cuando nadie me veía iba a la caseta telefónica de la esquina y marcaba por cobrar el número de nuestra casa en Bogotá. Perdía la noción del tiempo escuchando el timbre, la forma en que sonaba por debajo del agua, lejos y perdido. Imaginaba nuestra casa desierta, quizás ahora llena con cajas por la mudanza de sus nuevos habitantes, la señal de la llamada telefónica viajando por los cables en la pared de nuestra antigua casa y saliendo por el auricular, pero no había sonido físico puesto que no habíamos dejado ningún teléfono conectado a la pared.

Entonces oía la voz automatizada decir en inglés: *Your call cannot be completed as dialed; please check the number and dial again.* Escuchar el timbre del teléfono era una forma de volver a casa.

Un día la llamada no entró y la voz de un hombre dijo: *El número al que ha llamado ha sido desconectado; ¡gracias!*

⌒✕

Lo que me había ocurrido en las calles de Bogotá tras escapar del baúl del carro tenía un nombre. Era lo mismo que me había ocurrido en la escuela cuando sentí que en la cafetería había mucha gente y el techo era raso. Me derrumbé con mi bandeja sin poder respirar y me llevaron rápidamente a la enfermería. La enfermera me explicó que era un ataque de pánico, y que podrían cesar si yo pudiera imaginar cosas tranquilizantes. Podría imaginar las olas del mar, sugirió, o los rostros de mi gente querida. Podría contar granos de arena imaginarios.

Las cosas que me sugirió me provocaban angustia. Pero aprendí a detectar las señales de un nuevo ataque. Las manos me hormigueaban, me faltaba el aire y cosas nimias me ponían inexplicablemente nerviosa: una puerta cerrada, una mirada súbita. Entonces me iba a la biblioteca. De alguna manera la biblioteca me tranquilizaba. Había muchas cosas que contar en la biblioteca y todo seguía un orden prístino.

Me aseguraba de nunca estar demasiado lejos de la biblioteca. Llegué a conocer bastante bien la biblioteca escolar, la biblioteca pública y sus pequeñas filiales del este de Los Ángeles. En la biblioteca había libros acerca de las experiencias de la gente secuestrada por la guerrilla, pero nunca me atrevía a abrirlos. Un día descubrí que había, en la biblioteca central, una sección de periódicos internacionales. Había un cuarto donde mantenían los ejemplares de cada periódico importante del mundo. Yo leía el periodico nacional de Colombia.

Leer acerca de Colombia me calmaba. Prestaba mucha atención a cualquier artículo que mencionara a Pablo Escobar. Tenía un cuaderno en donde copié las palabras que me gustaban. En *El Tiempo*, un periodista de nombre Poncho Rentería escribió: "¿Recuerdan la muerte de Galán, la bomba a *El Espectador*, el secuestro de Diana Turbay y de Pancho Santos? Días espantosos cuando la adrenalina corría de los pies a la cabeza y uno tenía que escribir, incluso si fuera con miedo".

Las horas transcurrían mientras yo transcribía. Iba tan seguido a la biblioteca, buscando artículos siempre sobre los mismos temas, que el bibliotecario empezó a apartar los periódicos antes de que yo llegara, dejando sujetadores en las páginas donde aparecían artículos sobre Pablo Escobar. Yo lo llamaba Mr. Craig y le respondía a su pregunta constante de: "¿Cuál es tu interés en todo esto? Eres familiar de Pablo Escobar, ¿o qué?", del modo en que Papá lo hubiera hecho: "¿Yo? No, a mí me gusta estudiar historia". A veces le respondía como Petrona lo hubiera hecho, diciendo: "No, Mr. Craig", del mismo modo en que ella decía *No, Señora Alma*, y hacía una reverencia.

En Colombia, varios periodistas dudaban de que Pablo Escobar estuviera muerto. El gobierno se negaba a mostrar las fotografías de la autopsia lo cual indicaba que las cosas no eran como parecían. Los periodistas especulaban que Pablo Escobar tenían un cuerpo doble.

Un periodista que no dudaba de la muerte de Pablo Escobar escribió acerca de una oración que habían encontrado en la billetera de Pablo Escobar al momento de que lo acribillaron. Transcribí un fragmento que me gustó de la oración:

Multiplícame cuando sea necesario,
haz que desaparezca

cuando sea menester.
Conviérteme en luz cuando sea sombra,
Transfórmame en estrella
cuando sea arena.

Había reportes de ciudadanos que veían a Pablo Escobar después de muerto por toda Bogotá. Una anécdota común era que en la madrugada había un bus del transporte público que se detenía y recogía a personas de algunas paradas como lo normal. Luego, el bus aceleraba y se salía de la ruta y empezaba a dar vueltas y vueltas por la ciudad. Decía la gente que el conductor era Pablo Escobar.

Le creí al periódico, pensando que eso comprobaba que la noche de nuestra partida había visto al Pablo Escobar de verdad. Estaba segura de que había alucinado la mayoría de las veces, pero tal vez una de esas veces había sido real. ¿Pero cuál?

¿Había sido real el Pablo Escobar que esperaba al lado de un poste de luz, el que se persignó delante de una iglesia, el que luchaba con su paraguas o el que andaba con el mentón clavado al pecho y con un libro bajo el brazo?

Me aprendí de memoria la oración que habían encontrado en el cadáver de Pablo Escobar. La repetía en situaciones difíciles, cuando me sentía angustiada: *Multiplícame cuando sea necesario. Conviérteme en luz cuando sea sombra.*

Mamá decidió que pasaríamos los fines de semana en el consulado de Colombia hasta que Papá reapareciera. Dijo que era la forma más apropiada de estar con él en su lucha. ¿Cuál era su lucha? Mamá no lo decía. Entre los sillones de cuero en el consulado, las banderas colombianas, el acuario lleno de peces tropicales, la gente en la sala de espera, charlando amigablemente un minuto y colándose en la fila el otro, todo el mundo tomando café, entre todo ese bullicio me sentía en casa. Le sonreí a una mujer mayor. Hizo una reverencia con su ancho sombrero de flores. "Qué jovencita tan educada". Los fines de semana, Mamá le llevaba flores y fruta a Ana, la secretaria del consulado, que nos permitía pasar ahí los días de descanso mientras esperábamos a Papá. Nos daba agua y café en vasos de papel.

Yo veía el borrachero por todo Los Ángeles, pero no era como nuestro árbol en Bogotá, era un arbusto. Tomé muestras y las puse en una bolsa de plástico. Las llevé a la biblioteca y en la sección de biología Mr. Craig me encontró un libro con dibujos y una breve introducción. Descubrí que era de un tipo menos venenoso del que Mamá tenía en nuestro jardín en Bogotá. El arbusto que había por todo Los Ángeles se llamaba *Datura arborea* y se utilizaba a veces para la recreación alucinógena, pese a que algunos jovenes habían muerto envenenados. Había un artículo sobre la *Brugmansia arborea alba*, el borrachero de nuestro jardín en Bogotá. Decía que los indígenas lo llamaban *El aliento del diablo* porque cuando uno se exponía a él, te arrebataba el alma y te convertías en la cáscara de una persona.

Los periódicos publicaron las fotos de la autopsia de Pablo Escobar, pero eran granulosas y no se parecían a él. Hubo gente que escribió a los periódicos: *Un hombre como Pablo Escobar, que pudo fingir estar preso, ¿por qué no iba a falsear el reporte de una autopsia?*

Ana nos contó de un programa de radio en Colombia que transmitía desde la medianoche hasta las seis de la mañana. Se llamaba *Las voces del secuestro* y la señal podía captarse en la selva.

Dijo que era un programa que tenía anfitrión y todo, pero en el programa solo se escuchaban las voces de las familias de los secuestrados, que hablaban directamente con sus seres queridos, como si nadie más existiera. Hablaban acerca del amor, la valentía, el futuro. No encontramos manera de escuchar el programa de radio, pero Ana nos dijo que si grabábamos cintas de caset podrían ser transmitidas y que había una posibilidad de que Papá nos escuchara.

Mi mente se quedó pegada a lo que ella había dicho en un principio: Papá se encontraba en una selva.

Un viernes de cada mes Ana esperaba que el cónsul se marchara para dejarnos usar la reproductora de casetes del consulado y hacer grabaciones para Papá. Cuando terminábamos, ella enviaba las cintas a Colombia utilizando el servicio postal del consulado:

Este es un mensaje para Antonio Santiago: ¡Hola Padre! ¡Te queremos mucho, desde aquí hasta el cielo! Estamos bien. ¡Te extrañamos! Le pedimos a Dios que te liberen.

Hola Papá, soy Cassandra, ¡Me muero por verte!

Hola Papá, nos acordamos de ti todos los días.

Era difícil no ponerse a llorar. Se suponía que yo debería sonar alegre, pero Cassandra había preguntado sobre sus dudas y sus dudas eran en lo único en que podía pensar. Y qué tal que la señal no llegara hasta la selva donde tenían a Papá, y que tal que los guerrilleros no tuviera una radio, y qué tal si los guerrilleros no se compadecían, qué tal que Papá no estuviera escuchando. Nunca dijo: qué tal que Papá no estuviera vivo. Pero yo sé que todas lo pensábamos.

Recordaba la voz de la hija de Pablo Escobar en los noticieros, sonando tan alegre: "Te extraño, Papi, ¡y te mando el beso más grande de toda Colombia!".

Hola Papá, nos acordamos de ti todos los días.

Enviamos doce casetes aquel año. Cada ocasión, lograba parecer un poco más feliz y llena de esperanza. Podía hacer que mi voz se llenara de esperanza si me imaginaba a Papá quieto frente a una fogata, asando malvaviscos, parando oreja cuando oía nuestras voces, cerrando los ojos al recordarnos.

Papá, ¡feliz Navidad!

Papá, ¡feliz cumpleaños! ¡Soplamos las velitas del pastel por ti!

Querido Papá. ¡Cómo te extraño! Este año saqué excelente en todas las materias en la escuela. Estoy en el equipo de voleibol. Cada vez que anoto un punto te lo dedico a ti.

Empecé a hablar con Papá con el pensamiento. *Papá, ¿qué tipo de lechuga escogerías? ¿Qué bus debo tomar? ¿Me combinan estas medias con mi blusa?*

En aquel pequeño y estrecho lugar donde Mamá arreglaba las uñas, que tenía una bandera de Puerto Rico colgando de los espejos y sombreros de mariachis de las paredes para reflejar la ciudadanía doble de la señora Martina, yo le lavaba el cabello a la gente.

Atendía toda clase de cabello —ondulado, rizado, delgado, liso, rubio, castaño, negro, rojo—. No importaba el tipo, todo el cabello se veía hermoso cuando se mojaba. Bajo el chorro de agua tibia que alisaba el cabello contra el lavamanos, cualquier tipo de cabello se veía sedoso. Algunas veces atendía a hombres, pero la mayoría de las veces eran mujeres las que se sentaban en mi silla. Les pedía que se reclinaran hacia atrás y se relajaran. Colocaba cuidadosamente toallas dobladas en la parte superior del lavabo para que apoyaran la nuca. Casi toda la gente cerraba los ojos al contacto del agua tibia en sus cueros cabelludos. Les masajeaba el champú sobre sus cabezas, sintiendo la blandura y suavidad de estos, sorprendida cada vez al sentir los huesos del craneo. No sentía que estaba cuidando de cabellos sino de pequeños universos.

Me hacía recordar a Petrona. La veía con el ojo de mi mente, años atrás, reclinando su cabeza el día que apareció golpeada, y Mamá, Cassandra y yo examinamos sus golpes y su cara sudorosa como si fuéramos tres lunas y ella un planeta.

～✦～

En la biblioteca noté que los periodistas habían dejado de escribir sobre Pablo Escobar. Tuve que consultar los periódicos viejos. Los periódicos viejos estaban grabados en microfilmes. Mientras leía, descubría que cada año ocurría una tragedia nacional. Era como un aparato de relojería. Los encabezados eran nuestro canto funerario.

Cuando tenía dos años de edad, mataron al ministro de Justicia: UNA MUERTE ANUNCIADA.

Cuando tenía cuatro, asesinaron al editor de un periódico: ¡DE PIE!

Cuando tenía cinco, a un candidato presidencial: ESTE PAÍS SE HA IDO AL CARAJO.

Cuando tenía seis, a un político que estaba negociando la paz: ¡CARAJO, NO MÁS!

Cuando asesinaron a Luis Carlos Galán los periodistas no supieron qué decir. No hubo titular, solo una fotografía más grande que el tamaño normal, y su nombre impreso encima en letras negras.

Cuando mataron a Pablo Escobar, el año en que Papá desapareció, el encabezado fue: ¡POR FIN CAYÓ!

～✦～

Las reglas en Vía Corona requerían que nos liberáramos del pasado, pero cada mes grabábamos cintas de casetes y cada mes

Mamá compraba una tarjeta telefónica y llamaba a Colombia. Cassandra grababa las cintas para Papá, pero no le interesaban las llamadas telefónicas, ni nuestro pasado, ni la tribu. Cassandra creía que Mamá y yo perdíamos mucho tiempo quejándonos. Me parecía irónico que Cassandra cumpliera total y automáticamente con la regla de olvidar y seguir adelante, pero que no se interesara en considerarse un miembro de nuestra comunidad que luchaba por olvidar y seguir adelante.

Cuando Mamá llamaba por teléfono a Colombia, Cassandra se iba de la casa. Mamá preparaba té y se sentaba a mi lado en el sofá. Marcaba el montón de números impresos en el reverso de la tarjeta, y finalmente sonaba el teléfono. Ponía el altavoz para que yo escuchara, pero yo casi nunca hablaba. Primero llamaba a la Abuela, que ponía al tanto a Mamá sobre la familia, el bienestar de sus perros y de sus plantas, los altibajos de su tienda. Mamá le contaba a la Abuela acerca de las calificaciones de Cassandra, cuántos libros yo leía. Nunca hablaban de Papá, salvo que fuera en clave, utilizando palabras como *tranquilidad*. La Abuela decía: "Prendí otra vela, Alma, para tu *tranquilidad*". Mamá decía: "Algún día recuperaré *mi tranquilidad*, tengo que creerlo".

Después de hablar con la Abuela, Mamá le marcaba a una de sus amigas que aún vivía en nuestro antiguo vecindario en Bogotá. Se llamaba Luz Alfonsa y como era enfermera, iba y venía a todas horas y sabía más secretos que cualquier guardia. Me gustaba oír los chismes de Luz Alfonsa. Le contaba a Mamá acerca de la Soltera. Finalmente la Soltera había atrapado a un hombre, decía Luz, *quién sabe de qué hueco salió*. Le contaba acerca de la joven y ruidosa pareja que vivía en nuestra antigua casa; de que conducían un jeep, de que una noche se pelearon a gritos, de que habían dejado morir las plantas del jardín. Me pregunté si eso significaba que nuestro borrachero se estaría secando, pero ahora que solo decía lo estrictamente necesario, no podía andar diciendo todo lo que se me viniera a la mente. Pensaba en Petrona. Entendía su silencio de un modo que no podía hacerlo cuando yo era niña y nada malo me había ocurrido. El silencio me subía desde los cólicos del estómago y se detenía en mi garganta. Me preguntaba si habría niños que creyeran que yo era una bruja o que estaba embrujada, que contaran las sílabas de lo que yo decía cuando se me forzaba a hablar.

En una ocasión, Luz dijo que tenía el chisme del siglo.

Mamá levantó el teléfono y subió el volumen del altavoz y colocó el teléfono boca arriba en la mesita de la sala.

—Cuéntame ahora mismo. —Sonrió, sorbiendo de su té.

—Bueno —dijo Luz. Su voz resonó en nuestro pequeño apartamento. Yo estaba recostada en el piso junto a la mesita, mirando el techo. Luz dijo que se había hecho amiga de una mujer que era amiga del jefe de la niña que conocía a la última niña que habíamos tenido—. La niña para la que pediste un vestido de Primera Comunión. *Esa* niña, ¿te acuerdas?

Mamá se quedó callada.

Las puntas de los dedos me temblaron y empecé a sentir la respiración entrecortada. Conté hasta el número once y volví a contar otra vez.

Luz dijo que la pobre niña había andado en malos pasos, pues se rumoraba que la habían encontrado en un baldío con la ropa interior encima de los pantalones, violada. Me apoyé en los codos y miré fijamente a Mamá. Mamá dijo:

—¿Violada? ¿Estás segura?

Luz dijo:

—¿Y entonces? ¿Cómo explicas que una mujer ya hecha y derecha termine con los panties encima de los pantalones?

Varias emociones jugaron sobre el rostro de Mamá: el surco de su ceño, la contracción en los bordes de su boca, el estremecimiento de sus párpados. Su mano se le deslizó por la mejilla, y cuando sus ojos se encontraron con los míos, le sonreí. No sé por qué sonreí. Tenía el corazón roto y no había cura para esta rotura.

Cuando Mamá le contó a Cassandra, Cassandra se puso histérica, se cubrió los oídos y le gritó a Mamá que no le contara nada más, nunca. Estaba harta de Colombia. Necesitaba concentrarse en sobresalir en la escuela. Necesitaba atender las actividades de los distintos clubes a los que pertenecía. Necesitaba disciplinarse, y ser más inteligente que todos para probar suerte en un sistema que no estaba hecho para ella, de modo que el sistema le generara lo que ella quería: becas, viajes, oportunidades, una vida propia.

Mamá me llevó en bus al mar. Me tomó de la mano al agacharse en la playa para recoger piedras.

—¿Te has preguntado por qué el mar es salado?

Apilé la arena caliente sobre mi pie.

—Mira, como si fuera un rey —señaló Mamá con el dedo. Nos quedamos viendo el arullo de las olas, luego nos sentamos. El color blanco del mar era alucinante. En el tiempo que estuvimos sentadas la sal me recubrió los labios, el cabello, las pestañas.

—La clave es portar con gracia lo que te fue dado. —Señaló al horizonte—. Igual que el mar. ¿Qué ves?

Miré a donde ella apuntaba, pero no me moví ni le respondí. Vi que el mar era inhumano.

Empecé a robar de nuevo sobrecitos de sal como lo había hecho en Venezuela. Los agarraba de entre los condimentos en algún McDonald's cuando los empleados no me veían. Mojaba mi dedo, lo llenaba de sal y lo chupaba. La sal era algo que yo podía sentir.

Un año más, doce cintas de casete más para enviarlos a la radio.

Un poco antes de que yo cumpliera quince años y Cassandra diecisiete, Cassandra dijo que ya no quería grabar más cintas porque le dolía mucho tener conversaciones unilaterales con un fantasma. *Papá desapareció, tenemos que aceptarlo.* Mamá abofeteó a Cassandra. Yo la fulminé con la mirada, sus ojos visiblemente alicaídos entre los mechones del cabello que le chasqueaban encima de la cara. *¿Quién se creía que era?* Yo también quise darle una cachetada. En calma, Cassandra dijo que estaba harta de vivir en el pasado, no podía seguir viviendo dos vidas simultáneas, y yo le grité:

—¡Esto es el presente, Cassandra! Papá está vivo.

Y ella dijo:

—¿Estás segura de que está vivo? —Esperó un momento y agregó—: No lo sabes, ¿cierto?

Y Mamá se golpeaba el pecho y decía:

—*Yo* lo siento dentro de mí. Yo lo *siento y lo sé.*

Cassandra había ganado una beca para ir a la Universidad al otro lado de la ciudad y aquel verano había conseguido un empleo de secretaria en el consultorio de un dentista para obtener dinero extra. En las grabaciones que hacíamos para Papá, Mamá le contaba que Cassandra iba a estudiar Comercio, que debería estar muy orgulloso de ella, y yo le conté que lavaba el cabello en el salón de belleza donde Mamá arreglaba las uñas. Le conté que Mamá era la favorita de todos porque a la gente le encantaba oír sus historias. *¿Te acuerdas de sus historias?* Le preguntaba a Papá. *¿Te acuerdas de aquellas noches en que nos quedábamos hasta bien tarde para oírla contar sus historias?*

Sin falta, cada noche Mamá cepillaba el viejo saco de Papá. Decía en voz baja: *No ha muerto, regresará, un día de estos,* y yo pensaba en que no había sabido cómo responderle a Cassandra cuando me preguntó si estaba segura de que Papá seguía vivo. La verdad era que no estaba segura. Pero tampoco podía darlo por muerto. ¿Cómo podría hacer algo así?

Dos semanas pasaron y entonces Cassandra le arrebató de las manos el saco a Mamá y lo arrojó al piso.

—¿Y qué, no te acuerdas cuando estábamos todos juntos y tú traicionaste a Papá con *aquel hombre*?

Me quedé sin palabras y en silencio, y lágrimas corrieron por las mejillas de Mamá. Tenía las manos suspendidas en el aire como si todavía estuviera sosteniendo el saco de Papá y me fui corriendo al baño con pluma y papel en la mano. Quince años tenía Petrona cuando nos traicionó. Y yo necesitaba saber si la habían violado y si la habían violado por mi culpa. Abrí la regadera y pensé: *Probablemente no recibirá esta carta. La casucha de su familia se había derrumbado. La vi. Estoy escribiendo una carta dirigida a un lugar que no existe. A menos que lo hayan reconstruido. ¿Que tal que estuviera escribiendo una carta para una muerta? Y si, por algún milagro, la recibiera, ¿no rompería Petrona mi carta al ver mi nombre?*

Me sentí culpable por escribirle, porque era una violación a las reglas de la tribu —*mejor dejar el pasado en el pasado, mejor no alborotar el avispero*— pero cuando le escribí a Petrona, encerrada en el baño, el espejo empañado de vapor, solo tuve conciencia del tamborileo de la edad en mi pecho, cómo me conectaba con Petrona, a través de la distancia, a través del tiempo.

33

Un hogar para todo lo que ha partido

Es raro cómo se olvida una voz. Después de algunos años, su tono y su timbre se desvanece. Se te hace imposible recordar lo que fue. En momentos de ocio, yo levantaba la vista como si estuviera mirando a la biblioteca de mi cerebro, en busca del pasillo preciso, el número de llamada exacto que me guiaría al recuerdo de la voz de Papá. ¿Era Papá un barítono? ¿Era de cadencia suave? No comprendía cómo pude olvidar este detalle fundamental.

Estaba tratando de recordar la voz de Papá mientras esperaba que Mamá terminara de leer la lista de los recién liberados. Pero ese día fue diferente, porque señaló la lista sin poder emitir palabra. Su cabello lleno de humedad se le crispaba encima de la cara. Se volvió hacia mí para pedirme que leyera. Las letras se revolvían y yo leí y releí la lista, y enseguida Mamá la leyó también, pero incapaces de convencernos a nosotras mismas de que ahí estaba el nombre de Papá, impreso en el papel, llamamos a Cassandra al trabajo y ella acudió de prisa, en su bicicleta, para mirar, y cuando llegó, diez minutos después, leyó todo en voz alta:

—En un intercambio por guerrilleros presos, el grupo de guerrilleros más grande del país ha liberado... —Luego se saltó hacia la parte de abajo—. S-A-N-T-I-A-G-O, A-N-T-O-N-I-O.

—¿Es él?

—Quizá no sea él.

—Podría ser otra persona.

Llamamos a un taxi a pesar de que no podíamos permitirnos el lujo, y lloramos camino al consulado. "¿Y si es él?", "¡No es él, no pienses que es él!". Solo podíamos hablar con exclamaciones, y así le pagamos al taxista, así irrumpimos en la oficina del consulado, así nos colamos en la fila, así llegamos hasta donde estaba Ana, gritando que necesitábamos ayuda para saber si realmente era Papá quien había sido liberado, pues qué tal si era otra persona con el mismo nombre, ¿cuánta gente en Colombia se llamaba Antonio, cuántos Antonios Santiagos habían sido secuestrados por los guerrilleros? Ana dijo que tenía el número de identificación de Papá, lo compararía en la lista de los liberados. Tecleó números en su tablero y Cassandra dijo:

—No es él, no puede ser.

Poco después estaba yo llorando en el piso y Ana decía que sí, *era* Papá, y Mamá se enojó con Ana y le dijo:

—No te atrevas a decirme cosas de las que no estás segura, Ana, esto no es ningún juego.

Ana atrajo a Mamá a su computadora y le mostró:

—Mira, es la misma identificación.

Cassandra también miró y enseguida se puso a hablar muy rápido. Preguntaba qué teníamos que hacer para conseguir un préstamo, para comprarle un pasaje a Papá, para poner sus documentos en orden, ¿necesitaría un hotel? Mientras tanto Mamá repetía:

—No puedo leer estos números en la pantalla, Ana. Imprímelos. No son los mismos.

Todo se tiñó con nuestro dolor mezclado con alegría.

—Habrá cambiado —dijo una mujer, pero la ignoramos. Las manos me temblaban y Cassandra seguía preguntando sobre préstamos y pasajes, y Ana también lloraba, y nos decía a dónde ir y qué decir, decía que apresuraría una solicitud para tramitar los documentos de Papá, y entonces Mamá, Cassandra y yo corrimos; primero al banco, después a comprar un boleto de avión, luego a nuestra casa para llamar a Ana. Ana nos mantuvo en la línea telefónica mientras ella llamaba desde otro teléfono a la embajada de Estados Unidos en Bogotá. Aguardamos, las tres juntas, respirando apenas, aferradas a las diferentes partes del auricular. Ana regresó al teléfono y dijo que la embajada en Bogotá llevaría a Papá al aeropuerto a recoger el boleto que le habíamos comprado. Nos pidió que esperáramos; nos tenía una sorpresa.

—Voy a pasar esta llamada al otro teléfono, ¿de acuerdo?

Me imaginé a Ana sentada a su escritorio, sosteniendo los dos teléfonos, la oreja en el auricular, el auricular en la oreja.

—*Madre, hijas* —oímos decir a Papá.

Estallé en un sollozo al oírlo. La voz de Papá embonaba en el canal de mi oído, desierto por tantos años, ahora lleno con su timbre. Qué fácil era reconocer este detalle alguna vez perdido. Había un hogar para cada cosa perdida.

—Antonio, ¿de verdad eres tú? —dijo Mamá.

—Papá.

Y ya no pude decir más.

—Papá, ¡vas a volver a casa! —dijo Cassandra.

—Después de todos estos años.

Yo apenas cabía en mi propia piel. El avión de Papá llegaría al día siguiente. Yo no comprendía cómo sobreviviríamos aquellas horas de espera. Mamá nos sirvió unos tragos de whisky, enseguida tratamos de comer y luego intentamos dormir. Nos sentamos y fijamos la vista en la pantalla de la televisión, sin ver lo que se estaba transmitiendo. De vez en cuando, una de nosotras decía abruptamente: "¿Qué tal si no lo reconocemos?". No sé cuánto tiempo transcurrió, cómo llegó la noche, cómo salió el sol.

De camino al aeropuerto, yo sentía pánico a cada instante, me preguntaba ¿y qué tal si los guerrilleros cambiaran de parecer, qué tal si volvían a capturar a Papá, qué tal si el avión se caía, qué tal si nunca llegaba?

Observamos el aviso de las llegadas: una multitud llegó de México, otra de Brasil; había personas nativas de esos lugares que al regresar se veían abatidas y nostálgicas, pero había también mujeres estadounidenses que volvían de vacaciones, con la piel enrojecida, adornando sus manos y cabezas con trozos de culturas ajenas.

Me hice de nuevo la misma pregunta: "¿Qué tal si no lo reconocemos?".

Cassandra se mostró valiente y dijo:

—Será el mismo, ya verán.

Me sentí niña otra vez, cuando esperaba a que Papá volviera de viaje, con temor del momento en que lo viera bajar del taxi, abrir la verja y levantar la vista. *Va a estar delgado*, me dije. *Viejo*. Me senté mirando a la nada, mientras los minutos pasaban, y yo intentaba estar preparada. Veía las baldosas del aeropuerto, sin saber qué más hacer. ¿Transcurría el tiempo o estaba quieta en el infierno de un minuto interminable? Me dijo Cassandra que ya era hora, pero yo sentía dormidas las piernas. Me levanté con dificultad al ver a un pequeño grupo salir por la puerta de llegadas. Iba renqueando detrás de Mamá y de Cassandra. Pasé delante de las pantallas del aviso de llegadas. Apareció un rubio alto con dos pequeños, un hombre robusto. Intenté sacudir las piernas, pero no pude sostenerme. Una horda de adolescentes pasó delante de mí, a mi derecha y a mi izquierda, y entonces Mamá y Cassandra chillaron y saltaron a los brazos de un extraño, y de repente me encontré aferrada a la esbelta y frágil figura de aquel hombre con ropas prestadas.

Todo me parecía punzante.

—¿Papá?

El hombre, de prodigiosa barba negra, se reía. ¿Así era como se reía Papá? Me aparté, atemorizada. A diferencia de cuando había oído su voz en el teléfono, ahora su risa, en persona, no cuadraba en ninguna parte de mi memoria con la risa de Papá. *Conviérteme en luz cuando sea sombra, multiplícame cuando sea necesario.* Sus cejas, negras y espesas, eran las mismas, pero la piel alrededor de los ojos alojaban arrugas profundas y las mejillas se le hundían en el arco de su dentadura. La línea de su cabello se le había replegado, dejando al descubierto una parte de la piel que lucía suave y con manchas. Me esforcé para reunir las antiguas facciones del papá que yo conocía con las de esta nueva cara devastada, en la que incluso los ojos eran diferentes. Recordé que cuando era niña Cassandra me había asegurado que Pablo Escobar podía cambiar de ojos. Me así al antebrazo de este hombre, preguntándome qué tal si nos lo hubieran cambiado, qué tal si el verdadero papá estaba muerto. Con las mejillas mojadas, Cassandra metió su mano en el bolsillo de él.

Sacó su mano con la de él, era una mano sin dedo índice ni anular. Miré fijamente los muñones. La piel donde los dedos habían estado lucía extremadamente tersa y reluciente como si estuviera mojada. Era su mano derecha. La horrible respuesta a una antigua pregunta.

Me pregunté, *¿Qué tan fácil sería para los guerrilleros cortarle dos dedos más a un hombre?*

El devastado individuo le permitió a Cassandra envolverle la mano con la de ella y Mamá enterró la cara en su pecho.

—Ahora que ya volviste, todo va a estar bien.

Busqué la cara de Mamá, luego la de Cassandra, y no encontré ninguna duda en ellas, sino alivio. Me sentía aturdida cuando nos subimos al taxi, pensando ¿cómo era posible que yo fuera la única que tuviera dudas? Alcé la vista y el hombre me miró fijamente a la cara. Me miró de una forma en que Papá nunca lo había hecho; había en sus ojos un destello de controlada desesperación, o una necesidad reprimida, que me quitó el aliento. Cassandra se iba mordiendo el labio superior. Mamá colocó las manos encima de su rodilla. Ninguna de las tres supimos qué decir.

Si fueran los tiempos de antes, hubiéramos hablado en español delante del conductor del taxi sabiendo que no nos entendería. Papá nos hubiera contado algo de historia. Tal vez Mamá hubiera dicho: *¿Qué te recuerda esto? ¿Recuerdas nuestros viajes por carretera para visitar a la Abuela?* Quizá Cassandra hubiera dicho: *¿A quién le importa el pasado? ¿Qué hay para cenar? ¿Qué queremos comer?*

Sentados los cuatro en la parte trasera del taxi, apretados, sentí el peso del tiempo. Los años y la tensión de nuestras vidas a la deriva. Si el hombre no era Papá, habría que esperar más —yo tendría que reunir evidencia de ADN y ahorrar dinero para un examen—. Sabía que había gente que conseguía realizarse exámenes de paternidad, como algo muy normal, así que yo podría hacer lo mismo. Si el hombre no era Papá, presentaríamos la evidencia en el consulado y entonces tendríamos que esperar a que el gobierno reconociera que los guerrilleros habían mentido y entonces se realizaría una investigación acerca de lo que había sido, obviamente, una ejecución injusta. Quizás al verdadero Papá lo habían acribillado y habían dejado su cuerpo en la selva. Yo necesitaba saber dónde reposaban los restos de Papá. Los Ángeles pasaba por mi ventanilla. Le mostré al hombre las altas palmeras parecidas a las que había en Cartagena, el agradable clima cálido, las hermosas mansiones, las calles limpias. Quería que se sintiera cómodo; quizás así se equivocaría. El hombre se frotó los dedos cortados con su pulgar mientras me escuchaba. Era un gesto que Papá nunca había hecho. Miré fijamente al hombre arrepegado a mí en el taxi y pensé ¿y qué tal si nunca recuperamos el cuerpo de Papá?

En casa, Mamá sirvió lo que había sido la cena favorita de Papá: arepas fritas crujientes, bistec, ensalada de col y arroz. Al hombre se le hacía difícil comer. Lo observé revolver la comida con el tenedor y noté que el hombre que Mamá y Cassandra creían que era Papá tenía picadas de mosquitos en los brazos. Tenía varios cortes y arañazos en los muslos y una marca rojiza a lo largo de sus muñecas y también alrededor de sus tobillos por donde lo debieron haber encadenado, la piel morena lampiña y en carne viva. No me cabía la menor duda de que este hombre también había estado secuestrado.

Mamá recordó el saco que había estado cepillando durante años y lo retiró de la puerta del armario de entrada. Se la mostró al hombre.

—Cada noche que no estuviste, lo cepillé para que estuviera listo el día que llegaras.

El hombre miró la prenda. Creí que no la reconocía, y la acarició al ponerla sobre su regazo.

—Gracias, Madre.

Así era como Papá llamaba a Mamá, pero quizás era un detalle fácil de averiguar. Cualquiera pudo haberlo sabido.

⌒

Aquella noche, en nuestro apartamento, oímos al hombre decir lo único que diría sobre su secuestro.

Dijo: "Iba hacia mi carro en San Juan de Rioseco, me detuve

a mirar el pico de la Sierra Nevada; entonces siete guerrilleros salieron de entre la neblina.

"Dijeron: Quieto o lo meamos con plomo. Dijeron: Tenemos a tus niñas, cachaco; es mejor que vengas con nosotros."

El hombre dijo que le cubrieron los ojos. Que a empellones lo metieron entre la maleza hasta llegar a un campamento guerrillero. Lo metieron en una caseta.

Había en el aire un olor a flor de jacaranda, ese amargo aire dulzón, cuando un guerrillero apuntó con un machete a los dedos del hombre.

Cuando le cortaron los dedos por traidor —alguna vez había sido comunista y ahora era capitalista—, el hombre pensó en Emily Dickinson. "Ya me debo entrar; se está levantando la neblina". Estuvo preso 2.231 días. Lo cambiaron de campamento sesenta y ocho veces. Nos escuchó cuatro veces en *Las voces del secuestro*.

Cuando le informaron que lo soltarían, tres muchachos lo escoltaron a través de la montaña al lugar del intercambio. Hicieron a un lado las plantas y los árboles con la punta de sus rifles. Hasta el último momento el hombre creyó que no lo iban a liberar sino que lo iban a fusilar.

⌒

Me pregunté si este hombre que se hacía pasar por Papá había sido su compañero de celda. La cita de Emily Dickinson era algo que yo podía imaginarme que Papá habría pensado al perder los dedos. Era verosímil, pero Papá no le hubiera contado aquel detalle a cualquiera, así que a lo mejor el hombre que pretendía ser Papá había sido su confidente.

Intenté preguntarle más cosas al hombre, específicamente qué nos había oído decir en *Las voces del secuestro*, porque eso era algo que podía probar si el hombre era quien decía ser, pero Mamá me pidió que me callara: *Deja a tu padre olvidar, Chula, déjalo en paz.*

Me pregunté quién sería la verdadera familia del hombre. ¿Por qué habría acordado venir con nosotras a fingir una vida de la que no sabía nada? ¿Era por el prospecto de vivir en Estados Unidos? Posiblemente era para obtener la ciudadanía norteamericana, que no era fácil de conseguir ni tampoco era barata.

Aquella noche cuando me fui a dormir me pregunté si era común que los guerrilleros les mandaran un usurpador a las familias de los secuestrados. Tuve que reconocer que era una idea ingeniosa. Papá había estado desaparecido seis años, y los secuestrados lo estaban a veces hasta por décadas, de modo que si alguien quería tomar la identidad de uno de ellos, hacerse pasar por un secuestrado sería fácil. Cuando liberaban a una persona secuestrada, tras el horror por el que habían pasado, era creíble que sus rostros cambiaran. Cualquiera remotamente parecido podía hacerse pasar por la persona verdadera.

Si el usurpador se ganaba la confianza de la familia, podía ser un método de los guerrilleros para renovar el pago de un rescate. Los guerrilleros nos habían dado a un hombre con complexión parecida a la de Papá, similar el color de la piel, idéntica medida de calzado, pero fallaba en el grosor del cabello, en la postura y en la expresión de los ojos. Mientras que Papá hubiera podido sin el menor esfuerzo expresar autoridad, este hombre era asustadizo e inseguro. El hombre que ahora vivía en nuestra casa le temía a los espacios amplios. Si se encontraba afuera, se ponía nervioso y no se calmaba hasta que entraba en algún edificio. De noche, el hombre no quería dormir en la cama de Mamá, lo cual tenía sentido, ya que era un extraño para ella. Tomaba una cobija para dormir en un rincón de la sala. Se acostaba entre la pared y la mesita que sostenía el florero de popurrí de Mamá. De noche yo no podía dormir y a veces deambulaba afuera del pequeño cuarto que compartía con Cassandra y miraba al hombre. La mesa lo ocultaba. Me pregunté qué sustituiría cada objeto en la cabeza el hombre. La pared de la caseta, el tronco de un árbol, el aire de la selva, el lecho terso de la hojarasca.

El hombre pasaba mucho tiempo cocinando. Hacía un atril con contenedores de lata sin tapa ni fondo y les ponía grandes pedazos de carne en la parte superior. Se quedaba viendo cómo las llamas lamían la carne. Le daba vuelta a la porción de carne cada cinco minutos, esperando que adquiriera un color específico. Esto es algo que Papá nunca hubiera hecho.

El hombre se negaba a conocer a otros refugiados, así que Mamá me pidió que lo llevara a la biblioteca conmigo, pero cuando veía a cualquier sudamericano se ponía nervioso y quería salir del lugar. Supongo que le daba miedo ser capturado de nuevo. Le conseguimos una sicóloga y yo esperé el momento propicio para compartir con Mamá mis sospechas. Todas tomamos horas de trabajo extra para que el hombre fuera con la sicóloga a hablar de lo que le había ocurrido.

Me dio por pensar que un impostor tendría que bajar la guardia en algún momento. Con el tiempo la presión de fingir lo derrotaría. Yo estaba segura que algo le diría a la sicóloga. Mientras aguardé pasaba los días en la biblioteca, intentando descubrir los pros y los contras de los exámenes de ADN. Leí acerca de cómo podía examinarse la saliva; había restos de saliva de una persona en las estampillas postales, en las orillas de las tazas de café, que podían separarse y ser utilizados en un examen. Pero la mayoría de los hospitales realizaban las pruebas de paternidad con sangre.

Un mes después de que el hombre llegó, fui a ver a su sicóloga. No quise hacer una cita formal, pero fui a su consultorio y me senté en la sala de espera. Para saludar a sus distintos clientes, entreabría la puerta, y vi que traía tacones bajos y un sastre y que tenía el cabello pintado de rojo y encrespado. No parecía sudar aunque estaba haciendo calor. Mamá dijo que la sicóloga era cubana. Fue hacia el final del día cuando salió y me vio ahí sentada. Se mostró sorprendida y buscó rápidamente sus llaves. Le comenté que no se preocupara y le dije quién era yo. Le dije que solo quería saber si el hombre de nombre Antonio Santiago le había revelado que era un impostor. La mujer se me quedó mirando con una mezcla de preocupación y de lástima y dejó caer la mano en la que traía las llaves.

—Vamos a mi consultorio, te puedo ofrecer un té.

Me pidió que la llamara señora Morales y en su consultorio, donde crecía una alta palma de una matera, escuchó todas las situaciones en las cuales el hombre había demostrado ser otra persona. Escuchó todas mis pruebas y mis teorías, y cuando me quedé callada, también ella se quedó callada. Me prestó atención, y enseguida se apoyó en su regazo. Me dijo que no debería hacerlo, pero quería esclarecer mis dudas. Sacó un archivo y lo abrió.

—Aquí está el primer día que hablé con tu padre, ¿es cierto que una vez mató a una boa?

No le respondí, así que ella volvió a decirme lo que él le había dicho: describió los sentimientos de impotencia cuando Galán había sido asesinado, sus sentimientos de fracaso cuando había ocurrido lo del fuego cruzado. Le dije a la señora Morales que aquellas eran historias que el impostor fácilmente podía haber conseguido de parte del verdadero Papá cuando estuvieron secuestrados por los guerrilleros, y la señora Morales me preguntó si yo sabía que Papá había sido secuestrado por algunos de sus empleados, que en el campo petrolero donde él trabajaba había habido infiltrados y que él no se había dado cuenta sino hasta el último momento.

La señora Morales dijo:

—Él sabe que tú te robaste la botella de la suerte cuando eras muy niña.

Abrí la boca, queriendo decir algo, pero sin saber qué, y entonces la señora Morales se puso a ver un calendario, diciendo que creía que yo también debería empezar a consultarla. Y luego me puse a llorar y le dije que quería una prueba de ADN, y en respuesta ella me extendió una receta.

La señora Morales me pidió sentarme en la sala de espera mientras ella llamaba a Mamá para que fuera por mí. Después de unos minutos, entreabrió la puerta y me dijo que Mamá iría a recogerme en una hora. Tenía la liberad de sentarme en la sala de espera o en su oficina. Le di las gracias y me quedé donde estaba. Agarré una revista. Creí que Mamá se enojaría conmigo, pero cuando llegó no tenía expresión en su cara. Creí que iríamos a casa, pero en cambio tomamos varios buses hasta llegar a un hospital y allí Mamá le dijo a la enfermera que quería un examen de paternidad.

Me quedé callada cuando la enfermera raspó el interior de mi mejilla y Mamá le entregó un peine que pertenecía al hombre que yo decía que era un impostor. Cuando la enfermera desapareció detrás de una puerta, le dije a Mamá que yo había ahorrado para pagar el examen, pero ella me respondió que me callara, no le importaba el dinero que tuviera que pagar para ponerle un punto final a todo esto.

Me tomé las pastillitas que me recetó la señora Morales. Me hicieron dormir y al despertar me sentía mareada. Me resultaba difícil concentrarme. La señora Morales me dio otra receta y en esta ocasión las pastillas me irritaron el estómago, pero no me obstruían el pensamiento, lo cual me agradó. Dos semanas después de haber cambiado de pastillas, llamaron del hospital para decir que el examen de paternidad había salido positivo. Me quedé sin habla, con el auricular en la mano, y cuando la mujer en la línea preguntó si aún yo estaba ahí simplemente colgué.

Me senté. Lloré. Supe que lo que yo había deseado era el regreso de la normalidad, pero nunca habría un regreso a lo normal. Papá había desaparecido. Su lugar lo ocupaba este hombre que tenía la piel incrustada en los pómulos, cuyo color quemado y la desnutrición aún estaban presentes no obstante que ya no viviera en una selva. Este hombre que me permitía tomarle la mano y llorar en su espalda, a pesar de que lo angustiaba estar tan cerca, tan próximo a cualquiera. Yo necesitaba aprender a vivir con este hombre nuevo, trabar una relación con este cuerpo que no era el cuerpo que yo conocía.

Cuando Mamá vio la carta de Petrona, me pidió que me deshiciera de ella antes de que Papá la viera. Aquello fue lo único que dijo después de sentarnos en silencio en nuestro pórtico cuando miramos fijamente la fotografía. Papá estaba adentro haciendo lo que hacía siempre por las tardes: sus ojos sobre la televisión sin atender nada de lo que le mostraba.

Le dije que sí a Mamá asintiendo con la cabeza. El nuestro era un espacio tan pequeño que no podía quemar la fotografía adentro del apartamento; todos olerían, todo verían. Me esperé hasta que fuera de madrugada. Salí de la cama y me puse las sandalias. Me dirigí a las orillas del estacionamiento, y detrás de unos carros me agaché y saqué el sobre, la carta, la foto.

Pasé mi dedo por un encendedor hasta que destelló y entonces acerqué al fuego la carta y el sobre. Vi desaparecer las palabras de Petrona. *Ahora hay un camino pavimentado a la invasión. Estoy cultivando coles, va—*

Mientras veía desaparecer su letra manuscrita, me acordé de la fecha que estaba inscrita al reverso de la fotografía. Calculé que el bebé tendría ya cinco años.

Levanté la fotografía y la acerqué a la llama. Gorrión, Petrona, el bebé, se disolvieron en el papel anaranjado oscuro y curvado.

¿Cómo serían nuestras vidas si Petrona se hubiera quedado en nuestro álbum familiar como una niña más, con breves escenas en nuestras vidas, cuyo nombre no pudiéramos recordar? Si les hubiera dicho algo a Mamá o a Papá cuando pude hacerlo, ¿le hubiera ahorrado a Petrona la elección que se había visto forzada a tomar? Quizás si a Petrona la hubieran echado, ella se hubiera librado de que la drogaran con burundanga tal como nos dijo Julián que lo habían hecho. Se hubiera librado de que le llenaran el vientre de huesos. Ahora el mismo silencio que había sido su perdición era lo único que yo le podía ofrecer a ella, a quien amaba. Soñé con sus coles, y mi silencio en torno a ella era como un incendio perpetuo.

No le conté a Papá que habían violado a Petrona.

No le conté a Cassandra que le había escrito a Petrona y que ella me había contestado.

No corregí a Mamá cuando dio por hecho que la fotografía que Petrona había mandado era nueva. No le dije que en realidad la habían tomado el mismo año en que huimos de Colombia.

No le dije a Mamá que el hombre de la foto era Gorrión.

Solo yo tenía todas las piezas. Era la única que sabía que Petrona se había casado con el hombre que la había traicionado, que había elegido tener al bebé, que la nueva vida que alimentaba con sus pechos era algo por lo que yo tenía que compensarla y que lo único que podía hacer era guardar silencio. Después de todo, ¿quién era yo para juzgar? Mientras su foto se quemaba pensé: *hasta el olvido es una gentileza.*

Petrona

Solo tres veces en mi vida me llegó una carta con mi nombre como destinatario.

En una ocasión fue una carta de la morgue.

Era una fotocopia de un formulario con información mecanografiada, firmas y sellos de la ciudad.

Nombre: Ramón Sánchez.
Estado: fallecido.
Edad: 12.
Ocupación previa a la defunción: miembro de la guerrilla.

Había también una nota adentro del sobre. *Estimada Petrona Sánchez, nuestro más sincero pésame por la pérdida de su familiar.* La firmaba un policía. Mami rompió la carta en pedacitos. *Asesinos todos ellos.* Tiró los papeles en el aire, y mi nombre impreso en aquel papel tan bonito desapareció.

En otra ocasión, fue una tarjeta navideña de parte de Aurora. La tarjeta estaba decorada con escarcha roja que se me pegó en el dedo cuando la restregué. Aurora pudo haberme entregado la tarjeta en persona el año en que se fue a vivir con Uriel y con su esposa, pero quería darme una sorpresa. Compró un sobre y pagó por la estampilla.

La tercera fue esta carta desde Estados Unidos. Nadie en los Cerros había recibido una carta de Estados Unidos así que el cartero no la dejó en la farmacia con el resto de la correspondencia. Subió los Cerros para entregármela. Por el camino se las mostró a algunas mujeres que lavaban la ropa a las orillas. *Miren, ¿han visto una carta internacional? Vean cuántas estampillas.* Las mujeres mostraron curiosidad. *¿Y para quién es eso?,* le preguntaron, luego expresaron sorpresa cuando vieron. O eso fue lo que después Julián me contó.

El cartero me encontró agachada lavando ropa afuera de mi casa. Yo la había reconstruido con los escombros que había dejado mi mamá antes de desaparecer en las calles, los escombros que la gente en los Cerros se negaba a tirar o a quemar porque creían que alguna maldición caería sobre ellos. Construí una casa más bonita.

Para llamar mi atención, el cartero golpeó con los nudillos un árbol que estaba cerca de mí. Abrió bien los ojos y abanicó el aire con un sobre delgado. *Te llegó esto de Estados Unidos.* Me sequé las manos en el vestido y agarré el sobre. Empecé por leer el nombre. *¿Tienes familia por allá?* Era la letra de Chula. *Es de una niña que conocí,* le dije. Dio un paso para acercarse, apartó la mirada pero paró oreja. *¿Y qué será que quiere?*

Crucé la cortina al interior de mi casa, en silencio, y luego la puerta trasera hacia el jardín. Me senté en la mecedora. ¿Qué haría Gorrión si viera la carta? Gracias a Dios estaba sola. Mi hijo, Francisco, a quien le puse ese nombre en memoria de mi padre, estaba en la escuela, y Gorrión de chofer de un tráiler para mi hermano Uriel, rumbo a la costa. Podría destruir la carta antes de que Gorrión regresara. Todavía faltaban algunas semanas.

Había esperado una carta así durante muchos años, y ahora que la tenía no me atrevía a abrir el sobre. Durante días la dejé doblada en la faja de mi ropa interior. No estaba segura si quería saber lo que Chula tuviera que decir.

Un día, después de limpiar mi casa me senté en el piso de la cocina. Saqué el sobre. Chula le había puesto unas estampillas con la imagen de un hombre balanceando un bate de beisbol. La tinta con mi nombre había empezado a correrse. Abrí la carta. No entendí nada la primera vez que la leí, y tuve que volver sobre las letras muchas veces. Poco a poco empecé a dar con el significado.

En los Cerros teníamos palabras en clave. A los guerrilleros les decíamos encapuchados. Hablábamos de la situación. *¿Cómo está la situación?* y si alguien decía *Mal, muy mal*, entendíamos que nos teníamos que quedar por dentro de casa porque por ahí andaban los encapuchados o los paras o el ejército búscandose problemas. Chula tenía su palabra clave. "Sal" era la palabra que usaba para hablar de la réplica de algún golpe emocional. Yo sabía que a su padre lo habían liberado. La gente de los Cerros decía lo mismo.

Todo el mundo recordaba el día en que la madre y las dos niñas, que habían venido por lo de mi Primera Comunión, llegaron a buscarme después de que desaparecí. *Estaban cubiertas de lodo*, decía la gente en los Cerros. *Como lo tenían merecido*. La gente de los Cerros contaba la historia como si se tratara de una leyenda. *Cuando hay tempestad, nos cae a todos por igual; ¿puedes creer que eso fue lo que dijo la mujer rica?* La gente en los Cerros disfrutaba esa parte de la historia, donde podían hacer escarnio de la señora Alma. *Eso le dijo la mujer rica a una madre que había perdido tres hijos y a la que su casa se le había caído. Claro que los ricos solo ven su propio dolor, ¿qué, no viven ahora fuera del país, saludables, con empleo? ¿Y dónde está doña Lucía? En las calles, hecha loca.*

Me enteré también de lo que la gente de los Cerros decía de mí. *Pobre Petrona. Pobre mujer sin memoria.*

～～～

Es verdad que después de que doña Fausta me encontró abandonada en el baldío, yo no recordaba quién era. Doña Fausta me nombró Alicia y me contó la historia de cómo me había encontrado, como si así me pudiera ayudar a recordar el ayer. Mientras me estremecía por la fiebre provocada por unas heridas infectadas, me contó cómo una noche cuando iba camino a su casa, miró hacia un lote baldío. Aquella noche había luciérnagas y ella las estaba viendo prenderse por encima del pasto cuando vio un cuerpo. Era un cuerpo golpeado, un cuerpo muerto. Habían apaleado a la chica y traía su ropa interior llena de tierra y se la habían puesto encima del pantalón. Dio tres pasos y vio que el pecho de la chica se movía, que respiraba.

Doña Fausta me arrastró hasta el camino y después consiguió una carretilla y en ella me transportó hasta su casa. Le gustaba decir que las luciérnagas le alumbraron el camino hacia mí. Me colgó un pequeño collar hecho de hojalata con la forma de una luciérnaga que me pedía que me lo dejara a pesar de que me manchaba de azul la piel. No me gustaba el collar. Yo creía que las luciérnagas eran animales sucios, manchas voladoras que se habían atraído a mí por el olor a hombre entre mis piernas.

Tenía cuatro meses de embarazo cuando me acordé de los Cerros. En mi mente veía los cerros anaranjados, la vereda inclinada. Sabía cómo llegar, pero nada más. Fuimos juntas doña Fausta y yo. Subíamos y subíamos y yo le preguntaba a quien nos encontráramos *¿Me reconoce? ¿Sabe usted quién soy yo?* La gente se me quedaba viendo. Nadie respondía. *Sé que aquí es donde vivía*, le dije a doña Fausta. Estábamos cerca de una cima. Nos detuvimos en un parque, vimos un muro de contención, oímos el ruido de los carros del otro lado, esperamos y aguardamos a que algo me regresara a mí, pero no ocurrió nada. Lloré de impotencia, pensé, *sé que aquí vivía, por qué no puedo recordar*; entonces un hombre moreno subió corriendo y me abrazó. Sollozaba. Me congelé en sus brazos. *Petrona, gracias a Dios*, dijo cerca de mi cuello.

Me quedé viendo la pendiente de los cerros, pensando en si Petrona sería realmente mi nombre.

Cuando me soltó, le escudriñé la cara, *¿Así que usted sabe quién soy yo?*

Se jaló la nariz. Dijo: *Petrona, sí, claro, sí.* Me miró a los ojos. *¿No sabes quién soy?*

Sacudí la cabeza para decirle que no. Me dijo que su nombre era Gorrión, que era mi novio, que había estado cuidando de mi familia y que me había andado buscando por todos lados. Lo miré a la cara y me pregunté si esta sería una cara que yo amaría. Sus ojos se posaron en mi vientre. Volteó a ver a doña Fausta. Él se puso en cuclillas, viendo mi estómago.

¿Es tuyo?

Se puso de pie, me miró a la cara, me miró el vientre y luego asintió con la cabeza. *Sí*, dijo él. *Estabas embarazada. Íbamos a tener un hijo*, y de nuevo me abrazó. Sentí el latido de su corazón cuando me abrazó, así de sorprendido estaba.

～

Había una fotografía mía en la que aparezco cargando a Francisco, mi bebé, y Gorrión aparecía de pie a mis espaldas. En esa fotografía yo no tenía memoria del ayer. Mi casa era una montaña de escombros, así que me quedé en la de la mamá de Gorrión. Ella me hizo tés y caldos. Era una mujer bajita, con cabello blanco brillante que llevaba recogido en un nudo en la nuca. Gorrión dijo que nos habíamos casado antes de que me extraviara, a pesar de que cuando nos encontramos en los Cerros había dicho que era mi novio. Supongo que como éramos recién casados, aún no se acostumbraba a decir que era mi esposo. Su madre lloró amargamente, *¿cómo me fuiste a ocultar algo así?* Me daba tristeza no recordar nuestra boda. Gorrión propuso que hiciéramos otra ceremonia. *Tú y Mami pueden hacer nuevos recuerdos y podemos dejar atrás que te atracaron y te abandonaron en un baldío, dejamos ahí el pasado, donde pertenece. Podemos formar una familia feliz.* La mamá de Gorrión sonreía entre lágrimas. *¿De verdad harías eso?*

Gorrión me llevó a la casa de mi hermano Uriel. Yo no me acordaba de Uriel. No me acordaba de Aurora, que era joven y decía que era mi hermana. Yo no sabía qué decir. Veía las paredes. En un rincón había una guitarra. Al final Aurorita se puso de pie y salió. Volvió trayendo un sucio hatillo blanco. Cuando lo desenvolvió miró fijamente a Gorrión, luego a mí, entonces dijo que era mi vestido de novia. Me incorporé. *¿Sí?* El vestido era de mi talla. Era como el desprendido caparazón de un cocuyo. Palpé la tersa tela. El polvo se me metió entre los dedos. *¿Qué le pasó?*, pregunté. Aurorita dijo: *Quedó enterrado cuando se cayó nuestra casita. Pero lo encontré y te lo guardé.* Aurorita se estremeció llorando. Yo no supe cómo consolarla. Era una desconocida para mí.

En la iglesia, Aurorita cargó al bebé y esparció pétalos de rosas en el suelo. Caminé encima de los pétalos que Gorrión había comprado para la ocasión. Mi vestido de novia estaba tan sucio que tomó horas limpiarlo. Pagamos para que lo adecuaran a mi nueva talla. En el taller del sastre, a unas cuadras de los Cerros, cuando me medí el vestido, vi destellos de otra mujer que me tomaba de la mano. Sus ojos me atravesaron. ¿Quién era? Me sentí desnuda cuando me miró. No le pregunté a nadie quién era pero pensé en ella el día de mi boda, mis pasos cortos haciendo eco en aquella iglesia, Aurorita con mi bebé, sollozando quedamente cuando iba camino al altar en donde el sacerdote nos esperaba. Supe que algo estaba tratando de hablarme y volví la vista hacia el alto techo de la iglesia y sentí vergüenza, porque ahí estaba la mujer clavándome su mirada como dagas y después aparecieron entre nubes unos rostros de hombres encima de mí. Sacudí la cabeza y dejé que todas aquellas visiones salieran de mí y me hinqué ante el cura. ¿De dónde venían aquellas visiones? Quizás eran solo sueños.

Con el tiempo, la diferencia entre un recuerdo y un sueño se esclareció.

Recordé las cosas que se suponía no debía recordar.

Entendí el llanto de Aurora cuando me entregó mi vestido de la Primera Comunión, que alguna vez me había dado la señora Alma. Comprendí los sollozos de Aurora que hacían eco en la iglesia caminando delante de mí hacia el altar. Había elegido mentir para protegerme. Pero no pude decirle que yo sabía.

Y no le dije a Gorrión.

Necesitaba un padre para mi hijo, que yo sabía no era suyo.

Usé su culpa.

Su culpa que lo sacaba de la cama para ir a trabajar, para traer dinero de un trabajo honesto, para proveernos de comida. Le pedí una casa de ladrillo. Le exigí una escuela decente para la educación de mi niño Francisco. Recordaba a Chula casi a diario, especialmente ahora que Francisco ya casi tenía la misma edad que ella cuando llegué a trabajar a su casa. Algunas noches, pensaba en el cuerpo que yo formaba con la ropa y dejaba en la cama en la casa de los Santiago. Como se quedaba quieto en la oscuridad y esperaba el pasar de la noche. Aquel cuerpo que era sordo y mudo y no tenía memoria.

Cuando Gorrión llegaba a la casa, después de semanas de

conducir el camión, me imaginaba a mí misma como un bulto de ropa sucia. A Gorrión le gustaba darle de cenar a Francisco y decirle cosas que estaban más dirigidas a mí que al niño: *Me enamoré de tu Mami porque era hermosa. Tú ya venías en camino cuando nos casamos en los Cerros. Ella se puso un traje blanco y una corona con un velo que era tan largo que lo levantaba el viento.* Yo era un bulto de ropa sucia que le sonreía a Gorrión, que lavaba los platos, que tendía las camas.

Cuando estaba sola, o solo con Francisco, me sentía en paz. Otras veces veía en Francisco rasgos que no eran míos y que pertenecían a aquella terrible noche. Amaba a Francisco por sobre todas las cosas. Quería decirle: *Hubo una vez una niñita a quien cuidé.* Quería decirle: *Un día fui más inteligente que los encapuchados. Algún día tú y yo nos iremos lejos. Lejos de todo esto.* Pero no podía decírselo, no todavía, porque él era un niño y era de lengua suelta y no quería que le repitiera nada a Gorrión.

Una vez se me ocurrió que cuando uno no tiene nada en la vida, la vida se abre camino hacia la más nada. En nuestra finca en Boyacá, cuando empezaron a llegar los paras, Mami nos dijo que no viéramos nada, que no oyéramos nada. Si le hacíamos caso, saldríamos de ahí con vida.

Nos volvimos sordos y mudos, pero aún así perdimos. La historia se repitió, y perdimos otra vez. No teníamos otra opción.

Yo quería contarle todo a Chula, pero tuve miedo de que mi carta fuera interceptada o leída por alguien más. No tenía palabras que decirle a Chula para hacerle saber cómo me sentía por lo que ella había hecho por mí. Yo tenía una fotografía, y en esa fotografía estaba todo lo que yo había vivido. A veces mientras menos se sabe más se vive.

Nota de la autora

La fruta del borrachero es una novela inspirada en la experiencia personal. El secuestro fue una realidad para muchos colombianos hasta el año 2005 cuando esta práctica empezó a decaer. Si ellos mismos no habían sido secuestrados, todo colombiano conocía a alguien que sí había pasado por tal experiencia: un amigo, un miembro de la familia, alguien del trabajo.

Alguna vez hubo una muchacha como Petrona que trabajaba de empleada doméstica en la casa de mi niñez en Bogotá. Ella, como Petrona, fue forzada a colaborar en un intento de secuestro contra mí y mi hermana, e igual que Petrona, ante una imposible elección, no obedeció. He pensado en ella a lo largo de los años y en todas las mujeres que he conocido y que viven atrapadas en situaciones desesperadas en Colombia.

También a mi padre alguna vez lo secuestraron. Describió el día en que lo capturaron como el día y la noche más largos de su vida. Pasó el tiempo en la oscuridad, encadenado en un escabroso resguardo. Al día siguiente lo llevaron a ver al líder del grupo guerrillero, y entonces, tuvo suerte: el líder del grupo guerrillero era un amigo de la infancia. El jefe guerrillero golpeteó por la espalda a mi padre, feliz de verlo, y al estilo de los viejos amigos que se reencuentran le preguntó cómo andaban las cosas, cómo le iba a él, cómo estaba la familia, mientras tanto mi padre seguía encadenado. Lo soltaron. Un tío no corrió con la misma suerte. Pasó seis meses cautivo.

Escribo esto en un tiempo en que el mayor grupo guerrillero, FARC, se ha desmovilizado y sus antiguos miembros intentan reintegrarse a la vida civil. Durante años la violencia en Colombia ha constituido un paisaje de víctimas, corrupción y opciones desesperadas, donde los victimizantes se vuelven víctimas. Para escribir esta novela, me inspiré en la irrupción de la política en la vida de los niños. Recuerdo a mis pequeños primos que temían a cualquier hombre o mujer con uniforme —incluso a los policías— porque no tenían capacidad para distinguir entre todos los grupos armados del país. Pablo Escobar fue mítico para todos nosotros.

Mientras que la historia que se narra en esta novela es ficticia, los detalles históricos y los acontecimientos políticos son reales: el asesinato de Galán, la sequía, la persecución de Pablo Escobar, su oración y su última entrevista. La cronología histórica entre 1989 y 1994 se utilizó de manera secuencial, pero el tiempo se condensó hasta donde la cronología emocional del libro lo requirió. Una niña fue trágicamente asesinada por un carro bomba cerca de mi barrio en Bogotá cuando su padre había entrado en un edificio para comprar boletos para ir al circo. No sé con certeza si se mostró en televisión la pierna de la niña calzando todavía su zapato, pero es lo que recuerdo. Aquel año yo fui al circo. Mi hermana y yo fuimos elegidas de entre los niños de la multitud para cabalgar encima de un elefante. Mi hermana se agarró a mí y yo agaché la vista para ver las arrugas en la cabeza del elefante. La gente aplaudía desde las butacas, pero en todo lo que yo podía pensar era en que la niña había muerto, en que ya no estaba entre nosotros.

Mil gracias

Cuando se es un inmigrante los logros son el resultado directo del sacrificio y el esfuerzo de la familia, así que quiero empezar por agradecerles: a Mami, a Papi y a mi hermana Francis. Quiero agradecer a mi agente, Kent D. Wolf, por su reveladora lectura y sus sugerencias y por su constante apoyo. Mil gracias a mi editora, Margo Shickmanter, cuyo generoso entusiasmo y visión fueron una guía luminosa.

Gracias a Sam Chang, que se sentó a mi lado bajo las sombras de los árboles y me aconsejó sobre la escritura y sobre la vida del escritor. A Leslie Marmon Silko, que fue una auténtica fuerza vital y de cuyo corazón puro aún sigo aprendiendo. A Tom Popp, Andrew Allegretti, Patty McNair, Megan Stielstra y a John y Betty Shiflett.

Gracias a todos los que leyeron esta novela: mi querido amigo Mike Zapata, con quien intercambié correspondencia y escritos durante años, la incomparable Tiana Kahakauwila cuya inteligencia y cualidades y generosidad me mostraron un nuevo camino, y al talentoso Jacob Newberry que me dio su honesta opinión. Otros muchos leyeron partes de este libro y sus opiniones me ayudaron a pulir la historia y me dieron ánimos para continuar. Gracias.

Estoy agradecida por todos aquellos lugares que abrieron sus puertas y me facilitaron un escritorio y una vista para escribir: El Programa de Residencias Artísticas Djerassi, la Fundación Camargo y Hedgebrook, así como a la Asociación Latina de Cultura y Artes y la Comisión de Artes de San Francisco, cuyos apoyos me permitieron ganar tiempo para escribir.

Para escribir este libro, consulté muchas fuentes de noticias de Colombia. Gracias a todos los periodistas que ya no están entre nosotros, que arriesgaron sus vidas para contarnos las historias suprimidas de Colombia y a los periodistas que sobrevivieron y que continuaron reportando a pesar de que sabían del riesgo que corrían al hacerlo.

Mi buen amigo Ken Lo, quien es muy difícil de impresionar, habló conmigo acerca de este libro muchas noches de bar y bebiendo cócteles. A él, unas gracias especiales.

Sin mi pareja, Jeremiah Barber, esta novela no hubiera sido posible. Eres mi coyote a la luz de la luna.